いのうえやすし

井上靖 文集

[日]井上靖 著
王维幸 译

西域纪行

WATASHI NO SAIIKI KIKO

重庆出版集团
重庆出版社

WATASHI NO SAIIKI KIKO
by INOUE Yasushi
Copyright © 1983 by The Heirs of INOUE Yasushi
All rights reserved.
Originally published in Japan.
Chinese (in simplified character only) translation rights arranged with
The Heirs of INOUE Yasushi, Japan
through THE SAKAI AGENCY and BEIJING KAREKA CONSULTATION CENTER.
Simplified Chinese translation copyright © 2021 by Chongqing Publishing House Co., Ltd.
All rights reserved.

版贸核渝字（2020）第070号

图书在版编目（CIP）数据

西域纪行 /（日）井上靖著；王维幸译 . —重庆：重庆出版社，2021.12
ISBN 978-7-229-16084-5

Ⅰ . ①西⋯　Ⅱ . ①井⋯　②王⋯　Ⅲ . ①随笔—作品集—日本—现代
Ⅳ . ① I313.65

中国版本图书馆 CIP 数据核字（2021）第 213741 号

西域纪行
XIYU JIXING

[日] 井上靖　著　王维幸　译
责任编辑：魏雯　许宁
装帧设计：谢颖设计工作室
责任校对：朱彦谚

重庆出版集团 出版
重庆出版社

重庆市南岸区南滨路162号1幢　邮政编码：400061　http://www.cqph.com
重庆出版社艺术设计有限公司 制版
重庆市国丰印务有限责任公司 印刷
重庆出版集团图书发行有限公司 发行
E-mail:fxchu@cqph.com　邮购电话：023-61520646
全国新华书店经销

开本：890mm×1230mm　1/32　印张：16.25　插页：24　字数：310千
2021年12月第1版　2021年12月第1次印刷
ISBN：978-7-229-16084-5
定价：96.80元

如有印装问题，请向本集团图书发行有限公司调换：023-61520678

版权所有　侵权必究

吐鲁番县残留的高昌故城
泥土的城市在讲述着一千几百年的历史

嘉峪关
万里长城的最西端
古丝绸之路的交通要塞

玉门关遗址
前往西域的起点
"玉关西望肠堪断"中的玉关

"西出阳关无故人"中的阳关
如今只剩下茫茫沙砾

从飞机上所见的天山山脉
雄壮荒凉的景观
雪峰层峦叠嶂

吐鲁番近郊农田的水渠
利用的是天山雪融水

柏孜克里克千佛洞,共57窟,建造于南北朝至元代时期
窟中壁画伤痕累累,惨不忍睹

柏孜克里克,突厥语为"装饰绘画"之意
壁画遭伊斯兰教徒剥离涂抹,损毁严重

高昌故城西北2公里处的
阿斯塔那古墓群壁画

伊犁地区的中心——伊宁城城市一景

美丽的赛里木湖畔牧场
哈萨克族人为我们举行的马术表演

天山北路最大的城市·乌鲁木齐的
古街残余

井上先生诗中背靠天山山脉的
苏巴什故城

敦煌莫高窟第275窟的交脚弥勒（北魏）
两臂损毁严重，仍透着一种庄严之美

敦煌,被无数塑像与壁画淹没的莫高窟千佛洞
从4世纪至14世纪,历经了千年的开凿和装饰

第322窟（初唐）的七尊佛像
佛像鼻下蓄须
具有少数民族相貌

第444窟，须弥坛上是塑像，
周围是壁画

第57窟，《树下说法图》中的
菩萨像（初唐）

第445窟中慈眉善目的
白面菩萨

第17窟内满是古书经卷
位于此窟内的洪䛒像

阿羌海拔2900米,是昆仑山脉脚下的一处村落村中全是土屋,有一处国营牧场。村民用雪鸡热情款待了我们

在从克里雅（于田）去尼雅（民丰）的一条路上
一辆去巴扎（集市）途中的卡车

在从若羌返回且末的途中
车辆趴窝了

米兰遗址地处戈壁滩中央
几处大大小小的土堆

从阿羌往昆仑山中深入27公里
便会来到一条河前——哈拉米兰河

一条狭长的半岛伸入塔克拉玛干沙漠深处,大马扎便是地处这半岛尖端的一处村落,是人类生存极限的居住地,人们历来在此组建驼队

在尼雅所见的洗衣的女人们
这里的男女都很和气

在沙漠与戈壁的旅途中
可以让人聊以慰藉的红柳之花

目录 / Contents

001	赴乌鲁木齐
010	干尸与木简
023	赛里木湖的光辉
039	伊犁河
046	吐鲁番大道
058	交河故城的落日
068	柏孜克里克千佛洞
080	昆仑之玉
093	什斯比尔遗址
103	于阗国在何处
119	敦煌之思
128	河西走廊
137	葡萄美酒夜光杯
149	幻之海
158	大盛之城——敦煌
170	登上玉门关遗址

181	赴阳关之路
190	莫高窟
206	重游火焰山
215	入喀什
225	戈壁中的诸城
238	昆仑的河　帕米尔的河
247	游塔里木河
260	龟兹国故地
271	在阿克苏
283	酒泉之月
294	追寻疏勒河
304	飞天与千佛
315	弥勒大佛
326	藏经洞之谜
337	黪得故城的静寂
348	从张掖到武威
359	沙枣香
370	尼雅——精绝国的故地

385　　大马扎

404　　尼雅的姑娘们

420　　褐色的死之原

434　　昆仑山中一晚

443　　风鸣的废墟

452　　围绕罗布沙漠的兴亡

466　　米兰遗址

479　　柳絮飞舞旅途的结束

495　　译后记

499　　附录　井上靖年谱

赴乌鲁木齐

八月十五日（昭和五十二年）五点三十分，起床。我将两个大型提包拿到房间外。由于在新疆要逗留半个月左右，我决定将全部行李都带上。洗完脸，打开窗户。天气晴朗，太阳正冉冉升起。

六点四十分，我们从北京饭店出发，穿行在上班族的自行车洪流中。路边钻天杨行道树的叶子在阳光下闪闪发亮，很美。虽然中午会热，可现在只有27度。天高云淡，这不禁让我想起"北京秋天"一词来。

除我之外，车上还有日中文化交流协会的白土吾夫、佐藤纯子二人。听说佐藤女士的父母最近相继去世。父母生前时，她便经常给他们介绍此次要去的新疆维吾尔自治区的一些情况，因此，这次的旅行她专门带上了两件小遗物，仿佛也让二位老人同行。途中，大家谈起想去某地赏月的话题。究竟是去吐鲁番观月，还是去和田赏月呢？一瞬间，这尚未谋面的"异域"月光，已让我心驰神往。

今天是八月十五日，日本的战败日。听说，当时白土先生家住东京，佐藤女士也只是山形县某小学一名五年级学生。我还记得，当时，我本人也正在每日新闻社大阪总社的社会部供职，还曾写过一篇《瞻拜停战诏书》的文章。之后，三十二年的岁月一晃而过。尽管如此，我第一次将自己的脚踏上中亚已是六十岁，而此次入疆则是年逾七十，可见，实现年轻时的梦想何其难也。

毋庸赘言，这次的中国之行是一次受邀之旅，是我第七次受中国邀请访问。我第一次访中是在二十年前。自那以来，我便屡屡谈及新疆地区的事情，看我对新疆如此关心，于是，在中方的精心安排下，终于实现了这次的旅行。光顾说我自己了，其实，我们一行十一人，大家无疑都是一样的立场，一样的心思。一行中有中岛健藏夫妇、宫川寅雄、东山魁夷、司马辽太郎、藤堂明保、团伊玖磨、日中文化交流协会的白土吾夫、佐藤纯子、横川健等人，外加一个我，简直是一个新疆爱好者小分队。

大家在机场的餐厅用了早餐。早上的空气凉丝丝的，很爽。从北京与我们同行的孙平化先生说：

"虽然北京已是秋天，可大家要去的地方还是夏天呢，完全是盛夏。吐鲁番45度的气温，大家恐怕都无法想象呢。"他的一番话，让大家对炎热多少有了点担心。

八点四十分，起飞。飞机是伊尔-62，大型喷气式飞机。

至新疆维吾尔自治区首府乌鲁木齐2800公里，飞行时间三个半小时。白色的机身飞向秋高气爽的天空。天空那么高，高得都令人吃惊，这样的天空在东京是绝对看不到的。据说，北京驶往乌鲁木齐的列车也在开行，所花时间却是三天四晚，或是四天三晚。

飞机很快来到山岳地带上空。山岳波涛翻滚，白云像撕碎的棉花撒在空中。

我们让乘务员小姐将大致的行程——飞机飞经的地点和时刻提前介绍了一下：八点四十分从北京起飞，九点三十分至包头上空，然后沿黄河飞行，不久飞越黄河，飞经宁夏回族自治区，十点十八分飞经甘肃省民勤，十点五十一分飞经酒泉，然后进入新疆维吾尔自治区，十一点二十九分飞经哈密，十二点十分抵达乌鲁木齐。

一如计划，起飞约一小时后，飞机已飞翔在包头上空。这一带完全是沙漠地带，黄河在沙漠中就像一条赤褐色的长带子。不，较之赤褐色，咖啡色的说法或许更好些，能给人一种浊流停滞不前的感觉。眼前处处都像用鲜艳的朱色轻轻刷过一样。至于刷法，倘若用茶碗作比，便是光悦式刷法。不久，阴山山脉从前方浮出，飞机朝其接近。黄河流淌的这边是沙漠，对面是阴山山脉。

从高处俯瞰，阴山山脉并未有那种恢宏的感觉，看上去反倒像一条长堤。长堤对面也有沙漠。飞机逐渐飞越阴山山脉，飞离黄河。不久，黄河完全消失。下面依然是广袤的大沙漠。沙漠中有许多大干河道。有些地方还纵横着一些细丝般的小路。完全看不到聚落，一如死沙之海。

时过不久，黄河再次浮现。飞机飞越黄河上方，穿过阴山山脉与贺兰山脉之间，飞往宁夏回族自治区上空。黄河再度变成赤褐色。岸边有一撮绿色地带，一处小小的聚落浮现在眼前，聚落中住着一生都与这红色黄河为伴的人们。赤褐色的黄河、岸边点缀的一小片绿地、绿地中的小聚落，以及将一切都围绕其中的这片灰黄色的沙漠——我不禁心生感慨，真是任何地方都有人类居住。

越过黄河后，沙漠的风纹清晰浮现，大小的盐湖也点点地出现在眼前。盐湖就像用刷子刷上的一层白色颜料。不久，贺兰山脉将其长长的山脊线从对侧窗里映了过来。飞机已完全来到腾格里沙漠上空，从贺兰山脉的右侧直指民勤。从飞机上看，贺兰山脉也与刚才的阴山山脉一样，只是一条被修在浩渺大沙漠中的长堤。

十点十分左右，一片耕地地带楔入了沙漠海洋。耕地有如一条条摆放整齐颜色略微不同的长条小诗笺，给人一种人类在拼命蚕食沙漠的感觉。还有一条笔直的路浮现在眼前。有些地方，耕地的绿色中还被放入了一些白盐地带。还有些地方，耕地中则直接被放入了沙漠的碎片。尽管已分明是民勤附近，可民勤的聚落并未进入视野。

不久，一片顶着白雪的山脉从左侧窗里远远浮现出来，是祁连山脉。飞机依然在大沙漠的上空飞翔。这片沙漠大概是与腾格里沙漠相连的巴丹吉林沙漠吧。沙海中不时现出一些岩山地带，有如山石盆景。不久，大沙漠忽然间热闹起来。忽而是大沙丘浮现，忽而是沙丘巨浪翻滚，忽而是大断层横亘眼前。盐湖也多了起来，像撒满白色的浪花，又像被随意涂抹的白色颜料。

沙漠中久违地浮出一条大河。唯有河两岸是绿色的，已成为耕地。绿带中可见一些小聚落，不久，略大些的聚落也浮现出来。还有蓝色的湖。飞机大概正飞翔在东西400公里的祁连山脉北侧、河西走廊地带的上空。河西走廊自古便是联结中原与西域的重要历史交通要道，是一条半绿洲半沙漠的长带子，用"走廊"一词形容再贴切不过。

一片片云影被映到了沙漠上，无数的云影。大概是阳光的缘故，这些影子看上去竟是绿色的，宛如被播撒的无数小绿地。

十点五十分，飞机准时飞经酒泉上空。错落的地带上坐落着一处巨大的聚落。自这一带起沙漠波浪起伏，感觉又热闹了起来。那些起伏之处其实是岩山的山峦。所有岩山的山坡全被沙土覆盖，上面还施了许多流线花纹。有的地方像安上了许多树枝，有的地方像用许多熊掌划过，还有的地方像滑雪的痕迹，数条柔和的曲线永远平行地伸向远方。虽然只是风的恶作剧，不过，大自然的游戏实在太别致了。看上去既像抽象绘画的曲线，又像抽象的文字。

岩山与岩山之间有一些沙漠的碎片，碎片上裂着一道道大裂痕，透着一种仿佛被冷冻过的坚硬。岩山、岩山山坡的风纹以及龟裂的沙漠碎片，它们构成的地带一直在延续。从我个人的认知范围来说，这里无疑是神奇地壳的一隅，完全堪比奇石林立的土耳其卡帕多西亚。这种地方人类是无法居住的，一旦误入，定会被眼前的荒凉景象所惊呆。莫说是人类的气息，恐怕连生物的气息都没有。

不久，一片白雪皑皑的山脉远远地出现在前方，天山。准确说，是构成天山山脉的一道支脉。

这一次，地壳开始被残忍地挖掘，巨大的泥丘上印着网状的花纹，仿佛被罩上了一张网。那些花纹不像风纹，大概是水道吧。这种地带在短暂持续。这样的景象，只能用雄伟荒凉来形容。

不久，天山山脉绕至左侧，近在咫尺。覆盖着白雪的山峰层峦叠嶂，气势恢宏。再看看下面，依然是被挖掘或龟裂的崎岖地貌。

不久，在这些地带中，一些长条诗笺形的耕地开始一块两块地出现，并且数量也在逐渐增加。这些长条诗笺地带向四面八方不断扩展，清晰地展示出人类同沙漠战斗并征服沙漠的进程。飞机开始下降。耕地一块块被防风的树木包围起来。那些树，大概是钻天杨吧。

不久，飞机降落在乌鲁木齐机场。走下飞机，阳光很毒，很热。30度。这是一处地处大沙漠的机场，远处低山环绕。

据说，该机场位于城市的西北部。我们受到了新疆维吾尔自治区革命委员会等众人的迎接，然后乘坐专车，立刻赶往今后的宿舍——乌鲁木齐迎宾馆。

林荫树钻天杨高大挺拔，令人吃惊。我们不断与满载甜瓜的卡车擦身而过。路左右两边耕地连绵不断，到处都是小沙丘。或许称为沙丘残余更准确些，总之，处处都是沙丘的碎片。

进城后，路两侧白色土屋林立。入城中心后，房子不再是白墙，变成了黄墙。突然，车子驶入一片路两边挤满男女中小学生的区域。人人手持小旗，有的高举假花花束，还配有乐队。人群很长，绵延不断。据说，由于登顶天山山脉的最高峰——托木尔峰的登山队员要进城，为庆祝登顶成功而专门安排了欢迎队伍。热烈的欢迎让城市变成了欢乐的海洋。

穿过城中心，来到城郊，进入乌鲁木齐迎宾馆。迎宾馆很宽敞，又美丽又整洁。院门口和楼入口都站着士兵。

在房间稍事休息后，我们在大厅与革命委员会的人商量了此次行程安排，之后又听取了有关新疆维吾尔自治区概况的介绍。桌上摆着西瓜与甜瓜。虽说这里与北京有两小时的时差，不过，双方还是商定，在新疆地区的整个旅程都以北京时间为准。

七点半，新疆维吾尔自治区革命委员会副主任宋致和先生在迎宾馆内为我们举行了欢迎宴会。之后，我们又在城中的人民剧场观赏了由新疆歌舞团表演的民族歌舞。

虽然赶往剧场时是九点半，不过，若按这座城市的时区才刚七点半。我们走在傍晚的街上，感觉也的确是七点半的天色。灯火在白墙或黄墙土屋里亮起，所有胡同里全是晚饭后外出纳凉的维吾尔的大人和孩子们，热闹但不吵闹。一个沉静的夏夜。在中国的这座边境城市，我久违地体验到了幼时所经历的那种美好的夏季黄昏。

剧场是仿清真寺建筑。走进内部，无论通往休息室的走廊还是休息室全铺着地毯。

十二点，我们返回迎宾馆。静谧的夜色淹没了房间外。

——我终于进入了新疆维吾尔自治区，终于进入了乌鲁木齐。

兴奋与感慨让上床后的我多少有些难以入眠。遥远古代的西域、今天的新疆维吾尔自治区，它究竟是个什么样的地方？今后访问的伊犁、吐鲁番、和田等历史之城，如今又会是一种什么样的表情呢？它们各自拥有的悠久历史又会以何种遗迹被留存下来呢？如今生活在该地区的十三个少数民族又是保持着何种风貌与何种风习生活的呢？并且，面积可抵四个半日本的新疆维吾尔自治区，还有天山山脉与塔克拉玛干沙漠地区，它们是如何保持着远古历史的影子，同时又是如何进行现代呼吸的呢？还有这身为首府的乌鲁木齐，它是如何被现代化，作为接近边境的城市又具有什么样的性格呢？——一切答案只待明日后揭晓。

干尸与木简

八月十六日六点，我从在乌鲁木齐迎宾馆的第一夜的睡梦中醒来。醒来的一瞬，我才想起这里便是新疆维吾尔自治区——古代的西域。不，不是想起，而是自言自语。

我第一次对"西域"产生兴趣是在京都大学念书的时候。虽说我的专业是美学，可我从来就不到校，整天赖在寄宿公寓里，涉猎一些有关西域的书籍。我也不知我为何会变得如此，或许是被某一本书给迷住了，然后便由着性子，一本接一本地探寻着同类的书。那么，让我接受西域洗礼的第一本书是什么呢？倘能回忆起来肯定很有趣，可我却毫不记得。

如今回顾起来，当时似乎是一个连学界都掀起一股西域热的时代，涌现出众多的西域学者。倘若"西域学者"的说法有些冒犯，那也可以修改为"论及西域问题的东洋史学者"。总之，对于尚在念书的我来说，全是些令人炫目的名字。

从大正到昭和年间，日本出现了许多收录西域问题论文的书籍。比如，羽溪了谛《西域的佛教》、桑原隲藏《东西交涉史丛》、辻善之助《海外交通史话》、足立喜六《大唐西域记的研究》、藤田丰八《东西交涉史的研究》、白鸟库吉《西域史研究》、石田干之助《长安之春》、羽田亨《西域文明史概论》等，实在是不胜枚举。足立喜六翻译的《大唐西域求法高僧传》《法显传》的出版也是同一时期。斯文·赫丁（Sven Hedin）《彷徨之湖》、欧文·拉铁摩尔（Owen Lattimore）《农业中国与游牧民族》等译著的出版也是在此时期。

这些研究西域的学者谁都未踏进西域半步。虽然西域确非易去之地，当然或许他们也未必想去，可他们的研究或论文中，却总是洋溢着一种令人想去的冲动。正因不可去，这晦涩的论考中才会酿出一种吸引读者的东西来。

即便是对被那些学者的书籍勾起西域狂热的我来说，西域也终归是一处"禁地"，是不可亵渎之圣地。因为"西域"二字天然带着一种禁止入内的意味——正因如此，它才有了一种秘境般的妖艳魅力。

都说是日本人敬畏西域，这一点战前战后均未改变。尽管由战前的"东西交涉路"或者"东西文化交涉路"的称谓变成了战后的"丝绸之路"，可这无非是在说法上变温和了点而已。作为秘藏着丝绸之路中最重要部分的地域，新疆维吾尔自治区即使在今天也依然拥有着巨大的魅力。可即便如此，目前这里仍是难以涉足之地，这便是西域，这便是丝绸之路。

战后，自从我开始写小说——当然也多亏了学生时代所受过的西域的洗礼，我便以西域史为题材，写了几部以西域为舞台的小说。诸如《敦煌》《楼兰》《洪水》《昆仑之玉》《异域之人》等，倘若把取材于天山对面的中亚的也算上，数量上还会更多些。而即便在写这些小说之时，我也从未想过要去小说的舞台——新疆维吾尔自治区去看看，也从未想过能否去。或许，正因它是"禁止入内"的世外圣地，才让我萌生出了小说的构思吧。

倘若可以的话，倒真想去看看——这种念头的产生，也仅仅是近十年来之事。自从屡屡受邀访问中国之后，我便越发感受到一种诱惑——倘有可能的话，真想去自己的小说所涉及的舞台去看一看。同时，心里也不是没犹豫过。天山、昆仑山脉、塔里木盆地、塔克拉玛干沙漠，倘若从学生时代算起，这些都已是耳濡目染了四十余年的名字。而对于这些名字，我自然也构建出了自己的印象，并且也一直是按这些印象来写小说的。尽管都是借助书籍或游记构建的印象，却也相应地具有了一种真实感。我记得自己也曾说过，我最好是继续坚持一直以来的这种印象，而绝不要改变它。

可是，我这次却来到了新疆维吾尔自治区。当我从在乌鲁木齐迎宾馆的新疆第一夜的睡梦中醒来时，我依然略感疲惫。手足各关节都在疼。可仔细想来，这可是四十余年来魂牵梦绕，如今终于如愿以偿的地方啊。我花了四十年的时间才走到这里啊。一想到这些，即使些许的疲惫也便值了。

洗完脸后，我立刻来到院子。天空晴朗，令人神清气爽。院子是欧式风格的，有一种公园般的轻松明快。大门与迎宾馆大楼入口跟昨天一样，照例有士兵站岗。院子里树木很多，那些高大挺拔的全都是钻天杨。同为钻天杨，这里的竟跟日本的截然不同，一棵棵高大挺拔，有种气冲霄汉的感觉。数棵排成一列时，还能形成一面巨大的绿墙。据说这是新疆特有的钻天杨，汉字写作"新疆杨"。宽阔的院子里还配有几栋宿舍，仿佛被藏在了这些钻天杨里。

有关新疆的情况，我虽然也读过不少写过不少，却从未注意过这钻天杨。不只是钻天杨，未曾想到的事情今后必定会更多更多。

早上散步回来，离早餐还有点时间，我便坐在窗边的大写字台前，整理起革命委员会昨天为我们做的有关新疆维吾尔自治区的情况说明要点。我想在最近这段时间，至少是最近两三天，一定要好好看看人家的展示，好好听听人家的介绍。尽管我多少还会有一些提问，对于想参观的地方也多少有一些个人希望，可一切等回头再说。毕竟，降落在四个半日本大的少数民族地带的这一地点后，才刚过了没几个小时。

这一边境地区的自治区，面积能抵四个半日本，占中国全土的六分之一。人口1100万，虽然感觉上只是辽阔的地域上稀稀落落地散布着几个人，可事实未必如此。从地势上看，新疆维吾尔自治区大致由三大山脉与两大盆地构成。所谓三大山脉是指阿尔泰山、天山、昆仑山，几乎全呈东西走向。阿尔泰山与天山之间是准噶尔盆地，天山与昆仑之间则是塔里木盆地。

每条山脉都很大。比如天山，东西长2000公里，南北宽400公里，是由众多山脉汇成的一道山脉束。昆仑山脉，据说平均海拔6000米，因此，这也是一座万年积雪与永久冰河的集合体。准噶尔盆地是沙漠性草原地带，里面散布着一些没有树木的草原与沙砾，即由所谓的戈壁这种不毛之地交织而成。另一个塔里木盆地，面积91万平方公里，浩渺的盆地被沙子淹没，形成了所谓的塔克拉玛干沙漠，几乎无人居住。"塔克拉玛干"是维吾尔语，准确说应该是"塔其里·玛干"，据说"塔其里"是"死绝"之意，"玛干"则是"广袤"之意。"死之沙漠"，应该是无法住人的。

如此看来，新疆维吾尔自治区主要是由大山脉、草原、沙漠与戈壁的不毛之地构成的，人类能居住的地区十分有限。倘若再除去北部草原，剩下的便只有由山脉雪水所形成的天山山脉南北两麓的绿洲地带，或是昆仑山脉北麓的绿洲地带了。倘若将三块绿洲上的人类定居地用线条串一下，便会形成往日的天山北路、天山南路，以及昆仑山脉北麓的西域南道。既然有"天山南道"的称呼，那么自然也该有"西域北道"了，而西域北道则正好与"天山南路"合二为一。

倘若以天山为中心考虑，其称呼便是"天山北路""天山南路"，假若以塔里木盆地为中心，其称呼便是"西域北道""西域南道"。无论是叫"天山南路"还是"西域北道"，指的都是同一条往日大道。总之，这三条大道都是历史的大道。既是东西交流之路，也是丝绸之路，当然还是文化东渐之路。

古时以"五胡十六国"相称的西域少数民族的定居地，都是沿三条大道中的某一条分布的，今日新疆维吾尔自治区的1100万民众，也是大部分生活在位于三条绿洲地带的都邑。

在此次的旅行中，我们即将访问的伊宁跟乌鲁木齐一样，也是一处天山北路的沿路都邑，吐鲁番则位于天山南路的起点。还有我们最后的访问地点和田，则位于昆仑山脉北麓、塔里木盆地的南边，因此自然是西域南道的都邑。

从前的西域基本上相当于今日的新疆维吾尔自治区，而关于新疆，有些必要的情况是需要提前了解一下的。

现在，居住在这一地区的民族有维吾尔族、哈萨克族、回族、柯尔克孜族、汉族、蒙古族、锡伯族、塔吉克族、乌孜别克族、塔塔尔族、满族、达翰尔族、俄罗斯族等十三个民族。在少数民族中占压倒性多数的是维吾尔族，哈萨克族则位居第二。据说，这里很多印刷品都使用维吾尔、哈萨克两种文字。

正如名字所展示的那样，少数民族便是少数的民族。据说，中国对一般汉族人都提倡计划生育，但对新疆维吾尔自治区的少数民族则是鼓励生育。

新疆维吾尔自治区西南与阿富汗、巴基斯坦、印度接壤，北部及西北部则与苏联的三个共和国接壤。新疆的边境线全长有5000公里，其中光是与苏联的边境线就长达3000公里。

大学8所，中专学校78所，中学约1400所，小学约1万所，医院大约为700家。解放前则只有大学1所，中专学校8所，中学9所。对比新旧数字，近三十年的发展变化一目了然。

乌鲁木齐至北京的航班每周有3趟，其中1趟绕经兰州。并且，乌鲁木齐至北京的快速列车是每日都有。去上海、天津则是每周2趟航班。这里是边境不假，可跟从前的西域已大不相同。

我刚住过一夜的乌鲁木齐，即新疆维吾尔自治区的首府，它原本是一座名叫"迪化"的城市。"迪"为教导之意，解放后,"迪化"这一具有大汉民族主义色彩的称呼被废除,改名为"乌鲁木齐"。在新疆少数民族地区、东北、云南、西藏等地,解放以后,原先那些对少数民族具有侮辱性的名称全被更换。安东变成了丹东,镇南关变成睦南关。乌鲁木齐也是其中之一,据说,在维吾尔语中,乌鲁木齐是"水果之乡"之意。

我们十点离开迎宾馆,前往新疆维吾尔自治区博物馆。今天比昨天略微凉快,大概有二十七八度。蜻蜓在汽车前面成群地飞来飞去。天空没有一丝云。蜻蜓飞动的样子颇有一种日本秋天的感觉。

由于迎宾馆地处郊外一角,因此需花大约五分钟才能进城。在此期间,左右两边均有低矮沙丘出现,样子与九州北部的煤矸石堆很相似。

成排的钻天杨林荫道笔直地伸向远方,一眼望不到头。树出奇地高。路两侧的碧绿田地里是马铃薯。

大约五分钟后,我们进入一片白墙的单层土屋林立的老城区。只有大街上的房屋是黄色墙壁。再瞧瞧胡同,里面全是白墙的房子。这便是昨天傍晚让我赞叹不已的那条美丽的街。街上的黄墙房子之所以多,大概是当地鼓励将历来的白墙改成黄墙的缘故吧。不过,对于身为旅行者的我来说还是更喜欢白墙,黄墙黯淡且土气,反倒是白墙更鲜明更美观。

胡同的尽头不时还能望见沙丘。看来城市周边仍残留着许多沙丘碎片。这里的林荫树,除了钻天杨外,还有一种树枝繁叶茂,名叫"白蜡",而据从北京同行的一位年轻工作人员说,这种树名为"槭树"。

车子进入老城的中心地区。尽管房屋是单层或双层的土屋,不过,这里的墙壁也被涂成了黄色。人行道上人群杂乱,情形与我在伊朗或土耳其所见的阿拉伯城市很相似,不过,这里要么是到处被挖开,要么是房子被拆,看来,这里正进行着热火朝天的城市建设。汽车在一处十字路口停下,无论右边还是左边,远处都能望见沙丘。汽车不时被迫减速。只见一辆满载蔬菜的车子由三匹小马拉着,徐徐地横穿马路而去。

我们进入新市区。这里也在进行着道路施工。两条车道将行道树夹在中间,每条车道的外侧又隔着行道树修建了人行道。建成后,这里将是两条车道、两条人行道,还有五排行道树的康庄大道。明亮、整洁、井然有序,这样的现代马路在东京等地是难以想象的。行道树的种类依然是钻天杨和白蜡。

新市区同样是小土屋林立,不过同老城相比,这里终究更整洁更明亮。到处都矗立着政府大楼。

行驶了二十五分钟后抵达博物馆。博物馆是一座宏伟的现代建筑。从正面进入后,右侧即是第一室,一处宽敞的展厅。靠近展厅入口的窗边摆着椅子和沙发，感觉像是休息角。我们在这里被招待了茶水。

据说该博物馆建于1953年，展厅的完成则是在1958年，现在共有1000件藏品。据称，大部分展品都是发掘品，除阿斯塔纳古墓群的出土品外，其他都是多年来的发掘品，在此集中展览。总之，作为一家博物馆，其主要特色便是展示与西域有关的出土品。新疆维吾尔自治区历史悠久，在悠久的历史中一直是多民族居住区，而且是东西文化交流与碰撞的通道。一旦进入正式发掘，该博物馆的作用一定会更大，大到令人难以想象。

我们在馆内转了一圈。我对两件展品尤感兴趣，便让博物馆方面介绍了一下，并拍了照片。

一件是1959年由新疆维吾尔自治区博物馆的调查组在尼雅（民丰）遗址附近发现的一处夫妇合葬墓出土的几件死者日用品。其中包括死者夫人的绢袜、粉袋、串宝石小颈饰、金制小耳饰、袜带，还有棺材罩、包裹丈夫尸体的衣物、枕头、小型弓等。

尼雅遗址是汉代"精绝"国的所在地。据史料《汉书·西域传》记载：当时的户数有480户，人口3360人。与其称之为"国"，不如视为一处强大少数民族定居的大聚落更准确。"精绝国"似乎一直延续至公元3世纪，后来便被塔克拉玛干沙漠淹没，在沙土中沉睡了一千七八百年，直到七八十年前，才由斯坦因确认其所在地址是在塔里木盆地南缘。

这处夫妇合葬墓便是在尼雅遗址的附近被发现的。打开独木棺材时，人们发现里面有两具干尸。当然，并非那种经过人工处理的干尸，而是自然的干尸。两具干尸都用丝绸盖着脸，身裹绢制衣物。当时，绢制衣物非常昂贵。古书中曾有记载："锦袍的价值相当于粮2480斤，或者相当于马一匹。"因而，死者很可能是少数民族的富裕阶层。

包裹男尸的衣服并不算大，身长比我本人展开双臂的长度还要短一尺左右，看来是个小矮个。枕头是被连在衣服上的，大概这衣服原本就是裹尸用的。枕头上绣有"大宜子孙""延年益寿"的字样，衣服上则绣着"万事如意"字样，都是为死者祈祷冥福的字句。

据说棺材被打开时，男尸表情平静，两手自然下垂，眼睛闭合。可女尸的表情却不自然。一手紧抓衣服，另一手紧贴棺材内面，仿佛要推开棺材。因此，据说取尸体时人们只能将干尸的手斩断。另外，据说女尸身上还戴着许多红宝石。

尽管是夫妇合葬，可女方分明是为男方殉葬而死。殉葬的习俗究竟是从中原传来，还是少数民族原本就有呢？尽管两具干尸中藏着许多秘密，可有趣的是，在放置于女尸头部附近的藤制小化妆盒里，竟收藏着男子裹尸布的小碎片。

女方变成了殉葬这种习俗的牺牲品。虽不知女方是在男方死后自己服毒身亡，还是借由他人之力被杀死，可总之是仰卧在了男尸一旁。当时还有呼吸，所以才很痛苦。她无疑不愿死，结果却只能去死。

那么，化妆盒中所收藏的男尸裹尸布碎片究竟又是怎么回事呢？或许是有关殉葬形式的一些做法罢。不然，可否视为女方对男方的一种爱情证据呢——女人无疑不愿殉葬，可无论她愿意与否都将不得不拥有这个男人。当然，这只是我随意的揣测。

还有一件是在发掘尼雅遗址附近聚落时，从一名疑似统治阶级者的家中出土的木简。该木简为合订在一起的两条木片，上面写有文字，用细绳捆着，封有泥封，泥封上还印着两个印，竹简正面则写着收件人姓名。

木简是从疑似客厅的地方出土的。我们只能认为，此信的笔者只是写完了这书信，然后便离开了。那么究竟发生了什么事呢？

关于从塔克拉玛干沙漠出土的木简，罗振玉在《流沙坠简》一书中有过介绍，书中认为，沙漠中出土的书信几乎都是书信碎片。可是，乌鲁木齐博物馆所收藏的木简却是形状完整的一封书信。倘若打开看看一定很有趣，不过博物馆方面一直未打开。在打开后确保不会损坏的技术被研发出来之前，恐怕该木简会一直被如此保存吧。

一封在沙土中沉睡了近两千年的书信，如今在出土后又沉睡在了博物馆里。这是一封两千年前某人欲寄给某人的书信。可是，这个某人的内心就这样被泥封了两千年。而我之所以迷恋西域，便是因为这些情由的存在。

赛里木湖的光辉

有关乌鲁木齐,须记述的事情的确很多,不过在这次的新疆维吾尔自治区之旅中,乌鲁木齐已成为据点,因为无论访问伊宁、吐鲁番、和田的哪一处,都需要返回乌鲁木齐,因此有关乌鲁木齐的报告我并不着急,回头介绍也不迟。

八月十七日是我们赶赴伊犁地区的中心都邑——边境城市伊宁的日子。我决定只带一个包,轻装上阵。在这次的旅行中,迎宾馆的房间可以随意借住,因此,我决定将其他行李全部留在房间里。

七点五十分离开迎宾馆,赶奔机场。太阳正在升起。按乌鲁木齐时间是五点五十分,正是太阳升起的时刻。大概是昨天半夜下了小雨的缘故,天气多少凉快了些。可我一问才知道,虽然是早晨,可气温已是27度,之所以感觉凉快,大概是空气干燥的缘故。

九点起飞。预计飞行一小时十五分。从乌鲁木齐去伊宁,据说坐巴士要两天时间,即使用轿车一天内也无法到达。因为必须要翻越天山的支脉,在这一点上,飞机便方便多了。

刚起飞,飞机便来到了大耕地的上方。几十块被围在钻天杨中的田地排列整齐,成排的钻天杨看上去像绣在耕地上的丝线。不久,荒漠逐渐在美丽大耕地的对面铺开。半沙漠半耕地的地带持续了一会儿。聚落点点,不时浮现出一些较大的聚落。从飞机上看,耕地被撒在荒地上的样子,有如绿色的长条诗笺被贴在褐色包装纸上。不久,沙丘开始四处出现,将这些地带大大包围起来,使之变成了真正的沙漠地带。可是,即使这沙漠地带,也处处可见绿色的长条诗笺。啊,将这些绿色长条诗笺贴入沙漠的人们啊……我不由得感慨万千。从上面看,人类与沙漠殊死搏斗的情形一目了然。

今天的情况跟此前从北京飞乌鲁木齐时不同,飞机基本上都是在半沙漠半耕地的上空飞行。九点三十分,一个巨大的湖浮现出来,可由于受雾气的影响,景观并不分明,唯见白云频频飘动。九点五十分,不觉间眼前已变成大沙漠,几个大水塘状的东西浮出来,但凡水塘边上必能看见绿色的小聚落。人类与自然的斗争真是无处不在。

十点,白雪覆盖的连绵山脉从左侧窗里映进来。与天山山脉近在咫尺,眼前的景观只能用宏伟来形容。这一带的沙漠龟裂得厉害,呈现出各种图案。既有马蹄形图案,又有树枝状图案。

不久,前方远处,一片白雪皑皑的山脉也从对侧窗里映了过来。大概是天山的支脉。飞机逐渐接近这些山脉，并开始翻越前山。山是赤褐色岩山，几座同样的山重叠在一起。山表面多少长着些树木，山谷地带则完全被树木淹没。大概已进入多雨的伊犁地区了吧。山野似乎多少改变了些情趣。

飞机在这些丛山地带的上空继续飞行。山谷中能看到点点的聚落。大概是游牧民的定居地。并且，附近还能看到一些貌似牧场的地方。不久，丛山逐渐走低，终于，连绵的丛山地带结束，伊犁大平原浮现出来。聚落完全被绿色包围，一望无际的大耕地铺开。

十点二十五分，飞机在夏草丰茂的伊宁机场着陆。迎接的人群中有汉族、回族、维吾尔族、哈萨克族等各民族的面孔。我们立刻赶往伊犁地区革命委员会的招待所。"卡那赛（音译）"的蓝花、苹果、凉风、白墙土屋、钻天杨行道树……车子穿过美丽的郊外，很快进入城中。伊宁是一座平静悠闲的城市。大约十分钟便从机场到达了招待所。

我们在招待所某房间内同革命委员会的人们商量了一下行程。桌上摆着葡萄、蟠桃、水蜜桃、小苹果，还有纸烟。凉爽的感觉有如夏天的轻井泽。17度。

这座城市海拔800米，年降水量350～500毫米，至于人口，算上城市周边共18万。

伊宁是伊犁地区的中心都邑。伊犁地区北、东、南三面皆被天山山脉包围，形成一个巨大的盆地。由于伊犁河流经盆地，因此，凭借着伊犁河的灌溉，这里的土地很适合农业和畜牧业。不过，未开垦土地仍很多。

伊犁地区距苏联边境80~90公里，最近处则只有十几公里。因而，伊宁是一座名副其实的中国西部的边境城市。

伊犁地区人口有130万，多数为维吾尔族、哈萨克族，这里使用维吾尔族、哈萨克族和汉族的三种语言，宗教除伊斯兰教外还有佛教、藏传佛教、东正教。

由于该地带是一个绵延至天山山脉北麓的盆地，因此从历史的角度看，这里曾先后为匈奴、乌孙、悦般等北方游牧民族的根据地，在突厥时期、蒙古帝国时期，都城都曾被筑于此地。一般认为，唐朝的弓月城、蒙古时期的阿力麻里城等，都是现在伊宁的前身。总之，伊宁是天山北路的一个大聚落，也是一处曾联结准噶尔盆地和中亚方面的军事要地，还是一座商业城市。

尽管招待所将我与宫川寅雄分在了同一房间，不过房间内又分成了三室，十分奢华。我们决定将中间一室空出来，分别使用两头的房间。碰头会过后是午餐。尽管每道菜中都加了羊肉，不过我一点都不打怵。

四点三十分离开招待所，参观制鞋厂和地毯厂。伊宁城虽比乌鲁木齐小得多，不过感觉比较现代化。大概是最近才基本实现的城市现代化吧。前街十分整洁。进入后街，依然是林立的白墙土屋，有些杂乱，不过与乌鲁木齐不同的是，我们刚停下车，路旁的大人小孩就全都鼓掌欢迎。他们的欢迎方式十分自然，可见他们看到外国人的机会是何其少。

可以说，乌鲁木齐的行道树几乎都是钻天杨，偶尔混着一些白蜡树。可伊宁却是钻天杨与类似"榆树"的另外一种树，两者各占一半。类似榆树的并非榆树，据说是由桑树与榆树杂交的产物，因此此树便被取了个"杨观榆"的名字。即，一种类似榆树的杨树。至于钻天杨，则是在乌鲁木齐常见的那种直冲云霄的新疆特有的钻天杨——新疆杨。

尽管早上凉爽，中午却颇热。估计依然是30度前后。

制鞋厂的主任、副主任都是维吾尔族人，工人有321人，其中264人是维吾尔族、乌孜别克族等五个少数民族。不用说，这里主要是为少数民族制鞋，产品都很时尚很漂亮。

地毯厂大约有150人，全部属于五个少数民族。工厂主要生产头巾、地毯等，图案之精美令人称奇，价格之低廉也让人错愕。倘若换算成日本货币，一块巨大的地毯大约只要1万日元。

夜晚，革命委员会主任谢高忠在招待所大厅为我们举行了欢迎宴，宴会结束后，我们受邀观赏由伊犁地区文工团在伊犁剧院进行的公演，不过，我与宫川都未去，我想利用这些时间提前调查一下数日后即将访问的吐鲁番地区的几处遗址。

一点就寝。由于夜间凉爽,我睡得很安稳。

八月十八日,今天是去距中苏边境很近的一个山中之湖——赛里木湖的日子,目的是参观湖畔的游牧民生活。由于在北京时便多次被介绍过赛里木湖水之美,因此我自然也十分关心,想一探究竟。

九点从招待所出发。城市行道树的树下修着水渠,渠中灌满了水。据说这些水是从伊犁河的支流喀什河的水库引来的。而伊犁河本身,由于地处盆地低处,类似的方法是无法实现的。

晴空万里,神清气爽。我们穿过城市一角,很快来到郊外。赛里木湖海拔2200米,伊宁海拔642米,或许会有些寒冷,因此我特意备好了毛衣。湖在伊宁西北120公里外,大约需要四小时。

沿途依然是钻天杨行道树、驴拉的排子车、满载工人的卡车以及满载牧草的牛车。起初前方有些连绵的低丘,可不久后这些低丘便绕到了右侧,并进一步被甩到身后。从此时起,车子驶入一片大平原。一望无际的玉米田铺开来。路边不时浮现出羊群、富裕的人民公社、水渠、低矮的土坯房——感觉这里更像是一派北欧风格的风景。

九点四十分,右面远处出现一片连绵的山丘,山丘的表面呈银灰色，山脚则坐落着同样颜色的聚落。那些山丘恐怕是牧场，只是在阳光的影响下像银灰色，呈现出一副牧场独有的大象皮肤般的柔和色调。山丘以及山丘所在的平原大概都是牧场。事实上，平原的对面已经到处能看到羊群了。

九点五十分，我们进入边境的边界地带。地面多少有些高低起伏，骆驼草开始出现。这里丝毫感受不到边界地带的那种紧张感，只有一片恬然的、一望无边的荒地。

不久，车子离开硬化路，直角左拐，进入一路而来的左边的大平原中。因为我们要看伊犁将军府遗址。伊犁将军府是清朝在剿灭了这里的准噶尔部势力后，为了统领分驻天山南北两路的军营而设的新疆最高军政长官的衙门。不久，一处大门般的奇妙建筑阻住了去路。走近一看才发现是一座鼓楼，而路却早已绕过建筑物两侧，伸向了远方。

据称，此建筑是在《伊犁条约》之后，于1897年建造的，位于县城中心，作用则是伊犁将军驾临时方便向城内报告。倘若这里是县城中心，那么鼓楼周边一带便是城内了，可如今城中的建筑早已消失殆尽，只能在远处看到一两处断壁残垣。从这些城墙的碎片来看，城的规模很大。据说，伊犁河便在南面5公里外的地方流淌。

鼓楼四面都有入口，我们从其中一个进入后，发现角落里装有楼梯，可爬到上面。楼梯是回旋式，我们在黑暗中小心翼翼地爬上二十一级楼梯，来到一处修在鼓楼外侧的走廊风格的城台。城台上铺着石头，不过大半的石头已经缺失。柱子原本是涂朱的美丽柱子，如今朱漆几乎完全剥落。从城台上望去，周围是大平原。除了东侧的低丘，其余都是一望无际的大平原。

从路上是可以拍照的，可一旦进入鼓楼内就禁止拍照了。大概因为是边境地带吧。清代曾有四位将军被派驻此地。当时将军的管辖范围远至乌鲁木齐，可见将军的势力之大。这里还是清末政治家、对外强硬主义者林则徐的左迁之地。

车子再次返回硬化路，一路直指赛里木湖。右面远处浮现出天山支脉的雪山。大平原几乎全被玉米地淹没。虽然也有麦田，不过据说麦子在七月中旬便收割完毕。眺望着正面的雪山兜风，感觉十分惬意。路旁的农家院里，不时浮现的向日葵的黄色沁入眼帘，十分美丽。

突然，路变为下坡，不久再次上坡，车子瞬间通过一处低地，低地上有一处背靠天山的美丽村落。钻天杨、向日葵、静谧的土屋——所有一切瞬间映入眼帘，又瞬间消失，小村落的恬静生活真令人羡慕。

雪的天山支脉绵延不断，完全挡住了前方。山顶全部覆盖着雪。四面到处是种着蛇麻草的田地，绿意浓浓。大概是离边境近的缘故，军队卡车往来频繁。

路在一处名为清河人民公社的大聚落直角右拐。据说此处距苏联边境有十多公里。路开始胡乱转弯。不觉间白雪覆盖的天山支脉完全绕到了左边。

十一点,前方至左侧一带完全被天山山脉包围起来。至此我才明白,平时所谓的天山山脉其实是由数个山系重叠而成的。大平原依然美丽,地面缓缓起伏,玉米地、点点的聚落、钻天杨树叶的光辉、骆驼草、白色土屋。刚才的山脉逼过来。左侧覆盖着雪的最远之山则是苏联领土。

十一点十分,周边变成了牧草地带。不久,车子来到刚才的山前,进入一条河谷。据说这条河谷被叫做"果子沟",意即"结满野果的河谷"。进入河谷后,周围的样子为之一变。车沿着溪流朝山脚的路驶去。数重岩山耸立在前方,落石地带在延续。不久,河谷宽起来,水流映着太阳的美丽光辉。河滩上滚落着巨大的落石。

水流附近不时闪现出一些小聚落。路剧烈起伏,岩山的岩石也变为了红色。

十一点三十分,路绕至河流右侧。河谷时而宽,时而窄,落石地带一直在延续。进入果子沟后,许多岩山上没有一木,不过,也并非没有整座山上全是树木的。树木仿佛都商量好似的,全是一色的所谓"云杉"。岩山地带到处都是云杉之山,到处都是云杉之谷。据说,云杉又叫"新疆松"。

路蜿蜒盘旋。河边有杨树、云杉、白桦等,路旁还能不时地看到蒙古包。这些包都是帐篷型的包，看来并非定居者。大概是在往某处转移的途中，为了过夜将包支了在路边吧。蒙古包周围必然会站着两三个孩子。

车依然在岩山脚下拐弯抹角，转来转去。车在前面行驶，路边的白色土屋与两匹马、蒙古包与狗、大落石，还有驴与两个孩子——所有的点缀不断在背后飞逝。

十一点五十分，四面的岩山上逐渐粘上了草。草已失去青色，呈现出大象皮肤般的颜色。十二点，路略微爬升，忽而绕到河左边，忽而转到河右边，逐渐超过河流的高度。从此时起，路又开始围着山缠绕起来。山谷逐渐加深，河流也直接坠入了山谷深处。后来，路不知不觉间爬升到对岸岩山山顶的高度。不久，又移到旁边的山上，绕着半山腰，继续往高处爬去。在一处海拔1700米的地方，我们略微休息了一下。

车再度绕着半山腰往上爬，给人一种不断往高处攀登的感觉。车子到达山巅，对面赛里木湖的部分湖面瞬间映入眼帘。湖面的出场方式过于突然，简直令人想大声尖叫。

车开始驶下山巅。不是驶下山巅，而是像被吸入了湖畔的大牧场。蒙古包点点，远处近处放牧着马群。到处都有牧场的人们，他们每二三十人凑成一群，用掌声迎接着我们的车。穿过牧场地带后，车在湖畔又行驶了一阵子，然后直奔最里面的湖畔牧场——果子沟牧场。

愉快的湖畔之旅妙不可言。湖周长70公里，深可达80米，由于碱性很强，鱼类无法生息，湖水也无法饮用，不过，湖面之美却很特别。宽阔的湖面上纵横着许多条深藏青色的线条。据说，这些线条会随着时刻变化，时而消失，时而出现。

对岸几座顶盖着雪的山重叠在一起，山上浮着洁白的云。车行驶在一大片缓坡上，缓坡变成了大牧场。听说七月是牧草最青的时候，在八月的现在已开始干枯，失去青色，据说这里都已经开始下霜了。

赛里木湖畔是四月至九月期间的夏季牧场，十三个少数民族都使用这里。我们要访问的果子沟牧场便是哈萨克族的牧场。不过，在到达之前，我们可以充分领略一下湖畔风光。如此轻松明快的风光，此前我从未身临其境过。倘若待上若干天或许会感到厌倦，不过对于刚刚到访的我来说，放牧的马群、羊群、湖畔的大牧场、点点的白色蒙古包、蓝色的湖面、湖面上深藏青色的线条、湖岸的云杉林、对岸的雪山、白云，一切都在八月的阳光下熠熠生辉。

湖畔辽阔的牧场上应该分布着不同名字的牧场，不过，由于看不到边界的栅栏，在我们这些旅行者的眼里，只是一片无边的大牧场而已。

我们在湖畔兜了一圈，访问了牧场最里边的哈萨克族的果子沟牧场,并被迎进了五顶蒙古包中的一顶。汉语在表达农工时用"人民公社"来称呼,表达牧场时却不叫"公社",而是叫"牧场"。因此,这里并不叫果子沟公社,而是叫"果子沟牧场"。

这里是一处集体所有制的牧场,据称共有哈萨克族、蒙古族、维吾尔族、回族、柯尔克孜族、汉族,共六个民族的3800人在工作,放牧着4万头羊、马、牛。不过,从我们被邀请进入的蒙古包是看不到那壮观的放牧情形的。左边远处的湖畔,数不清的羊群有如撒在地上的小石子。从远处望去,由于看不清羊群的移动,因此,羊儿就像被撒落的小石子一样固定不动。

除了4万头羊、马、牛以外,据说牧场还拥有8000亩农田,用来生产饲料。

虽然蒙古包从外观上看并不算大,不过内部却很宽敞,可轻松容纳二十人。里面全铺着地毯,地毯上再铺上一层布当"餐桌",然后将饭菜和食器摆在上面,客人围坐四周。据说,此包便是该牧场的接待处。"餐桌"上摆满各种好吃的,有砖茶、各种花样的馕、黄油、蜂蜜、西瓜、哈密瓜、葡萄等。

霍城县的革命委员会主任、副主任等接待了我们。请我们喝完茶后,又邀请我们观赏盛大的欢迎活动。于是,我们离开蒙古包,乘车被领到较远的湖畔一角。草原上早已铺好东西，备好了观赏的坐席。我们坐下来观赏表演。

霎时间警报迭起，几乎同时，只见一队民兵从沙丘后面出动。此时天空也出现了异样。随着信号弹发射升空，空中到处被撒满了气球。接着，气球便被潜伏的射击部队一一击落。地雷在四处爆炸，湖中也被水雷炸得水浪冲天。在隆隆的炮声中，气球被数次撒向天空，然后又被一一击落。原来，这是一场歼灭空降部队的演练。既是一次轻松的战斗训练，又是一场战斗训练表演。我抽着烟，悠然地观赏着在湖畔上演的这场快乐的戏剧。

战斗训练结束后，一队少男少女士兵又蓦地出现，在我们面前排成一列，伏在草原中，为我们展示射击本领。眨眼间，设在远处的靶子全被击倒。少男少女中最年幼的大概只有六七岁。虽然我们无法区别，可据说，他们分别都是哈萨克族、维吾尔族、汉族、回族四个民族的孩子。

接下来是哈萨克族的赛马。湖畔的平地上修了一处1100米的圆形马场，20头赛马绕场5周。马场当然是临时修建的，赛马的马背上既有老人，也有姑娘与家庭主妇。这完全是湖畔上的一场乡间赛马。虽然只是一场欢迎我们的表演活动，不过，他们真的是狂欢不已，无比快乐。

最后展示的是姑娘追小伙子的马术竞技。只见一组男女并排在起跑线上。信号一发，男子率先起跑，女子立即追赶。只见女子们一手抓着缰绳，一手在头顶狠狠地甩着鞭子。男子必须要甩掉对方才行，一旦被女方追上，背后挨鞭不说，帽子还会被抽飞。

这种表演看着也很有趣。男子大都会被女子追上，一顶顶帽子飞上天空。这大概是一种年轻男女求爱的马术竞技吧。不过，在赛里木湖广阔湖面的映衬下，却透着一种无比的悠然和自在。我和东山魁夷也骑马感受了一下。一群男女围上来。他们身后的湖面显得更蓝了，更广阔了。

看完欢迎表演后，我们回到刚才的蒙古包，受到了午餐招待。最初上来的是马奶酒。尽管有点酸，可据说已除去了肉中的脂肪，因此可当作啤酒来喝。那就权当是酸啤酒吧。所用的酒具则是茶碗。继而上来的是烤肉串，好吃极了。杂烩饭里只放了少许胡萝卜，并未放肉。其他的肉食则是自己来分，用手抓着吃。

欢迎贵客时，哈萨克族人一般都会宰杀一只三四个月龄的小羊，做烤全羊。主人会将羊头放到客人面前，让客人吃点羊耳朵。我们也完全受到了这种礼遇，不过，唯有这揪耳的礼仪却让对方给免了。仪式结束后，端上来的是那仁面。这种面是用熬过的羊汤调过味的，也要用手抓着吃。

食物大都用手抓着吃，不过现在倒未必必须用手抓了。据说，倘若客人用筷子，主人也会使用筷子，假如客人用手抓，那么主人也会用手抓。出席这种宴席的只有男人，女人则专门负责做饭。

我们一面享受着招待，一面谈论着各种话题。

果子沟牧场春夏秋冬都在迁移。春天与秋天需要下山，离开赛里木湖畔，将蒙古包支在伊宁附近。冬天由于伊宁附近的雪加深，因此会暂且来到这里，之后再迁移到对岸的山对面的少雪地方。迁移时，由于人是用卡车运送，一两天便可搬完，家畜则一般需要十五天。迁移时，蒙古包的拆卸与搭建，一般需要两小时即可完成。

充当蒙古包墙壁的羊毛布一般能用上百年，盖在包外的帐篷则能用五十年。至于羊毛布的做法，据说要先将羊毛铺好，再浇上热水，然后才上辊子。这样羊毛就会变硬，羊毛布就做成了。

蒙古包被支在赛里木湖畔的夏季期间，孩子们需要去山顶附近的小学去上学。

聊到家庭情况时，我向一位负责做饭的女人打听了一下家庭收入。她一个八口之家，包括七十岁的老母、丈夫、妻子，还有最大只有十四岁的五个孩子，月收入一共95元，换算成日本货币差不多有1万3500日元左右。虽然掌管着360只羊，可个人财产只有6只羊，4头奶牛。

美丽的赛里木湖群山环绕，山上栖息着熊、豹、狼、鹿、羚羊等动物。

聊着聊着，时间已是三点半。整个湖面像用蓝墨水刷过一样，对岸的山脉是淡蓝色，这边的草地是淡绿色，云依然是丝绸般的白色。不久，蒙古包的外面热闹起来。出去一看，原来，湖畔一角正在举行音乐会与舞会。大概也是为欢迎我们举行的，不过牧场的年轻男女载歌载舞，已完全陶醉。也不知是何时上来的，一群孩子和大人也围着年轻的男女们唱起歌，打起了拍子。今天的果子沟牧场似乎全员放假，把工作日变成了"音乐节与体育节"。

蒙古包里又开始准备晚饭了。看看手表，不觉已是六点半。按这里的时间则是四点半，感觉正是太阳西斜的时候。湖面上，蓝色的线条只剩了一条，正沿着对岸在奔行。阳光仍很强，湖面映着太阳的光辉。据说，这里的气温会随落日同时下降，然后变冷，不过在降温之前多少还有点时间。今天的温暖十分特别，据说昨日与前天大中午都很冷。虽然我们为应对寒冷也提前做了些准备，不过完全没有派上用场。

晚饭虽已备好，不过谁都未动手。每个人似乎都已尽欢，在地毯上默默地嗑着西瓜子。

七点半，我们离开蒙古包，出发。归途用了三小时。当夜，在伊宁的住处上床后，赛里木湖的湖面仍浮现在眼前。如今，那湖面、那湖畔已彻底被淹没在了夜色中吧，想到这里，心中不禁升起一种异样的感觉。我甚至想，地球上最安静的一隅，恐怕就是那赛里木湖畔吧。羊睡了，牛马也睡了，湖边群山上的熊、狼、鹿、羚羊也都睡了吧。

伊犁河

八月十九日，上午休息。下午三点离开招待所，去参观伊宁纺织厂。这个工厂的工人36%是少数民族。工厂的主人为我们做着详细介绍，可由于中间隔了一层汉语翻译，再转译成日语，因此一句话要花三倍的时间。

我们离开纺织厂，去郊外看伊犁河。伊犁河发源于天山山脉，向西流过伊犁盆地后，越过边境，最后进入巴尔喀什湖。正如伊犁是一座历史之城一样，伊犁河也是一条历史之河，从各时期民族兴亡的历史中一路流淌而来。在中亚的河中，流经卡拉库姆沙漠进入咸海的阿姆河、流经克孜勒库姆沙漠后同样汇入咸海的锡尔河，还有发源于伊塞克湖畔流经楚河谷最终消失在沙漠中的楚河——伊犁河与上述的三条历史之河一道，也在东西交流的历史中闪亮登场。

我们在伊犁大桥的桥畔丢下车子，从桥上眺望伊犁河。桥非常长，桥头有一处检查站，没有通行证是无法进入对岸地区的。由于这一带已是与苏联的交界地带，因此一切都很麻烦。

从桥上望去，伊犁河河面很宽，是一条大河。河道一半是沙洲，一半是水流。河面上没有一丝波纹，十分平静，就连哪边是上游哪边是下游都分不出来。上游和下游将桥夹在中间，共同拥抱着一个大沙洲。由于河面宽阔，且蜿蜒曲折，因此无法眺望到远处。不过河水却很清。上游右面的河畔有一处聚落，透着一种河畔聚落原本的样子，真美。

我们渡过伊犁河，前往对岸的潘金人民公社。这处聚落人口有1万6000人，由八个少数民族构成。在一处平静的农村，我们走进一户维吾尔族人的家中，热情的维吾尔姑娘们在葡萄架下款待了我们。她们载歌载舞，看上去无比快乐。歌尽情地唱，舞尽情地跳，随心所欲，没有一丝羞怯的感觉。

我瞧了瞧几家农户的庭前。每家的庭前都搭着葡萄架，葡萄架下或摆着桌椅，或铺着地毯。

我们辞别潘金人民公社，进入城中，访问了一座古老的伊斯兰寺院。这是应我个人的要求在行程中特意添加的。无论是通往寺院的胡同里还是大街上都聚集着许多人。他们全是来围观我们这些外国人的。其中既有老人，也有姑娘，还有蹒跚学步的孩子。

从大街至楼门的路段上人山人海，右面有一条约一间宽（1间大约为1.8米——译注）的小河，连这条小河里都有人。世上恐怕再没有如此喜欢看热闹之人了！

钻过山门楼是一处广场，广场对面建着一座貌似正殿的大型建筑，即礼拜堂。我们走进礼拜堂内。堂内十分宽敞，能坐下数百人。住持走了出来。这位住持是个回族人，名叫马文炳，个头不大，年龄有五十岁上下，一副得道高僧的模样。他体格瘦弱，不住地赔笑，面对着我们这些不速之客，似乎有点不知所措。问其伊斯兰教的经名，他回称叫"穆罕默德·胡赛因"。不久，大概是有点适应了，他便详细为我们介绍起来。

这座建筑在伊宁最古老，是清朝乾隆时期的建筑，原本荒废不堪，1958年由国家出资修复。现在的绚丽辉煌便是当时装修的结果。虽然外观上像佛教寺院，可它一开始便是作为清真寺修建的，因此内部完全是清真寺风格。只是跟伊朗或土耳其清真寺的不同之处在于，这里完全没有内部装饰，连一块瓷砖都没有。空旷的大厅里只有柱子被涂成了红色。

这座礼拜堂现在仍在使用，每天会在规定的时间里做礼拜，一日五次。每当礼拜时间到来，就会有人登上山门楼的三层，用阿拉伯语大声呼喊："礼拜的时间到了，礼拜的时间到了。"

据说，除此之外，该地区还有几座伊斯兰教寺院，但大部分跟该寺一样，外观是佛教寺院，可内部都是清真寺风格的建筑。当然，这里也并非没有阿拉伯式清真寺，不过，阿拉伯式的都很小。

撤出伊斯兰教寺院后，我们接着访问了离边境很近的金泉人民公社。公社有9000人，由锡伯族、哈萨克族、维吾尔族、汉族、蒙古族等五个少数民族构成。这些村子的人们每人都肩负着生产任务和守卫边境的任务。因而除工作之外，他们还必须服从站岗放哨或巡逻等安排。

不过，在公社招待所的聊天却跟其他公社毫无不同。大家侃侃而谈，甚至还像拉家常一样，向我们介绍起劳武结合对特别任务多有效等例子。就连正规军、民兵、农民协作等字眼都会不时蹦出来。

八月二十日，十点从招待所出发。今天是我们返回乌鲁木齐的日子。去机场途中，顺便去了下公园。虽然是市区的公园，却有许多树木，阳光从树间洒下来，很美。

去机场的路是钻天杨林荫道，十分笔直，一眼望不到头。虽然这里的钻天杨与乌鲁木齐的是同一树种，可冲天的阵势似乎更胜一筹。当我跟同行的本地人聊起此事时，对方用纸片写了"穿天杨"几个字。虽然猜不透他说的是树名还是形容，可我还是觉得"穿天之杨"的说法十分贴切。

来到机场，只见草地中横着一条飞机跑道。跑道以外则是一望无际的草原。跟来时一样，飞机依然是An-24，核载

46人。这种机型由于机翼高,从任意坐席的窗户上都能俯瞰下面,真难得。

十一点四十分起飞,飞机瞬间来到美丽大耕地的上空。昨天所见的伊犁河浮现在眼前。褐色、黄色、绿色、茶色,各色的长条诗笺排列在一起。不久,飞机离开耕地地带,飞至没有一草一木的丘陵地带上空。地上仿佛堆放了无数黄褐色黏土块。到处都是有草的浅绿斜坡,山谷的河流看上去就像白色的线头。

不久,丛山变大,山谷变深。每条山谷里都有线头般的河流。丛山的山坡上开始长满上次那种云杉,不过这边的云杉是浓绿色的。去赛里木湖时,汽车就曾爬上一条这样的山谷。

飞机越过这片黄褐色山岳地带的最高处。右面浮出一片大山脉。大山脉的山峦一望无际。不久,一片丛山出现在正下方,飞机飞而越之。这次的丛山很大,几乎没有树木,山上有无数的棱角。再看看前方,同样的山脉重重叠叠,尽头则是大山脉。大概是刚才大山脉的余脉吧。

不久,飞机来到沙漠地带。右侧,丘陵地带的对面是大山脉的山峦,雪映入眼帘,是天山。

飞机起飞已三十分钟,感觉完全像是看地壳模型。飞机接连越过浮现在眼前的天山支脉或前山。不久,天山将身影完全裸露出来。所有的棱角映着太阳,洁白无瑕。山表是黑褐色的,正是大天山。白雪皑皑的大天山无边无际。尽管被数条支脉阻断,可飞机还是与天山越来越近,近在咫尺。可不久后,天山山脉依然远去。十二点二十分,天山变成了大沙漠彼岸的一道景观。

这是一次天山北路的空中之旅。飞机已来到大平原的上方。雪的大天山依然浮现在右边,有如一扇屏风。屏风的对面则是浩瀚的塔克拉玛干沙漠。

十二点四十分,我们来到无数长条诗笺大耕地的上方。天山依然头顶着白雪,连绵不断。一条大河浮现在眼前。此河似乎源自天山,直指北方。还有沙洲。河慵懒地蜿蜒着身子,或许是条干河道。虽然也架着长桥,可河道呈现出荒漠的样子。大耕地依然在延续。天山的前山开始顶着白雪出现。于是,仿佛已完成自己的使命似的,天山终于逐渐远去。

不久,为了降落乌鲁木齐机场,飞机开始降低高度。顶雪的前山也逐渐远去。十二点五十五分,飞机在沙漠中的绿洲、绿洲中的乌鲁木齐机场着陆。

第四日的乌鲁木齐。阳光很毒,35度。虽然机场的路比伊宁气派,不过,若论行道树钻天杨,终究还是伊宁的更挺拔。或许是水多的缘故吧。

进入新市区。天山前山的雪从大街上浮现出来。车朝其驶去。不久是老城区。沙漠碎片之丘、吃瓜的男人、枝繁叶茂的美丽的白蜡行道树、骑马的男人、驴拉的排子车——这里的杂乱竟让人看着很顺眼。在我的眼中，第四日的乌鲁木齐已是一座比前几天更平静的城市。

吐鲁番大道

八月二十一日，上午九点从乌鲁木齐迎宾馆出发，前往吐鲁番。距吐鲁番180公里，车程三小时。我们的计划是在吐鲁番住上一晚，明天傍晚再次返回乌鲁木齐。

乌鲁木齐是天山北麓的绿洲地带的一座城市，吐鲁番则是天山东部褶皱地带的盆地中的城市。虽然仅凭地图弄不大清楚，可总之，吐鲁番位于天山南麓，作为纵贯天山南麓的天山南路（西域北道）的起点闻名遐迩。

因而，若要从乌鲁木齐去吐鲁番，必须要在某处越过天山山脉。不过，到了这里后，即使天山也分明已沦为东部的末端。路串连着残余丛山群的低处，由北疆（天山北部的新疆维吾尔自治区）穿向南疆。

乌鲁木齐的海拔大致有800米，与此相对，吐鲁番则是与海平面几乎一样高的低地。吞没了吐鲁番的盆地向南倾斜，南部低地上的盐湖——艾丁湖甚至比海平面还低147米。因而，吐鲁番可谓中国最低的盆地上的一座都邑，也被誉为中国最热的地方。每年仅40度以上的炎热天数就有三个月以上，目前的最高气温记录为53度。并且，据说这里的年降水量仅16.6毫米，年水分蒸发量则为3000毫米。在这次的旅程中，让人多少有点却步的地方，便是这处访问地。

不过，若除去炎热这一点，它无疑仍是最有魅力的历史之城，堪比我们最后的访问地点和田。和田作为古代于阗国的王城所在地，是西域史上的一处最靓丽的舞台，不过，它的所有遗址尽被埋入了沙漠中。与此相反，吐鲁番则得益于异常干燥，地上仍勉强保留了不少西域古代史的碎片。

吐鲁番在历史上崭露头角是从公元前开始的，之后便成为北方强大游牧国家与经略西域的中国历代王朝誓死争夺的地区。这里既有交河城、高昌城等古代都城的遗址，也有近年因出土品而闻名的阿斯塔纳古墓群、柏孜克里克千佛洞。

今天，我们即将开启的乌鲁木齐至吐鲁番的180公里路程，虽然也可称之为吐鲁番大道，可它绝对也是一条历史的道路。它既是北方游牧民远赴塔里木盆地之路，也是一条入侵之路。匈奴和突厥都使用过这条路。不用说，它既是一条东西文化的交流与碰撞之路，也是丝绸之路。

我在小说《异域之人》中便曾涉及此地，当时若能对吐鲁番大道略知一二，小说的构思也定会有所不同。可遗憾的是，我对这条大道一无所知，也无任何印象。倘若翻一翻赫丁、斯坦因、勒柯克、日本大谷探险队等的游记，就会发现他们也走过这条路。可是,他们并未说清楚这究竟是一条什么样的路,因而也无法让一个作家从中获取印象。

对于探险家们来说,最重要的便是到达目的地并亲身站到那里,至于途中情况如何,他们是毫不关心的。在这一点上,他们是最坦率的,否则便无法实现探险的目的。

可是,对于一个身为作家而非探险家的我来说,将来难保不会再次将这条大道用到作品中,因此,我决定将从车窗里看到的事物尽量详细地记在笔记上。我决定请孙平化与我同乘一辆车,并请熟悉当地情况的司机帮忙。

九点出发,气温24度,十分凉爽。车离开乌鲁木齐市区后,很快进入一片小沙山点点的荒地。地里只长着野生的向日葵,黄色的花朵很醒目,很美。

不久,路被林荫树镶了边,两侧变成了绿色田园地带。惬意的旅行持续了一会儿,不过才五分钟工夫,两边就再次被荒地彻底占领。巨大的沙山点点地出现在左边,从右边到前面一带,许多山开始重叠,车子仿佛闯入万重山中。

不久,右边和左边接连出现了一些丘。倒也称不上沙丘,只是些覆盖着小石头的不毛之丘。路起起伏伏,曲曲折折,串连着丘与丘。车则行驶在无数的丘波中。由于起伏剧烈,几乎望不见前方和左右两方。当然也既无一草,也无一木。太阳升起在左边。离开迎宾馆不到二十分钟,我们便进人这不可思议的令人绝望的风景中。倘若将人丢弃在这里，恐怕只有发疯的份儿吧。太阳虽已升起，可与这里的任何事物都看似无关。

这不毛的丘陵地带的旅途大约十分钟后结束，汽车进入一望无际的荒芜大平原。地上撒着一片沙砾，只点点地长着些骆驼草。路很平坦，笔直地伸向远方，将这片沙砾与骆驼草的不毛大原野一分为二。这里同样是一派令人绝望的风景。视野倒是开阔了，也没有刚才丘陵地带那样的闭塞性压迫感，不过，虽未联上"狂"，却忽然联上了"死"。倘若将人丢在这里，恐怕他只能默默地走下去，可无论走向哪里，前方等待他的都将是死。这绝非别人的想法，而是他本人的念头。因为车已进入了不折不扣的戈壁中。

一望无际的沙砾之原，一望无际的骆驼草之原。据说由于骆驼草含有盐分，骆驼以外的动物是不吃的。虽不知骆驼是真喜欢吃，还是逼不得已才吃的，可是，倘若留意一下骆驼在沙漠中前屈着巨大身体所吃的草，你会发现那都是骆驼草。骆驼草叶形像荆棘，带刺，人即使穿着鞋踩上，一般也会被扎疼的。虽然这是一种不太招人喜欢的草，可前几年时，我却在阿富汗南部的马尔哥沙漠看见过将一望无际的原野全部吞没的骆驼草，正争先恐后地开着美丽的小红花，当时的感动无法形容，令我记忆犹新。

谈及此话题时，司机告诉我说——骆驼草不只是骆驼的食物，还是哈密瓜的重要肥料。将骆驼草埋进田里，能生产出香甜可口的哈密瓜。

哈密瓜是新疆维吾尔自治区东北部的都邑——哈密特产的一种甜瓜，在这次的旅程中，我们经常在各地看到。这种瓜跟日本的真桑瓜很像，不过水分更多更甜。

我们在骆驼草草原的一角停车，休息。就在这戈壁大平原的某处地方，应该横亘着一条北京—兰州—酒泉—吐鲁番的铁路，当然，具体在哪边我却猜不透。据说，我们现在行驶的吐鲁番大道几乎与之平行。

我们再次上路。不久，大约二十分钟后，一处聚落从右边浮现出来，这是我们第一次在进入戈壁后看到聚落。这是一处仅有二三十户土屋的村子。问司机村名，说是叫"芨芨草村"。所谓"芨芨草"，指的是在骆驼草地带中与骆驼草共生的一种草，不过跟骆驼草不同，这种草可以做扫帚用。虽然我们现在驶过的地带望上去只是一片骆驼草原，可同时大概也是一片芨芨草原。芨芨草村真是名副其实，完全就是芨芨草原中的一个小聚落。

不过，聚落周边铺陈着刚收割完的小麦田。这一带离山较远，因此，所获的天山雪水的恩泽也较少。我后来让人调查了一下，据说这芨芨草村是一个老聚落，古来有之，因此，从前商队繁荣时，这里恐怕就作为吐鲁番大道上的一个驿亭，因旅人和骆驼而繁荣一时吧。

过了芨芨草村，眼前再度变回原先的大荒地。一株一抱多粗的骆驼草映入眼帘。不久，右面远处浮现出一片大盐湖。问问名字，就叫盐湖。真是简单明了。湖面并无蓝色的东西。仿佛脱过色的灰色水面上多少有些波纹。湖又细又长。据说附近有一个盐湖制盐厂。果然，一片厂房建筑浮现了出来。据说由于盐湖很浅，卡车可直接进入湖中，搅动湖水将盐收集起来，然后运出去。盐湖一望无际，整片水域就像一条带子。

十点，出发后正好一小时，眼前依然是无边的大荒地。仿佛与盐湖相对称似的，路的左边远处开始点点出现低矮的丘陵。丘陵很大，时而重叠，时而有几座露出断面。这一带的景观酷似土耳其的卡帕多西亚高原，黯淡、厚重、荒凉。

盐湖终于结束，可刚舒口气没多久，新的盐湖又开始出现。不过，我没大弄清楚，也可能是几个盐湖被凑到了一起吧。左边的丘陵再度消失，变成一望无际的大原野。

十点十分，汽车进入一片小绿洲地带，驶过达坂城人民公社。这里低矮的榆树点点，厚重的枝叶随风披靡。据说，这一带是出了名的风口。

过了达坂城人民公社，右面到前方一带开始有大山阻挡。这些山是突然出现的。不知从何时起路已改变方向，朝天山的支脉驶去。左边浮现出一座清代的望楼遗迹。

不久，车进入重叠的山与山之间。大平原之旅结束，车仿佛忽然被拽入了山谷中。车从桥上越过小河，然后一路沿河驶去。眼前完全是岩山地带，沿着谷中清流的旅途由此开启。岩山一重接着一重，流水冲刷着不断出现的山脚。路则沿着水流，在山脚或断崖下延伸。

我将视线投向前方，只见黑黪黪的岩山重叠在一起。这条河谷名叫"白杨沟"。据说由于野生的白杨多，因此得名。白杨的枝叶和其他灌木，都被风吹得扭曲着身子。

十点三十分，下车休息。吐鲁番大道上似乎起了秋风，丝毫不热，风很凉爽。白杨是一种巨大的树，虽然有许多白杨映入眼帘，不过河边既有柳树，又有低矮的红柳。红柳正开着假花一样的桃色的花。

十点四十分，出发。依然是被夹在同样岩山之间的河谷之旅。河谷时宽时窄。变宽时，河流两岸的河滩也会变得很宽阔，并被柳树、红柳、钻天杨等完全吞没。河流白浊，四处不时会出现河滩，河滩上忽而撒满小石子，忽而被灌木占据。河谷有时会变成黑重的风景，像煤山地带，有时又会变成相反的赭色风景。这完全是岩山肤色的缘故。到处是落石地带。一成不变的旅程无止无休。所有的山上一棵树也没有。

十一点，车突然钻出河谷。眼前顿时开阔起来，前方已没有山。虽然右边是巨大岩山的长长体躯，左边是低丘连绵，不过前方已无一座山，变成了广阔的大荒地，仿佛将芨芨草原和小石滩混在了一起。总之，汽车现在已从白杨沟钻了出来。

白杨沟的出口人称"老风口"，是公认的一处险地，风一吹，人和动物都会被吹上天，被吹得无影无踪。据说老风口的"老"是"经常"或者"始终"之意，也就是说，老风口是一处经常刮大风的隘口。

所幸的是，今天的老风口并未刮风，无比平静。被印上老风口标签的地方，不止这白杨沟的出口，天山山麓到处都有。

——热了吧。

司机说。经他这么一说，吹进车窗的风里果然也带着热气。

戈壁之旅再次开启。穿过白杨沟，意味着我们已基本从北往南穿越了天山东端的褶皱部分，不过，如同天山北侧是戈壁一样，天山的南侧依然是戈壁。

一望无际的小石滩仍在继续。这里已没有了芨芨草，也无骆驼草。大概一切植物都无法生存吧。左右远处浮现出一片山峦，山峦对面大概也是戈壁。山就像戈壁中的岛。

戈壁之旅仍在继续。右侧浮出一些巨大的丘陵，几座丘陵忽而出现忽而消失。接着，更远的地方浮现出绵延的大丘陵。左边也看到了巨大的山影，不过这边的是山脉。

十一点三十分，戈壁中的旅程依然在继续。左边的山脉逐渐清晰起来。美丽的山脉。雪也浮现出来，是层叠的大山脉。

十一点五十分，漫长的戈壁之旅终于结束，路即将进入绿洲地带。戈壁结束时，点点的坎儿井浮现出来。天山山脉为年降水量很少的干燥地带带来了珍贵的水。天山雪水渗入沙漠和戈壁地带，形成地下水脉，倘若将抽取地下水的井用暗渠连起来，构建一个农田灌溉系统，这便是坎儿井。坎儿井又叫"Karez"，与伊朗的沙漠地带点点分布的暗渠Qanat是同类东西。Qanat的特点是，井与井之间间隔100米左右，而吐鲁番盆地的坎儿井，则是每隔20米一个井。

不久，路突然进入一片绿洲地带。绿色急剧泛滥。水在路旁流淌。多美的绿色地带啊。哪儿都是绿色。古老的历史之城吐鲁番就被藏在这绿色中。

虽然联结乌鲁木齐与吐鲁番的吐鲁番大道之旅已彻底结束，可作为匈奴、突厥等北方游牧民族远赴塔里木盆地之路，它依然是一条困难重重的大远征路。无论使用骆驼还是马匹，要想穿越这戈壁大平原，就必须克服炎热与缺水的威胁，绝对是千难万险。若是徒步，更是无法想象。时代变迁，至赫丁、斯坦因的时代后，从吐鲁番出发，驾着马车，数日后终于进入风雪交加的乌鲁木齐——这类似的情形，我在探险家们的游记中也见过两三次。或许，选择冬季穿越困难多少会少点。可总之，这无疑是一种必须经受幻听幻觉折磨的旅途。

我们决定不进城市，而是直接访问地处郊外的葡萄人民公社的葡萄沟（架）。车子行驶在闲散的农村地带。土屋和土墙全是略带红色的灰色，给人一种被烈焰炙烤般的印象。后来听说这里是火焰山麓，我这才恍然大悟。前方的天山——其实只是构成天山的一支支脉——山巅上覆盖着雪，将美丽的身姿展露在我们眼前。

清澈的水在公社的入口流淌，是天山的雪水。我们在葡萄架下被招待了西瓜和葡萄。葡萄沟所属的葡萄人民公社规模很大，所属人员有1万6000人，医院、初中、高中一应俱全，另外还有农机修理厂、拖拉机站、园艺实验站、小型水力发电站等。此外还建有水库，修有引天山水的水渠。在这样一种体系下，除葡萄外这里还生产棉花、甜瓜、蔬菜及其他粮食。据说今年一年的葡萄产量便高达1200万斤（6000吨），真是难以想象。

大约一小时后，我们辞别葡萄沟，前往今夜的宿舍——吐鲁番县招待所。我们在未硬化的路上行驶了一会儿。沙尘蒙蒙。即使上了硬化路，状况也未怎么改变。风在别处呼啸。

路两侧有葡萄田、钻天杨、棉花田、高粱地，还有飞舞的沙尘。我们进入一片老旧的土屋地带，眼前的情形跟中亚的布哈拉城有点相似。路边的大人小孩杂乱地聚成群。自行车也多。即使到了这里仍能听到风的吼声。土屋、人、道路，一切都蒙着沙尘。

女性的服装，无论大人的还是小孩的，全都是五彩缤纷，就连缠在头上的头巾也是五颜六色。只有女人拥有色彩，在沙尘的风中焕发着光彩。这些女人的服装，光是现在映入眼帘的，就有红色、白色、紫色、黑色、粉色，以及由这些颜色搭配成的竖条纹图案和箭翎图案。至于驴拉的排子车上，则是红衣的老妪、蓝衣的母亲，以及紫色和白色衣服的姑娘们。

所有女人都用头巾包着头，防止头发被风吹乱，并且大家都穿着短裙。男子则是长裤配白色半袖衫，外加鞋子或凉鞋，并且，全都不约而同地戴着鸭舌帽。

女孩们全是盛装打扮，十分可爱，与此相反，男孩们则全是裸身裸足，无一例外。

十字路上男女老少成群结队，十字路对面林荫树随风飘舞。户外44度。风声、沙尘、对面顶着雪的天山也浮现了出来！

不久，我们进入吐鲁番县招待所。房间里铺着石砖，地上对放着两张床。这样的房间我们每人住一间。房角放着两个洗脸盆，盆里盛满了水。据说这水是洒地用的。大概是用来抑尘的吧。水用完后，可以从楼出入口附近的洗槽的水管打来续上。

且不说沙尘的问题，光是房内的温度就有33度，就算是待在室内也会出汗。不过，由于没一点湿气，倒也没有不快。

招待所的院落很大，许多树木裹着建筑物，有如公园的一角。

建筑物旁有一处不错的葡萄架，架下面已成为休息场所，不过，据说今晚将在这里举行舞会和歌会。这里很宽敞，完全可以举办这些活动。

交河故城的落日

八月二十一日（前章续），午饭后，吐鲁番县革命委员会副主任阿不力孜在葡萄架下为我们介绍了吐鲁番县基本情况。桌子上摆着西瓜、葡萄、哈密瓜等。由于渴得厉害，我见啥吃啥。结果却被提醒说，吃了葡萄和瓜后不要立刻喝热茶，否则会拉肚子。

正如上次所记述的那样，吐鲁番盆地四面环山，向南倾斜，南部的低地低于海平面147米，即使位于盆地高处的吐鲁番城，也才跟海平面差不多高。吐鲁番县年降雨量16.6毫米，年水分蒸发量却达3000毫米，属于异常干燥地带，被认为是中国最热的地方，并由此获得了一个"火州"的外号。现在是下午两点，户外温度是44度，室内也有33度。因此我们决定，今天无论访问哪儿，都要在炎热略微缓解的四点以后才行动。

吐鲁番地区虽然气温高，降雨量少，可这种气温却十分适合农作物和园艺作物的生长。问题是水，不过幸亏天山雪水渗入地下形成了丰富的地下水，不仅坎儿井里的水长年不断，还可直接利用运河与水渠将雪水引来使用。据说，革命前当地曾深受干旱和缺水之苦，解放后，当地十分重视水利工程，修建了7条水渠、600余口机井、8个水库。因此灌溉面积成倍增加。可以说，吐鲁番县的行动充分证明了一个道理——水是农业的命脉。

该地区还有一个麻烦问题。据说，台风般的大风每年要刮三十多次，相当厉害。尤其是盆地中的托克逊县，风格外厉害，甚至有"风库"之称。要想防御大风灾害，只能造防风林。现在，吐鲁番县的防风林长度已达1300公里。在这种地区，人类的生存是十分艰难的，这在风调雨顺的日本是难以想象的。

可是，即使在这样的吐鲁番盆地里，从公元前起就已经有人类在定居。因为这里是天山东部的绿洲地带，又是交通要冲，作为少数民族的定居地带自古便广为人知。

吐鲁番地区在中国的史书《汉书·西域传》中，是以统治该地区的车师前部国的名字出现的。汉代初期，天山南部、塔克拉玛干周边地区有所谓"西域三十六国"，车师前部便是其中之一，以交河城为都城。虽称之为"国"，不过无疑尚处相当初期的阶段，因此，理解为少数民族相对集中的定居地较为妥当。

总之，车师前部堪称当时势力强大的北方游牧民族匈奴南下西域的门户，而汉朝也要经略西域，因此，这里便理所当然地成为了双方势力的争夺之地。汉朝的西域经营获得进展后，车师国便被置于了汉朝势力的控制下，汉不但设了西域都护府，还在高昌壁设了戊己校尉。

可是，这种局面并未持续很久，至公元前后时，车师完全被匈奴控制，因此汉不得不放弃西域。至汉末时，"西域三十六国"发生分裂，变成了五十余国。

之后，东汉进入西域，再次与匈奴争夺车师。此时正是班超与儿子班勇将一生埋于流沙的时期。

高昌壁后来被称作高昌城，进入了很多汉人，几乎变成了汉朝的一个派出机构。北凉灭亡后，其残余势力占据了此处，与之相争的车师国遭遇了灭亡的悲惨命运。由此，高昌国第一次登上历史，以高昌城为都城。事情发生在公元450年。从此时起，曾经散布在西域的五十余国逐渐合并，不久变成六个大国。即高昌、焉耆、龟兹、疏勒、于阗、鄯善。如此以来，这些地方已不能再单纯地称为定居地，作为国家，它们已具备了完整的体制。

在这西域六国中，唯有高昌国多少有些性格不同。其余五国都是由少数民族建立的国家，而高昌国则是汉人建立的国家。尽管其居民为波斯系，可官制和风俗都是中原式的，有如汉帝国的一块飞地。从出土的偶人来看，当地居民的风俗十分时尚。但是，这处飞地却与母国逐渐对立起来。公元640年，唐朝最终灭掉高昌国，改名"西州"。中原王朝对此地的统治，一直持续到维吾尔西迁大量流入这里的9世纪中叶。

之后，这里便成了西域的中心部，14世纪中期以后则属于东察合台汗国，到了元代又被称为和州、火州、喀喇和卓、喀喇火卓（共称哈拉和卓）等。这时期第一次出现了吐鲁番这一都邑的名字。

之后，吐鲁番的统治者便将统治范围扩大至全西域，进入18世纪后，吐鲁番又成为统治者与明朝争夺哈密，与清朝，与准噶尔部斗争的地方。

由此看来，吐鲁番盆地的历史十分古老，而且波澜壮阔。西域史的几分之一便是以这里为舞台展开的。现在，吐鲁番县便有交河故城与高昌故城两大遗址。多亏气候异常干燥，这两座纯粹的土城，两个西域史的碎片，才将其一千几百年前的身影传到了今日。

我们决定四点三十分从宿舍——吐鲁番县招待所出发，顺便去一趟五星人民公社，然后访问交河故城。

汽车途经一片古老的土屋地区。由于是简易马路，沙尘飞扬。土屋的墙壁连绵不断，几家连在一起。土屋地带结束后，取而代之的是棉花田、高粱地，以及将其包裹起来的防风钻天杨。风依然很大，沙尘飞扬。

田地中有一座苏公塔浮现出来。塔高44米，是座砖塔。

该塔建于二百年前，塔脚还建着一座清真寺，是沙漠中的伊斯兰教寺院。塔与周围山丘颜色完全相同，塔上刻的图案是维吾尔族传统的图案。

清朝初期，有个人名叫额敏和卓，由于统一宗教有功，清朝便封其为吐鲁番王。额敏和卓活到八十几岁，后来将王位传给了儿子苏莱曼。苏莱曼是一位为民族统一立下卓越功勋的人物，此塔便是苏莱曼为父亲额敏和卓建造的。根据塔旁的告示牌，苏公塔的原名已被废，现在使用新名，叫额敏塔。

我们再次经过土屋地带。有许多人家将床搬到户外，放在前庭的树荫或葡萄架下。到处流淌着小河。由于是天山的水，十分清澈，清得让人甚至想把手伸进去。

城中有处墓地。砖色的墓碑与小屋形的墓多少给人一种异样感。人们年年岁岁生活在这城里，然后死去。

我们来到大街上。路很宽，左右的建筑全是政府机关风格，不过，唯独充满沙尘这点未有改变。不久进入老街区。大人孩子杂乱地聚在一起。五彩缤纷的女性头巾在风中飘舞。自行车多，驴也多。

这里是风之城、尘之城、戈壁之城、天山之城、沙漠之城、白土屋之城、裸体裸足的孩子之城、驴之城、高楼大厦与田地混杂之城。据说吐鲁番县的人口有14万8000人，那么吐鲁番城的人口能有几分之一呢？

不久，我们进入一片一望无垠的青翠田中。田地的绿色是在吐鲁番所看到的最美颜色。跟刚才一样，我们依然是冒着沙尘经过这片田园地带的。风在呼啸。裹着田地的防风林是钻天杨。

农舍点点。虽然是土坯房，可其中既有涂成白色的，也有裸露着土坯的。只有农家周围田里的农作物的绿色十分养眼，仅凭这一点，种田之人该是这里最幸福的人了吧。

不久，我们进入五星人民公社的一隅。防风林中铺着地毯，迎接我们的坐席早已设好。坐席旁流水淙淙。这里依然是大风呼号，防风林钻天杨在沙沙地摇晃。人们不断地搬着西瓜，差不多一人一个。公社的人在讲话，可大部分声音都被风夺走了。

——五星人民公社有23个大队，103个生产队，所属人员有3万3000人，主要作物有小麦、高粱、棉花、葡萄。

——以前，本地区有几百座沙丘。每次刮风沙尘滚滚。曾经有7个村子毁于沙土。由于受风沙之害，作物一年需要复种三四次。

——现在已消灭了200座沙丘，植树造林。既造了运河，也修整了原先的坎儿井，还挖了新机井。

尽管公社的人讲话声音很大，可他的话语依然被风搬到了别处。虽然我不大喜欢西瓜，可多少都能吃得下去，真是不可思议。所有人都像喝水一样吃着西瓜。

辞别五星人民公社后，我们赶往吐鲁番城11公里外的交河城址。

低矮的钻天杨林荫树的白色叶背随风摇曳，像花儿一样。这是我第一次注意到这种钻天杨。听带路的当地人说，这叫新疆杨，是新疆本地的树种。我们在乌鲁木齐、伊犁地区屡屡见到的直冲云霄的钻天杨叫穿天杨，是外来树种。穿天杨那挺拔的身姿固然不错，不过新疆杨也有一种说不出的美，感觉像花在摇动。进入一处土屋聚落后，在土屋与土屋间的胡同里，孩子们在风沙中招手。女孩全是盛装打扮，男孩则无一例外全是裸身裸足。望着女孩男孩并排招手的样子，我心里忽然生出一种异样的感动。

路旁的沟渠里，清澈的水满盈盈的，不时溢到路上，而沙尘则我行我素，依然在四处飞舞。

不觉间进入一片一望无际的绿色耕地。错落的地面上点点散落着一些沙丘。不多久，所有耕地变成了荒地，风像沙尘暴，卷着沙子四处飞舞。

汽车沿巨大沙丘的脚下行驶。沙丘旁流水淙淙。水流的形状并不规则。这些水肯定是从别处冒出来的，具体是从哪里冒出的我无法猜测。

离开沙丘的脚下，汽车又沿着水塘般的河蹒跚而行。河中与河边有许多红柳。连绵的大沙丘从右边浮现出来。

不久，又一片荒地在眼前铺开。即将落山的太阳红彤彤的。车绕到右边，进入大沙丘与大沙丘之间。从这一带起道路消失了。我们在河滩上放弃原来的车子，换乘到一辆随行的吉普车上，朝两个沙丘间驶去。走近后才发现，沙丘上到处裸露着岩石。

正面远处浮现出一处貌似遗址的东西，是一片荒凉的地带。虽然貌似城堡，可走进后才发现并非城堡，而是岩山的自然作品。吉普车晃得厉害，我们最终进入河流中。不一会儿，一匹驴驮着个孩子从同一条河流中走来，与我们擦肩而过。看来，这条河已成为当地人常走的一条路。

历尽千辛万苦后，真正的遗址终于进入了视野。交河故城！一座超出预想的巨大城市遗址。吉普车从南门进入，驶过一处貌似大道的地方。这完全是一趟不折不扣的死城之旅。遗址规模与巴比伦城差不多大。但见一些大小的泥土碎片如柱子如墙壁般林立在那儿，竟不知是什么遗迹。

我们来到一处据称是大型寺院遗址的地方，下了吉普车。寺院遗址规模颇大，似乎被简单地修整、复原过。台地忽高忽低。我们登上大约两级台阶，走进里面，一堵貌似前殿遗址的壁面立在面前，在疑似佛龛遗迹的高处有一尊毁坏的佛像———一尊缺失了佛头的坐像。

我们离开前殿，在附近的大堑壕地带转了转，又在疑似后街的地方走了走。几条同样的街道纵横交错。

最后，我们又去瞧了瞧下面流着河的断崖。交河故城——城如其名,它原本便是建在夹于两条河间的沙洲上的一座城。虽说是河中沙洲,地面却高高隆起形成丘状。因而,作为一座无墙之城十分有名。城门也只有南北二门。据说,崖下的河早已干涸,因此,现在贮满的水很可能是从别处冒出来的。

我们不过是站在空旷遗址深处的一隅,土垒、土柱与土墙有如被曝晒的累累尸体。居住在这里的人们随时代不断变化。这里既有过属于伊朗系少数民族的时代,也有过属于汉族的时代,还有过维吾尔族人的时代。或者,尽管只是一时,可无疑也拥有过匈奴和突厥等北方游牧民的时代。倘若将这里真正挖开,究竟能挖到什么呢?这是一座从公元前1世纪延续到14世纪,然后成为废城,直至今日的城市。

我们踏上归途,用同样的吉普车返回同样的路。巨大的沙丘被落日染得通红。回首望去,遗址也是红色的。我们顺着河流中下来,另外还三渡小河。

我们丢下吉普,来到换乘汽车的地点,然后在附近溜达了一会儿,等待后面的小组。看看表,九点十五分。按当地时刻则是七点十五分。暮色苍茫,半月升至平原上空。站在干河道里朝平原方向,即与城址相反的方向望去,平原就像是大海。太阳虽已落下,可点点分布的大小沙丘与岩山的表面仍微微发红。风很凉爽。

回到招待所，用过晚餐后，我们受邀参加了在葡萄架下举行的民族舞会和歌会。除我们之外，还有100名左右的维吾尔男女也坐在座位上。演出单位是县文艺工作队，30名演员中有2人是汉族，其余全是维吾尔族。虽然演出节目政治色彩都很浓厚，不过演得却很精彩，不令人生厌。借用团伊玖磨的话来说，那就是乐器是有趣的少数民族乐器，演奏也超凡脱俗。

文艺演出结束后我们撤回房间。或许是多少有点累了，我竟怎么也不困，半夜都没睡。这里虽是炎热之国，夜里却很舒服。

即使在上床之后，今日所见的交河城址仍浮现在眼前。根据1928年调查过这里的中国考古学者黄文弼的手记，他造访之时，遗址中还住着许多人。恐怕在漫长的岁月中，这里一直都是附近农民的住处吧。可尽管如此，这荒凉遗址中的生活究竟是一种什么样子呢，我很是好奇。

还有，根据黄文弼的同一手记，居民们将交河城址称为"雅尔和图"，据说"雅尔"是突厥语，意为"崖岸"，"和图"是蒙古语，意思是"城"。若将两者合起来便是"崖城"之意。没错，绝对是崖城。不过，周边的农民竟使用突厥语和蒙古语的混合称呼，这一点甚是有趣。可以说，这恐怕也是这座城址的复杂历史所产生的结果。

柏孜克里克千佛洞

八月二十二日，昨晚直到深夜都没睡意，后来才进入梦乡。这不禁让我想起数年前，我在里海海边的拉姆萨尔的酒店住宿时那种安睡的感觉。据酒店的工作人员说，由于里海南部沿岸低于海平面，因此睡眠格外舒服。或许也是这种缘故，人在吐鲁番的睡眠也才格外舒服吧。

今天的日程很满。要在逛完高昌故城、阿斯塔纳古墓群、柏孜克里克千佛洞后，返回乌鲁木齐。

九点十五分，我们离开招待所。车行驶在钻天杨林荫路上，钻天杨的白色叶背很美。或许是阴天的缘故，从车窗吹进来的风感觉比昨日凉爽得多。高粱田在路两侧铺开。车进入城区，又很快穿过城区，来到郊外。骑驴的老人，一个、两个、三个，个个都悠闲自得。低低的山峦从前方浮现出来。据说是火焰山的余脉。

路直角右拐，前方的山系随之转到了左边。山脉的这一侧，则出现了好几座奇异的山，形状像米团。

进入荒漠。我们一面遥望着左边的山脉，一面继续着一望无际的荒漠之旅。右面的山影完全消失，草木不生的戈壁在眼前铺开。不久，四处出现一些青绿色的灌木，坎儿井开始点点出现。

左边远处的山脉仍在延续，可眼前却变成了无尽的戈壁，荒凉的小石滩在继候。这里所拥有的只有坎儿井。从右边远处低丘起伏的时候起，前方的山便开始重峦叠嶂，并逐渐绕向左边。前方再次出现层叠的大山，车仿佛要钻进那山与山之间似的。结果，车子驶近绕至左边的山，沿山脚驶起来。

停车。说是已到火焰山前。果然，红色火焰般的山就坐落在眼前。这是火焰山山系中看上去最像火焰山的一片丛山，我们的汽车就停在了这山前。

火焰山东西横贯吐鲁番盆地，是一片约90公里长的小山系，虽说是山系，却也只是数座山的相连。南北宽10公里，海拔500米，是寸草不生的红色砂岩之山。因曾在《西游记》中出现过而闻名。由于山表发红，令人联想到火焰，因而才得了火焰山这个名字。并且，火焰山所在的吐鲁番盆地，实际上也确如在火焰中炙烤一样热。

我们再次出发。来到刚才的山前后，汽车竟意外地拐向右边。原来并不入两山之间而是拐向右边。从拐弯时起，路两侧开始有了植树。从有绿色的情形来看，我们大概已进入了绿洲。

果然，我们很快进入了一处聚落。彻头彻尾的农村——火焰山人民公社。聚落里人很多，其中有一名带着篮子的家庭主妇，生着一副欧洲系的美丽面孔，十分惹眼。主妇对面有两名老人，坐在路旁的石头上。虽然聚落十分悠闲，可沙尘依然落在他们的身上。

穿过聚落后，我们很快来到一处城墙下。原来是我们的目的地高昌故城。车子在遗址中行驶。这处城址也很大。至于跟交河故城比哪个更大，反正，凭肉眼我是无法判断的。遗址中也是沙尘蒙蒙。到处是已大半化成土的土坯碎片，堆积如山。

我们在城址深处的寺院遗址下车。这是一座北望天山的巨大土城。倘若将火焰山人民公社的土屋聚落嵌到这城址的一隅，再配以树木，估计都能再现高昌城繁荣时的平民区景象了。当然，绿树掩映的往日城市的模样，毕竟是很难想象的。

高昌城建于至今一千三百年，甚至是一千四百年前。城几乎呈正方形，东西1600米，南北1500米，周长5公里，面积200万平方米。由皇城、内城、外城三部分构成，城北部分为居民区，南部为手工业作坊区。东南角和西南角有寺院，寺院皆采用唐代长安的寺院样式——这些情况我今天才粗略搞清楚。交河故城没有城墙，高昌城则围了一圈城墙，城墙最厚处可达12米。

这座城市跟交河城是在同一时期化为废城的。至于是毁于战火还是因为河道变迁，一切不明。

高昌之名，正如前述的那样，在《前·后汉书·西域传》中，它是以"高昌壁"的名字首次出现的。后来便变成了高昌城，继而被用作了国号。无论高昌国灭亡以后，还是被回鹘统治的时期，高昌这一古老的称呼都被一直沿用。由此推之，至少到元朝末期，高昌城仍未遭废弃。高昌失去本来的名字是在元末时期，14世纪以后，高昌的名字消失，变成了喀喇和卓、喀喇火卓（都是哈拉和卓的汉译），或者简称为和州，即，和卓不过是高昌的音讹，哈拉和卓即"荒废的高昌"之意。元末以后，高昌国的首都高昌城成为废城，荒废无比，因此只能称之为"哈拉和卓"吧。

1928年，中国的考古学者黄文弼访问了该遗址，他在调查报告《吐鲁番考古记》中记述道：

——城中大半已被开垦为耕地。城中的古代建造物被农民拆掉，土被用作了肥料，因此城的大半已消失。现在残留的大建筑多在子城内的西北区，被居民称为学堂，多数是古代庙宇建筑，呈拱形，土坯结构，并在土坯上抹上泥，施以色彩。

——城东南地势低，现已成为农田，或许是当时子城的城隍也未可知。

——城址的东北、西北全是戈壁，戈壁滩上古墓非常多，全都以土为墓，周围用土墙围之。

这便是五十年前的哈拉和卓的样子。如今，这座大废墟，尽管是同一座废墟，却被新中国作为古代高昌国的首都遗址，打上了新历史的聚光。

辞别高昌故城，赶往近在咫尺的阿斯塔纳古墓地区。该地区位于高昌故城西北2公里外，东北方可望天山，位置极佳，不过并未特别整理，因此，看上去就像一片土包子被撒在河滩般的煞风景地区。从1959年开始，这里经过新疆维吾尔自治区博物馆的数次发掘，出土了大量古文献、壁画、丝织物、绢绘、陪葬品等，公之于世后，名声大噪。此前我在乌鲁木齐的该博物馆就看到过这里出土的好几张绢绘，并且，凭借"丝绸之路""新疆出土文物"等图录，我对这里的出土品也多少有些了解，因此大脑中一直在描绘着另一番墓葬区景象，可来此一看，我竟有种仿佛被带到了煤渣丢弃场的感觉。

可仔细想来，不管它埋藏着考古学上何等贵重的史料，墓场就是墓场。而且还是一千几百年前的墓场。通过发掘人们发现，这里的墓从3世纪到9世纪，而古代高昌的这一段历史，也跟死者一起被深藏在了土中。另外，该遗址的范围非常大，这些墓断断续续，分布在大约8万余平方米的土地上。

我们访问时，有两座墓有壁画，并且只有这两座墓具有能进入内部的通道。其他的墓入口均已被封闭，无法进入内部。据说，从出土品来看，被开放的两个墓都是中唐时期的墓，没有墓志。

我们进入其中一个墓。墓室呈整齐的四方形，正面的壁上画着画。壁画是宣传孔子思想，即宣传处世哲学的鉴戒画。画上有四个人物坐在一块方形地毯上，其中一人的背上挂有一个牌子，上写一个"金"字。据说，这表示此人为金人，而所谓的金人，即谨言慎行的慎言人。另外，画中还有品行正直的玉人，迟钝的石人。至于另外一人，一般都是画一个木讷的木人，不过这里却没有涉及。总之，死者是将一幅训教画挂在枕旁长眠了，可如此一来，我想他的长眠一定会十分憋屈吧。

另一个墓室里也有壁画，正面墙壁上画的是一幅花鸟画——雉与鹅。

辞别阿斯塔纳古墓地区，我们前往吐鲁番东方50公里外的柏孜克里克千佛洞。

路是从吐鲁番去高昌故城时的同一条路，只是方向反了过来，直指吐鲁番方向。然后在中途的戈壁中央，汽车直角右拐。当然，倘若直走下去就是吐鲁番方向，也就是说，我们调转了方向。到这里后，后续的四辆车不见了。

戈壁之旅仍在继续。来到火焰山余脉的山下后，车沿山脚行驶起来。不久，两侧全变成了山，车行驶在被夹在山间的巨大干河道上。可不久后便穿过河道进入了戈壁的平原。感觉我们正绕向火焰山山系的背面。没有一条像样的路，车仿佛走在车辙印上。

我们在戈壁中停车，坐在小石滩上吃西瓜，等待后续车辆。结果后续车辆一直不见影子，我们只得停止休息。

行驶了一会儿后，车明显走在了干河道中间。还有沙洲。河道时而变宽，时而变窄。只要有水，这绝对会是一条壮阔的大河。

我们在干河道中行驶了一会儿，不久离开干河道，换乘上跟在后面的唯一一辆吉普车。后续车辆依然不见踪影。

接下来是错落不平的戈壁之旅。大干河道再次出现。车斜穿河道后，竟意外地来到一片绿色地带。想来，大概是戈壁大平原中的一片小绿洲吧。还有貌似村落的地方。几间土屋拥挤在一起，不过全无人影，只有一头驴立在土屋一旁。但我觉着，里面肯定住着人。附近零星分布着一些小块的玉米田和棉花地。棉花正开着黄色的花。

车再次来到一片荒地，艰苦的旅途没有穷尽。不久，右面的山系靠过来。大地被挖得到处是坑。地面开始明显倾斜。到处都是墓。也不知是从前的墓还是现代的墓。不过，在这样的荒漠中还能保持着墓地的形状，看来不可能很古老。

山系逐渐接近。我们进入剧烈起伏的丘陵地带。几乎没有一条像样的路。

又过了一会儿,前方出现一座山,与右面的山系碰撞在一起。车朝中间驶去。进入两山之间后,突然,一幅巨大的风景出现在前方。雄壮的风景!大山、大河谷、大断崖都被纳入了同一个画框。真想大声尖叫。壮观一词已足够形容。从司机的话中得知,那道大断崖便是我们要去的千佛洞的舞台。果然,大断崖上凿着许多石窟。石窟清晰可见。千佛洞所在的河谷,作用类似于土耳其卡帕多西亚高原上的地壳裂隙,千佛洞就凿建在这巨大裂隙的一边的断崖上。

车行驶在大河谷右侧,在台地上行驶了一段路后,在千佛洞的入口处停下。我们走下几级易滑的下口台阶,来到雕凿着千佛洞的平台。平台上有宽敞地方,也有狭窄地方,一不小心就会摔到崖下。望望下面,才发现我们现在所站的地方,其实是建造在大断崖中层的一处平台。许多洞窟都沿平台凿建。脚下的沙很细,鞋上落了一层沙,变成了白色。

被夹在巨大的岩山与岩山之间的河谷十分壮观。两岸的岩山都带着淡红色。从平台往下望,河滩上有片被开垦出来的土地,地上种着向日葵、玉米等,四处还能看到滴溜骨碌的西瓜。

这里地处吐鲁番盆地东北部,下面流淌的是木头沟河。

因此可以说，千佛洞即被建在木头沟河地沟的右岸。说得再具体些，由于河拐了一个大弯，千佛洞便被建在了弯曲部分。据说"柏孜克里克"是突厥语，意即"用画装饰的场所"。一般认为，该石窟是在8、9世纪时由流入该盆地的维吾尔人所建，不过据说实际上还要更古老一些。

柏孜克里克千佛洞共有57个窟，根据建造时期大致可分为四个阶段。最古老的是南北朝、唐朝初期，现在，这一时期的洞窟只剩了一个，即第18窟。第二阶段是盛唐、中唐时期，为第14、15、17、28、29这五个窟。第四阶段为元代，为第16、39、40、41、42这五窟。第三阶段则是唐朝末期、五代和宋朝时期，上述洞窟以外的所有洞窟都属于这第三阶段。57个窟中一半已完全失去壁画，剩下的壁画也全都伤痕累累。

我一个个参观着洞窟。窟内铺着土砖，每个石窟的壁画都有损伤，没有一个是完整的。其中既有自然损坏的，也有被外国考古学者们切成方形掠走的。剩下的佛画，菩萨及供养者的眼睛均被挖掉，其面部则或遭涂抹或被剥落。大概是异教徒制造的灾难吧。总之，凄惨无比。

我将第18、19、38、39、40、41诸窟用相机拍了照片。然后走进最古老的第18窟，在这里我吃了点西瓜。我对柏孜克里克千佛洞的印象，可以用一个词来概括——痛心。曾经用绘画装饰得美轮美奂的信仰殿堂，如今已变得惨不忍睹。

由于后续部队左等不来右等不来，我们只好踏上归途。刚才未留意到，原来，我们来时还经过了一段并排着几十座山丘的地带，山丘的形状像撒上芝麻的白色米团。无人的聚落依旧无人，棉花田里的黄色的花格外优美。还有几条干河道与坎儿井。

我们返回换乘车的地点，可仍未见其他车辆的影子。我们便进入戈壁，由东进入吐鲁番的绿洲地带。一条由绿色形成的直线浮现在远处戈壁的尽头。车朝着直线一个劲疾驶。不久，我们终于进入了绿色中，原来是钻天杨行道树、农田，还有城市。

回到招待所，瞧瞧食堂里，只见迷路的其他四辆车的人们正在吃饭。尽管有走过多次的向导跟随，可据说他们还是迷了路，未能到达目的地。看来沙漠、戈壁这种地方还真是恐怖。

五点四十分，我们踏上乌鲁木齐的归途。将昨天走的路又反着走了一遍。

土坯外露的房子、络绎不绝的驴拉排子车。其中既有只驮着一个小孩的，也有载着一家人的。驴拉着不可思议的一家成员。姑娘的耳环在耳朵上熠熠闪光。

穿过城市，进入戈壁。戈壁上全是坎儿井，还有仿佛用黏土和石头烧成的丘和山。

从吐鲁番出发五十分钟后，戈壁的小石头变黑，一小时后到达老风口。风的感觉变了。巨大的山从两边逼过来，河在左边流淌。山脉在前方折叠了起来。雄伟的风景！

峡谷地带的漫长旅途仍在继续，车一直在沿河行驶。河不时被红柳淹没，对面时有羊群出现。傍晚的河真美！山全都是岩山。

六点五十分，休息。我又吃了些西瓜。附近岩山的表面像煤一样黑。

出发。不久，山在前方消失，平原露了出来。峡谷地带的旅程结束，我们进入一片绿洲地带。已是七点二十分。一望无际的耕地、绿色的地毯。低矮的太阳浮现在右边。

大耕地突然结束，变成了大荒地。不久是芨芨草地带。出峡谷后，巨大的山脉仍在右面延续。七点三十五分，左边浮出一条盐湖的细带子，对面则是山连山。盐湖时而铺开，时而收缩成一条细长的带子。大盐湖消失后又换上小盐湖。眼前依然是芨芨草原。大山脉出现在右面远处。太阳在前方，左边依然是山脉，右边的戈壁中一列火车正在行驶，是北京—兰州—吐鲁番—乌鲁木齐的列车。大盐湖再次闪现。

芨芨草村，通过。薄暮笼罩在这处二三十户人家的小聚落上。左边的山脉很大，右面远处的山脉重叠在一起。绵延的山脉在右边到前方一带伸展，山顶上覆盖着雪。山脉将大平原围了无数重,给平原绣上了两层边、三层边,甚至是四层边。这些山全部属于天山山系,高处还有雪。无论远的还是近的,山脊线都很粗犷,没有一条山脊是柔和的。

太阳绕至左边。日落将近。我们进入丘陵地带。山丘的右坡昏暗,左坡却很明亮。不觉间太阳绕至右前方。路忽而向右,忽而向左,十分曲折。太阳又到了左边。车行驶在剧烈起伏的丘陵地带。

不久,穿过丘陵地带后,一片绿色与荒地平分秋色的地带出现在眼前。前方的太阳即将沉入左边。八点四十分,我们进入刚刚日落的乌鲁木齐城。

昆仑之玉

八月二十(日)。我们从迎宾馆出发，赶奔乌鲁木齐机场。今(天是)(越过)天山，横穿塔克拉玛干沙漠，前往昆仑山脉北麓的和田的日子。

和田是这趟旅行中最令我感兴趣的地方。倘要我在新疆维吾尔自治区中说出一个最感兴趣的都邑，我想非和田莫属。不为别的，只因和田是汉、唐史书中作为一个西域南道的强国登场的于阗国的所在地。

今天，根据已出版的各专家的研究，于阗国在公元前2世纪时，便已作为东西贸易的中转市场十分繁荣，是一座集伊朗系、印度系等多彩文化于一身的国际都市。这里既奉行拜火教，又拥有独自的语言。随着时代变迁，佛教盛行，寺院也多起来，还诞生出了优秀的佛教美术，在西域南道建立起一个特殊的大文化圈，并一直延续到11世纪。一般认为，支撑往日于阗国繁荣的最大的东西，便是取自流经该国的白玉河和黑玉河的软玉，即所谓的昆仑之玉。

既然这样，往日这个优秀的于阗国究竟是个什么样的民族呢？纵使详情不明，可有一点确切无疑，即它们都属于印欧语系。不只是于阗人，就连那些定居在西域各绿洲，各自建立小国，并诞生出独自文化的各民族，也同样被囊括在这一大致的称呼内。

西域的这种局面在11世纪时发生了彻底改变。由于维吾尔族的迁徙大军涌入该地域，印欧语系的政治、经济和文化的繁荣不得不画上休止符。之后，这一地带就变成了维吾尔人的居住圈。就这样，西域时代结束。

不用说，往日于阗国的王城，还有这个优秀民族所建造的寺院、城堡、大小聚落、优秀文化遗产，现在一样都没能留下。它们悉数被埋进了塔克拉玛干沙漠的沙中。

纵然一切都埋在了沙漠中，可我最想知道的仍是于阗国兴盛时的王都究竟在哪儿。现在的和田本是个名叫"伊里齐"的聚落，究竟从何时起变成了现在这样一个地区中心都邑，确切时间并不清楚。唯一能确认的，也仅有清代时被称作了和田之类。

尽管如此，于阗国的王都是何时，又是如何变成废墟的呢？史书中对此只字未提。倘若臆测一下，于阗王都灭亡的理由只能有两个：一是自然环境的变化，即白玉河与黑玉河两条河道的变迁。因为发源于昆仑山的这两条河自古以来便屡屡改道。

另一个则是人为因素。史书中所见的佛教盛行的于阗国向伊斯兰教的转变,是在10世纪末至11世纪这一时期进行的。不用说,在此期间,于阗的佛教徒们同新入侵的伊斯兰教徒们进行了斗争,并最终失败。于阗王都之所以变成废墟,最终沦为被弃沙中的命运,只要不是河道变迁的因素,那就绝对绕不开这一时期。

斯坦因推定于阗国的王城位于现在和田西方11公里外的约特干废墟,他的观点得到了普遍承认,直至今日。除约特干废墟外,该地区还有一处同样是由斯坦因发掘的于阗国时期的寺院遗址。该遗址被称为"丹丹乌里克",出自沙漠。大概也是于同一时期成为废墟的。

这次的和田之行,我的行囊中塞满了各种任务。我必须要到约特干的废墟上站一站,要亲眼看看丹丹乌里克,还想到史书上记述"夜夜月光盛,产玉"的白玉河与黑玉河的河岸去走一走。由于我还写过一部名叫《昆仑之玉》的小说,身为作者,那些河道之类我还是很有必要去看看的。并且,在小说《异域之人》中,让主人公——东汉将军班超誓将一生献给西域的地点,便是于阗王城的前面。至少,那四处飞扬的塔克拉玛干沙漠特有的沙尘,我还是要亲身感受一下的。

另外,我还想知道,于阗国人的后裔们拥有什么样的容貌,又是生活在怎样的习俗中的。我想跟波斯系、印度系、汉族系,还有维吾尔,想与这些拥有两千余年的复杂血液药方的人在葡萄架下一起喝杯茶。

当然，我还要踏进塔克拉玛干沙漠。塔克拉玛干在维吾尔语中叫"塔其里·玛干"。据说塔其里是"死绝"，玛干是"广袤"之意。即塔克拉玛干沙漠是"死的沙漠""不归的沙漠"。关于这个沙漠我也写过不少次，因此，即使在道义上，我也必须去那儿看看。

对于我来说，和田基本上便是这样的一个地方。

八点四十五分，飞机从乌鲁木齐机场起飞。An-24，核载人数46。至和田预计用时三个半小时，中途在天山南路的阿克苏降落。

起飞后，飞机很快来到大耕地的上方。五彩斑斓的长条诗笺般的耕地出现在眼前。这种地带结束后，飞机又忽然来到一片大丘陵地带的上方。不，不是丘陵，是大大小小的山层叠在一起。有红的，有灰的。从草木不生的情形来看，大概是岩山。不久，被抹上一层淡淡绿色的山也浮出来。山逐渐变大。

今天必须由北向南穿越天山山脉。从乌鲁木齐去伊宁时，我也曾与天山山脉多次接触过。不过那次是在天山山脉北侧沿山脉飞行的。虽然也飞越了一两道山脉，可不过是些天山的支脉。今天则要从北往南，把天山的全部山脉都要飞越一遍。如此一来，小型飞机是最合适不过了。由于飞不太高，能够近距离领略天山。

山，翻着浪而来。一座接着一座，从远处，从近处，像波浪般涌来。眼前的几座山，山顶覆盖着白雪。山是褐色的，雪像挂在山上的白布。

山表发红起来。大概是太阳照射的缘故吧。山阴部分黑黢黢的。不久，众多顶盖着雪的山像波浪一样铺开来。无数的雪山军团，像波浪一样扬着白色浪花涌来。它们是巨山的脊梁，是几十架龙骨！最远的地方涌出雪来，像云涌一样。

终于，飞机越过山脉的脊梁，来到荒漠上方。九点三十分。雪的山脉逐渐远去。下面是发红的灰色荒漠。可是，山的波浪再一次袭来。不过，这一次已没有了刚才的震撼。山顶的雪也很少，无数的山的雕刻方式也没有了刚才的粗犷。

不久，飞机越过山脉群，再次来到平坦地带的上方。可是，盖着雪的山脉很快再次接近。可是，这些山也没有刚才的震撼。正因如此，视野格外开阔，景观雄壮。这是一道东西长2000公里，南北宽400公里的山脉之束。很难想象飞机究竟是如何飞越这巨大的山脉群的。

我们再次将山脉群甩在身后，来到平坦地带。十点。飞机正飞行在无数大地褶皱的上方。雾气加深。

十点十五分，飞机飞至草木不生的丘陵地带上方。大概是塔克拉玛干沙漠的上方。所有山丘，一个个像刻着浮雕一样浮出来。有的刻着观音，有的被印上了鱼骨或叶脉。

不久，飞机穿过丘陵地带，完全来到沙漠上方。一条细线般的长河横在眼前。可转眼间,眼前又变成了丘陵地带,又是众多的浮雕群。

飞机第三次离开这种地带,来到沙漠上方。眼前是巧克力色的河、水渠、长条诗笺形的耕地,不久还出现了一条大河。大河也是巧克力色的。不久,一片大绿洲地带威风凛凛地铺展开。众多的水渠、众多的河。水又红又浊。

十点三十五分,飞机抵达阿克苏。气温21度。休息三十分钟。在机场的休息室,我们被招待了西瓜和哈密瓜。

十一点起飞。尽管很快来到大耕地上方,不过雾气很深,什么都看不见。

十二点二十分,飞机降低高度。一片荒漠浮现出来。荒漠中还流着大河,夹着耕地。不久,一片众多河流交织成网的地带浮现在眼前。较之河,似乎称作水域更贴切。既无干流,也无支流,每条河都拥有无数沙洲,每个沙洲看上去都发白。

穿越这片奇妙的水域地带后,一片大耕地铺展开来。十二点二十五分,飞机在和田机场着陆。

这里完全是一个沙漠机场。其他飞机一架也未看到。机场的地面上蒙着一层细沙,像撒了一层面粉。机场连间隔类的东西都没有,与沙漠直接连通,再连到城市。阳光明亮,风很大。气温27度。

王彬与阿提·库尔班在机场迎接了我们。两位都是和田地区革命委员会副主任，阿提·库尔班是维吾尔族。我们乘上迎接的车辆，赶往市区。高粱田、开满白花的棉花田、钻天杨行道树，一切都蒙着沙尘，白花花的。

路边男人女人的服装与此前地方的有些不同，感觉好像来到了真正的西域。大人孩子只是注视着我们，并未表示出欢迎之意。他们既不笑，也不招手，对外国人并不亲近。尤其是解放后，从未有日本人访问过这座城市，据说我们是第一次。倒是在明治时期的时候，大谷探险队的橘、渡边、堀三位队员曾在这里短暂逗留过。

掩映在钻天杨行道树中的简易硬化路笔直地伸向远方。路上既有骑驴的老人，也有骑驴的小孩，驴子也是这里的交通工具。女人的服装各式各样，艳丽的色彩与图案总给人一种盛装打扮的感觉。可是，每个人的身上都蒙着尘土，白蒙蒙的。

进入城市。城市十分闲散，确有一种沙漠城市的感觉。我突然想，傍晚时这里一定会很寂寞吧。路上一辆行驶的汽车也没有。由于车道两侧都没有硬化，尘土飞扬。建筑物用白、黄、绿等各种颜色粉刷过。房子、店铺、道路、行人全都蒙着沙尘。这便是塔克拉玛干沙漠中的城市。

车子拐过大街，沿一条古城墙驶进和田地区革命委员会第一招待所。从机场到这里共花了三十分钟。

房间跟吐鲁番的招待所一样，风格简朴。两张床，地板上铺着地毯。地毯很干净。并且，房间里还带有洗手间。

放下包后，我只把鞋子一脱就躺到了床上。终于来到了于阗的故地！我感慨万千，仰面躺在床上。可一躺下便睡着了。虽然只是三十分钟的午睡，可一觉醒来，却是神清气爽。

午餐后，在招待所的一个房间里，我们与革命委员会的人们商量逗留期间的日程安排。桌子上摆着苹果、梨、葡萄和西瓜。另外，烟灰缸里还焚着红色的香。虽然只是线香，可同为线香，这里的香味竟有一种说不出的清爽。

在商量日程之前，阿提·库尔班先向我们介绍了和田地区的基本情况。由于他跟我挨着座位，介绍前，我先请他将名字写在笔记本上。——阿提·库尔班。果然如此。

——和田地区有7个县。皮山县、和田县、墨玉县、洛浦县、策勒县、于田县和民丰县。

——和田地区的人口有105万。居民为汉族、维吾尔族、回族、乌孜别克族、哈萨克族、蒙古族、藏族和柯尔克孜族等。其中维吾尔族占95%。

——和田县，即我们所进入的和田城，人口有4万。

——和田地区有大小23条河流。全都发源于昆仑山脉，冲积出一个大绿洲。白玉、黑玉两条大河流经本地区两侧，环抱着本地区。

——本地区的物产有：

（矿物）煤炭、铁矿石、铜、金、铅、云母

（农作物）玉米、小麦、水稻、大麦、棉花、豆类

（牧畜）牛、羊、马、驴、骆驼、猪、鸡、鸭

（瓜果）葡萄、苹果、桃、李、杏、石榴、无花果、核桃、瓜类

（特产品）丝织物、玉石、地毯、桑树皮制作的玩具

——解放前，本地区的居民生活很艰苦。沙尘暴与一年春秋两季的旱灾、交通不便造成的孤立。这里没有工业，经济贫穷，很多人有半年时间靠吃桑葚和杏来度日。衣服是羊皮（用从前的制作方法制作，当作衣服来穿），照明靠烧树皮。当然，汽车是一辆都没有。

——解放前小学只有100所，现在已有1426所。中学解放前没有一所，现在是70所，医院解放前也只有1家，现在已增至9家。95%的学龄儿童都已入学就读。

——养蚕业在解放后获得了快速发展，生丝产量增长到21倍，原来只是手工业的地毯和手织丝产品，现在已经实现工业化，获得了巨大效益。

我一面听，一面连连点头。进入此城才两小时，我的内心就不可思议地变得坦率起来。的确，我们现在已进入了一处生存不易的地带。这是我心情的真实写照。

并且，该地区的人们正迎来一个新时代，他们在拼命地同自然条件作斗争，克服不利条件，让自己过上更美好的生活。

可是，我们的逗留时间短，行程紧张，倘若将访问对象压缩到只参观玉石采购站、丝织厂和黑玉河水力发电站这三处地方，那么，我们专程赶到和田的意义就没了。

——能去约特干吗？

——被埋在沙里，什么都没有。

——什么没有也没关系，我只想到那里亲自站一站。只有10公里远吧。

——是10公里，可那儿是沙漠，没有路。用吉普也够呛。

——丹丹乌里克呢？

——也被埋在沙里，不知道具体在哪儿。1928年，中国考古学者黄文弼花了好几天时间寻找，最终也没能搞清楚。后来到了59年（1959年——译注），乌鲁木齐博物馆也组成调查队，从于田县到策勒县，进行了艰难的考古之旅，结果最终也没能发现那地方。

——另外，这附近还有疑似于阗国遗址的地方吗？

——黄文弼在《塔里木盆地考古记》里记述了一两处地方，可后来就没人来过。总之，骑骆驼估计要两三天，没有真格的装备是不行的。

如此一来那就无能为力了。面对我的提问，一个从事古文物工作的年轻人替阿提·库尔班做了答复，不过我却心情复杂，难以释怀。

协商结束后，最终确定今天参观玉采购站和手工织绢厂，晚上由王彬设宴招待。由于当晚的宴会会有古文物方面的内行人出席，我决定届时再交涉一下访问于阗相关遗址的问题。

我们去了玉采购站。这里既是玉石陈列场，也是玉石交易机构，同时还是一个将集中到此的玉石分配到全国加工厂的政府机构。我将主任所做的介绍大体上做了记录：

——和田的玉在国内外很畅销。白玉河、黑玉河两条河都产玉。白玉河出白玉，黑玉河出黑玉和绿玉。这里的玉，特征是纯净油润，坚硬有韧性。如果细分，可分为白玉、碧玉、青花玉、黑玉、黄玉和绿玉六种。品质最上乘的是白玉，以质优无瑕疵为贵。

——采集方法是在秋天的洪水季到河里捡拾。春天，天气变暖后，昆仑的雪融化，河水泛滥，届时玉石会被冲到河里。并不是河里有玉，而是玉在河水的冲刷下变得光滑，顺水流下来。陈列场里还有一块一抱大的大玉石，也是从河里捡的。

——除了在河里捡以外，也可以在山上的玉矿山采掘。

虽然名字叫玉矿山，却并非有矿脉。只是玉块被埋在了砂石中而已。

——在和田，从山上采到的或是从河里捡到的玉，都要被分配到全国五十几个加工厂。先是用飞机运到吐鲁番，再从那里用列车转运到各地的加工厂。

——这里的玉采购站，也是从一般人手中收购玉石的地方。现在谁都可以去河里拾玉。然后玉石就都被集中到了这里。到了秋天，全国各地加工厂的人会齐聚于此，届时分配。

——最近，有人发现一块巨型玉，重达150公斤，便给运到了这里来。价值不菲。虽然不能直接变成个人收入，但可以变成该人所属生产大队的收入。玉到了这么大以后，我们就不交给加工厂了，而是特别保存，留作某些特别纪念物用的。

——关于玉，维吾尔族人具有特别敏锐的鉴定眼光。

——现在以采掘为主，一年的产量能达到20吨乃至50吨。在河里捡的也就二三百斤左右。

不过，昆仑山还真是一座神奇的山。两千多年的时间里一直在产玉。高居晦出使于阗是五代时期，属于10世纪前半叶，根据他当时的旅行记录《于阗行记》，当时从昆仑山流下一条河，到于阗后分成了三条，分别被命名为白玉、绿玉和乌玉。每年秋天，待到河水干涸时，国王要最先采玉，之后，国人才可以入河采玉。

国王采玉时，采玉人——本地维吾尔人们会在河中排成一排，赤着脚，边踩河床的石头边往上游走，一直走到上游。他们用自己的脚踩到玉后，便弯腰从水中拾起来。然后由乘船监视的士兵们敲响铜锣，听到信号后，官员便将玉的数量登记入账。

然后，当上一批采玉人排着队走到上游，上岸后，下一批采玉人会随即排队出现在下游，再次向上游前进。如此反复。国王大概会独占河流好几夜，之后才会向国人开放。

高居晦出使于阗是在10世纪前半期，而在那之前的一千年以前，人们用何法采玉我们已不得而知，不过，是玉支持了于阗国的巨大繁荣，这一点是毋庸置疑的。

于阗亡国后，曾经的荣光、王城和王都也悉数被埋进塔克拉玛干沙漠的沙中，不见了踪影，只有一样东西——玉，至今仍被昆仑山继续生产着。

什斯比尔遗址

八月二十四日，今天的早餐时间是十点，因此本可以好好睡一觉，可我八点就下了床。已经睡足了。最近虽然一点不累，可睡眠时间却连六小时都不到。或许是多少有些亢奋吧。

到招待所的大院里走走。有两名戴着民兵袖章的士兵，一人站在大门口，一人在院子里巡逻。四处都是花坛，开着各种花，可全都蒙着一层沙尘。大丽花也被沙土弄得白蒙蒙的。院子里有许多钻天杨树，可全都蒙着沙尘，白茫茫的。沙尘很细。在院子里走不上几步，鞋就被沙子弄得白晃晃的。

我返回房间，将放在写字台上的线香点上。线香的香气在这里出奇地好。来到这里后，似乎任何东西的性状都会多少有些改变。

上午是丝织厂，下午是水力发电站与黑玉河，晚上是民族舞蹈，明天上午是白玉河，然后和田的行程全部结束，正午由空路去乌鲁木齐——这便是昨晚正式敲定的日程。遗址一处都没法看，这一点让人甚是遗憾。可对方说所有遗址都被埋进了沙子里，什么都没有，又说那些地方基本上都很难去。昨晚在地区革命委员会副主任王彬举行的招待宴会上，事情也没能再进一步，因此只好放弃。

早餐后，我们去参观丝织厂。孙平化、团伊玖磨、白土吾夫等出席，其他诸人缺席。看来大家都累了。来到城里一看，沙尘蒙蒙。因为路是沙子路，路面上铺的沙子在空中飞扬。路两边是麻田，麻叶与枫叶很相似，不过上面也涂满了沙子。

城里到处堆着土，仿佛施工现场。据说每堆土都是被大风毁坏的土墙残骸。不久，路沿干河道而行。干河道一如河的尸体。汽车所行驶的路也在不觉间变成了沙石路。沙石路的中央铺着沙子，车便行驶在这沙子上。

通过这种路段后，车子进入丝织厂。出迎的队伍很壮观。工厂所有职工及家属全都出来欢迎。宽敞的工厂内到处是人墙。

接待室收拾得很好。苹果、葡萄、桃、西瓜、甜瓜、白兰果（类似哈密瓜）、樱桃等摆满了桌子。

这家工厂有1400名职工，其中60%是少数民族。从前的丝绸之路之城，如今竟变成了丝绸的产地。

下午的水力发电站和黑玉河之行我决定缺席。我估计黑玉河已变成了水库，便决定割爱，自己留在房间里整理日记。在昨夜的招待宴会上，我将从同桌之人听来的内容做了笔记：

——由于风大，该地区一夜之间搬走一座沙丘也毫不稀奇。因此，人住的地方也不断被风沙往南赶。可现在，可以说，人类反倒是在倒追着沙漠走了。在新疆地区，竟然已经将100万町步（町步为日本面积单位，1町步大约为0.9917公顷——译注）的沙漠变成了耕地。

——沙尘暴从春季持续到夏季，五月份最多。天空一角刚冒出黑云，瞬间便会散开，汹涌而来。霎时狂风大作，时间长的时候，风能连刮上两三天不停。天昏地暗，即使白天也要开电灯。可房间内还是会进来沙子，因此，有时候连电灯都看不见。

——七月到八月最炎热。温度最高也就41度左右，没有吐鲁番厉害。基本上会在31～35度左右。一月最冷，最低温度能到零下20度。很少下雪。即使下了也不会积雪。

——树木发芽桃花开放是在三月。

——该地区向日葵多。到处都种着向日葵。大概是气候风土的关系，向日葵花朵的黄色格外美丽。在周围的灰山或是灰土屋等背景的衬托下，向日葵的黄色显得格外鲜艳，格外惹眼。种向日葵的地也很多，可以榨食用油。做馕（面包）时，也会抹上葵花子油来烤。炒杂烩饭时也会用这种油。并且治关节炎的时候也能用这油。葵花子还可当作下酒菜。

——该地区沙枣多。沙枣是一种沙漠里的树。招待所院子的墙边就长满了这种沙枣树。开花时香气怡人，因此别名叫"香妃"。

——区分维吾尔族人时，可以凭借他们所穿的衣服。维吾尔族男人女人都会戴某种东西。老人跟从前一样，即使在家中也戴。现在的年轻人则一进家门就会摘掉。孩子的帽子叫"布库"，女人的帽子叫"朵巴"。虽然形状相同，可布库上的红色多，朵巴上的绿色多。女人的衣服叫"艾得莱斯"，艾得莱斯的布料新疆地区的全维吾尔族人都会生产。在中国穿染色花样衣服的只有维吾尔族。

——现在的于田是以前的毗沙。这是汉名，维吾尔语叫"克里雅"。即使现在，维吾尔族人仍不叫于田，而叫克里雅。当然，现在的"于田"并非往日"于阗"遗迹。现在的于田人跟和田人的生活样式有很大差异。尽管都是维吾尔语，地方口音却不同。于田女人的帽子同和田女人的相比小很多，并且还缝在头巾上。这种帽子只有于田才有。帽子小这点倒是跟喀什地区很相似，口音也跟喀什十分接近。于田人都说，自己的祖先是来自喀什。衣服也多少不同。和田人的衣服是竖条纹，于田人则是外罩上有横条纹。虽然下面的服装相同，可像外套一样罩在外面的衣服上是有横条纹的。

——维吾尔族的丧葬方式是用布缠起尸体，然后抬进洞窟，用泥土抹好入口。只有民丰县附近的维吾尔族才做棺材，郑重埋葬。民丰县是汉代的精绝国，现在当地人仍称之为尼雅。往日佛教曾在此繁荣过，因此对死人的埋葬也十分郑重。如此说来，我本人也在这座城里从汽车上亲眼看见过一场葬礼。当时是一群20人左右的男女聚集在一起，互相挽着胳膊，边走边喊着什么。样子与挽臂号啕痛哭的情形十分类似。并且，在挽臂人群的最后面，有四名男子正抬着一个长方形箱子或包之类的东西。原来是在举行葬礼。

——待客方式，没有什么能胜过烤全羊，最喜欢烤全羊的地区，和田第一，叶尔羌则是第二。

——从长安到和田，从前单程要花一年时间，一个来回就是两年。若是中途遇上点事故什么的，恐怕得花三年或是四年时间。至于10世纪前半期的高居晦，往返一趟估计得花五年。

——塔克拉玛干沙漠汉语叫塔克拉玛干沙漠，维吾尔语则叫塔其里·玛干。塔其里是灭亡、毁灭、死亡之意，玛干则是广袤无边的辽阔地域之意。因此，塔克拉玛干沙漠便是死之沙漠，不归的沙漠，是一个人一旦进入便再也回不来的地方。对塔克拉玛干沙漠的这种看法至今仍活在当地人的心里。只要没有特别的事情，无论个人还是群体，都没人会进入塔克拉玛干沙漠中去。

——塔克拉玛干的里面也有原生林。乌鲁木齐的新疆维吾尔自治区博物馆的现任副馆长李遇春在调查尼雅遗址时曾发生一个故事。他请一个猎人做向导，从尼雅遗址往北，越过一座座沙丘后，竟然在沙漠中发现了一处红杨和胡杨的原生林。那里既有兽类，也有鸟。树林里只有红杨和胡杨两种树。因为这些植物即使在沙漠中也能生存。

——塔里木河将喀什噶尔河、叶尔羌河、和田河的水汇集在一起，向东流过沙漠北边后，在盆地东部形成一个内陆湖——罗布泊。这条塔里木河时而流淌，时而钻入沙漠地下，然后再次钻出地面，又再次钻进去，是一条钻上钻下的河。

——白玉河和黑玉河的汇合点名叫红白峠，在和田北方100公里外的沙漠中。之所以取了个"峠"的名字，大概是因为需要翻越一座座沙丘吧。白黑两河汇合一处，变成了和田河。和田河也是在合流之后忽而钻入地下，忽而又钻出来，朝阿克苏方向流去，不久便被纳入了塔里木河。

——现在的和田曾经被叫做"伊里奇"，不知从何时起被叫成了"和田"。从前的和田，即于阗王城的所在地去了哪里呢？在现在和田以北的沙漠中，有一处被斯坦因视作于阗王城所在地的约特干遗址。对于这一观点，现在的中国虽未正式表态，但基本采取了否定的看法。因此结论便是在这种地方不可能有于阗的主城。并且，斯坦因所发掘的寺院遗址丹丹乌里克，现在仍不明位置，一切都被吞进了沙漠里。

正在房间整理笔记时，白土吾夫忽然前来，说是和田南方25公里处似乎有处古代遗址，可以带我们去看看，问我去不去。我回答说当然去。过了一会儿，白土再次前来，说前提是不能带相机，这样也不嫌弃？

"相机之类，带不带的根本就无所谓。只要能让我进到塔克拉玛干沙漠里，我就心满意足了。更何况，若是能让我到其中的遗址之一上去站上一站，别人如何看我不管，可最起码能对得起自己了。千里迢迢地跑到这西域南道的和田来，倘若只是参观一下丝织厂，我看也只有去投白玉河的份了。"

我半开玩笑半当真地说道。我笑了，白土也笑了。尽管这样，连我自己都猜不透为什么会这样。

四点四十五分出发。一行有孙平化、白土吾夫二人与我，另外还有一些当地人加入，阵容庞大。大家分乘五辆吉普车。

我们奔向机场方向，即南方。车子很快来到沙漠地带。究竟是塔克拉玛干沙漠包着和田，还是和田绿洲被塔克拉玛干沙漠拥抱呢，总之，和田跟沙漠便是这样一种关系。

路上骑驴者很多。在这里驴是一种交通工具。车在和田县红旗人民公社的前面停下。一个向导从里面出来，乘上后面的吉普车。据说，我们的目的地就在该公社的管辖之下。

昨天从机场走来的那条长长的直道，今天又乘着吉普车反向走了一次。不久，吉普车进入机场内，然后立刻左拐，驶入沙漠。空旷的机场内，只停着我们明天将要乘坐的一架飞机。从城区到机场据说有9公里。

一路向东。一片草木不生的荒地铺开。这里完全是小石滩，略微长着些骆驼草。不久，前进方向改向东南，车行驶在勉强算是道路的地方。左边浮出一片沙枣群落。前面行驶的吉普扬起茫茫沙尘。

但见一名男子正在走路。这里同样只有少量骆驼草，远处是沙枣群落。还有10头毛驴驮着白袋子。吉普车拐向南边。不久，道路消失，我们跟在先导吉普车后面。一条低矮沙丘的带子从左边远处浮现出来，一道龙卷正在前方疾驰。

沙漠中有一名男子在走路，不知欲去往何处。右面则并排着一片低矮的沙丘。

眼前变成一片全是黑色小石头的地带。吉普车改变方向，直奔右面沙丘的尖端部。美丽的沙丘。接着，我们从倾斜沙丘的脚底方向下坡而去。突然，一条巨大的河流闯进视野。据说是白玉河。恢宏的风景。

停车。五点二十分。我们下了吉普车，来到白玉河的河滩上。这里四处都是浅滩，水流淙淙。河流中有岩石，也有沙洲，沙洲上还生着杂草。河流左边是连绵的大沙丘。

出发。车子不久进入一处小绿洲上的聚落。红旗人民公社第二农场。据说，我们要去的遗址就在穿越该绿洲后的两公里处。这里完全是一个土墙聚落。每家每户都围着土墙。

聚落中有五名男子，戴着五种不同风格的帽子，站在路旁迎来吉普车，又目送吉普车远去。四处种着沙枣树。土屋与土屋之间有时是高粱地，有时是葵花地。不过，聚落中的路很难走，起伏剧烈，而且石子多，吉普车行进艰难。田地和土屋全被土墙围着，吉普在土墙所夹的路上摇摇晃晃地行进。

我们渐渐离开小聚落，进入沙漠中。不愧是同沙漠斗争的人民公社。大沙丘绵延无尽。骆驼草点点。

不久，一片四处散落着巨石状东西的地带浮现在前方。我们绕了个大弯，绕过骆驼草之原。前方的风景逐渐有了遗址的气息。目之所及，全是散落的土坛或城墙地基类的东西，一处大型遗址。

吉普车进入遗址，驶向点点分布着城墙地基的最深处。我们在此下车。中途乘上后面吉普车的那名向导走了过来，说：

"这里就是黄文弼在《塔里木盆地考古记》中所写的什斯比尔遗址。什斯比尔用汉字表示就是'三道墙'，即三重墙壁之意。也就是说，这是一座围有三重城墙的城市。据黄文弼调查，这是一处南北长10公里，东西宽，即沙丘与白玉河之间为2公里的细长形大遗址。刚才所通过的聚落入口，原先是有一段大土墙的，就是说，那一带也属于遗址范围。这里究竟是一处什么样的遗址，国家文物局尚未作出结论。你们也都看到了，简直是处无与伦比的大遗址。"

向导向我们做着介绍。总之，这是一座完全被裹在沙漠中的白玉河西岸的遗址，遗址和白玉河的远处、近处与周围都配着沙丘。那些疑似城墙地基的东西当然是巨大土块，可如果不上前，远望就像石头，根本猜不透有几十个。

我们登上一处土垒状地方。东南西北，无论望向哪里，都会有城墙的土坛映入眼帘。广阔的遗址内只是稍稍生着些骆驼草，陶片和石片散落一地。一名同行者还捡到了几枚古钱。其中一枚还是开元通宝。还有一人发现了一个古石臼。

不久，一片沙尘从北方升起。沙尘暴！转瞬间，白玉河上游便被沙尘覆盖。沙尘暴持续了约十分钟，北边和东边全被沙尘封住，完全遮蔽了视野。过了不久，仿佛一层薄纸被揭掉一样，周围又恢复了光亮。

"黄文弼来这遗址时，是骑骆驼从和田出发，第二天才到达的。吉普车来这里这是第一次。由于有了刚才的聚落，才可以开吉普车进入。而在此之前，要想来这里就只能依靠骆驼。当然，没有人会专程来这里的。从前没有，现在也没有。"

向导说道。

于阗国在何处

八月二十四日（前章续）。

"沙尘暴似乎停了。"

一名同行者说道。我们在大遗址转了十来分钟。由于没带相机，我便请中方摄影师用遗址全景的角度给拍了张照。城墙的土坛状东西，还有散落的陶片，也都请其给拍了照。

向导又捡到一枚古钱。我问年代久不久，他回答说："是唐肃宗时的东西。"

他还说，这里还有具有于阗独特图案的土器碎片，还要帮我找一找，结果未轻易找到。

我们乘着吉普车在广阔的遗址内行驶。在靠近遗址入口的地方，有处只剩一点残骸的建筑物。不过，也只是堆巨大的土包而已。我们下了吉普车，登上那儿，进入一处疑似房间的地方。里面有貌似烟囱口的东西。

"这明显是后世的。使用了坍塌城墙的东西。"

向导说。

"是房子吗？"

"这个嘛,是不是房子不好说,好像是有人住过。"

"回去吧,又来沙尘暴了。"向导又说。

果然,远处白玉河的上游方向,仿佛挂了面烟幕,沙子再次卷起。

我们踏上归路。吉普车在刚才小聚落中的一家土屋前停下。前庭铺着地毯,茶水早已备好。我们手撕吃了馕(面包),还被招待了西瓜。不久,聚过来许多人。无论老幼,脸上都透着一种说不出的淳朴。大家围坐在我们周围。有立膝而坐者,也有抱两腿而坐者。虽然我也没大讲些什么,可大家全都笑呵呵的。

在这里,遗址向导将自己的身份和姓名记到了我的笔记本上。他名叫殷盛,是和田师范学校的一名老师,年龄四十岁左右。一名同行者在一旁介绍说:

"除了此人,就再也没人能做遗址向导了。他不巧去了别处,幸好今天回来了。"

由于这话是通过翻译讲的,具体情况我没大搞清楚。似乎这位殷盛老师,是特意被叫来为我们做向导的。

我向殷盛提了两三个问题。——我们刚才看过的地方是什么遗址,请谈谈看法,哪怕是个人意见也无所谓——我说道。

"斯坦因认为于阗的故城是约特干,黄文弼则认为这里是于阗故城的可能性更大。除此之外还有一处,在和田42

公里外的地方有处遗址叫'阿克苏匹勒'，不过只剩了部分城墙，规模也比这里小很多。黄文弼曾在1928年和1958年两次调查过这里，当时的结论已收在他的《塔里木盆地考古记》里。还有，乌鲁木齐博物馆所组成的调查队也大致调查过这里。现在已是乌鲁木齐博物馆副馆长的李遇春也参加了这次调查。若能见到他的话，估计能问到一些更有参考价值的线索。"

殷盛的回答很谨慎。在国家文物管理局的结论出来之前，是不能断言的。不过，这不只是殷盛一人的态度，很可能是该地区所有文物工作者的态度。

"在由此往南数公里外，有一处巨大的寺院遗址，与玄奘三藏的《大唐西域记》中所记录的赞摩寺十分吻合。并且，《汉书·西域传》中也有记载称于阗国有西城和东城。或许西城便是这什斯比尔，东城便是阿克苏匹勒。唐书中也有西山城的记载，视为什斯比尔似乎比较合适。"

看来，这已经是殷盛目前所能发表的最大限度的"个人意见"了。

据说，我们所休息的聚落——红旗人民公社第二农场是开垦沙漠而建，现在已被命名为"因阿瓦提村"。据说，所谓因阿瓦提是"新繁荣村"之意。

我们辞别因阿瓦提村，进入沙漠中。吉普车从一处沙漠平台朝沙丘底的上面一处平台爬去。沙丘的大斜坡上有个巨大的"棋盘",像是用直尺画出来的。据说那是风任性的作品。真是难以置信。

回到宿舍,在晚餐桌上,我受到了大家的"恭喜"。毕竟我站到了尚未公开尚未发掘的古于阗国遗址上,或许真该举杯庆祝一下。

"不过,咱们这帮人也真是太懒了。大家专程来和田,可不是来睡大觉的哦。"

司马辽太郎滑稽地笑着。

"井上回来后,大家就都痊愈了,怪哉怪哉。"

甚至还有人如此打着趣。不过,大家也并未都在睡大觉。中岛健藏与团伊玖磨二人就去参观了黑玉河与水力发电站。幸亏我躲在宿舍偷懒,那什斯比尔才会拱上门来。

晚上在宿舍院里欣赏民族舞蹈。表演结束后,我回到房间,独饮着威士忌。望着窗外的黑暗我感慨万千:终于进入了塔克拉玛干沙漠,我终于站上了于阗国的故城。

八月二十五日,八点离开招待所。因为昨夜的计划有变,我们要乘坐九点的飞机赶往乌鲁木齐。

机场凉丝丝的。里面挂着巨大条幅,上面印着"深揭狠批'四人帮'篡党夺权的滔天罪行"的字样。An-24,核载46人。飞机起飞约二十分钟后,白黑两条玉河汇成的和田河浮出，有如纠缠不休的白线束。

十点二十分，我们在阿克苏着陆，在休息室休息。静谧的初秋阳光洒在机场，山影全无，羊群在动。机场上一架飞机都看不到。我们被招待了白瓜，很好吃。这里被誉为新疆的江南，水源充足，物产丰富。不过，却没有古代遗迹。

我与东山魁夷在休息室前逛了逛。向日葵田很美。对面远处浮出一座貌似小清真寺的建筑，旁边还有土墙碎片——多么悠然的机场风景。在我们这些来自和田者的眼中，植物和农作物的绿色仿佛被用水洗过一样清新而美丽。在休息室接待我们的维吾尔姑娘，带着一种腼腆与可爱，这种腼腆与可爱在日本已然看不到。

三十分钟的休息结束，十点五十分，起飞。飞机很快来到塔克拉玛干沙漠上方。沙漠看上去像将植物所有叶子的叶脉都印了上去，又像将全世界所有清真寺的柱头图案都印上去一样。飞机飞过浩瀚的沙漠。到处是干河道，有如巨大的线束纠缠在一起。一条笔直的路横贯在大地上。那只能是路。

感觉飞机正飞在形成大断崖的山岳脚下。跟上次乌鲁木齐—阿克苏时不同，天山始终未露面。因为我们这次是沿天山山系，由西往东飞过塔克拉玛干沙漠的北部。

飞机来到一片绿洲上方。大耕地铺展开，聚落点点浮现。一条大河露出来。河道的宽度似乎刚好装下一个聚落，大概是塔里木河吧。这一带大型蓄水池很多,每个池子看上去都像湖一样。

不久,一片大聚落现出来。库车。越过库车后,眼前变为大沙漠,众多干河道在沙漠上绘制着条纹图案。我将座位移至左侧,这边也是大荒漠,天山全然不见踪影。飞机究竟是在何时,又是在何处越过天山的呢?

可不久后,我终于弄清楚,飞机确是在沿着天山山系飞。左边远处,貌似天山前山的两处山峦红彤彤地浮现出来,像血一样红。不久,天山将巨大的身影徐徐展露出来。十一点四十五分。我真想朝她招呼一声"喂!"。飞机缓缓地,但却真真切切地进入到天山上方。终于要翻越天山了。

雪的棱角,从那边,从这边,从四处现出来。无数的岩石堆,每一堆都板着脸。眼前有两条巨大山谷,山谷对面,一条新的雪山山脉浮出来。美!简直是世界屋脊。不,只能是世界屋脊。成百成千的丛山与棱角上飘着云。

丛山群一点点降低。不久,巴音布鲁克草原浮出来。一名工作人员告诉我们。巴音布鲁克草原是一处天山怀抱中的草原。看上去像被无数岩石棱角镶边的泥沼。貌似泥沼的地方大概便是草原吧。新的雪山山系再次浮现。这终究是一片被雪藏在山脉与山脉之间的草原。

飞机又开始在雪的山脉上飞行。虽然没有了刚才的震撼,可还是在雪的山脉上飞了一阵子,不久来到一片新荒漠的上方，然后又迎来新的顶雪山脉。新的雪山不断出现。雪山上白云悠悠。是雪？是云？有时还真不好判断。丛山群中镶嵌着一枚浑圆的翡翠湖。那湖边，恐怕从来都没人站过吧。云频频涌出，不断飘过。

十二点三十分，我们终于越过山脉。可山岳的大斜坡刚开始露面，飞机便进入着陆姿态，进入一片大耕地的长条诗笺地带。那些长条诗笺有茶色的、绿色的、黄色的、灰色的、淡紫的、白色的和黑色的，五彩斑斓。它们全都是人类从沙漠中夺取的战果。

乌鲁木齐城浮出来。乌鲁木齐完全是天山山系脚下的一座城。

不久，着陆。也不知这是我第几次进入乌鲁木齐了。

下午，在我方要求下，请李遇春、郭平梁二人到我们宿舍——乌鲁木齐迎宾馆来了一趟，请他们介绍以和田地区为中心的南疆地区考古发掘和调查的情况。主要是由李遇春讲，郭平梁一旁补充。

——解放前，和田地区的考古学调查几乎都是由外国人进行的。尤其是赫丁与斯坦因比较著名。日本人中，也有橘、渡边、堀等人构成的大谷探险队的成员来过。俄罗斯也来过很多。中国方面则只有黄文弼一人。清代时候，中国人要想去那里搞调查是很难的。政府只给外国人方便，对中国人根本无视。黄文弼并未发表调查结果。结果的发表是到了新中国后，便是这《塔里木盆地考古记》，另外他还有个《吐鲁番考古记》。

——新中国成立后情况发生了改变。既进行了包括新疆和田地区在内的考古学调查，也培养了不少考古学方面的工作人员和少数民族研究员，和田地区各县也都配备了专业人员。它们几乎都是维吾尔族人，专门负责古文物与遗址的保护和管理。平日里搞农地整理、工厂建设，同时，还要对古文物与遗址进行保护和管理工作。

——和田自古以来便是丝绸之路、西域南道的中心地区。从东边的民丰县（尼雅）到西边的皮山县，都分布在丝绸之路沿线。1953年、（19）58年、（19）59年，国家曾三次在和田地区的全部地区进行过考古学调查。1958年时，中国考古学专家史树青发掘了尼雅。这次的调查报告被发表在了（19）60年与（19）62年的《文物》上。

——（19）59年的时候，我（李遇春）也参加了。这是由新疆维吾尔自治区博物馆组织的一次调查。首先调查的是民丰县以北150公里外的古城。即汉代的精绝，距今两千年的遗址。虽然现在已处于沙漠中央，不过古代应该是位于绿洲上的，并不在沙漠中。这是一处四五公里的巨大遗址，断断续续地有过居住区。里面也有人家的木柱子和墙壁。房子带着院子，也有栅栏遗迹。还有葡萄架，还发现了葡萄根。当时发掘整理了十户房屋。遗址并没有城墙，居住点有的集中，有的分散。发掘主要是选取房屋集中地区进行的。相关报告被发表在《考古》六一年·第三号，是以中间报告的形式发表的。

——其中的大房子是贵族的房子，除卧室外还有客厅，我们还从客厅里发现了木简（书信）。两片木简合并着连缀在一起，用细绳捆着，再用泥封好，在封上按了两个印。正面则记着收信人的姓名。也就是说，主人只是写了这封书信，未送出就离开了这里。为保护文物，这份木简并未打开，而是直接被保存在了乌鲁木齐的博物馆。这处房子里还有穿墙的烟囱（壁炉）。与此相反，当然也有一些穷人的房子。不过穷人的房子只有一间房，其中外面的一半塞着牛粪，里面的一半则住人。贫富差距很大。

——城中有佛塔。并且城外2公里的地点有处古墓地区。我们在那儿发现了一处夫妇合葬墓。并非竖坑，只在土中埋着木棺。死者已变成干尸。女尸穿着两层衣服，一层是袍子，袖口很小。袍子外面套着长袍，袖子很短。两层全是丝绸衣物。下面是裙子。裙子下面穿着裤子。男尸则裹着锦织的上衣，下穿棉布裤子，膝盖以下部分有丝绣。被发现时全都是崭新的。

——女尸头部放着一个藤制化妆盒，里面装着镜子、白粉、线、丝绸料子等。脚下放着木制的茶碗、盆、陶瓮等。

——男尸占了棺材的大部分，男女的脸都被用丝绸处理过，女尸脸部还被用四层丝绸包着。化妆盒里装着一些布片，质地与男尸的裹尸布相同。由此推测，大概是男方先死，女方是在处理完丈夫的尸体后才死的。另外，男尸表情安详，女尸表情则不自然。女方究竟是甘愿为丈夫殉情，还是被逼殉葬，这姑且不论，总之，当时汉族的风俗已进入少数民族之中。有关内容已发表在（19）60年的《文物》上。

——在民丰县，还有两处古城被发现。一处是座圆形的城堡，门只有一个。此城堡以完整的形式被保留了下来，连屋顶都被埋进了沙子。登上屋顶，城内一览无余。貌似是一座唐代的城堡，不过确切情况不好判断，命名为"安得悦"。

——还有，在这圆形城堡40公里外的地点还有一处城堡。虽然只剩了一部分，不过城内有座高高的佛塔。佛塔仅土台就有10米高，土台上面的部分已经丧失。大概是汉、魏时期的东西，命名为"夏言塔克"。

——于田县（克里雅）北边的沙漠中也有座古城，是方形的，有两三公里见方。没有城墙，只留有住宅的木柱与墙壁。此处的情况也被记在了《塔里木盆地考古记》里。

——于田县西的策勒县（Qira）境内的沙漠中也有座古城，似乎是斯坦因发现的丹丹乌里克，不过，调查后未找到佐证。为了寻找丹丹乌里克，大家从于田县走到了策勒县，当时沙尘暴很大，骆驼的脚印转瞬即逝，回去时尤其艰难。

黄文弼也曾在1927年调查过，可最终也没能发现。斯坦因的丹丹乌里克究竟被埋在了哪儿呢？乌里克是维吾尔语，意思为有很多房子的地方，可"丹丹"却意思不明。

——策勒县并没有大城，却有大寺。维吾尔语叫"达木科"，汉语写作"达磨沟"。

——除以上外，和田地区还有两座古城。一是洛浦县县城10公里外、地处白玉河东南岸、人称阿克苏匹勒的遗址。虽然残留了部分城墙，其他部分则全部埋在了沙中。在那儿收集到的有汉代古钱、唐代金制品、陶器、石器等。由于未进行发掘，一切都埋在沙中。不过据推定，这座城曾生存了相当长时间。阿克苏匹勒是维吾尔语，意思是"白色墙壁"。

——从现在的和田县往东南25公里，有一处大遗址叫"什斯比尔"。什斯比尔是三重墙之意。该遗址位于白玉河西岸，未公开、未发掘。不过，作为汉代于阗城的可能性非常大。

——和田县还有一处遗址，叫"约特卡"，维吾尔语叫"约特干"。在和田县西方偏北不到20公里的地方。从那儿往西是皮山县，那儿有个地方叫桑库艾依（音译），有一城址，是被斯坦因当作于阗国城的地方。

我对李遇春的话很感兴趣。对于什斯比尔大遗址，他的发言也很谨慎，仅称作为于阗国王城遗址的可能性极大。总之，在不久的将来，中国方面一定会集结中国考古学界和史学界所有力量进行发掘调查的，希望这一天能早日到来。

八月二十六日，十点从迎宾馆出发，向被藏在海拔2000米的大山怀抱中的美丽的湖——天池进发。

车子穿过我已完全熟悉的乌鲁木齐城区。胡同之间露着沙丘碎片。同伊犁、吐鲁番、和田相比，这里终究还是人多，服饰也有一种大都会的气派。在和田所见的那维吾尔本来的服装几乎就看不见。卡车和自行车都很多，人流也很密集。虽然拥有一种伊斯兰教都市特有的喧闹，却也能感受到一些都市气息。我第一次来这里时，眼里只有那种被沙漠包围的土屋与伊斯兰教徒城市的杂乱感觉，可当游历了吐鲁番、和田后，却感到了不少都市气息。

汽车在新市区一处十字路口停下。我将城市拍入相机。人行道和车道井然有序，道路也很宽。完美的钻天杨行道树下有水渠，流水满当当。钻天杨树叶开始泛黄，早秋似乎已来到新疆地区。

我们再次乘上车，在市区行驶了一会儿。不久，路变成一条被钻天杨镶边的直道，将我们送入荒漠。卡车来来往往。因为去沙漠的入口已变成工厂地带。

驶过工厂地带后，一片大荒地铺开。地面错落起伏，变成了丘陵地带。路切割着不断出现的山丘往前伸。卡车逐渐变少，我们的旅途舒适起来。十点。

不多久，眼前再次化为大丘陵地带，前方和左右两侧坐落着无数丘陵。在这次的旅行中，我们到处都会遇到世外风景，而眼前这片地带也被奇异的山丘吞没，奇妙极了。

长长的丘陵地带结束，接下来是大原野，骆驼草点点。长长的山脊线在右边延续。由于道路施工，汽车偏离正道进入荒漠。沙尘飞扬，沙子像瀑布一样落下来。果然是货真价实的沙漠。

十一点二十分，我们渐渐进入大绿洲的耕地地带。右面远处山影重重。高粱地发黄，秋天似乎正来到这里。汽车直指右面的山脉。前方山重山。我估计车大概要爬上其中一座。不久，车到山前，路钻入山间。十一点三十分。

进入山中。前方的山顶上露着雪。悠闲的农村之旅。不久，车再次进入河谷。前方是雪山，右面是溪流，河滩上是榆树。谷很深，水很美。

十二点，水流转到左侧，路变为上坡。水流逐渐变细。前面的车子扬起沙尘，路开始绕起山坡。

不久，车爬到山顶，我们的目标地——天池映入眼帘。湖四面群山环抱，一副静谧的样子。汽车在湖畔行驶了一小会儿，然后进入湖岸的休息场。湖畔有很多冷杉大树，淹没周围岩山山坡的也是冷杉树。

若说美也的确是美，不过三小时的行程实在难熬。听说这里十分寒冷，我们是有备而来的，结果却一点不冷。人们都说，天池是西王母的浴池，稍微靠下的小天池则是王母洗脚的地方。

我们十分疲惫，傍晚返回乌鲁木齐。晚上听取了孙平化就中国共产党第十一次全国代表大会的介绍。

八月二十七日，上午参观乌鲁木齐市红山商场，下午两点四十分从住了很久的迎宾馆出发。新疆地区的日程全部结束，今天是回北京的日子。

由于有风，行道树钻天杨在摇晃。乌鲁木齐昨天是33度，今天是32度，数日来一直是三十二三度，据说这种热度多少有点异常。到城里后，身体开始出汗。不过我还是觉得吐鲁番更热些。因为据说吐鲁番是平均44度，最高53度，而我们已经体验过那平均的44度。

路上怀抱婴儿的女人可真多！多数姑娘的耳朵上都挂着耳环。来到沙漠之国后，我真切感到了耳环之美。这里的女人大都身穿白衫，给人一种纯洁的感觉。头发多数为短发，少女们则梳着两条辫子，扎着发带。服装不是裙子就是裤子，十分简朴。民族服装几乎看不见。

进入商业街（回城）后，老人多了起来。他们全蓄着胡子。不过，许多女人提网兜购物的情形却吸引了我的眼睛。或许是一种时髦吧。人群熙攘中还有驴拉的排子车在悠闲地移动。

进入汉城。钻天杨和榆树行道树很美。终于跟乌鲁木齐告别了。别了，沙丘碎片、向日葵、驴子、与沙丘同色的土屋、白墙、拉着一大车孩子的母亲、抱瓜的男人、毛毡的靴子、荒壁坍塌的房子、白墙脱落的房子、坐在门口的老人们、围坐在街道树下休息的一家人、钻天杨那泛出的黄色！

到达机场。三叉戟，核载112人。经兰州飞往北京。距兰州1725公里，预计用时两小时零五分。

四点半起飞。顶盖雪的天山立刻出现在左边。大沙漠波浪起伏，宛如摆满了数百条百褶裙。

飞机很快与天山平行飞行，越过一道支脉。起飞未到五分钟。有个哈密瓜在机舱内的坐席下面叽里咕噜滚来滚去，是乘客带上来的。

五点四十五分，飞机依然保持在雪之天山的右边，在天山北路的上方飞行。

六点十五分，大沙漠之上。也不知是否该叫沙滩，只见沙漠里有无数的沙纹，似水波荡漾。右面的山脉逐渐降低并远去。我们在此与天山分别，不久进入丘陵地带。越过丘陵地带后是大绿洲地带，然后是山岳地带，又越过两三处山脉的尾巴后，不久便进入一片大耕地——兰州。

六点三十分，飞机在兰州着陆。这是一座大沙漠一隅的机场。三面山影全无。我们在这里休息一小时，在食堂用了晚餐。映入窗户的已是十四的月亮，而明天即是满月了。

七点四十五分，起飞。升空后飞机很快来到一片丘陵地带，这次是岩石波浪。同样形状的岩山汹涌而来。这里又是一处小型的卡帕多西亚高原。十四的月亮升在高原上。大断层也横亘在眼前。到处都是奇异的丘陵地带。敦煌大概也在这种地方吧。

地壳上面一刻接一刻地变暗。夜晚已然来临。夜晚的到来就是为了让地壳休息的。天空清澈明亮，与此相反，地上却失去了一切形状，正变成单一的黑色。

十分钟后，天空也变暗。迅猛的雷光在闪烁。雷光以短暂的间隔，不断撕裂着机外的黑暗。

九点二十分，抵达北京。27度。

敦煌之思

（昭和）五十二年（1977年——译注）访问新疆维吾尔自治区的游记，我已写到上一次，即第11次，不过，就在这次旅行之后，自（昭和）五十三年五月到六月，又一涉足敦煌的良机意外到来。这次也是受中国邀请之旅。

松冈让的《敦煌物语》以单行本的形式出版是在昭和十八年年初。在此之前，虽然我早在某种程度上读过一些有关敦煌的研究类书籍、翻译或游记之类，可真正让我萌生出想亲自涉足敦煌的念头的，或许便是这部《敦煌物语》了。

读过《敦煌物语》十四五年后，我写了一部小说，名叫《敦煌》。松冈让之所以写《敦煌物语》，我想恐怕是他虽然被深深吸引，却始终无法亲赴那儿的缘故。而我的境况也完全相同。首先，在一般情况下，像敦煌这种地方是无法涉足的。正是这种心灰意冷的心情与逐渐增强的对敦煌的关心，才让我执笔写了小说《敦煌》。

然后，不觉间又过了二十年岁月。即使在这二十年的时间里，我仍一直憧憬着想去敦煌，孰料想，这一次竟实现了这一夙愿。

从东京出发是在五月二日，一行为我和妻子。另外还有日中文化交流协会的横川健同行。我们在北京住了三晚，并在此间为敦煌之行做了许多准备。在北京，我拜访了同样想访问敦煌的清水正夫夫妇与福泽贤一等人，相约共赴这趟旅行。

并且，去年在新疆维吾尔自治区之旅中曾为我们做过向导的孙平化先生也加入了这趟旅行，另外，我的老交情中国人民对外友好协会的工作人员吴从勇先生也决定与我们同行。看来，这又是一趟美好的敦煌之行。

五月五日（昭和五十三年），晴朗。我们于十二点二十分离开北京饭店，在洋槐、钻天杨、杨树等林荫树的美丽绿色中赶往机场。

一点三十分，起飞。机型是伊尔-18，核载70人。至兰州1371公里，飞行时间预计两小时四十分钟。

三点，太原上空。沙漠或荒地绵延不断，其间不时还会有沙丘或沙山浮现。接近兰州后，一片灰色的丘陵地带在眼前铺开，丘陵上的梯田也厚厚地蒙着沙土。

四点，抵达兰州机场。这处机场已不是我第一次经过。去年八月，在我结束新疆维吾尔自治区之旅后返回北京的途中，飞机就曾绕经兰州，当时曾在这机场逗留过约一小时。这处机场很大，机场建筑的背后有几座米团状的小沙山，其他三面则完全不见山影。省革命委员会外事处负责人翟焕三等三人在机场迎接了我们。

20度。至城区74公里，一个半小时的路程。时差一小时。不过，由于在甘肃省旅行期间一直采用北京时间，因此我决定不调钟表。

上车后，翟焕三说：

"兰州最好的季节是七月到九月，水果很多。现在是大风时期，不过今天竟出奇地无风，十分平静，搁在平时风可是很厉害的。"

究竟有多厉害我无从猜测，不过，由于在去年的新疆地区之旅中，我已经在吐鲁番、和田等地接受过风的洗礼，想必也没什么了不起的。

离开机场后，我们立刻进入荒地路段。四处夹着耕地，小麦的绿色格外醒目。不久，低矮的丘陵地带舒展开来，硬化路从中一穿而过。

"这一地带没有水，所以无法灌溉。尽管目前已修好了水渠。"

翟先生说道。即使在整个甘肃省中，兰州也是最干旱地区，据说现在是尤其旱。

一棵树都没有的丘陵仍在继续。虽然到处是瘦弱的钻天杨行道树,不过很快便消失。这里完全没有一户人家。

"植树造林很难。种上一棵,干死了,就补种一棵,如此反复。这一带基本上是碱性土壤,现在正往这运土,改良土质。运土、运水,很艰难。水要从50公里外的地方运来。那些硕果仅存的耕地,便是这种努力的结晶。"

从车窗望去,这努力的结晶的确是微乎其微,大部分仍是被放弃的荒地。

不久,我们的旅途变为红色丘陵的山脚之旅。尽管也有农家,却只见土围墙,房子则完全被藏在了围墙里。大概是风的缘故,碱性土壤偏白一些。据说山丘上的土叫红土,十分坚硬。那红色的丘陵——照此说来,那红色丘陵倒也显得格外坚硬。

不久,一片奇异的大侵蚀地带铺陈开。地壳上到处是裂隙,仿佛拉满了一道道大堑壕,裂隙纵横交错,漫无边际。我想所谓雅丹地貌,便是这种地带吧。虽然与世隔绝,可在这地壳的裂隙之中,竟偶尔能看到人家。倘若住在这种地方,日子一定很凄凉吧。

忽然,车渡过黄河。刚过黄河,样子为之一变,一片大工业地带随即在眼前展开。车一下进入了市区。路宽阔了,卡车、巴士、轿车来往很多,自行车也很多。虽然谈不上气派,路边倒也整齐地排列着行道树。

从大雅丹地带到工业地带,这种转变太明显了。大工业地区后面是工人住宅区，接着，汽车再次穿过城区，沿连绵的大山丘，在山脚驶起来。

不久，又一片丘陵地带在眼前展开。不过，四处夹杂的耕地也宽阔起来，不久，车子进入一片貌似城区的地方。不过路边却没有一家商店，两边林立的不是工厂就是貌似仓库的建筑，完全不见行人。

这样的路段持续了一阵子，终于，汽车终于进入了真正的兰州城，驶进一处既是城中革命委员会招待所，又兼酒店（友谊饭店）的建筑物中。好一座富丽堂皇的酒店！

兰州城沿流经白塔山脚的黄河而建，是一座细长城市。这里海拔1470米，据说与泰山的高度差不多；气候则与河北省相当，夏天没有北京热，冬天没有北京冷，只是比较干燥些。

甘肃省跟日本差不多大，居住着1800万人口。兰州的人口有100万，算上郊外的工业地带，能增至213万，是中国西北地区的大工业城市。兰州于1949年解放，依靠第一个五年计划，即从1953年起建起了一批大工厂。石油化工厂、石油机械厂在新国家的建设中发挥了重要作用。

尽管我对这些早就有所了解，可我长期以来秉持的兰州城印象，还是与现在的兰州颇有出入。汉代时，这里是作为金城县出现的，汉武帝时期霍去病也曾驻屯此地。至隋代时这里改称兰州，唐代时也叫做兰州，是丝绸之路上的一处要冲。丝绸之路始自长安（今西安），经天水进入兰州，在乌鞘岭越过祁连山，将河西走廊的武威、张掖、酒泉、安西、敦煌串连起来。来自中国的丝绸必经过兰州，7世纪的玄奘三藏也走过兰州。

可是，这种历史之城的兰州印象，无论从现在这座大工业城市的哪里去寻，似乎都已很难找到。金城时代的兰州，虽然有观点认为其位置是在现在的化工地带，不过确切情况却无从知晓。可就算是这样，那也是酣畅淋漓。想必就算是霍去病，也不会不快吧。

晚上，甘肃省革命委员会设宴招待了我们。

五月六日，九点三十分离开友谊饭店，去市内参观。一出门，但见卡车来往穿梭，给人一种热闹的感觉。不愧是一座工业城市。土屋城里矗立着大小的高楼。再望望胡同，古老的土屋鳞次栉比。

城里有一座巨大的丘。不知是正被铲平还是自然毁坏，反正已坍塌一半，剩下的一半上还残留着一些房屋，看着挺危险。看来这里正值城市现代化建设的高潮，到处都是工地。这里的春天比日本似乎迟些，林荫树绿色尚浅。

我们赶往五泉山。兰州是夹在五泉山与白塔山之间的一座城市，黄河流过市中心偏北位置。去五泉山途中，我听说市内的西关（旧西门地域）有处古兰州城墙碎片，便让带我们去看。在张掖路的十字路口，果然残留着一些貌似城墙的东西。据说南关还有一处，我们也去看了看。南关的这些城墙碎片沿酒泉路分布。可据说每一处都不知是何时代的产物。人们只知道一点，即但凡有这种东西的地域，都是兰州的老城。

我们要去的五泉山很快便从市中心望见，原来是一片灰色山峦。我们顺着白墙土屋的大街向山进发。来到山附近后，汽车在山脚的坡道上上上下下行驶了一会儿，不久便来到五泉山公园。这里似乎是兰州城唯一一处观光与散步休闲的场所。虽然背后的山上无一草一木，山脚的公园却有许多榆树和杨树，柳絮如雪，漫天飞舞。

山坡上建有不少道教、佛教与儒教的庙宇。据说共有十多个建筑群。据传，最初的佛教寺院建于汉代，后来经过历代建设，建成了各种各样的寺院。当然，这些古老的建筑如今已不存在，现在遗留下来的几乎都是明清时代的东西。

我们沿锯齿形山路爬上山去。高处有一处明代后期的三教祠，是佛道儒三教之祠。我们还参观了两三座明代的寺院。另外还有一口金代的钟，据说是公元1200年以前的东西。钟高3米，直径2米，重5吨。合金材质。铭文中带有"佛神悦鬼愁"的字样。

此外我们还看了泉。据说，五泉山的名字源自五眼泉

125

水：甘露泉、掬月泉、模子泉（摸子泉？——译注）、蒙泉与惠泉。泉的名字五花八门。于是我便跟公园办公室的人请教，对方介绍说惠泉是施恩于人民的泉；蒙泉是因茶香而闻名的四川省蒙山的泉；模子泉是摸孩子的泉，"模"是触摸的意思，说是将手伸入泉中，若摸到石头便会生男孩，摸到瓦片则生女孩。

从五泉山俯瞰兰州市。白塔山山脉隔城相望。白塔山是祁连山的一道支脉。除山麓外，五泉山几乎整座山上都没有树木，只能用建筑物来装饰，故而才接连建了这么多寺庙吧。

我们辞别五泉山公园，去看在白塔山下流淌的黄河。黄河贯穿兰州市。兰州这座城市，无论你走到哪里都会是新旧混杂。身为工业城市的兰州混入了古兰州。高楼大厦与白墙土屋杂然共存。

我们走过新建的大街。汽车道、自行车道与人行道各自被行道树隔开，整齐而美丽，不过路旁仍处处镶嵌着土屋。

我们走过滨河路。由于地处黄河之畔，故名滨河路吧。我们在与五泉山相望的白塔山下的黄河河畔下车。

黄河是黄浊的，水面上微微打着漩涡。据说风一吹河水会更浑浊。大概是风带来了土的缘故吧。据说，由于最近上游修建了水库坝，这样的水流已经算是清澈的了。

对岸的白塔山是一座蒙着沙与土的岩山，山势连绵，却没有一草一木。离我们最近的山头上有一座白塔。塔名慈恩寺白塔，建于明代1450年。塔七层八面，高21米。

从市内参观回来后，革命委员会的人们为我举行了生日宴。宴会设在酒店的食堂。虽说在国外过五月六日的生日已不是第一次，可有人为我庆祝这还是第一次。

除了普通的饭菜，寿宴上还有长寿面与长寿饺子，还有写着"寿"字的生日蛋糕。

三点起参观博物馆，看到了许多武威出土的东西。

当日半夜，我们离开酒店赶往停车场，乘上海发往乌鲁木齐的列车去酒泉。这趟列车于五日上午七点五十五分从上海始发，将会在七日凌晨一点抵达兰州。结果火车晚点两小时。从上海发车至终点站乌鲁木齐需用时四天三晚，共八十多个小时。去年新疆之旅时，在从吐鲁番至乌鲁木齐的大戈壁中，我便曾用相机拍到过这趟列车。

翟焕三、甘肃省人民医院的医师田兆英女士等四人从兰州加入了我们一行。

到酒泉用时18个小时，需要穿越3800米的乌鞘岭进入河西走廊，是我这趟旅行中重要的一段。我估计到乌鞘岭一带时才会天亮，便想趁天亮前熟睡一会儿。

河西走廊

五月七日半夜一点，在兰州乘上从上海发往乌鲁木齐的列车后，我立刻就睡了过去，黎明时醒来。看看表，正好是通过乌鞘岭的时刻——六点钟。

我立刻打开窗帘，窥望窗外。雪山在黎明前的黑暗中层层叠叠。由于表上的时间设的是北京时间，因此尽管是六点，可天色仍未完全破晓。白雪覆盖下的山岭不断涌现，列车此时正越过海拔3800米的祁连山的一座山岭。由于祁连山脉的最高处在5000米以上，因此乌鞘岭相当于祁连山脉东端的一处鞍部。

荒凉的风景。有的山上积满了厚厚的雪，也有的山像把雪扫掉一样只剩薄薄的一层。总之，现在映入眼帘的全是山背。众多的山背被重叠着堆放在一起，列车气喘吁吁，慢腾腾地穿过这些层峦叠嶂。

朝窗外望了一会儿，我略感寒意，便把脸移开窗户，在卧铺上躺下来。我与妻子，还有同行的横川健三人占据了一个包间。由于是宽轨车，包间宽敞舒适。窗边设一小桌，桌上放一布罩台灯。可是，一想到列车正奔驰在祁连山脉中，就算是躺在卧铺上也无法令我安心。我再次将脸贴近窗户。

六点半，清河站。从这一带起，地势明显变为下坡。六点四十分，天祝站。尽管过此站后依然是山背地带，不过略微发青的草原已开始显现。既有貌似牧场的地方，也有一些零星的耕地。还有一个人站在山背上。他究竟在做什么呢？

七点，沙河台站。这是设在山坡上的一个站。附近山的表面略带青色，山背上也有耕地。没有一棵树，依然是荒凉的风景。列车一直行驶在山背上。

八点四十分，黄羊镇。莫非列车已在不觉间穿越了祁连山脉？这里完全是一座平原上的车站。

九点去食堂用早餐。九点五分，南武威。再不久列车便进入了武威站——在西域史上屡屡登场的凉州。

我在武威站走下列车，在站台上逛了逛。一想到自己正站在河西走廊的某一点上，便不由感慨万千。由于我在小说《敦煌》中曾屡屡让凉州登台亮相，因此这绝对是我的一个有缘之地，不过无法亲身感受城市的样子还是让我深感遗憾。我只知它是一座大平原上的城市。虽不知唐代、元代的凉州城与现在的武威城是何关系，总之有一点是不变的，即它无疑是建在这块平原上的一个大聚落。它是丝绸之路上的一座大交易都市，是汉族与游牧民族你争我夺，殊死搏斗的地方。

列车驶出武威站后，我便一直从车窗里眺望着大平原。列车越过的祁连山脉不觉间已退至左边远处，右面则山影全无。武威周边大干河道很多。干河道有的已被辟为耕地，小点的则直接变成了道路。纵目远眺，大平原基本上都变成了耕地，到处点缀着羊群。尽管如此，干河道仍何其多也。一条条不断涌现，要多少有多少。

如今，列车正在河西走廊上一个劲地往西奔驰。河西走廊究竟是个什么样的地方呢？准确说，它是从乌鞘岭起，至与新疆维吾尔自治区交界的猩猩峡（现在的星星峡），被南面的祁连山脉与北面的马鬃山山系夹在中间的一条1000公里长的走廊地带。它的宽度因两山间隔的远近而不同，其中最宽阔的地方有100公里。

南面的祁连山脉绵延不断，北边的马鬃山山系却是一座座孤山。故而，北方的巴丹吉林沙漠便会从山间渗透过来。有时候，沙漠还会入侵至祁连山脉的山麓。

因此，河西走廊便将南北两山的雪水所形成的绿洲与来自北方的沙漠混在了一起，有如制作着一件工艺复杂的纺织品。上面既有绿洲又有沙漠，还有戈壁（遍布小石头的荒地）。

河西走廊南侧的屏风——祁连山脉，是一座在西域史上屡屡登场的历史之山。据一本名为《敦煌杂钞》的书介绍，

"天山高十五里，广六十里，冬夏雪不消，一名天山，又名祁连山，匈奴称天为祁"。按照匈奴语的意思，祁连山便是天山。匈奴作为一个强大的游牧民族，从公元前起便将根据地建在了这座天山——祁连山，成为中国历代王朝的威胁。

汉武帝欲将匈奴驱离这一地带，更欲将经营范围拓至西边的塔克拉玛干沙漠，即五胡十六国。奉武帝之命，年轻的勇将骠骑将军霍去病与匈奴不断转战，最终将匈奴赶回北方，让王庭（匈奴的王都）从漠南消失。而让霍去病书写下这页辉煌历史的便是该处的山岳地带。

列车刚才越过的乌鞘岭，想必霍去病也曾在南北征战的过程中屡屡翻越。转战此地的不止霍去病一个，卫青、李广利等将军也曾在此与匈奴战斗过。另外，名将耿忠率二千骑讨伐匈奴呼衍王并斩首千余级的战斗，也发生在这祁连山。就这样，汉朝的威望逐渐越过祁连山，延伸至河西走廊地带。西域史上的黎明期便从祁连山脉开启。

前些年去西安（从前的长安）时，我曾造访过郊外的武帝墓——茂陵。当时，其陪冢之一便是霍去病墓。霍去病二十四岁便英年早逝。据古书记载，当时武帝曾命霍去病所征服的汉朝属国——五郡（河西走廊一带）派铁甲军团作仪仗兵，从其陵墓一直排到都城长安。据说，武帝还令人将霍去病的墓修在茂陵，并将墓的形状也修成了霍去病生前屡立战功的战场——祁连山的形状，就连所用的石头也是从祁连山运来的。

若按《史记》的说法，如上所述，霍去病的墓是在他去世的同时开建的，不过，若允许我冒昧推测，这位深受年轻时的武帝钟爱的年轻将军之墓，我想它的建造时间很可能是在武帝晚年。晚年的武帝在选定自己陵寝地点时，所选定的第一个陪冢很可能便是霍去病墓。

列车驶过西域史黎明期的舞台。从十点起进入戈壁滩。一望无际的戈壁荒地上全是砂石。铁路沿线有少许钻天杨与杨树。一辆吉普车在铁路旁的路上行驶，沙尘蒙蒙。

左边是祁连山脉，右面远处也浮现出一些低矮山脉。广阔的戈壁中四散着一些小聚落。大概是那些地方有地下水，因此才维持着半农半牧的简单生活吧。

十二点二十分，眼前依然是无边的戈壁。四处依然会浮现出一些聚落。这一带不是从遥远的祁连山脉引水，便是依靠地下水了。一群打井男人的身影浮现出来。生存实属不易。有几头骆驼正拉着车，在戈壁中的路上慢腾腾地往西走。

十点五十分，列车在河西堡站停车。据说这里是镍和铁矿石的产地。相关工厂很多。这是一片久违的绿洲地带，耕地甚至蔓延到了车站附近。有些小山逼近车站的左边，山脚下还能望见一些镍厂的建筑，正燃着火。

车站附近的农家全被围在土墙里面。土墙很高,看不到农家的屋顶。大概是为了防风,才将房子都建成这样吧。

十一点从河西堡站发车。从车窗里望去,这里竟是一处颇大的聚落,一座白墙土屋的城镇。树木全是钻天杨,天空是浩渺的云天。

可不久后,绿洲消失,列车再次驶入戈壁。右面的山脉逐渐逼近,与此同时,左边的山脉也逐渐绕至前方。列车沿绕至前方的山脉的脚下驶去。与此同时,右面的山脉也绕到了左边。虽然我被绕晕,可总之,在我看来,南北的山脉似乎在相互靠近,而列车则行驶在被夹在中间的狭长地带上。或许,河西走廊已在该地带变成了一条细带子。不久,列车终于驶出这种地方,再次进入一片视野开阔的戈壁中。

十一点十二分,列车通过东大山站。站很小,附近看不到聚落。这是座戈壁中的车站,左右两边全是一望无际的戈壁。戈壁中有两头毛驴拉着车子往北走,不知去往何方。从右面到前方一带,几座山脊层叠的真正山脉浮现出来。

十一点二十三分,列车在平口峡站临时停车。这也是戈壁中的一座车站,附近并无聚落。站的左边有低山逼近。据说,到我们的目的地酒泉,至此才刚走了约一半的路程。

出了车站,列车立刻进入一片戈壁滩的丘陵地带。被沙子、泥土和小石头覆盖的山丘像连绵起伏的波浪。大山丘、小山丘,落石吞噬了丘与丘之间。一派荒凉的异样风景。丘与丘之间骆驼草点点。大约十分钟后，我们穿过了这片异样的丘陵地带。戈壁豁然开朗。左右两面的远处都有山影可望。

过了玉白站是露泉站。虽然名字优美，不过都是些被骆驼草覆盖的原野中孤零零的小站，连个聚落都没有，有如铁路旁施工用的站。

不久，左右山脉靠近。列车使劲绕向左边，进入山与山之间。真不愧是河西走廊，走廊忽宽忽窄。右面的山脉接近过来，是马鬃山山系。山脊线线形尖锐，的确很像马鬃。

十二点十分，芨岭站。这也是一座没有聚落的车站。列车继续行驶在河西走廊上。左边的山影大概是祁连山脉的前支脉。列车距其时远时近。右面北侧也一样，奔驰的列车距马鬃山山系也是忽远忽近。

十二点四十五分，白水泉站。这里附近是丘陵地带，坐落着无数扁平米团形的山丘。

穿过这里后是一望无垠的戈壁。马鬃山山系的山峦时断时续，一些雄壮的丛山不时出现。左边的祁连山脉低山层叠。戈壁滩依旧继续。所有的山丘，无论大小，全都被小骆驼草覆盖。

一点四十分，大桥站。站旁种着沙枣树。沙枣叶叶背发白，长着毛。据说是为了防止水分蒸发。这种植物对碱性土地和干燥土地都有很强的适应性。

一点五十分，山旦站。在这里我第一次看到站周围种着长势良好的钻天杨。这里海拔2000米。一个水库从左边远处浮现，有一处小聚落。不知怎么回事，据说这里经常刮西北风，可聚落里所有树木都是逆风生长。真是什么样的聚落都有啊。

两点十五分，张掖。一处极美的绿洲地带。由于城市远离车站，无法亲眼看到城市的样子，甚是遗憾。此处即在西域史上屡屡登场的甘州。我在小说《敦煌》中也用过这里。这里是与武威齐名的河西走廊的要冲。车站附近有沙枣林，似乎是防风林，还有很多钻天杨林。

发车后，我从车窗里眺望张掖绿洲。沙枣林、钻天杨林、美丽的小麦田、蓝色的河流。由于今天一天都在跟干河道打交道，因此，望着蓝色的河流，我感慨万千。

大约十五分钟后周围逐渐沙漠化，不过，杏、梨、桃、苹果和枣树还是映入了眼帘。小麦田也很多。这里是河西走廊的粮仓地带。据说这里杏树尤其多，杏果还出口。如今李花已谢，桃花正开。令人有点找不到季节的感觉。

从这一带起，万里长城的碎片忽而出现在山坡上，忽而出现在平原中。右面的车窗还能望见山上疑似烽火台的残骸。

三点，临泽站。站附近杏树很多。不久，周围逐渐真正沙漠化。虽然到张掖之前的路段主要是戈壁，可过了张掖后戈壁消失，取而代之的是沙漠。不过，车站附近还是开着桃花，对面远处还能望见湖。

四点，左右两边全无山影，完全变成了大沙漠。大干河道很多。

四点四十分，清水车站。这是一处大绿洲地带的车站。高大的钻天杨包裹着车站的建筑物。车站附近能看见两三个土屋聚落。

又是沙漠，又是绿色地带，又换成沙漠，不久终于变成了真正的大沙漠。左边祁连山脉的山顶上有雪。

沙漠逐渐变成耕地。一片绿洲在眼前铺开。一条大干河道横亘眼前，过了干河道后进入酒泉城。若去敦煌须在酒泉下车，因此，我的河西走廊的列车之旅如今已所剩不多，即将结束。

葡萄美酒夜光杯

五月七日，下午五点四十分，列车抵达酒泉站。我们告别了自昨晚半夜以来在河西走廊上行驶了18个小时的兰新（兰州—新疆地区·乌鲁木齐）铁路，在酒泉站下车。至此，河西走廊的列车之旅彻底结束。

不过，被夹在祁连山脉与马鬃山山系（龙首山、合黎山、马鬃山等众山）间的甘肃省的狭长盆地却未就此结束。河西走廊继续往西延伸，经营着安西、敦煌等绿洲都市。列车上的河西走廊之旅虽已结束，始自酒泉的吉普之旅却随之开始。

酒泉火车站附近并无人家，只有一条通向城市的硬化路笔直地穿过田野。从火车站至县城有12公里。

天气晴朗，太阳尚高。林荫树钻天杨虽不太大，不过青绿的颜色很鲜润，很美。半沙漠半耕地地带在路两边展开，羊群不断出现在路旁。我们不时超越一些四头毛驴所拉的排子车，或与其擦肩而过。或许，这里本就是用四头毛驴来拉车的吧。

随着与城市的接近，林荫树大了起来，左右两边是伸展的耕地，到处都能看见农家。不久我们进入城市。一个闲散的聚落。在进入今夜投宿的酒泉地区招待所前，我们先参观了一处名为酒泉工艺美术厂的地方。这是一家生产酒泉的著名工艺品——夜光杯的工厂。厂房是一栋二层的民房，楼上楼下都是工厂，很像那种常见的街道工厂。工厂规模很小，让我不由得舒了口气。若是大型工厂，夜光杯的印象肯定会被破坏掉。虽然我对夜光杯毫无了解，不过《唐诗选》中所收录的那首夜光杯的诗却十分有名，无形中我已将其中的"葡萄美酒夜光杯""古来征战几人回"等诗句铭刻在心。诗的里面有别离，有征战，还有那最适合异乡酒宴的葡萄酒与斟满这葡萄美酒的夜光杯。

"到酒泉就能用夜光杯喝酒喽"——在踏上这趟旅行之前，曾有两三个朋友在东京对我如此说过。等到写此稿时，我打开《唐诗选》一看，这才知道原来作者是王翰，题目叫"凉州词"，倘若借用《国译汉文大成》的翻译，译文如下：

葡萄美酒夜光杯，
欲饮琵琶马上催。
醉卧沙场君莫笑，
古来征战几人回。

这首诗，用哀切的语气吟出了一名身在异域的出征武将的心境：正在用夜光杯痛饮葡萄酒时，忽然听到有人在马上弹琵琶的声音。于是乘兴饮尽杯中酒，酩酊大醉地卧在沙漠上。请莫嘲笑我这副醉态。古来征战之人，有几人能活着回到祖国呢？想想自己的身体仍康健无恙，怎么能不饮酒呢？

参观完工厂后，工厂负责人为我们介绍了夜光杯的情况。——据传承，夜光杯从西周时期便已开始制造，迄今已拥有二千年的历史。西周时期名叫玉石杯。自从王翰在诗中用了夜光杯的称呼而一举成名后，夜光杯的名字便被广泛使用。现在，造杯所用的原料石，一部分来自祁连山脉，其余部分则采自四川省北部、辽宁省、新疆维吾尔自治区的和田地区等地。

对方还向我们展示了夜光杯。据说，玉杯原本有白、黄、黑三种，可不巧的是目前只有黑色的。据说，古书上还有"杯乃白玉之精，光明夜照"的赞誉，不过，无论怎么看似乎都没有那么夸张。再美也不过是个石杯而已。不过，在异域情调风靡的唐代，此杯已足够妖艳，足够美丽。倘若再将此地产的葡萄酒斟上一杯，恐怕连酒也同样妖艳美丽了吧。

《唐诗选》中有许多歌颂边境酒宴的诗，倘若再配上葡萄酒与夜光杯，诗心便会越发生动。比如"酒泉太守席上醉后作"：

酒泉太守能剑舞，

高堂设酒夜击鼓。

胡笳一曲断人肠，

座客相看泪如雨。

这是一首酒宴之歌，描写的是一位被派驻边境——酒泉的官吏，欢迎同样过路边境的客人时的情形。胡人的芦笛哀怨幽咽，主客的心俱被打动，泪如雨下——这种表达方式未必夸张。设想一下，在当时的边境酒宴上，无论客人还是主人，他们的思乡之情自然都会化为眼泪，顺着脸颊潸然不止。而在营造这种宴席氛围时，我想葡萄酒与夜光杯无疑也起了很大作用。

从夜光杯工厂出来，忽然发现工厂前人山人海。路上全挤满了人。原来都是来参观我们的。这也难怪，涉足酒泉城的日本人无疑屈指可数。

我们在人群的包夹中乘上车。看看表，北京时间七点。由于有一个半小时的时差，因此这里仍艳阳高照。估计九点左右才会天黑吧。

这是一座高楼很少的平静城市。由于是产生于戈壁中的一座古老的历史之城，并未有高大建筑，因此倒有一种说不出的恬静。从车窗窥望胡同，每条胡同里都是白墙土屋，静静地伫立在那儿。据说，从前曾有城墙包围着这座城的，当时该是多么悠然的一座城市啊。中国有许多——光我知道的就有好几座——拥有古老历史之光影的宁静城市，酒泉城不仅具有这种气质，还增添了一种戈壁之城和河西走廊之城的特殊性格。现在虽然不能称之为边境城市，不过，作为在西域史中登场的边境城市，它的历史光影现在似乎仍被以其他的形式保存着。

不久，一座三层的鼓楼出现在前方。由于鼓楼被设在十字街中央，汽车便朝其驶近，然后绕过鼓楼，再朝不远的招待所驶去。不久，汽车穿过一条夹在白墙中的巷子，来到招待所门前，驶入院内。宽阔的大院里有几栋两层楼。宿舍和食堂则分别设在别的楼栋。

在房间安顿好后，管理员立刻帮我往脸盆里打来热水。我洗了脸，又洗了手脚。然后将用完的热水洒到户外抑尘。从今天起，我既不能泡澡，也无法淋浴。因为我来到了一个水无比珍贵的地方。

在房间休息后，我们在另一栋房子的大厅里，听取了地区革命委员会的人所做的酒泉地区的简要介绍。

——酒泉地区由8个县构成，人口70万，8个县中有5个是农业县，另外3个县是畜牧县。1个畜牧县是哈萨克族，另外2个县蒙古族占大部分。

——少数民族为蒙古族、哈萨克族、回族，总共约3

万人。

——该地区冬季气温平均零下28度,最冷时能达到零下35度。

——我们现在所在的酒泉县人口是25万,酒泉城则是5万。该城原本以鼓楼为中心四周都围有城墙,现在城墙全都没了。我们明天要去的酒泉公园,途中有个西门,西门附近曾是回族的居住区域,不过现在连那西门也没有了。

不久,夜色开始笼罩在宿舍周围。地区革命委员会在另一栋楼的宴会厅为我们举行了欢迎宴。地区革命委员会副主任李栋、县革命委员会副主任刘延绪等出席,宴会的气氛十分融洽。我们还被用夜光杯招待了葡萄酒。

宴会散场回宿舍时,夜空中镶满了星星,星星的高度令人惊叹。只感觉星星是在极高的地方闪耀。虽然是用夜光杯喝的葡萄酒,我却并未从酒中品味到西域之城酒泉的感觉。不过在仰望夜空时,我却感慨万千:啊,这里便是肃州,是酒泉。如今,我第一次用自己的脚,站到了自己在小说《敦煌》中曾使用过的舞台上。

五月八日,八点早餐,其中还有小米粥。早餐后,我在招待所的宽敞大院里散步。后院有大沙枣树。我在河西走廊的列车上便见过许多沙枣树,不过凑近看还是第一次。听宿舍的人说,这种树春天会开黄色小花,花虽小花香却浓郁,甚至会让整个家里都很香。招待所里还有许多垂杨。正面入口前的院子里也种了好几棵，与日本的柳树很相似。

八点半从招待所出发。吉普车五辆，面包车一辆。承蒙这么多中方人员陪同，心里有些过意不去。今天要去安西，去安西前顺便去趟酒泉公园，然后造访与酒泉相隔35公里的嘉峪关，之后在玉门镇用午餐——这便是今日的行程。

车在鼓楼所在的十字街停下，我将鼓楼拍进照片。虽不知是何时的建筑，不过有一点不可否认，即这座鼓楼让酒泉有了一种特殊的美。据向导介绍，该鼓楼的基础建于一千五百年前的东晋时期，由此推之，现在的酒泉城所在的区域，跟一千五百年前的古城几乎重合。

总之，自从这一地区被汉武帝打造成征战匈奴的前进基地后，酒泉便与敦煌、安西一道，作为河西走廊西部的要冲，成为了西域史上的重要舞台。这座城市的独特的宁静，与这宏伟历史光影绝非毫无关系。

车绕过鼓楼，来至十字路右方。这是一条宁静的大街，街两边的行道树是钻天杨，沿路到处是林立的土屋。

行驶了五六分钟后，我们进入东城外的酒泉公园。公园干净利落，没大经过人工雕饰。巨大的葡萄架下已变成道路。穿过葡萄架，一片盛开的紫丁香映入眼帘，十分美丽。据说这里的桃花刚刚凋谢，因此在季节上比北京、东京要迟一个月左右。

据说,公园所在的地点有一眼出色的泉水,因此这里古时候曾被叫做金泉。即使现在,这里仍有一个斟满美丽泉水的池子,泉口被用石头围成了方形,可供人观赏。

关于这座历史古城的名字"酒泉",有人说,由于此泉的水甘美如酒,于是得名。还有人说,从前,武帝赐酒犒赏转战此地的汉代武将霍去病,这名年轻的武将便往酒里兑了些泉水与部下们分享,因为这个典故,便得到了酒泉这个名字。

总之,此泉自古未绝,至今喷涌不止,这本身便雄辩地说明,酒泉这座被营建在绿洲上的城市是多么的出色。

离开酒泉城后,北大河立刻横在眼前。这是一条发源于祁连山脉的大河,不过现在水已干涸,成了一条大干河道。据说该河夏天和冬天时水满,春天则会消失,莫非是上游修了水库的缘故?

我们开启了一段用时三十分钟的旅程,目标直指嘉峪关。硬化路十分平坦,两边是钻天杨林荫树。不久,路两侧变成戈壁。我这才如梦方醒,原来,酒泉完全只是一座戈壁中的城市。

不久,林荫树钻天杨也消失了,道路变成了名副其实的戈壁海洋之路。可不久后,右侧戈壁中又浮现出一些钢铁厂建筑。接着,左侧戈壁中也出现了水泥厂。据说,在1958年以前,这一带还只是一望无际的戈壁,工厂之类想都不敢想。现如今，不只工厂，还林立着水泥厂的砖房住宅呢。

不久来到一处十字路口。右拐能到嘉峪关市，可汽车仍笔直前行。远处有一小块绿洲，绿洲上建有厂区，还有鳞次栉比的工人住宅。完全是戈壁海洋中的一片住宅群。一头骆驼正拉着排子车通过厂区。

嘉峪关的城楼从前方右侧浮现出来。汽车像被吸进去一样靠近。不久便从硬化路右拐，直奔城楼。路弯弯曲曲地伸向城楼。

嘉峪关旧址是一处大型遗构，比我想象中大好多倍。大概是进行过修复作业的缘故吧，我只觉得我们正向一座崭新的巨大城郭靠近。车在城楼前停下，我们从入口走进被大城墙包围的内部。

作为西北边境的一处军事基地，嘉峪关在明洪武五年（1372年）便开始奠基，后来在1539年分别建成城墙、罗城和烽火台，1566年又完成2个城楼、4个角楼和2个敌楼（步哨楼），至此，我们今日所见的嘉峪关构造这才彻底完工。嘉峪关作为明代万里长城的最西端而闻名，并作为丝绸之路上的要冲长期繁荣，所有一切已被众多出土品证明。

遗址所在地海拔1700米，城墙高11.7米，城楼周长733米，城楼面积3万3500平方米，据说，所有建造物都是按令人惊叹的精密计算建造的。

我登上敌楼，将绵延关外的长城城墙摄入相机。这处关所究竟是以什么形式，又是如何发挥作用的呢？仅凭站在这无人的关址上，是很难目睹它繁盛时的样子的。我缓缓地走在洒满宁静阳光的走廊上。即使侧耳倾听，也听不到任何声音。这里静谧得仿佛让人失去意识。

我们离开嘉峪关，再次开启戈壁之旅。兰新铁路的铁路线浮现在右面。公路与铁路并行前伸，不久便横穿铁路来到铁路右面，然后再次与铁路平行。左边浮现出祁连山脉。山势雄伟。或许是祁连山脉中最美的地方吧。右边也出现了山脉，与之遥相呼应。这边也是巨大的山脉，一片浩瀚的戈壁海洋在两山脉间铺展，正是河西走廊。

路变为下坡，坡很长，坡底是一处农场。穿过农场后，车进入一片新的戈壁。路再次变为缓下坡。右面的山脉像重叠的丛山，山容奇异。丛山上覆盖着烟油般的黑色。

不久，车突然进入一片红土地带。路两侧也是红色的。穿过这里后是骆驼草地带。不久，右面路旁的低丘上浮现出烽火台旧址。几个土包点点散落在辽阔的范围内。车子停下，我试着站上其中的一隅。虽然是承载勇士梦想的遗址，我却未产生任何感怀。历史和岁月都已彻底风化，被戈壁海洋吞没。

我们的旅途再度开启。通过清泉人民公社。这是一处建在小绿洲上的极小聚落。白花花的冒盐地带已蔓延至聚落附近。

地面多少有些起伏，路在丘陵地带上上下下，蜿蜒曲折。兰新铁路的铁道线再次逼近。上次的列车似乎经常走这种地方，我不免多少有种亲近感。

路再次大下坡，大转弯。戈壁中有一户农家。不清楚里面究竟有没有人住。左边远处依然展露着巨大的山容，是祁连山脉，右面的丛山也层层叠叠不断涌现，各自拉着长长的山脊线。

我们进入一片大骆驼草地带。路旁在往外冒盐，白茫茫的。钻天杨行道树开始久违地出现在路上。这些钻天杨很大很漂亮，不过，大概是种类不同吧，风中摇曳的样子略微带着种妖怪般的奇怪感。不觉间，车外的风已经变大。

在妖怪般的钻天杨行道树的诱导下，路朝着玉门镇的绿洲中伸去。即使进入了绿色地带，眼前也仍只有奇异的钻天杨枝繁叶茂，土屋聚落掩映其中。这里完全是钻天杨树怪的聚落。车进入聚落，驶入古城墙碎片旁的一处宁静的招待所。时间是两点。

用过午餐，大家进入各自的房间休息。我觉得户外更爽，便把椅子拿到中庭晒太阳。所有同行者都如法炮制。

玉门镇是兰州与敦煌间地势最高的地方，因此比较凉爽，即使盛夏最热的时候，温度也只有31度上下。不过，冬季却很冷，零下30度也不稀奇。冬天会下雪，可由于风大，积雪厚度不会超过一寸以上，居民都是靠烧煤取暖。

玉门镇是一个古老的小聚落，人口6000。70公里外有个地方叫玉门市，人口20万，是个油田工业城市，也是座新兴城市。

在钻天杨妖怪聚落中休息令人有种说不出的悠然。某处传来阵阵嗷嗷声。或许是风声，不过聚落却在钻天杨的守护下十分宁静。尤其是招待所的中庭，更是格外宁静。我叼着香烟，靠在椅子上，远望着河西走廊西部那没有一丝云彩的蓝色天空。

幻之海

五月八日（前章续），在从酒泉赴安西的途中，我们在一处名为玉门镇的古老小聚落好好休息了一下后，四点十分，再次从玉门镇出发。汽车穿过聚落入口那妖怪般的巨大钻天杨行道树。钻天杨的树枝和叶子全都偏向一方。据说这都是风的缘故。

路很快进入戈壁。距安西150公里，预计用时两个半小时。即使进入戈壁后，钻天杨行道树仍持续了一阵子，又过了不久，钻天杨才消失。

五点，我们仍行驶在一望无际的戈壁海洋中。左右全无山影。当然也没有一棵树，只有些许的骆驼草。远处能望见龙卷风。

距玉门镇50公里处有处城址叫"桥湾城"，离路边有四五百米远，只能看到已埋入沙土中的一半城墙。若只是远望城墙，倒是一座很好看的城。这座城建成后从未被使用过，被叫做清代的幻之城。据说建城之人因借建城中饱私囊，被处以死罪，因此城便被撂在了戈壁中，如今只剩了城墙。

下车，休息。我远望着幻之城。尽管已成废墟，可我觉得，像这样的城址有这么一个倒也不错。一座既未有人住过，也无任何历史的城址。

我们再次出发，辞别幻之城。戈壁逐渐沙漠化。不久，土壤开始翻起巨浪，有如沙漠的波涛。目之所及，全是吞没沙漠的土与沙的波浪。是雅丹地带。

我们穿越沙漠中的一条铁路线。铁路沿线设有木栅，保护其免受风的侵害。在中国，据说人们一般将风大的地方叫作老风口，而在这一地带，安西的老风口则尤为出名。埋葬沙漠的沙土波涛，是风长年制造的产物，因此这里完全是"由风蚀制造的坚硬黏土之波浪地带"。在从前的西域游记中，雅丹地带通常被记为"龙堆"或"白龙堆"。大概是"土龙地带"之意吧。雅丹是形容罗布泊周边沙漠样子时的专用语，可没想到，敦煌以东竟然也有这种地带。总之，这种不可思议的风景，完全是风的作品。

边塞诗人岑参的诗中曾有这样一节："洗兵鱼海云迎阵，秣马龙堆月照英"（高木正一《唐诗选》）。这是一首吟颂一线出征部队凄怆情景的诗：一天的战斗结束，正在湖中清洗兵器时，云像迎接兵团一样忽然涌起；正在雅丹地带喂马时，月亮竟忽然照亮了军营。虽不知这首诗的舞台在哪里，可是，若论能如此完美地为雅丹地带的荒凉赋予活力的诗，我想，此诗恐怕是绝无仅有。

路缓缓右拐。可无论右拐还是左拐都不重要,我们依然是在茫茫的沙漠中。老风口地带短暂消失,可不久后,这与世隔绝的风景再度展开,然后消失。

六点,周围完全是沙漠。太阳尚高。沙漠尽头有一片像海面的东西,似一条细长的带子。蜃气楼!中国叫"海市蜃楼"或者"麦气"。工作人员G某介绍说"这便是日本所谓的'逃水'(陆地上的海市蜃楼——译注)"。

听他这么一说,我凝望起刚才便屡屡出现的那幻之远海。

左边虽是绵延的远山,可右边却山影全无,这里照样能望见幻之海。正前方的幻之海对岸有山。山的绿色像披上了一条带子。根据司机师傅的说法,那幻之海对岸的绿色中藏着一座并非幻影的真正城市——安西城。

可是,那绿色却怎么也靠近不了。寻绿之旅持续了约二十分钟。终于,林荫树开始在路上出现。起初的钻天杨弱不禁风,后来便逐渐粗壮起来。不过,这些钻天杨也是时断时续,后来便一下变成了庞大的钻天杨树。如同在玉门镇入口看到的那种妖怪般的钻天杨树。

路在距安西城很近的地方分成了两条。若是直走,会通往新疆地区的哈密,距哈密360公里;若是左拐,便是去安西、敦煌方向,距敦煌122公里。我们在此告别兰新公路,取道敦煌。安敦大道之旅由此开启。

正面远处有一片绿色。安西城便坐落在那里。不觉间幻之海消失，车进入了真实的绿色中。

不久，左边浮现出一片古城墙碎片。据说，那是搬至现址之前的老安西城城墙。由于老城水深，已不适宜人住，因此只留下了面粉厂，其他全都搬走了。据说东边与北边的部分城墙保留了原样，其他已全部拆除。因而，城市搬迁并非很久以前之事。

城墙一公里外，便是如今的安西城。我们穿过从刚才起便绵延不断的钻天杨林荫路，朝整洁的新建城市——安西城驶去。城入口有家招待所，便是我们今夜的安身之处。

这里也一样，宽敞的大院内并排着几栋平房，食堂也在另一栋房子。厕所设在院中最靠里处，有点远。这里也同样有人给端来洗脸热水，我洗了脸，洗了手脚。

晚餐时听同席者说，今下午风很大，可四点时却突然停了。而我们正好是在风停之时进的老风口。据说，如果风大，车辆在那种雅丹地带根本无法行驶。

在同一张餐桌上，我试着问了下搬家之前的老安西城建于何时，却未得到准确答案。

——我想知道的是，还在本地区被叫做瓜州的时代，城是在什么地方。

结果,一名同席者说:

——10公里外的西边有个瓜州人民公社,那里在国民党时代曾被叫做瓜州乡。那儿有一处古遗址。虽然残留的只有城墙,不过,说不定就是那儿呢。明早前我们提前调查一下。

对我来说,这条线索实在难得。我在小说《敦煌》中所用的那11世纪的瓜州,今天已不可能遗留下来,不过,哪怕是能知道其位置也好。

五月九日,六点起床。来到户外,风很冷。这是我在这趟旅程中所经历的一个最冷的早晨。通知说九点离开宿舍。虽不能确定瓜州人民公社的遗址是否是往日瓜州的城址,但总之会带我们去看一下。

九点出发。车辆行驶在钻天杨大路上。风很大。因此一个行人都没有。向导说:

——西风的话问题不大,若是东风,能够刮上一整天。今天不凑巧,偏偏是东风。

——毕竟是人称关外三绝的安西之风啊。

向导半骄傲地说道。

不久,我们来到一望无际的戈壁。穿过戈壁后,车行驶在柔弱的钻天杨林荫路上。我们穿过一条清澈的小河,不久来到一处小聚落——瓜州人民公社。一处远超预想的巨大遗址从左边浮现出来。距安西的招待所约有10至15分钟的车程。城墙掩映在钻天杨之间。

车沿着城墙绕过去。左拐，再左拐，来到遗址前面。下车处便是遗址入口。因为只有这里的城墙有残缺，形成了一个自然入口。

这是一处雄伟的巨大遗址。遗址周长3公里，几呈长方形，半毁的城墙围了一周。北侧的部分城墙还残留着上部。遗址内已成荒地，由于土是黏土，连草都不长。既不能做耕地，也不能当牧场。还到处发白，大概附近是碱性地带吧。

宽阔的荒地中有一条路，横贯东西。大概是供车辆或毛驴用的吧。站在遗址上，风声呼啸。该遗址究竟是何遗址，我无法知道。或许是瓜州城遗址，又或许不是。唯一能确信的是，这里是现在安西数代前的老安西城所在地。

我们辞别狂风怒吼的遗址，直奔敦煌。距敦煌121公里。

汽车一直行驶在安敦大道上。一片幻之海在戈壁尽头浮现，还能望到海的对岸。渐渐地，随着一点点接近，总有一种走在海边地带的感觉，真是不可思议。路缓缓拐弯，绕到幻海右边后，感觉就像行驶在沿海低丘上。远山是蓝色的，海是青色的，山丘是茶色的，太阳在头顶。现实与幻境混在一起，多么美妙的旅程。

前方浮现出一片山脉。车沿山行驶。据说前方的山是祁连山脉的一道支脉。没有一草一木。右边没有山影，是舒展的戈壁。

不觉间，祁连山脉的支脉化为连绵的山丘。山丘消失后，新的山峦登场亮相。或许是阳光的缘故，今天的戈壁显得发白。没有一丝绿色的地带在延续。毫无人类生活的气息。

白色的戈壁、左边绵延的岩山、一无所有的安敦大道——了然无趣的相同风景仍在继续。路，缓缓地转弯，再转弯。岩山靠过来。路旁浮现出烽火台。

路贴着岩山山脚。山很奇异，乍一看，像用黏土和混凝土揉成的。据说，安西人都将这座山叫做"南魔山"。的确，名副其实，的确是座妖山。

右面依然是舒展的戈壁。可是，从南魔山一带起，戈壁更像是沙漠。我们久违地遇见了人。有两个骑骆驼的老人正在右边的沙漠中往东走。

南魔山连绵山丘的对面，又浮现出一片同样的山峦。问问司机，说是两座山是连在一起的，是同一座山。原来南魔山是重叠的两座山。虽然多少有点奇怪，不过既然是南魔山，或许，出现这种情况也是应该的。

沙漠中浮现出一处烽火台，巨大的烽火台。附近还散落着一些貌似建筑基座的东西。

总之，敦煌所在地实在是太艰苦了。我们乘车走过的地方，倘若用骆驼，简直就是在搏命。

不久，一条绿线从远处浮现。据说，敦煌便藏在绿色之中。

右面浮现出三危山，正面则露出鸣沙山。每一座都是在有关敦煌书籍中必会登场之山。三危山是祁连山脉的尽头或末尾，至于鸣沙山，远远望去，也不过是一片山脊平缓的沙山。

敦煌千佛洞便被凿建在三危山与鸣沙山彼此靠近所形成的山谷中。汽车遥望着左边远处的千佛洞，进入绿色地带。钻天杨林荫树突然多起来，耕地也开始在路两侧铺开。小麦田（春播）也点点浮现眼前。

车进入一片农村地带。这处聚落看上去很富裕。一处大量配置绿色的大绿洲。

车进入城市。有种田园都市的感觉。城里也开辟了耕地，田地随处可见。

不久，我们进入招待所。这里同样是宽阔的大院内并排着几栋宿舍。我用宿舍前的自来水洗了脸。

进入分好的房间后，我再次仰面朝天倒在床上。睡了三十分钟后，我品尝起自带的白兰地。终于来到了敦煌，要说没有一点感慨是不可能的。

在另一栋楼的会议室，敦煌县革命委员会主任文玉西为我们介绍了敦煌县目前的情况。

——敦煌县在河西走廊最西端。南面被祁连山脉包围。换言之，即被沙山和戈壁包围着。海拔是1100米。

——气候干燥。雨量少，只有29.4毫米。蒸发量则是2400毫米。平均温度10.5度。

——汉族人口9万2000多，回族是760人，另外还有少数蒙古族和藏族。

——大部分人从事农业。在祁连山脉的水的浇灌下，生产小麦和棉花。棉花产量518万斤。

——解放前曾有一首歌谣："水多时戈壁滩被淹，水少时水比油还贵。"一点不错，现在正努力解决水的问题，争取一滴水都不浪费。

大盛之城——敦煌

五月十日，昨夜敦煌文物研究所长常书鸿、李承仙夫妇二人到招待所拜访，我们共用了餐。回房间后，我立刻上床，一觉睡到早上六点。看来我真是累坏了。

我在招待所院子里散步，一直溜达到早餐时间。从今天起，我要在此逗留四天，主要工作是往返千佛洞。尽管如此，我仍觉来敦煌确实不易。我在兰州、酒泉和安西各住了一晚，又在列车上过了一夜，因此是在从北京出发后第五天才到敦煌的。看来敦煌果然是远离首都之地。加之酒泉—安西—敦煌一路都是吉普车，整整两天都是沙漠与戈壁之旅。因此，敦煌可不是说来就能来的。

现在的敦煌已不同往日，既不是国界城市，也不是边境城市。因为甘肃省西边还有一个面积顶四个半日本的新疆维吾尔自治区（往日的西域）。这里距离国界十分遥远。不过，在西域史中亮相的边境城市——敦煌的印象至今仍富有生命力。

早餐中上了加枣的小米粥。我来中国已有八次，可加枣的小米粥，却是在这次旅程中第一次见。

八点乘吉普车离开招待所。由于无法预料千佛洞窟内的寒冷程度，我和妻子把防寒的帽子、毛衣和手套全带上了吉普车。

出招待所后，车子很快进入闲散的土屋之城。阴天。骆驼在拉着排子车。虽说这里人口有9万，看上去却不像这样的一个城市。飒爽的风，悠闲的田园城市。城中时而有农田，时而夹杂着耕地。即使城中心几乎都看不到汽车，连自行车都不多见。毛驴拉的车上，货物反倒没人多。

鸣沙山刚从正面露出，便立刻变到了右边。转瞬间我们穿过城市，进入了田间。从这一带望去，鸣沙山不像是山，倒像连绵的长山丘。

车在鸣沙山左边的田间路上笔直行驶。土色的土屋多，白墙的房子少。不久，车直角右拐，进入一条伸向三危山的路。这是去敦煌千佛洞的路。方向虽然变了，鸣沙山却又变到了右边。因为路围着鸣沙山在绕大弯。车朝右面鸣沙山与正面三危山山尾彼此靠近之处驶去。三危山是黑色的，鸣沙山是黄色的。

路钻入两山之间。不觉间鸣沙山变成低矮沙山。前方浮现出一小撮绿洲的绿色，仿佛用浓绿的绘画颜料刷了一尺的长度。

不久，车进入了绿色中。左边三危山与右边鸣沙山均近在咫尺。我将视线投向右边，被雕刻在鸣沙山断崖上的石窟群透过绿树浮现出来。

车在绿洲中行驶了一会儿，然后直角右拐，进入一条通往千佛洞的路。穿过一条大干河（大泉河）桥，但见前方有一大门，门上挂一匾额，上写"莫高窟"。钻过门后是敦煌文物研究所宾馆前的广场。我们在此下车。从广场望去，凿建在正面沙山断崖上的石窟近在咫尺。

我们进入右面的研究所宾馆，将行李放到所分配的房间，整理一下行装后，便去了宽敞的客厅。常书鸿夫妇便等在那儿。

稍事休整后，我们在常书鸿的带领下去千佛洞。

"准确说，这里应该叫敦煌莫高窟千佛洞。莫高窟的'莫'原本是'漠'字，为沙漠高处之意。现在这里是'敦煌县莫高窟'，唐代时则是'敦煌县漠高乡'。"

常书鸿说道。

"现在，这里住着研究所人员及家属共100人。那边有田地，是研究所的家属开垦的。这里并没有农户。"

"是个100人的聚落啊。"我说。

"是的。现在是很繁荣。可我刚来这里时——那已经是1943年的事情了——当时只有1个道士，2个喇嘛僧，外加一个我，一共是4人。当然，既没有电，也没有自来水。"

说完，常书鸿笑了，笑得很灿烂。我本想问一下当时的情况，可还是选择放一放。

千佛洞前面的大路上，种着许多巨大的白杨树。白杨大树。另外附近还有钻天杨、榆树、杨树等大树，还有核桃树。还有苹果园和葡萄园。白杨的叶子与白桦的叶子很相似，叶背很美。大风一吹，枝叶互相碰撞，发出很大的声音。听说，由于与鬼拍手的声音很相似，因此白杨还有个别名，叫"鬼搏掌"。

在常书鸿的引领下，我们从第263窟开始，分别参观了第257、259、254、248、249、285、288、290、428等共10个窟。午餐是在研究所宾馆用的，然后回房间休息至两点半。

千佛洞的参观过程十分愉快。在常书鸿的带领下，我们一会儿进石窟，一会儿出石窟，从一窟转至另一窟，既轻松又爽快。从塞满奢侈品的一个窟转移到塞满另一种奢侈品的另一个窟。真是一种愉快的作业。从石窟来到走廊，阳光照过来，风儿吹过来，连遥望远处的三危山都让人毫不生厌。

拍照已显得麻烦。我打定主意，只要不是那种特别有意义的，我便不去拍照。还是闲逛轻松。不过，唯有笔记还是必须要做的。

休息时，我在千佛洞所在的一隅散了散步。据说，15公里外有一眼泉水，名叫"大泉"。便是那泉水流过来，才营造出了这里的绿洲。千佛洞所在的一隅则尤其好。千佛洞之所以被凿建在这里,大概就是因为这里十分宁静,是处好所在吧。除了白杨等树木,我散步的脚下还长着许多药草。有红柳的红花、马兰的小紫花,还有甘草、苦豆子、芨芨草等,在脚下一丛一丛的。

下午,导游依然是常书鸿,在他的带领下,我们又参观了第445、444、331、427、424、420、419、409、390等9个窟。

千佛洞的每一个石窟,正面深处的须弥坛上均排列有塑像,四周墙面则填满了壁画。其中,有的还会造个佛龛将塑像收纳里面,或是将须弥坛设在中央。

由于塑像基本上均会被设在正面,因此既可以借助入口的光线,也能借助手电筒轻松把握塑像,而壁画却不行。所有的壁面,没有照明是看不清上面内容的。因此,我只能窥探一下常书鸿用手电照着介绍的地方,或是用相机来拍一下,除此以外毫无办法。

五点半,我们停止参观,走在千佛洞下面的路上。树影映在路上,很美。即将落下的太阳正在千佛洞的顶上。不过不久便会被遮住的。真是宁静、奢华而且美好的疲劳与步行。

回到敦煌城,进入招待所。洗脸盆再次被打满热水。水很珍贵。我洗洗脸,洗洗手脚。宿舍前虽有自来水,却是限时供水,并非任何时候都有水。在回兰州之前,我注定与泡澡和淋浴无缘。

晚饭后,我整理了白天的笔记,然后一面喝着茅台,一面将视线投向窗外的黑暗。妻子说:你敦煌也来过了,敦煌的土地也站过了,千佛洞也去了,石窟也进了,佛像与壁画前也站过了,现在一定很满意吧。的确,我无疑十分满意。我甚至又确认了一遍——现在,我,的确是在敦煌。

汉武帝设河西四郡(武威、张掖、酒泉、敦煌)是公元前111年的事情。而敦煌的名字出现在历史上,此时是第一次。此前的河西,即我这次乘列车与吉普一路走来的河西走廊一带,除汉族外还混住着大月氏、小月氏、羌族、匈奴等民族,后来匈奴逐渐强大,赶走其他少数民族,控制了这一地带,成为汉王朝的一大敌对势力。

让河西走廊这种形势为之一变的是汉武帝。武帝令名将卫青与霍去病讨伐匈奴,把匈奴远远地赶到了西北,将该地带纳入汉朝的势力范围。然后,武帝又设了河西四郡,作为西域经营与对匈奴作战的前线基地。而在河西四郡中,由于敦煌处于最西端,因此是名副其实的最前线基地。

"敦煌"的名字十分气派。敦是"大"的意思,煌则是"盛"的意思,因此敦煌就是大盛之城市。作为匈奴曾经的根据地，它本不可能拥有如此气派的名字的。武帝将此地设为最前线基地时，占卜其名，才取名为又大又盛之城·敦煌的吧。

二千年前的敦煌纯粹就是个军事基地。由于大兵团驻扎，因此，这里很可能是新商店林立，繁荣之极。玉门关、阳关等国界的关门被建于西北沙漠也是在这一时期。国界线被从敦煌引向了西方八九十公里处，并且，烽火台也是每隔5公里、10公里设一座，以备急用。

可是，随着时代的变迁，当汉代的西域经营获得推进，都护府被设在西域时，敦煌便不再是单纯的军事基地，还兼有了一种东西交流基地的新性格。东去西去的旅行者大概都要通过这里，城里的店铺与旅馆鳞次栉比，集市也十分繁荣，甚至到处都建有骆驼停放场。所有的西方文化由此进入，佛教也不例外。

这座汉代的又大又盛之城·敦煌，后来的道路却绝非一帆风顺。历史变迁的波澜无情涌来，汉朝势力被赶出此地，汉代的敦煌城也由此消失。据推定，5世纪的西凉与北凉交战时，敦煌城被完全破坏成为废墟，不久便被埋进了地下。

可是，随着时代的发展，新的敦煌再次诞生。北魏、西魏、北周、隋、唐，时代在不断发展。至唐代时，不啻汉代的又大又盛之城·敦煌兴旺之极。它已经不单是军事基地，作为东西文化交流，或东西贸易的一大中转站而无比繁荣。

此时恐怕是敦煌的全盛时代，市场早中晚一天开市三次，大概也是在此时期。

并且，在此时期，敦煌还兼具了一种佛教都市的新性格。一般认为，最初在敦煌郊外的沙漠中凿建石窟是在4世纪中期，不过，当时代发展至唐代后，莫高窟已闻名遐迩。石窟的开凿也迎来了最繁盛时期，参拜者和巡礼者肯定络绎不绝。大概城里寺院很多，留守此地的僧侣也很多。还有许多佛师和画师，并且，城中也到处是他们的作坊。

可是，以唐代为中心的大盛之城·敦煌，后来再次被历史变迁的波涛吞没。这一地带的统治者也先后变为吐蕃、汉人地方豪族、西夏、元、明、清。然后，不觉间这座敦煌城消失了，被埋进了土里。至清代18世纪初时，我们所进入的今日敦煌城又被建造起来。究竟是什么时候，又是基于什么样的理由，拥有漫长历史的老敦煌被舍弃，今天的新敦煌被建起来的呢？

现在的敦煌已经称不上是大盛之城了。它既不是军事城市，也不是贸易中转站，亦不是宗教城市。当然也并非边境城市。它只是一座被围在沙漠中的飒爽的悠闲的田园都市。

一切都在变化中，如果说只有一样东西未变化，那肯定是莫高窟千佛洞。据史书记载，全盛时这里曾有1000个石窟。按照常书鸿的说法，现在有492个窟正在被整理当中。或许有许多石窟仍被埋在沙中。尽管情况已发生变化，可是，作为美术宝库，莫高窟如今已是名扬世界。据说，光是已整理的石窟中收藏的塑像就达3000件，倘若将所有壁画连接起来，长度能达到45公里。总之，莫高窟是从4世纪到14世纪，是在长达一千年的时间里所开凿的石窟，是自然的干燥呵护着它，直至今日。

我喝着茅台，将视线投向窗外。窗外的夜色很深，可无论多深，我也没有那种不可思议的感觉。往日的敦煌城已不复存在，曾在此居住的众多民族如今也没了踪影。匈奴、羌族、回鹘、鲜卑、蒙古、西夏，它们全都同历史的洪流一起消失。历史其物，岁月其物，真是拥有一种令人恐怖的力量。

五月十一日，七点起床。在食堂里，我向同行的孙平化提出一个请求，希望能在汉代和唐代的两个敦煌遗址上站一站，并且，如果可能的话，我还想在玉门关和阳关的旧址上站一站。孙平化说会设法安排，尽量满足我的要求。

"不过，这样一来，就要为此分出一天的时间，千佛洞的参观就会减少一天。"他说。

"千佛洞这边好办，我把三天逛的地方两天逛完不就得了。"我说。

"那就得超速度了。一定得小心，千万别从走廊掉下去。"孙平化说。

"没事，那么多的佛像，他们都会保佑我的。"我说。

虽不知玉门关和阳关之行的要求能否被接受，可我还是做好了被接受的打算，想在今天一天的时间里，将要参观的千佛洞石窟数量由二十个增至三十个。不过，我也拿不准这种调整有无可能。

八点半从招待所出发。天气晴朗。跟昨天一样，到千佛洞25公里，三十分钟的快乐旅程。

今天仍由常书鸿做导游。

第296、302、305、319、320、321、322、323、328、329、332、335、12、9、3、45、481窟，我一口气看了17个窟，然后午餐，休息。

下午则是第16、17、57、61、79、85、96、98、220、217、103、194、196窟，共13个窟。

今天一共看了30个窟。我把相机交给妻子，自己专心做笔记。五点钟离开莫高窟。在宾馆的客厅里，常书鸿为我们泡了咖啡。我真的是累极了，离开东京以来第一次体味到咖啡香沁入胃腑的感觉。

"今天可谓是石窟到石窟的急行军，因此，其他东西什么都没看到吧。"常书鸿说。

"不过，我还是看到千佛洞走廊的沙子上有许多小虫哟。"我说。

"啊，那种小黑虫子？那是戈壁滩的一种虫子，没水也能活。名字很难叫——"

说着,常书鸿在笔记本上写下"屎爬牛"几个字。虽不懂是何意思,不过名字却很大气,与小小身体十分不符。

辞别宾馆,我们来到宾馆前广场。朝剧烈活动了一整天的石窟所在的鸣沙山断崖望去,只见石窟上部已被沙子彻底覆盖。

"千佛洞上面的沙子全是被风刮上去的。二月前后时,那沙子会像瀑布一样往下落。"

有人为我们介绍道。大概是这样的吧。细碎的沙粒,面粉般的沙子,填没了千佛洞前的路。石窟前的走廊上也铺满这种沙子。

"每年四月初八,千佛洞前流淌着水渠的疏林里,总会聚集许多人。大家又是唱歌,又是拉二胡,十分热闹。还有很多卖货摊呢。"

常书鸿说道。在释迦牟尼佛生日这天开市交易,这恐怕是古来的传统,直至今日。想象一下那天的情形,莫高窟必定会多少有些异样。人们并未将其当作世界性美术宝库,而是当成一种生活信仰的场所,过着一种完全不同的生息方式。

我们六点从莫高窟出发,踏上归途。常书鸿也同车。前方出现一片海,还有浪花。当然是海市蜃楼。车像冲向大海一样笔直行驶。大海逼近,波浪翻滚。一瞬间,大海变成了绿洲。变成了钻天杨，变成了农田。

路在即将进绿洲时拐向左边。有两头骆驼拉的排子车、四头或三头毛驴拉的排子车在路上移动。还有一头无主的毛驴也在拉着车子。

即将落下的太阳在前方右面的耕地上面。左边的鸣沙山，朝阳面与不朝阳面呈现出截然不同的色彩，变成了一座浅墨色与淡黄色相间的沙山。

行驶了三十分钟后，车进入敦煌城。

夜晚，孙平化来到我的房间，说可以将明天一天分给玉门关。他还说，阳关那边太过勉强，若只是玉门关一站可设法安排。我一时说不出话来，只觉得周围一下亮了起来。

登上玉门关遗址

五月十二日，今天是去玉门关遗址的日子，是将敦煌千佛洞的参观时间分出一天后才实现的玉门关之行。前天晚上，我向同行的孙平化提出想去玉门关、阳关的希望，结果竟被接受，达成了今日的玉门关之行。孙平化说若是玉门关与阳关两处都去，一天的行程实在紧张，若只去一处倒是可行，因此我便选择了玉门关。

玉门关和阳关是汉代西域史上必会登场的华丽历史舞台。两者皆是比敦煌更靠西的前线据点，是通往西域的重要关口。玉门关是西域北道的起点，阳关则是西域南道的起点。随着时代变迁，至唐代后，玉门关一直后退，后来甚至迁到了敦煌以东。这种结果很可能是出于某种军事需要，否则便是新西域通道被打开之故。至于阳关，唐代时则一力承担起了东西贸易大门的职责，并因此给自己带来了繁荣。

我们八点离开敦煌招待所，前往敦煌西北85公里外的玉门关遗址。吉普车六辆，中方人员为文玉西（敦煌县革命委员会主任）等21人，从兰州一路陪同的女医生田兆英女士与敦煌文物研究所长常书鸿先生也加入了此行。日方则是清水正夫和我，一行共6人。

天空晴朗，一片云都没有。车子逆向行驶在去莫高窟的路上。城市的早晨行人很少，因此，本就凉爽的田园都市更增添了一种整洁感。穿过城市后，耕地在两边铺开。农村地带，透着一种说不出的恬淡。

车从硬化路直角拐弯，进入一处聚落。再次左拐，路况变差。不久，我们穿过聚落，进入一片多尘的戈壁。起初还是沙子路，可不觉间道路消失，吉普车只能循车辙前行。车体摇晃剧烈。照此下去，85公里的路可太艰难了，我想。

一队正在戈壁海洋中演习的部队的影子浮出来。地上低丘点点。穿过这一地带后，眼前变成一片沙海。山影全无，地面缓缓起伏，如微波荡漾。

我所在的吉普车上有孙平化先生与常书鸿先生同乘。常书鸿先生年已七十五岁，且貌似有点感冒，这不免让我有点担心，不知他能否经受住这长途颠簸。

八点三十分，戈壁中浮现出两三处烽火台的碎片。整片地带没有一草一木，只有小石头。一条被压硬的车辙横贯在大地上。这终归也算是条路吧。或许是土质的缘故，路面凹凸处显得发白。这条白色的路缓缓地、不断地转着弯。不觉间，四面已变成真正的戈壁，寸草不生。一条白色的带子被曲曲折折地铺在戈壁中，吉普车便行驶在这带子上。望望白路的前方，闪闪发光，像一条河。

司机师傅说，下午后大概会有海市蜃楼和龙卷风。无论海市蜃楼还是龙卷风，在这种地带出现毫不奇怪。东南西北，这里什么都没有，只有浩瀚的荒漠。即使用"空无一飞鸟，地无一走兽""只以人骨为行路标识"等中国古游记中的表达方式都毫不夸张。的确如此。这里没有山，没有河，没有村，空中甚至都没有云。完全没有人类的气息。无论被丢弃在哪里，似乎都是死路一条。

常书鸿说，他来敦煌已35年，赴玉门关已是第6次。他还介绍说，乘吉普车去这是第一次，前5次都是骑骆驼，要花整整一天的时间。晚上要靠北斗星看方向。说是1943年的那次，才五点左右，太阳未落就看到了月亮。

"这片戈壁有名字吗？"我问。

"也没什么名字。在中国，这种地带一般都叫做'戈壁'或是'瀚海'。"

两者都是戈壁地带的中国式叫法，感觉很有味儿。据说司机师傅是第三次玉门关之行。

九点二十分，地面多少有些起伏，四面小丘点点，不久眼前再次化为大草原。左边远处开始浮现出低矮的山脉。

可不一会儿后，地面突然崎岖起来，到处是小沙丘，麻黄（药草）与枯芦开始出现。还有芨芨草。

我们在一处名叫"芦草井子"的地方停车，休息。时间是九点三十分。"井子"即井的意思。据说，这附近的确有井，自古便是旅行者的休息点。假若这里有芦草，并且还有井，那就只能叫做"芦草井子"了。

九点五十分出发。先导车扬起茫茫沙尘，五台吉普则跟随在后。不久，我们进入一片奇妙的地带，到处都是圆形的土包。每处土包上都长着草。看来也只能叫"米团草地带"了。

按照司机师傅的说法，并非土包上长了草，而是被风吹来的沙子堆积在长草的地方，便形成了土包。

休息后，我们一直走在这种长满大小米团草的地带上。真是奇异的风景。地面崎岖，车体剧烈摇晃，一不留神，连相机都会跳起来。

前方是一片低矮山脉，绵延无边。

"或许并不是山脉。"孙平化说。

果然，也许真不是山脉。有时看着像海。我紧盯着这片像山又像海的东西，欲弄清真面目。的确像山，不过都是些极低的山峦。

不久，我们目的地——玉门关遗址从前方远远地浮现出来。有如被放置在那里的一个火柴匣，将方正的身影展露在平原上。

米团草地带的旅途依然继续。沙尘蒙蒙，怎么也靠近不了关址。不久，道路远远绕过远处的关址。前方依然是连绵的低丘。

终于接近关址，我们在遗址前下了吉普车。四面是戈壁，更确切说是沙漠。大家并未立刻进入关址，而是当场坐了下来。艰苦的旅程，我全身酸疼。

我坐在地上，仰望着稍远处的关址。一个巨大的土箱子。往日的它到底是什么样子，仅凭眼前这些是猜不透的。

稍事休息后，我们朝那巨大土箱走去。当然，由于上层部分已经损坏，因此并无顶部。西面与北面的墙上设有入口。墙由土坯与黏土加固而成，基部有4米多厚，甚是坚固。虽猜不透城墙原来有多高，不过即使现在残留的墙垣也足有10米高了。或许还要高些吧。

我们进入关址，即方形土箱子。我们从西面的入口进入。内部呈方形，边长约15米。即，现在的关址是作为一个边长15米的正方形土箱子被留下来的。东南角还残留着楼梯遗迹。

这处沙漠中的废墟，并非一开始便被视作玉门关址的。清代时它曾被叫做"小方盘城"，1907年被斯坦因推定为汉代玉门关遗址。斯坦因还在附近一带发现大量与汉代玉门关有关的木简等。今天的中国史学界也将此视为汉代玉门关遗址。

在关址15公里外的东面还有一处遗址，清代时被叫做"大方盘城"。曾有一段时期，人们一直将大方盘城视为玉门关址，可如今，这种观点已经改变。因为小方盘城是前卫，大方盘城是后卫，前者是玉门关，后者为军队的屯营，它们是功能各不相同的土建筑。

站在玉门关废墟之外瞭望，一望无际的沙海包围着遗址。西方5公里外的烽火台遗址看着很渺小。

我们绕巨大土箱慢慢走了走。虽然被简称为玉门关遗址，可这里究竟是边界守备军司令部所在地，还是管理一切异域旅行事务的衙门，我一点头绪都没有。

站在玉门关遗址是很难想象它的汉时盛况的。想必，由此至东面5公里的大方盘城之间的区域，必定也驻屯着众多的守备军，而玉门关址附近，想必也会因向西或向东的旅行者旅店林立，商铺云集吧。

玉门关所在的地点，比往日的边境线——每隔5公里设一座烽火台或烽燧台，彼此串连成线的边境线——的位置稍微内收了一些。如此一来，那些旅行者们究竟是从何处越过这国境线，又是如何被引至这玉门关的呢？并且在走出这里后，又是如何赶往敦煌的呢？一切都无从知晓。

总之，既然好不容易来到了玉门关，那就要好好地看看。于是，我在沙子上坐下来。随之想起岑参的一节诗："玉关西望肠堪断，况复明朝是岁除。"这里的玉关指的是玉门关,岁除则是除夕。岑参是唐代诗人,但实际上是在此从军的。他登上这玉门关,一想到明天便是除夕日,感慨万千,便将这种感怀咏进了诗里。我想,这的确是一种断肠之思。

孙平化走了过来。我看看表,尚未到正午。

"还早着呢。"我说。

"接下来,咱们去对面那处烽火台,然后好好地吃顿午饭。"孙平化说。

"不过,到天黑还有不少时间呢。若只看玉门关,把阳关自个给撂下,岂不是对不起阳关了。"

不料,孙平化现出一副吃惊的神色,说道:

"要不,我再去找负责人兼咱们吉普车队长文玉西先生问问?"

"好啊。"我说。

孙平化起身离去,不久返了回来,说道:

"到阳关似乎还有很远一段路程。听说,司机中有个人,曾经从这里去过阳关。——总之,看队长的意思吧,据说午餐后结果就会出来。"

"就是说,决定要去了?"

"不,那倒不一定。"

孙平化说道。他一本正经,看来,这阳关之行真的是尚未决定。

我们赶往西方5公里外的烽火台。靠近一看，这也是座巨大的烽台遗址，当时的国境线一定是往南北两边无限延伸，像条小型万里长城被铺在大地上的吧。如今，有些地方仍清晰可辨，有些地方则完全损毁，只能看到一些小土堤。东边远处则浮现出两三座被配置的烽火台遗址。

我首先将视线投向关外，即西方。国境线附近小丘波浪翻滚，对面则是点点撒着沙漠草的荒原。一条断层纵贯南北，像在那边画了一条线。断层对面是平坦的戈壁地带，戈壁尽头则是连绵的低丘。

接着，我又将视线返回国境线内部。这边的景象大致相同，也分为两种地貌：撒满沙漠草的地带与平坦的戈壁滩。不过，这边却看不到一点山影。

国境线内外都长草的地方，很可能跟刚才通过的米团草地带一样。生长在那里的大概也是麻黄、枯芦与骆驼草之类吧。总之，一片荒凉的风景。

烽火台上部已彻底坍塌，只剩了基座。尽管如此规模仍很大。太阳正挂在头顶，很难寻找阴凉处。不过，我们勉强还是找到一处多少有点阴凉的地方，整理成用餐场所。由于只待下五六个人，其他人只好在烈日下或站或坐。大家吃着从酒泉跟来的厨师昨晚熬夜赶制的便当与常书鸿自带的葡萄酒和点心——就这样，难以置信的玉门关址访问庆祝宴开启。

妻子还用同行者清水带来的茶,为大家点了淡茶,在烽火台下举行了一场野外茶会。

午餐结束时,文玉西走过来,大声说道:

"现在返回玉门关址,一点二十分向阳关进发!"

"恭喜。"孙平化对我笑道。

"谢谢。"我由衷感谢。

"其实我也想去啊。不过行军难是肯定的。"

孙平化笑道。这次的阳关之行还真的是名副其实的行军难,因为我们回到敦煌时已是夜里八点多。当然,当时没一个人能预想到这种结果。

返回玉门关址,趁司机们养护吉普车的空隙,我在遗址附近溜达了一下。不觉间白云已飘至关址斜上方,很美。气温32度。

东汉将军西域都护班超在沙漠中度过了半生,他晚年曾上书说:

——且得延命沙漠,至今积三十年。骨肉生离,不复相识。所与相随时人士众,皆已物故。超年最长,今且七十。衰老被病,头发无黑。

并且,在这份请求归国的上书中,他还夹了这么一句:

——臣不敢望到酒泉郡,但愿生入玉门关。

这上书中的玉门关，便是如今斜上方飘着一片白云的玉门关。由于我在小说《异域之人》中写过班超，因此，一想到班超便感慨良多。我数日前曾住过一夜的酒泉，我想班超是不敢奢望能回到这里的，但他至少还想活着进玉门关。我一面抽着烟一面溜达，总觉得有点愧对这位两千年前的汉代武将。

除了《异域之人》外，我还多次使用过这玉门关。比如，在《西域物语》中我便使用过一名汉代武将——贰师将军李广利。李广利因远征天山对面的大宛（苏联乌兹别克共和国的费尔干纳盆地）并带来汗血宝马而留名青史。他功成名就是在第二次，第一次时失败了。最初，他先是率数万人的兵团远征，结果两年后回到玉门关时损兵折将，人数已降至数千。

李广利在玉门关奏报了自己的战败，恳请重整旗鼓。不料，数十日后京城派来使者，将幸存的李广利兵团一个不剩全都赶到了关外，并让守备严守关门，然后使者在关上喊道：

——军有敢入者，辄斩之。

意即，你们若敢进一步，将全部斩首！李广利无奈，只得驻留关外，直到一年后重整旗鼓。虽说是关外，可具体是哪一带呢？说不定，他们就扎阵在我们用午餐的烽火台西边的荒漠里呢。

不过，当时这玉门关附近又是何种地方呢？会不会因驻留军队而建着一座繁荣的城市呢？

但是，一旦有异民族从国境线外入侵，玉门关就会大门紧闭，城市也顿时陷入一片死寂。于是，被配置在国境线上的烽火台和烽燧台便被点燃火。白天用烽燧台焚狼烟，夜晚则用烽火台燃起红红的火焰。就这样，紧急的军情迅速被传给后方的军事基地敦煌。戈壁与沙漠混杂的夜间大平原瞬间被烽火台上的火焰包围，关外传来异民族敲击青铜大兵鼓的声音——想象一下发生紧急军情时的夜间的玉门关，景象实在是太美了。战争，两千多年前就应该从这地球上消灭掉！

总之，玉门关便是如此时开时闭的。打开时繁荣，关闭时萧条。类似的聚落这大平原中总会有那么几处。当然，还有生活在那里的人们。

往日已逝，今天玉门关址附近已是一片无尽的沙漠。可是，难道就彻底变成无人地带了吗？倒也不是。因为这遗址附近至少会住着一个人。据说，离遗址不远处有处房子，里面住着些采硝石的人。虽然会有人按时过来接班，不过夜间肯定会很寂寞的。据说房子背后还有个小池塘，池塘里会有野鸭子。孙平化还去那里要了只野鸭子，放进了吉普车里。

赴阳关之路

五月十二日（前章续）一点二十分，我们离开玉门关址，向阳关进发。距阳关62公里。据说，由于几乎没有像样的路，完全就是戈壁与沙漠之旅。只有一名司机从玉门关去过阳关，因此便由那名司机做先导，五辆吉普车跟随其后。

我们从去玉门关的路返回刚才休息的芦草井子。至芦草井子的18公里路程，几乎全是大小米团草的地带。严重时，米团草十分密集，将大平原全部吞没。正如我前面所记述的那样，乍一看，米团草就像草长在土包上，可准确说，却是风沙堆积在草根下所形成的土包。虽说是土包，不过在草密集的地方，数个土包甚至能汇成土丘，上面顶着许多草。所谓米团草只是我个人的方便称呼，准确名称并不清楚。按照司机的说法，这种地带的米团草有拖秧刺、麻黄和骆驼刺（骆驼草）三种。芨芨草似乎也能长在土包上，可不知为何，据说这一带并没有芨芨草。

米团草地带到头后是戈壁，戈壁中央有一株红柳，十分惹眼。另外还点点分布着一些绿叶的树木。常书鸿为我写下"胡杨"二字。这一地带的树或许都该带个"胡"字。就算是同为杨树,作为沙漠中的杨树,从生态上说,无疑会多少有种不同的性格。

戈壁之后是铺陈的枯芦地带。一望无际的芦草地带很美。记得诗人小野十三郎的作品中曾用过"死正该如斯"的词句,我真想借此一用。完美芦草的死之地带。不过根据司机的介绍,这些枯芦都是去年的,今年的才刚发芽。

我们在芦草井子休息。这是一处三岔路口,直行是去敦煌,右拐通往阳关。

休息结束后,六辆吉普车进入阳关路。由这处三岔路至阳关有45公里。一名先导司机三年前曾由此去过一次阳关,所以这次就全仰仗他了。

车在一望无际的戈壁海洋中持续行驶。山影全无,当然,也没有一棵米团草。

可不久后,我们再度进入一片大米团草地带。这次的米团草全是枯芦。由于芦草植株较大,因此较之土包,土丘的说法更准确。土丘点点,所有土丘上都顶着枯芦。

不久,真正的小沙丘现了出来。气温32度。白云像扫上的薄绢,很美。远处浮出一片水域,是蜃气楼之湖。常书鸿在我的笔记上写下"海市蜃楼"四个字。真是难得的一个好词。当地的庄稼人似乎都叫"麦气",感觉很有味儿。日本则叫"蜃気楼"或"逃水"。"逃水"的叫法也很坦率。因为无论人如何靠近，它都会不断逃走，因此，不是"逃水"又是什么呢？

守望着前方幻影水域的旅途仍在继续。甚至，连湖中的鸟都浮现了出来。不久，吉普车从远处那片水域的右边使劲绕过去，宛如在巨大的海滨沙滩上行驶。不久，敦煌市林场的绿色化为短小的绿线浮现在前方远处，那是敦煌市在沙漠中营造的人工林场。

可是，即使花了很长时间，我们仍无法接近那绿色。等到终于接近了，车却忽然调转方向，绕到了绿线右面。不久，绿线便被远远地甩到了背后。

从此时起，六辆吉普车各自脱离车辙路，在辽阔的戈壁中任意行驶起来，仿佛军事演习。然后各找地方停下车子，冷却一下发动机。

此后，类似情形便屡屡上演。据说，吉普车的目标地是南湖农场。也不知行驶了多久，三点四十五分时，南湖农场终于出现在眼前，可先头的车却被水渠卡住，一半车体掉进水渠，爬不上来。大家便拴上绳子，用其他吉普车往前拉。县长文玉西在大声吆喝。问问翻译，翻译说，他喊的是"前进"。据说他年轻时曾当过游击队队长，的确有种英姿焕发的感觉。当然，让车队从芦草井子取道阳关路的也是这位县长。

终于进入南湖人民公社农场所在的绿洲地带。青青的麦田映入眼帘。虽然是沙子路，两侧也植有钻天杨。可就算说句违心话，这些钻天杨也难说很大，不过，据说是去年才开辟的农场，因此这些钻天杨也算是努力的成果了。

我们第三次越过水渠。由于水渠很深，司机都有了经验。先让乘员下来，然后空着车子，猛冲过水渠。

我们进入南湖人民公社的农场，给吉普车加水。农场的人们都过来帮忙。我们再次驶离农场绿洲，进入戈壁滩。入戈壁后，车再次在辽阔的戈壁中任意散开。据说，为防止陷入沙子，车子必须保持一定速度。而要保持一定速度，就必须采取这种走法。

不久，我们完全丢失了方向。在无路的戈壁中瞎碰乱撞，一会儿往这走，一会儿往那走。

常书鸿在我的笔记上写道：

你走你的阳关道

我走我的独木桥

既然你走阳关道，那我宁愿选择过独木桥——意思大致便是这样吧。虽不知是谁的诗，不过常书鸿的行为却十分应景。没错。自古以来，去阳关都不是件容易事。

我们在能望见前方丘顶烽火台的地方停下车，休息。此时，我们第一次从右面远处望见了山影。

车辆出发。吉普车直奔前方的两丘之间。两丘中，右面沙丘上的烽火台清晰可见。驶向沙丘的途中有条运河，吉普车便停下来。每次停车，司机都会去打水。

终于接近了那两座沙丘，可不知为何，吉普车却未进两丘之间，而是往右，即绕到了沙丘右侧。然后爬向烽火台所在的沙丘，结果怎么也爬不上去。由于原本就没有路，司机只能将车头调到易爬的斜坡往上爬，可中途总会被卡住，无法动弹。

反复尝试三四次后，所有吉普车放弃了爬沙丘，改朝近在咫尺的小绿洲中的南湖人民公社奔去。去林场询问去阳关的路后，再次奔向阳关。不过跟刚才不同，这次车辆进入了沙丘地带，从大沙丘的背部往上爬去。于是，前方高处有处烽火台浮出来，即刚才的烽火台。或许是周边沙子发红的缘故，烽火台仿佛载在红色沙丘上。不过，较之沙丘，戈壁丘的说法或许更好些。不觉间，沙丘又变成遍布小石头的丘。

因此，吉普车走得快了些。司机们露出一副终于找到去烽火台的路的样子，随着与烽火台的接近，司机似乎兴奋起来，驾驶也粗野起来。

爬至丘顶后，对面低地上铺展的一片绿色地带映入眼帘。阳关遗址便被藏在那一望无际的绿洲中。

从刚才起便一直作为前进目标的烽火台位于沙丘背面最

高处，吉普车行至那高处的脚下后停住。虽然到烽火台没多少距离，却没有一个人去爬。看来大家都累了。大家俯视着下面藏着阳关遗址的平原，有的在抽烟，有的在喝茶。周围是一片红色的沙子。

阳关与玉门关一道，都是汉代所建的边境关口。由于位于玉门关南侧，因此才被叫做"阳关"。两者俱是通西域的重要关口，玉门关是西域北道的起点，阳关则是西域南道的起点。时代发展到唐代后，玉门关便移到了敦煌以东，阳关则在唐代时独自承担起了东西交通大门的职能，展露出无比的繁荣。之后，随着时代的变迁，盛衰的更迭，这道国境的大门便时开时闭，不知不觉间便被埋进了沙漠中。沙州史中有句"敦煌西南一百四十华里"的记载。这句中的一百四十华里，对应到这里至敦煌的距离，实际上是63公里。跟玉门关不同，阳关这边，自古便被当地农民以阳关之名相称。

稍事休息后，我试着爬上烽火台所在的高处。以烽火台所在的沙丘为中心，周围的平原上小丘陵跌宕起伏。烽火台东面是一片大断崖，沉入了深谷。原来，这片断崖就在我们来此途中从戈壁滩上望见的丘与丘之间（缝隙）里。

这里与阳关遗址所在的大平原完全相对。虽然我刚才的记述是"以烽火台所在的沙丘为中心，周围的平原上小丘陵跌宕起伏"，不过，隔着那些起伏的小丘陵俯瞰对面，即可看到阳关关址。丘陵起伏的地域沙子发红，发红的部分到头后变为黄色。据说那片呈黄色的地带便是阳关关址。虽说也叫关址，可跟玉门关的情况不同，这里现在什么都没剩下。可是，那毕竟是"西出阳关无故人"的阳关。并且，绿洲的绿色地带铺陈在阳关遗址的左边。

看看表，六点十五分。右面——西边的太阳尚高。我从烽火台高处下来，朝正在休息的人群走去。到了后来，我依然想去眼皮底下的阳关遗址，想到那里去站一站，便毅然站起来。

我走下沙丘，蹚过一条铺满细灰般沙子的大干河，走到阳关遗址。很难走。孙平化、文玉西与横川健三人也跟了下来。摸索到貌似阳关遗址的地带后，我在附近转了转。脚下的沙子上点点地印着动物足迹。据说是黄羊的脚印。所谓黄羊，指的似乎是野生山羊。枯黄色的骆驼草中，青嫩的骆驼草从根部长出来。荆棘仍柔嫩。这种骆驼草在周围长了一大片。还有些蜥蜴窜来窜去。阳关遗址现在正值春季。

我在散落着陶片的地方抽了支烟，然后返回。爬上长斜坡，回到23名同行者休息的地方。花了近一小时时间。

七点十分，我们朝敦煌出发。至此日程全部结束。我终于站上了玉门关和阳关两处遗址。

归途中，我们进入南湖人民公社林场所在的绿洲地带。

林场的孩子们在朝我们挥手。他们都是戈壁中生戈壁中长的孩子。离开绿洲,返回原路,旅途再次开启。据说由此至敦煌有80公里,预计要一个半小时。

车在戈壁中走了大约三十分钟。路况不错。路旁有烽火台遗址。虽然只剩下烽火台的基座,可还是很庞大。不久,一条通往西藏和西海的路横在眼前,我们直角左拐。路很高级。没有摇晃,实在难得。左边一直是鸣沙山。鸣沙山是一条长约30来里的山系。

在前往敦煌方向的30公里处,西千佛洞藏身的绿洲绿色从右面浮出。从车窗望去只是个小绿块。据说,从西千佛洞至莫高窟有35公里。这里有35个汉代至唐宋的洞窟。大概是莫高窟那边空间不足,又到这边开凿起来了吧。不过据说,比起莫高窟,这边的塑像和壁画有点相形见绌。

路旁又有烽火台出现。看来,从阳关开始,基本上每隔5公里便建有一座烽火台,其中还有几座留到了今天。刚才那个也是其中之一。由于今天已看见许多烽火台,因此跟烽火台也算是比较熟络了。不过,我仍想去亲自点一把火,放一回狼烟。倘若用火焰或狼烟将大沙漠包围起,情形一定很壮观吧。

敦煌已近。一些被称为汉代敦煌城墙碎片的东西从右面浮现,继而,所谓的唐代敦煌土垒也浮了出来。这便是我在小说《敦煌》中曾用过的沙州。从这座古城埋没的地带至现在的敦煌有7公里。

回到敦煌招待所时已是八点。立刻吃饭。妻子从食堂回来后立刻上了床。看来是累坏了。我却喝白兰地喝到半夜。虽然疲劳,却毫无睡意。我依然在为成功站上玉门关、阳关而亢奋。

莫高窟

五月十三日，今天是逗留敦煌的最后一天。按计划，上午要参观一处名叫"月牙泉"的鸣沙山脚的泉水，下午要去莫高窟看剩下的千佛洞。

九点从招待所出发。拜昨日玉门关、阳关之行所赐，我全身都感到疲劳。

出城后，车行驶在伸向鸣沙山的钻天杨林荫路上，朝鸣沙山飞快接近。起初还能在前方望见鸣沙山，可不久后，鸣沙山变到了右面，然后再次回归前方。走到近前我才发现，鸣沙山其实是几座沙山的重叠。众多的沙山层层叠叠，形成了一片30公里的长台地。听司机说，月牙泉便位于前面可见的沙山背后。

不久，车辆进入鸣沙山脚下的杨家桥人民公社鸣沙山生产大队地区。出招待所后只用了15分钟。这里完全是沙子地带。听说，该大队在治沙方面取得了很大效果，不过，看上去却是个闲散的小聚落。

我们下了吉普，从重叠沙山的一个山脚绕过去。沙山与沙山间有绿色的小麦田，我们走在麦田中的畦道上。路旁有许多沙枣树，开着黄色小花。枣花很香。

风很冷。昨夜在招待所院子里看到半月上有晕，据说，这一带有种说法，月亮有晕便会刮大风。或许，今天要刮一整天风吧。

我们步行了一公里左右，来到一处沙山背后。这里有一口水池，池中斟满了美丽的泉水。听说月牙泉的"月牙"是新月之意，果然是名副其实的新月形水池。且不说三千年来这泉水从未干枯，光是未被周围沙山或沙丘上的沙子埋掉这点就足够神奇了。

——这一带的沙子，风一吹就会从下往上，即往高处移动。因此，沙丘既不会消失，被围在沙丘中的这月牙般的泉水也不会被沙子掩埋。

一名做导游的公社青年说道。我捧起一把脚下的沙子瞧瞧，沙粒很细。

——大风一刮，这沙子就会鸣响。所以才有了鸣沙山的名字。

我真想听听这因风而鸣的沙子的声音。倘若构成鸣沙山的所有沙山和沙丘都鸣响起来，那情形一定会很惊人吧。

我们绕着泉水走去。西侧深处有一处涌口。月牙泉其实只是个巴掌大的小池子。即使绕行一圈也花不了十分钟。

泉边有庙宇遗迹。据说，"文革"前这里曾有十几座娘娘神庙宇，可"文革"时都被贴上了邪教的标签，因此，建筑都被烧毁，还有一名僧人投水自杀。尽管发生过这样的悲剧，不过据说，自古以来，每年四月八日释迦牟尼佛生日这天，这里都会逢集，直至今日。也就是说，在这一地区，无论莫高窟千佛洞前还是这里，两处地方在四月八日这天都有集市。莫高窟的集市很精彩，不过，被围在沙丘中的这处小月牙形泉水旁的集市，倘若想象一下，其繁荣景象也恍如眼前。

我们辞别月牙泉，返回敦煌城，又从城里赶向西南3公里外的敦煌故城。这里离我们住宿的招待所并不远。虽说是故城，却无非是一片残垣南北排列的沃野而已。

这片沃野的下面沉睡着两个敦煌城。一个是公元前111年汉武帝作为对匈奴作战的最前线基地营建的两千年前的敦煌，另一个则是在5世纪初，武帝的敦煌在西凉与北凉的交战中毁于水攻后第二次营造的敦煌。后面这个敦煌贯穿了北魏、西魏、北周、隋、唐等各个历史时期，作为东西文化交流或是东西贸易的一大中转站繁荣之极。

虽不知两个敦煌会以怎样的重叠方式沉睡，可总之，这一地带的确长眠着两个敦煌。

现在排列在田野一隅的断壁残垣，是以唐朝为中心长期繁荣的二期敦煌遗迹。我在小说《敦煌》中所写的便是这二期的敦煌——11世纪的敦煌。我所描写的寺院、官府、平民区、大街和胡同，全部与历史一起，沉睡在了田野的下面。

尽管如此，这长期繁荣的二期敦煌，究竟是从何时起，又是因何变成废墟的呢？此城灭亡的准确记述并未被留下来。

我们在沉睡着两个古敦煌的田野中走了约三十分钟，然后返回招待所短暂休息。两点二十分，我们再次向莫高窟进发。

今天又烦劳常书鸿，带我们看了第112、130、158、159、156、172等各窟。至此预定好的千佛洞参观全部结束。

我立刻去了常书鸿的宅第，探望前天扭伤脚的常夫人。常书鸿的房子很简陋。我收到了常书鸿夫妇共同创作的"胡旋舞"摹本。

所谓"胡旋舞"，指的是一种由胡族（少数民族）舞女身背乐器边弹边跳的舞蹈，唐代时这种舞蹈曾风靡长安，白居易曾咏诗赞曰：

——胡旋女，胡旋女。

心应弦，手应鼓。

弦鼓一声双袖举。

回雪飘飘转蓬舞。

左旋右转不知疲。

……

这似乎是一种边弹奏乐器边飞快旋转的舞蹈。可是，胡旋舞这种舞蹈究竟是一种怎样的艺术，其具体资料，据说除敦煌千佛洞的壁画外根本无处可寻。由于我曾在小说《杨贵妃传》中让安禄山跳过这种舞蹈，因此，能在数个石窟中看到胡旋舞这种东西，实在是难得的很。

常书鸿夫妇所赠送的，是中唐时期第112窟里的东西。画面显示，在奏乐的一众天人中，只有胡旋女一人被特写出来。实在是珍贵的礼物。

辞别常书鸿宅第后，我前赴研究所，参观了古文献，然后于七点半辞别研究所。我们明早就要从敦煌出发踏上归途，为了给我们送行，常书鸿说今夜也会住在招待所。我与他同乘一辆吉普车前往招待所。多么美好的傍晚。

回招待所后，我用少量热水洗洗脸和手脚。晚饭后请常书鸿来房间，就千佛洞的塑像、壁画等做了各种请教。其间，常书鸿也就他本人的情况淡然地做了些介绍。

——1927至1936年，我作为一名油画家赴法国留学。1935年，当我在吉美博物馆看到佩利奥从敦煌带回的展品时，我完全震惊了。起初我怎么也不敢相信，自己的国家竟有如此出色的东西。我对敦煌一无所知。我完全被唐朝的东西打动。那些人物、马匹栩栩如生。我认为东方绘画完全比西洋绘画出色。这是我迷恋敦煌的开始。

——1936年，我返回北京。妻子是法国人，是个雕刻研究家。我决心赴敦煌，并试图说服妻子。可妻子想回巴黎，并未答应去敦煌。

——1943年，我将妻儿留在北京，一个人造访了敦煌。我乘坐卡车从兰州到安西，花了一个月时间，再骑骆驼从安西到敦煌，又用了三天两夜。

——当时，在莫高窟生活十分艰难。当时只有一个道士、两个喇嘛僧、外加一个我，一共就四个人。当然，既没电也没自来水。我们干脆将红柳树枝当筷子用。最初的一年十分艰难。我们在报纸上登广告招雇工，结果没一个人肯来。可是，我切身感受到敦煌研究的重要性。我在外国看过很多博物馆，但我觉得，只有千佛洞这处博物馆才是最出色的。

——把生活条件准备好后，我将妻儿都接了过来。儿子十三岁，女儿八岁。起初妻子似乎很高兴，后来却突然撂下孩子们出走了，之后再也没回来。

——由于女儿没法接受教育，我便让她在石窟里画画，从十四岁画到了十六岁。儿子则有幸交给了一个美国人照管。

——我现在的妻子李承仙是我教过的学生。她同情我的立场，帮我做事。

——1962到1966年，在周总理的支持下，千佛洞进行了修复。四人帮时期，我还被逼着养过猪。即使现在，莫高窟的生活仍说不上便利。不过，我们现在已能自己发电，研究所也有了100名工作人员，如果想想从前的情况，还有什么不能忍耐呢。

——不知不觉间我已七十五岁。深夜醒来时，夜间经过鸣沙山对面的山麓的骆驼的铃声，便会随风传来，然后，我便竖起耳朵，倾听第96窟的九层风铎的鸣声。

常书鸿退回自己房间后，我整理好今日的笔记，然后陷入了恍惚。这次的敦煌参观太过匆忙。在已被整理的492个窟中，我已参观56个。在逗留的五天里，由于拨出一天给了玉门关、阳关，因此就是用四天时间看了56个窟，平均一天看14个窟。走马观花式的看法，再加上窟内的昏暗，似乎也谈不上"看"。虽然只是在从窟到窟不停移动，不过，即便这样我仍很愉快。

我用四天时间逛了千佛洞，感想便是，我只是将众多石窟中的一少部分匆匆扫了一眼，而且每个窟中也只是将极少一部分匆匆扫了一眼。塑像较易观看，不过差别并不大。基本上是在各时期的代表性塑像群前面走马观花。

至于我心目中最好的塑像，我想全都是唐代石窟中的像。无论本尊还是菩萨像，各个体形丰满，表情富态优美，平易近人。若非要在众雕刻中选出一处,我想恐非第130窟的大佛莫属。这是只由一块石头雕成的雕刻。只有这尊26米的倚座弥勒大佛带着一种森然的感觉,威风凛凛,代表了盛唐的富丽堂皇。

印象深刻的,则是那些拥有少数民族面容,同时又身着少数民族服装的菩萨或四大天王。

还有最古老的北魏窟中那些三体交脚弥勒菩萨。他们全都上半身裸体,只有下半身盖着一层薄布,连肉体的线条都依稀可见。每一尊像都惹人怜爱,带着一种亲近与随和。果然是奔放的沙漠之国的弥勒佛。我在笔记上写下了一段说不清是诗还是散文的文章:

北魏这一来自北方的民族,她的真面目并不清楚。她4世纪立国,定都大同,凿建了那巨大的云冈石窟。百年后她迁都洛阳,又在这里营造了龙门石窟,然后于6世纪前后消失。真的是消失了,无影无踪。倘若从北魏的遗物中选出一样,我想非那时尚的交脚弥勒佛莫属。他们将腿盘成十字,这种令人难以置信的现代动作,会令人不可思议地联想起雷鸣、碧落、陨石等与天体有关的东西。这或许是他们坐在星座上的一种姿态。当然,他们与他们的民族共命运,他们如星星般飞逝、散落,然后消失了。他们只能消失。因此,并未传到日本来。

事实上，这种极为出色的交脚型弥勒佛只有北魏时期才有，其他时代是看不到的。

还有那嵌满每个窟的壁画。壁画多与佛教思想有关，用绘画形式表现佛教经典的内容。毕竟是从4世纪一直描绘到14世纪，上千年的时间。因此，这些壁画不仅在画风上各具时代特点，而且还描绘出各时期的风俗和生活。若仔细端详，必定很有趣。其中既有描绘战斗情形的图案，又有描绘农耕、捕捞的场面。还有婚礼、医生出诊等情形，涉及社会风俗的方方面面。

光是将壁画中的乐器单独挑一挑，就能汇集成一部音乐东西交流的珍贵资料；光是将其中的服装选一选，就能开创一篇长达千年的详细风俗史。不用说，里面还满藏着许多有关少数民族的资料。

另外还有绘满众多石窟的飞天与千佛。这些飞天，不仅窟顶有，窟顶与壁画之间也有，每个飞天都天衣飘飘，舞姿轻盈。有的乍从水面飞出，有的边弹边舞。

492个窟中，究竟有多少飞天在舞动呢？不觉间我问起常书鸿，结果他用了如下的方式来回答我：

——一千左右，或者一千五百左右吧。

至于千佛，虽说并非每个石窟均被其填满，不过，倘若站立在印刷般绘满小佛的壁面前，或是仰望窟顶，都会让人感到一种被压倒般的感觉，只觉得自己被无数佛像所包围。

还有刚才所记述的胡旋舞。关于这点，我在笔记上也写了些感想：

——站在她们面前，我只觉那身背巨大的琴的舞女的身影已消失。此时，不知何处传来军鼓的响声。而在这鼓声之前，早有一道龙卷风般的东西逼过来。这便是那些可爱的胡族舞女所拥有的命运旋转。

在四天逛过56个窟中，印象深刻的，仍是今天被称为藏经洞的第17窟。因为，就是该窟所藏的大量古文献和古经卷等，经过了斯坦因、佩利奥之手后，才让敦煌的名字一跃成为世界的敦煌。

我在小说《敦煌》中，曾写过往此窟塞古文献和经卷时的情形。那些小说中匆匆运来的东西当然已彻底消失，一干二净。运进来只是小说中的情节，消失却并非故事，而是斯坦因和佩利奥登场这一严肃历史事实。小说的世界与现实在我心里纠结一起，错综复杂，让我多少需要些时间才能理清。

我在小说中还描写过几名男子在此窟前被雷劈死的情形。因而离开此窟时，我试着问常书鸿道：

——这一带打雷时一定很吓人吧。

结果常书鸿说道：

——雷光一闪，估计窟内的佛像们瞬间都被照亮了吧。

一定会是这样的。不过，我在小说中却没写。

五月十四日，晴朗。六点五十分，我们从招待所出发赶赴柳园，至柳园128公里。虽然来敦煌时是在酒泉下的列车，不过这次要到离省界更近的柳园，在那儿乘坐列车。尽管这种方式会延长乘列车时间，却能缩短乘吉普车的时间。这是县长等人为体谅大家刻意做出的安排。毕竟连续的吉普之旅让大家都累坏了，这样能尽量减轻点疲劳。

我们跟敦煌城告别。宁静的土屋之城、清风飒爽的田园之城，再见了，别了。

出城后，车很快进入碱性土壤地带。茶褐色的泥土波浪起伏。据说这种土壤下面埋有硝石，不过，风景荒凉。

据说，现在吉普车正行驶在通往西藏、青海的主干道上。如此说来，的确不时与去西藏的卡车擦肩而过。四处有一些沼泽，只有沼泽周边堆放着红土。

太阳在前方略偏右位置，已升得很高。只有道路是黑色的，黑色的路笔直伸向前方，永远都望不到头。

山影全无的大平原之旅在继续。不觉间，米团形的土包开始淹没无尽的平原。那土包的上面还顶着红柳。据说，头顶没有红柳的是被砍掉了。总之，这里是无尽的泥土，除红柳外无任何植物。即使碱性土壤也只有红柳能够生存。如此一来，我想连海市蜃楼都没法产生了。

不过，在这无尽的泥土中也有人家。有的是单门独户，有的是几家凑在一起。他们每夜的睡眠都是怎样的呢？在玉门关尚能感到皎洁的月光，可在这边，恐怕只有凄惨或凄怆的死寂世界吧。

我们穿过西湖人民公社。只有这里有绿色的农田，是人类在同泥土的斗争中取得的一点战果。可是，不久后，不毛之地再次铺展开来。

八点十分，泥土地带变成戈壁，红柳也减少，一望无际的小石滩铺开来。左边前方，低矮的山峦呈淡青色，望着很美。同泥土地带相比，戈壁平坦而敞亮。从左边到左边近前一带，低矮山脉的轮廓清晰了起来。

八点五十分，左边前方的山脉变大，或许是阳光的缘故，呈现出一种蓝色的色调，美极了。前方右面也有低矮山脉出现。低矮的山脊线在无限延伸。

不久，左右的山脉连成了一处。从此时起，地面剧烈起伏，眼前铺陈着一望无际的丘陵地带。山和原野全变黑了。黑色丘陵地带的旅途在继续。

一条联结安西与新疆哈密的马路横在眼前，我们横穿而过。据说，自安西起一直为我开车的吉普车司机将我们送至柳园后，便从此路返回安西。我觉得很过意不去。虽然只相处了一个星期，可在这期间，这位司机连个澡都没洗，每天为我们驾车，其中一天还去了玉门关、阳关，他一定是累坏了。

不觉间，车子进入一片左右全被黑色米团山包围的地带。米团山的外围则被一些山脉远远地包着。

停车，休息。眼前是一派四面被围在黑色山脉中的令人惊叹的风景。既称不上美，也称不上不美。前后左右全被黑色山脉围起来，围了数重。

九点二十分，我们到达柳园。这里距吐鲁番700公里，距哈密240公里，距离与新疆维吾尔自治区交界的星星峡100公里。

在火车站休息了约一小时后，我们乘上十点二十四分发车的列车。据说，这趟列车是昨天——即十三日下午五点五十分从乌鲁木齐始发的，至终点站北京是在十六日晚上九点五十五分，全程3774公里，倘若全程乘坐，必定十分辛苦。所幸我们只乘坐其中的一段：柳园—兰州段。

在这里，我们与送行至此的常书鸿、文玉西等敦煌的五人，以及秦积王等酒泉方面的九人告别。在过去一周的时间里，这些人每天都陪伴着我们。在柳园的告别让我心里有种说不出的难受。

列车开动时，十四个人齐向我们挥手致意。高个的酒泉招待所大厨与胖墩墩的安西司机直到最后仍在挥手。我忽然想，这种感情究竟是什么呢？虽然这是我第八次访问中国，可眼前这种情形还是第一次。或许是玉门关、阳关之行的那211公里、那历时十二小时四十五分钟的被巨浪掀翻般的艰苦旅程，将彼此的心给连在一起了吧。

列车驶出车站后立刻进入一片黑色的丛山群中。大概是马鬃山的余脉吧。不久，离开这片山峦后，戈壁地带铺展起来。

十一点四十分，龙冈站。这里全无人家，只有戈壁中的这一个站。大约五分钟后，戈壁开始被涂上黑色。

十二点十分，列车行驶在黑色戈壁的丘陵地带上。

我睡了约三小时。列车已经过了嘉峪关、酒泉。由于列车途经嘉峪关一旁，我一直想从车窗里看看嘉峪关，结果不幸错过，甚是遗憾。

五点十分，金川站。这是戈壁中的一座车站。车站的钻天杨在剧烈摇晃。风一定很大。车站附近有少量人家。这一带是白色的戈壁。或许是卧铺的被子有点重吧，压得有点疼，我便喝了点白兰地。

六点，清水站。一些从车站附近打水并运往聚落的妇女和孩子的身影映入眼帘。这是一块很大的绿洲，车站的附近和远处都有聚落。这是一处大戈壁中的绿洲，傍晚正在降临。附近有一条大干河，但不知叫何名字。

我在列车的客室与从兰州一路陪伴的甘肃省人民医院的

女医生田兆英女士聊起来。她为我讲了些在此地的无医村巡诊时的事情。

五月十五日，八点醒来。车窗外的风景为之一变。油菜花正开，绿色也美美地沁入眼帘。由于酣睡了数小时，头脑很轻松，身体却依然在疼。妻子则完全起不来了。列车已经越过祁连山脉，比较接近兰州了。

右面是亮丽的茶褐色的米团山山峦，左边是祁连山脉。离铁路线不远处是黄河茶褐色的水流，田里的萝卜正开着白花，完全是一派黄河之春。

列车沿黄河行驶。黄河弯弯，河面时宽时窄。可即使窄处至少也有100米。据说，兰州城中白塔山下的架桥地点，选取的就是黄河河面的最窄处。可即便如此也有100米左右。基本上来说，黄河这条河，河宽方面基本没大变化，悠悠流淌。

黄河对岸是与黄河同样颜色的山峦。山脚尽被桃树、梨树、杏树的绿色淹没。其中还点点搭配着与黄河一样颜色的土屋。映入眼帘的风景中透着一种说不出的和谐，大概是被同一种颜色统一起来的缘故吧。黄河、土屋、背后的山，全都是同一颜色。

兰州大道在河岸上伸展，到处都能看见汲取灌溉用水的巨大水车。转动的水车透着一种说不出的轻快。

十点二十分，列车抵达兰州。阴天，有点冷。进入酒店后，我立刻洗浴。这是我六天来第一次洗澡。午餐，休息。四点起逛街购物。夜间受邀去看民族艺术，后来作罢，因为我已疲劳至极。

五月十六日，半夜起嗓子疼。今天参观黄河大坝的计划中止。今天也是个阴天。妻子也是同样状态。

甘肃省人民医院的院长、内科主任和田兆英女士一起来为我会诊。我一面从房间的窗户里望着钻天杨的树枝与白塔山余脉，一面卧在病床上，屁股上挨了两针。只有啪地被打进去的感觉，却毫无痛感，也不知是何时被注射的。

我有点尿频。大概是空气潮湿的缘故吧。窗外的城市阴沉沉，灰蒙蒙的。不过，不只是阴天，还飞扬着沙尘。

五月十七日，中午跟兰州的诸位吃告别餐。下午四点十五分离开酒店去机场。大约一小时后到达机场，在机场用晚餐。

我们乘上七点四十分起飞的三叉戟飞机。这里仍有许多人送行。田兆英女士一次又一次地跟我的妻子握手。起飞后，我立刻便睡着了。

九点三十分，抵达北京机场。北京的气温是9度，正下着雨。敦煌归来后，只觉得北京很冷，堪称严寒。

重游火焰山

正如前述，去年昭和五十二年（1977年——译注）八月，我访问了新疆维吾尔自治区，昭和五十三年五月，我又访问了敦煌。这两次旅行都可谓我人生中的重大事件。因为这些地方均是我从青年学生时期起便在各种书上涉猎和熟悉的地方，成为小说家后，我也曾在数篇作品中用这些地方做舞台背景。可就是这些地方，我在年逾七旬后才得偿所愿，终于涉足。

可是，纵然是中方的友好邀请，旅行天数还是有限的，并非所有想去的地方都可以走一趟。不过，对于既非历史家亦非美术史家的我来说，应该已完全满足，事实上我的确也很知足。可到了昭和五十四年时，一个意外的惊喜又砸到我头上。我撞了大运，竟又一次获得八月重访新疆，十月再访敦煌的好机会。就这样，我终于用自己的脚站上了上次没能去成的数处都邑和遗迹。既实现了荡舟塔克拉玛干沙漠之河·塔里木河，又乘吉普车游览了甘肃省河西走廊的几座历史古城。于我来说，昭和五十四年真是一个意想不到的幸运之年。

事情起自昭和五十四年春。中国社会科学院院长胡乔木先生来到日本，当时我曾与其会过面，并在话题中谈及新疆尚未看过的几处都邑和遗址的事情。

胡乔木先生回国不久，社会科学院便发来了邀请函，让我说一下希望重访新疆的具体地点。我立刻与日中文化交流协会的白土吾夫商量，通过该协会，列了几处希望访问的都邑和遗址。

对于我的要求，中国社会科学院外事局长孙亚明作了善意回复，他说，楼兰、若羌和且末等地交通不便，不便安排，其他地方则会尽量满足要求。过程就是这么简单。就这样，八月上旬的新疆维吾尔自治区的再访之旅便实现了。

一行有宫川寅雄、圆城寺次郎、樋口隆康等人，另外还有日中文化交流协会的佐藤纯子、横川健二人。我们八月六日从东京出发，在北京住了两晚，于八月八日赶赴新疆维吾尔自治区的首府乌鲁木齐。

这次旅行，中方人员有诗人李季、社会科学院外事局的张国维，还有女翻译解莉莉同行。另外，这次旅行各方面都得到了社会科学院副院长周扬的大力支持。他本打算与我们同行，可由于刚结束日本之旅回国不久，加之秋季的中国文学艺术工作者代表大会即将召开，对他来说新疆之旅实在勉强。

我本打算以乌鲁木齐为起点,将新疆维吾尔自治区的喀什、塔什库尔干、莎车镇、和田、阿克苏、库车,以及周边的聚落和遗迹统统逛一遍,可不到当地具体日程是没法确定的。

八月八日(昭和五十四年),我们从北京出发赶往乌鲁木齐。今日立秋。北京的气温是30度。

下午三点十五分,起飞。伊尔-18,核载92人。上次是伊尔-62,大型喷气式飞机,至乌鲁木齐的2800公里飞了三个半小时。这一次却不行,我们要中途在兰州机场降落一次。至兰州1300公里,用时两小时半;再从兰州到乌鲁木齐1700公里,预计用时三小时零十分钟。

阴天,完全望不见窗外的风景。五点四十五分,快到兰州时,仿佛张贴了长条诗笺似的,荒漠中开始有耕地浮现出来。飞机正进入兰州绿洲地带。六点,抵达兰州。25度,太阳尚高。这处机场,上次新疆之旅归来时曾路过一次,敦煌之旅则往返过两次,此前已三次路过,因此这次是第四次。

我们在机场另一栋建筑的二楼用了晚餐,在即将日落的七点十分起飞,直奔乌鲁木齐。

十点二十分,飞机抵达乌鲁木齐机场。23度。从机场到市区30公里。我们进入上次住过的乌鲁木齐迎宾馆,在房间安顿好后,已是十二点。

八月九日,上午七点半起床,八点半在另一栋楼的食堂用早餐。上次也是这样,这里的早餐有面包、牛奶、鸡蛋、咖啡等,在中国实在是难得的清淡搭配。被围在钻天杨树林中的奢华的迎宾馆建筑与宽阔大院似乎都是欧式风格的,在这种地方用这种早餐倒也十分合适。

九点半,我们朝吐鲁番出发,计划在那里住一晚。宫川寅雄、圆城寺次郎和我,各自都去过吐鲁番,只有樋口隆康是第一次。因此,大家都决定来陪他。当然,原因不止这一个。说到底,由于旅程匆忙,途中肯定有遗漏的地方,也有些地方未看仔细。倘若能去两次,再看一遍自然最好不过。圆城寺貌似无论如何也想再看一遍阿斯塔纳的壁画,因此对吐鲁番之行表现得格外积极。

久违的乌鲁木齐城。迎宾馆地处城郊。离开大院后,美丽的钻天杨林荫路立刻在眼前伸开。两头驴的排子车、土屋、从所有胡同中露出来的沙丘碎片,还有戴耳环的维吾尔姑娘们……车辆通过延安路,进入解放路,然后左拐,徐徐进入繁华区域。一条林立着白墙房子的大街。可转瞬间,车辆便穿过该区域,驶入郊外的丘陵地带。路面高低不平,还不断有山丘出现。路将山丘一劈两半,伸向南面。

行驶了约四十分钟后,十点十分,我们来到一片远处能望见盐湖的地带。周围虽是无尽的戈壁，戈壁中央却有一处聚落，名叫芨芨草村。关于这处聚落，我上次便记述过。这里以前曾是一处驿站，周围全被骆驼草和芨芨草淹没。

十点三十分，路在戈壁中与兰新铁路平行起来。左右两边虽是山脉，不过，左边的山脉稍远一些。不久，路拐了个大弯，伸向右面较近的山脉。

十一点，我们路过一个聚落，名叫达坂城。这是离开乌鲁木齐城后遇到的第一个像样的聚落。路旁的钻天杨在风中剧烈摇晃。过了这个村后车子很快越过兰新铁路线，进入前方的山峦间，即刚才在右边望见的山脉。接下来，我们便会开启在上次的游记中曾详细记述过的白杨沟这一河谷之旅。白杨沟切断了天山的一道支脉，是北疆通往南疆的一条通路。所谓白杨沟，大概是长满白杨的河谷之意吧。

进入河谷后，一条河立刻呈现在眼前。路沿着河，在岩山脚下延伸而去。河叫白杨河，水流白浊。河滩上全是红柳。团状的植株在风中沙沙作响。砂岩的山与红柳，将我们的旅途完全夹杂在了中间。

据说，数日前，这里曾罕见地遭遇过一场大雨，道路十分崎岖。也不知在白杨沟里行驶了有多久，忽听说前方的桥被水冲走，汽车只好告别白杨沟，驶入左面的山中。即我们离开白杨沟河谷，从山中的另一条路赶往吐鲁番盆地。

告别白杨沟后,我们很快进入一片丘陵地带。草木不生,大煞风景。起初我们只是沿着干河道行驶,后来逐渐往说不清是丘还是山的地方爬去,不久便来到戈壁中的路上。这里草木不生,连骆驼草都没有,目之所及,全是撒满小石头的荒野——据说,这里自古以来便是路。

青年向导为我们做着介绍。照此说来,白杨沟那条路无疑是一条新路。这边的路虽称不上是路,不过,既然是古道,那么,那些入侵塔里木盆地的匈奴等北方游牧民族,除了这条路以外,恐怕别无他选。

车在丘陵的背上上上下下,拐来拐去,沙尘漫天飞扬。不久路变为下坡,却依然是荒凉地带。

中午十二点半,我们从白杨沟出口之外的另一个出口进入吐鲁番盆地。离开乌鲁木齐迎宾馆后已过三个多小时。白杨沟出口叫老风口,被认为是当地风最大的地方,不过这边的风也很大。刚进盆地,车内就热了起来。

不久,我们来到去喀什的岔路口。直行是去吐鲁番,右拐则是喀什。不过,去喀什还要绕道西域北道(天山南路),看来路还是很远的。

左边远处是配着山脉的辽阔戈壁。山脉重重叠叠,不必说自是天山了。前方虽也有一片山峦,却很低。路朝着东南,在戈壁中笔直地伸向远方。

十二点四十五分,我们进入一片戈壁与沙漠交织的地带。左边远处仅能望见天山，剩下的，便没有一样东西可看了。

不觉间天山已至背后。索然无味的戈壁旅途永远在继续。不久，沙尘蒙蒙，山影全然不见。很热。

一点十五分，我们进入吐鲁番的绿洲地带。钻天杨行道树、洋槐树、驴拉的排子车、红土坯农舍、小而青的玉米田、棉花地。据说，吐鲁番的棉花纤维很长。

不久进入城市。吐鲁番地区人口30万，其中吐鲁番县是17万，吐鲁番城则是4万。不愧是一座4万人口的城市。城中心设有农产品市场。不过，天很热，32度。

进入吐鲁番县招待所。许多人欢迎我们。搭着葡萄架的悠闲小院里充满了回忆。男女员工中还有些熟悉的面孔。通过翻译，我向一个熟面孔聊起上次吃了许多水果之事，对方说：

——今年四月发生寒流，果树全部受害，葡萄和瓜的口感都不如往年了。请明年再来。

到时候我恐怕就来不了了——我笑着回答。

两点午餐。四点向高昌故城、阿斯塔纳古墓出发。虽然上次都去过，不过，我依然觉得应该再去一次。由于对白杨沟的印象与上次有很大不同，因此我竟莫名地失去自信，都想再去一次。

穿过城市后，一片大戈壁立刻在眼前铺开。由于起了风，沙尘狂舞，无论哪边都望不见山影，热的感觉反倒越发厉害，连车辆的窗框都发热了。我们从坎儿井点点的地带往东北驶去。距高昌故城还有40公里。

四点，左边是火焰山，前方也是一样的山峦。离开宿舍后，迄今还未遇见一辆卡车。车子驶入一处有榆树街道树的聚落。听说，榆树是一种强韧的树木，没水也能生长，的确如此。因为在吐鲁番火焰山附近的聚落里，这些树就长得格外茂盛。

出聚落后，高昌故城遗址展现在眼前。虽是一片方圆5公里的遗址，可在像堑壕一样伸展的土垒中，点点地分布着一些青青的玉米地。当然，玉米地也全是遗址，倘若挖一下，不定会挖出什么来呢。据说，地区政府正在筹划，欲出资30万元，将这些玉米地全部清除。

我们在遗址中最大的寺院遗迹处下车。寺院遗迹的周边目前正在修复中。据说，由于近年来降雨变多，遗迹受损比较严重。

有人说，在晴天的日子，若从这边望火焰山，便会发现真像火焰在燃烧一样。大概真是这样吧。户外41度。

我们结束遗址参观，跑进遗址前的休息处。我怀疑上次也做过一样的事。不过，我随后想起来，上次的时间要更晚些，我们是在薄暮下的遗址中闲逛的。

六点二十分，出发。风略微凉快了些。遗址周边的村落看上去也像遗址的一部分。村落中黄色的向日葵很醒目，很美。向日葵田旁边站着些光屁股的小孩。在遗址的尘埃中，他们有的在望火焰般的火焰山，有的在吃西瓜，他们是在这里土生土长的孩子。

大约五分钟后，我们来到阿斯塔纳古墓群所在地。跟上次一样，铺天盖地的全是土馒头。我们进入上次进过的同一座墓中。虽是唐代的墓，可据说，墓中壁面上描绘的花鸟画，画中的花并非中原的花，而是南方的。说是当时是南方的人们来到这里，在这里居住，然后死去。

八点二十分，我们顺便去了趟葡萄沟人民公社。只有这里凉丝丝的。太阳还高。日落要在九点左右吧。与北京有两小时的时差。

入喀什

八月十日，七点起床。天气晴朗，昨夜在宿舍——吐鲁番县招待所的葡萄架下欣赏了县文工团的歌舞，度过了吐鲁番真正夏季的一夜，今早又坐在葡萄架下的椅子上抽烟。虽是同一地点，昨晚被痴迷歌舞的当地人挤得爆满，现在却不见一个人影。清爽的阳光洒落在脚下。尽管中午会热起来，不过现在空气干燥，十分清爽。

早餐后，圆城寺次郎、樋口隆康二人离开宿舍去看柏孜克里克千佛洞，我与宫川寅雄、李季二人则割爱柏孜克里克千佛洞，将上午的时间用在了吐鲁番博物馆参观上。

博物馆入口展示着当地的地形模型，我对着模型又拍照，又做笔记。沙漠与戈壁纵横交织的吐鲁番盆地十分辽阔。东西绵延的天山山脉构成盆地的北屏风，在与天山几近平行的地方搭配着几处东西长约九十公里的丛山，便是火焰山。因而，火焰山并非一座孤山，而是在盆地中几乎排成一列的群山。就在这群山之中，既分布有柏孜克里克千佛洞，又有葡萄沟这种地方。阿斯塔纳古墓群则分布在承载柏孜克里克的丛山南麓。火焰山的丛山与丛山间则或为峡谷，或为沙漠。

若将塔里木盆地比作一片沙海，那么火焰山便是在海中纵列的几个岛屿。不过，岛屿可远不止这些。火焰山南方还有一处，即承载着交河故城的岛。吐鲁番市位于离此岛稍远的东方，高昌故城则在吐鲁番的东北方——火焰山一处丛山的南面。

在地图模型前站了一会儿，忽觉很热。看看地图，我恍然大悟。毕竟，吐鲁番是地处沙海中央的一座城市。

我在馆内逛了一圈。里面很多东西都出自阿斯塔纳古墓群。馆中陈列着许多古文献，还有论语、孝经的碎片。除了有个颇大的彩绘木碗比较惹眼外，其他全是小物件。诸如木尺、秃尖的毛笔、木枥、鸠形枕等，另外还有许多15～30厘米的俑，都是木芯或纸芯的泥像。其中有舂米女人、跪坐女人、或站或坐的侍女俑等，总之各色各样。还有木碗、木杯、种子（梨、杏、葡萄、桃、黑豆、麦等等）、点心、麻布、麻布鞋、被染成红色或黄色的绢、纹绢、镇墓怪兽像——虽分不清这些怪兽是龙是狮，但都生有翅膀，木芯灰泥，还绘有彩色。

高昌故城的出土品中，有件直径约30厘米的青瓷碗引人注目。其余则都是些小物件，一件铜制观音菩萨（8厘米）与台座、一尊头部缺失的天王铜像（十五六厘米）、一匹小铜马（40厘米）、一个小铜人（2厘米）、一个印章。

不用说，高昌国是5世纪中期至6世纪中期繁荣一时的汉人系国家。他们确立了中原式年号，采用中原式官制，虽说土著居民多为伊朗系，却无疑奉行中原的民俗。阿斯塔纳或高昌故城的出土品，全是该时期此地居民的生活用品。吐鲁番地区还出土了几个女性像，这些像化妆时髦、服装别致，很难区别是汉民族还是伊朗系民族，而博物馆里陈设的那些琐碎东西，很可能便是这些女性的身边之物。

结束了博物馆参观后，我们短暂返回招待所，稍后立刻向乌鲁木齐出发。十点。

戈壁旅途立刻开启。右面天山山脉云雾朦胧看不清楚。我们在无人戈壁中行驶了约四十分钟后，途经一处去喀什方面的岔路口。

十一点，前方被数重山挡住。虽然走白杨沟方向的路口近，车子却未进入，而是舍弃硬化路，爬上一片草木不生的丘陵。这是昨日刚走过的一条路。丘陵地带的旅途由此开始。绿色全无。这次虽非完全通过，不过，在翻越天山从北疆到南疆的途中只有一条绿色地带，即沿白杨河路段。

汽车绕道二十分钟，之后进入一条干河道，下干河道后来到桥毁之处，再由此进入白杨沟。由于之后都是硬化路，旅途十分舒适。

巨大岩石在前方形成一堵屏风，挡在眼前。一辆辆满载芦捆的卡车不时擦肩而过。尽管河道已彻底被红柳淹没，不过不时仍有水流映入视野。今日的水流仍很浑浊。一辆三头毛驴的排子车从对面走来，车上载着三名男子。

休息。秋风起。河滩上是羊群。淹没河滩的红柳根本分不清树干和树枝，变成了一个个绿球，风一吹，摇晃得厉害。

出发。岩山中既有生黑锈的，亦有赤褐色的。还有些山坍塌厉害，在山脚形成一片片落石地带。

过桥。突然，视野开阔起来。原来我们已来到乌鲁木齐平原。一望无垠的绿色绿洲。不久，上次所见的那片盐湖浮现在远处。一条白带子与一条蓝带子，白色的是盐，蓝色的是水。盐湖的水边望上去发白。

戈壁对面是盐湖的长带子，骆驼草对面是形状不规则的盐湖。道路则化为一条黑带子，在戈壁中飘向远方。路旁有孩子。房子呢？果然，有两三间土屋浮现在远处。

到达乌鲁木齐后，我将傍晚前的时间全用在了即将访问的南疆喀什地区的踩点上。一想到明天便能在喀什城睡个好觉，多少有点心潮澎湃。十多年前，我曾在小说《异域之人》中将喀什当作主要舞台。对于西域最西端的这个大聚落，当时我未能形象地展示它的独特印象。只说它是一座沙漠之城，其他则毫无触及。我还在小说中描写了于阗（现在的和田），这里既有因产玉闻名的白玉河、黑玉河，又有10世纪前半期高居晦的《于阗行记》这一难得资料。喀什是往日的疏勒国。这边也是什么都没有。我所了解的，只是它是西域最深处的一处大聚落这点。因而，在《异域之人》中，我虽让主人公班超在疏勒驻留了十多年，却对这处聚落的样子一行字都没敢写。当时疏勒是一个21000户的城邑，兵力3万余，可仅凭这些记述是没法去写的。

这往日的疏勒国、今日的喀什，我明天就能用自己的脚亲自站上去，而且还可以将班超睡过十多年的该聚落的睡眠也据为己有。

晚上是区革命委员会主任汪峰在宾馆举行的欢迎宴，副主任铁木尔·达瓦买提、历史研究所的负责人谷苞、语言学者阿布多·萨拉姆等人同席参加。汪峰为我们介绍了少数民族，尤其是回族情况。我对少数民族中的回族最不了解，因而他的话让我多少有了点模糊认识。我决定南疆之旅归来后，让他再给介绍一下。

八月十一日，五点三十分起床，六点早餐，六点半出发。今天是翻越天山去喀什的日子。

我们从早晨的乌鲁木齐城中穿行而过。城市已比前年来时更美，更绚烂。像苏州那样的旧东西已消失，与新疆维吾尔自治区首府地位相匹配的现代化气质已开始具备。可是，通过十字路口时，有些地方仍能望见一些沙丘碎片。尽管如此，这座城市的钻天杨林荫树依然完美，直冲云霄。

抵达机场。九点十分起飞。飞机是安-24，核载46人。距喀什1200公里，预计飞行时间三小时零十分。

飞机升空后，很快便来到贴满绿色长条诗笺的大耕地上面。聚落点点浮现。机首指向天山，丛山群不断接近。可不久后，飞机似乎与天山平行飞行，约十五分钟后终于来到天山上方。可是，由于阴天，视野不佳，无法看到那波涛汹涌般的壮观雪棱。

十一点十分，飞机在阿克苏机场着陆。我们在机场休息室休息。这里距喀什400公里，飞行时间一小时十分。20度。

十一点四十分，起飞。眼前立刻是荒漠地带，不久又变为绿色耕地。不多久，飞机越过塔里木河。复杂的河流形状俨然人参根，粗干上生着许多须根。粗干本身还拥抱着许多沙洲。

塔里木河是一条大河，它伏流经过塔里木盆地北边后流出地表，然后忽而伏流忽而露出，东流而去，最后流入罗布泊。在这次的旅行中，我本打算在这河岸上站一站，可就目前情况来看，能否实现还是未知数。以伏流方式流淌的不只是塔里木河，和田河、喀什河、叶尔羌河等也怀有这伏流藏身的特技。这便是塔里木盆地,即塔克拉玛干沙漠中河流的特殊之处。不过,它们的伏流地点从飞机上是看不到的,毕竟飞机是不会由着我的性子飞的。

飞越塔里木河后,一片大沙漠在眼前展开,飞机在沙漠中的丘陵地带上方飞行。沙漠并不平坦,无数的沙丘波浪起伏。不愧是塔克拉玛干沙漠上空的飞行。

其中还有红色丘陵。无数云影被按在荒漠上。飞机越过一片小山脉。这一次,眼前又变成了红色沙漠。一条大断层隔断沙漠。小山脉波浪起伏,其他小山脉不断涌现。可不久后,一切都被云层盖住,视野完全被遮住。

十二点二十五分,沙漠再次开始浮现。这一次,到处贴满了长条诗笺形耕地。还有聚落。尽管眼前依然是辽阔的荒漠,可总有一种已接近绿洲的感觉。果然,绿色多起来,荒漠与绿色地带开始混杂起来。

一条黄褐色的大河浮出来。九曲回肠,扭动着身躯,还不时制造着旋涡图案。一片绿洲地带在眼前大幅铺开。

十二点四十五分,飞机抵达喀什机场。这是一座沙漠中的亮丽机场。树木很少。我们受到了地区革命委员会数人的迎接。

我们立刻赶往城市。车子行驶在被夹在玉米地中的路上。尘土飞扬。路旁是一尺多高的红花。据说红花是一种药草，还能榨油。葵花的黄色也沁入眼帘。

车子进入城市。驴拉的排子车格外多。一座貌似天山的山在前方若隐若现。

——天山上是有天山，可在这一带，能远望到的天山山系中并没有高山。天晴的日子，帕米尔最高峰慕斯塔克峰能看得很清楚。慕斯塔克是"冰山之父"的意思。十分雄壮。

喀什行政公署的伊敏诺夫介绍说。

车行驶在解放后建成的地区中。在乌鲁木齐来客的眼里，路边的街道树看上去略显寒酸。这是一座杂乱的城市。城里走路的男女衣服全都穿得很厚。

我留意着城中心映入眼帘的东西。毛驴、马、羊、土屋、戴着各式民族帽的男人们、用各种头布包头的女人们。不过，这里的毛驴真是多！也不知到底是人多还是毛驴多。

——红花的花怎么是黄色的啊。

——现在虽是黄色，可不久就会变红啊。

就在我们对话的过程中，车子已进入投宿宾馆的宽敞前院。院子里到处都修着花坛。

在各自的房间休息好后，大家汇集到另一房间，听取伊敏诺夫对该地区所做的介绍。

——这里同样使用北京时间，不过与北京有三小时的时差。现在的日出时刻是七点，太阳落山天完全黑则是十点左右。城里的人是十点钟开始上班。

——由于两三天前下过一场雨，所以今天很凉快。五六天前的平均气温是三十七八度。今天室内是三十二三度。气温最高40度，最低零下20度。十分干燥。

——本地海拔1300米，人口200万，辖11县1市。喀什市的人口则为10万。

——民族有维吾尔族、塔吉克族、柯尔克孜族、乌孜别克族、汉族、回族。在喀什市的10万人口中，70%为维吾尔族人，官方语言是汉语和维吾尔语。报纸和公文都是双语种，各个机关单位都配有专门翻译。

——喀什噶尔（喀什）是维吾尔的原语。在突厥语中，喀什是玉，噶尔是收集的意思。现在已将喀什噶尔简称为"喀什"。即使在正式文件中也使用"喀什"。只不过，也有说法认为喀什噶尔是波斯语，清代时，还曾将喀什噶尔解释为"最初诞生的城市"。

——市民主要为农民、工员（从事水泥、农业机械、缫丝、纺织、棉纺织等工厂、发电站）、手工业者（从事维吾尔帽、乐器、小刀、地毯、陶瓷器），工厂都是为当地人生活服务的工厂。

——农作物有小麦、玉米、棉花、少量的大米。牧畜有羊、牛。水果有杏、桃、樱桃、葡萄、石榴、苹果。水果的收获季是七月到九月。

——这里是新疆著名的长毛棉产地。这里日照时间长，适合棉花生产。灌溉有水渠。

——有师范学校1所,中等学校6所,医院2家。

——本地区有3条河流。1条源自天山,2条发源于帕米尔。据《汉书》记载,张骞在公元前100年代通过该地带时,这座城市就已经存在了。也许比这还要古老。这里自古就商业繁荣,这一推定是成立的。维吾尔族人中有很多商人,他们的经商之路远至上海、布哈拉、撒马尔罕。

——现在的喀什,是不是从公元前2世纪起存续了上千年的往日疏勒国,无人可知。只能等待专家的研究。现在城市北部的老城,据说是从清朝乾隆帝时期开始繁荣的。这座城的南部,即现在的纺织厂地区,据说是明代繁荣的地方,不过并无疑似的遗迹。

——该城有一处山丘叫耿恭台,上面曾有座塔,现在已没有了。耿恭是东汉班超时期,一位同样在新疆大展身手的将军,不过他并未来过此地。大概是当地人敬仰他的功德而造的吧。

——这里有座苏丹墓。苏丹是第一个将伊斯兰教传入新疆之人,9世纪至10世纪在世。据传,是他说服了喀喇汗王国国王,传播伊斯兰教的。

——喀什是座古城,是曾在漫长的西域史中登场的一座城市,不过却没有堪称遗址的东西。大概,有关此城的历史全被埋进了沙漠与戈壁中吧。

戈壁中的诸城

八月十二日，八点起床，九点早餐。今天要访问一座北方50公里外的城市——阿图什。阿图什海拔1400米，比喀什高约100米，是克孜勒苏柯尔克孜自治州的首府。老阿图什城已被1946年的博古孜河的大洪水冲得无影无踪，后来于1953年在戈壁滩中又建了一座城，即现在的阿图什城。虽然只是座人口2万左右的小城，不过在新建二十五六年后，如今变成一座什么样的城市，这一点倒令人颇为好奇。

但是，由于它地处乌鲁木齐—喀什主干道沿线，所以注定不会是一座遭时代抛弃的深山之城。

十点出发。迎宾馆院子里有许多花坛，每个花坛都盛开着葵花。车子穿过钻天杨林荫路，进入城市。这一带的钻天杨似乎被叫做"穿天杨"，的确，这些树高大挺拔，穿天的名字十分贴切。虽然乌鲁木齐的钻天杨同样直冲云霄，不过种类似乎多少有点不同。

今天似乎是逢集的日子，城市显得十分混乱。骑驴的农民们不断涌向市场。虽然从集市区域正面能望见帕米尔，可遗憾的是，今天阴天云雾朦胧。

土屋之城人驴泛滥。在只有中央部分被硬化的道路上，由两头毛驴、三头毛驴，或是仅由一头毛驴所拉的车子车水马龙，络绎不绝。我昨天便在城中心感受到这个问题，真搞不懂究竟是人多，还是毛驴多。

不久，我们穿过集市区域，进入一片土屋被拆的新市区。虽然这里路面宽阔，给人一种现代化感觉，不过仍呈现出一种周日混杂的状态，人和驴格外多。纵然在毛驴众多的新疆地区，恐怕也没有哪里会如此泛滥。大人、小孩、老人、女人，人们不是乘坐驴拉的车子，就是骑在驴背上。城中有条河流过，不过河水已被染成茶褐色。

来到郊外。玉米的绿色在阳光下闪闪发亮，很美。路是昨天从机场过来时的路，我们正逆向向北。连绵的低丘从前方浮现，可要去阿图什必须翻越这些低丘。

我们通过一处聚落，这里也在逢集，十分繁荣。不久，车子穿过一处机场。离开城市才7公里左右，周围就完全变成沙漠地带，只有道路化为一条黑色的带子，笔直地伸向前方的阶地。那阶地昨日便在飞机上领略过了。

不久，路至山丘前，不久偏离主道，进入一条通向三仙洞瞭望点的近道。车子在砂岩丘陵地带咯哒咯哒晃来晃去，不久来到一处大河谷边上。我们在此下车。此处离喀什城10公里。

按樋口隆康的解释，三仙洞为佩利奥报告书中记载的一个洞窟，他是通过自己携带的地图获悉此洞便位于赴阿图什途中，才请当地人把我们带过来的。

车子所停之处，能够俯瞰险峻无比的恰克马克河河谷。果然，在远处对岸的断崖上，的确能望见三个貌似小洞窟的东西。倘若用望远镜，还能多少望见洞口与洞内一部分，不过也仅此而已。那里也曾既有壁画，也有佛像的，不知现在还剩多少。不过，三洞窟离地有40多米高，佩利奥居然还能爬上去。

恰克马克河的河床像被大规模挖过一样，大概是某次大洪水时造成了如今的样子。一派荒凉的景象。至于作为主角的水流，则隔着宽阔的河床，在对面崖下形成一条细长的蓝线。虽然很远弄不清河流宽度，不过在水流的这边，却能望见一片绿色的地带。据说聚落名叫喀古特村，是建在宽阔河床一角的一个聚落。洪水的危险自不必说，更让我好奇的是，居住在那儿的人们，他们的日常生活究竟是种什么样子呢？

出发，车子返回原路，继续在砂岩丘陵地带行进。进入主道后，车沿着阶地，在阶地脚下绕来绕去，不久便来到阶地对侧。小绿洲上有一处村落。穿过村落后，一望无际的荒漠舒展开来，前方天山的支脉云蒸霞蔚。车子迎着支脉，在刚才迂回的连绵低丘的左边行驶。左边也坐落着一些低丘。荒漠在两片连绵低丘间曼延。到处都是水汪。据说是昨夜下雨的缘故。如此说来，昨夜我在宾馆似乎真的听到了雷鸣。由于车子行驶在通往乌鲁木齐的主干道上，基本还是很舒适的。自治州州长派遣的迎接车辆则行驶在前头。

右面的连绵山丘逐渐远去，绿色大平原在前方铺展开来。平原对面有山，据说，阿图什城就位于山麓。

绿洲地带的旅途持续了很长时间，不久，车子越过一座桥进入一处聚落——阿图什城。桥下的河便是二十多年前洪水泛滥，将阿图什老城吞没的博古孜河。

这里离喀什市50公里，同样是一座毛驴之城。城中许多男子都戴着柯尔克孜帽。柯尔克孜在唐代时名叫"黠嘎斯"。新疆地区的这一带住着很多柯尔克孜族人。州人口36万，其中维吾尔族31万，柯尔克孜族5.6万。阿图什是一座戈壁之城，北面与西面群山环绕。

柯尔克孜族州长、汉族副州长、维吾尔族县长——我们受到了面孔略微不同的人们的欢迎，然后进入州商业局招待所。

我们一面吃着被招待的哈密瓜，一面听着本地情况介绍。由于这是一座因洪水而生的城市，因此所有话题都是从洪水开始，以洪水结束。

那场洪水发生于1944年6月24日夜晚。水量是1000流量。光是查明的溺死者就有364人，房屋被冲毁4025户。由于原本是座1万人口的城市，也就是说，全部房屋都被冲走了。1000流量会造成什么后果，对此无知的我无法做出判断，不过，既然一夜便将一座1万人口的城市冲得无影无踪，那无疑是相当泛滥了。

我曾根据中国的地理书《水经注》中的一段小记述，写过一篇短篇神话小说《洪水》，可一旦真成为现实事件，我却很难描绘其惨状。

——这是完全建在戈壁上的一座城市。今年是建城第26年，人口是老阿图什的2倍，2万人。这是该城市第一次迎来日本客人，全城都很轰动。

县长说道。

稍事休息后，我们去了苏丹·萨图克·博格拉汗的墓。据说苏丹是9—10世纪之人，是说服喀喇汗王朝国王，最初将伊斯兰教传入新疆的一个人物，城的西南端便有他的墓和清真寺。

从招待所出来，招待所前已是人山人海。我们费力地乘上车，来到城区。城区也一样，周日逢集，十分拥挤。即使到了郊外，进城赶集者仍络绎不绝。据说，还有人天不亮就从10公里、20公里外步行着前来赶集。

车子在郊外行驶一会儿后进入一处聚落。街道树杨树的枝叶遮蔽在路上，像搭建的屋顶。不久，我们到达一处周边全被钻天杨淹没的寺院。这是座宏伟的清真寺。据说，该寺于六十八年前建在被洪水冲毁的阿图什城，洪水发生时，只有这座寺幸免于难，直至今日。这里便是苏丹去世的地方，因此才建了墓以及做礼拜的清真寺。

我们临时返回招待所用餐，下午参观了外贸局、克孜勒苏商场、毛制品厂、果树园等。无论去哪里，上车下车都有很多人围观。正如州长所说的那样，全城都被几个日本人轰动了。

晚上，达伊尔州长在招待所设欢迎宴。

宴后，我们去城中心的工农兵文化馆观看州文工团的歌舞演出。这次也不例外，出招待所时，连走到停车处都很艰难。大人小孩已将招待所前面围得水泄不通。尽管大人都在孩子们背后，可孩子们只留出了一条大约一间（间，日本长度单位，1间约等于1.818米——译注）宽的通道，将通道两侧挤得满满的。其中还有些四五岁的小孩。倘若拿正眼看他们，每个孩子都会扭动身子，露出一种说不出的纯真和羞怯。我故意拿正眼去盯他们，他们便一个个都害羞起来，如娇羞的花朵。结果还有一个孩子摔倒了，我连忙给扶起来，可仅仅是这么个小动作便引起一片欢声。

当夜，看完文工团的歌舞回到招待所时，时间已很晚。招待所前面终于安静下来，不过即便如此仍聚集着二三十个孩子。

其中一名五六岁的小女孩站在招待所门口。正是刚才摔倒后被我扶起的那个女孩。女孩背后还站着另一名女性,将手搭在女孩的肩膀上,似乎是小女孩的祖母。

小女孩一脸认真地望着我。当时给我的印象是,她来这里是想再看一眼把自己扶起来的外国人。她的祖母大概是陪她一起来的吧。在阿图什这座戈壁中的城市里,这些年幼的孩子就是这样在茁壮成长的。

十点,我们辞别招待所,踏上了回喀什的归途。漆黑的原野上没有一点灯火,这样的旅途实在奇异。聚落也应该路过了有一两处,可哪里也看不见灯火。帕米尔高原方向传来了雷鸣。这里的确拥有夜晚!真正的夜晚!一路上,我一直沉浸在这种感慨中。

返回迎宾馆,十二点就寝。远处的雷鸣一直持续到深夜。

十三日,十点十分,我们向叶尔羌(莎车镇)出发。昨夜睡眠很足,神清气爽。

四辆吉普车,在昨日去阿图什的路上反方向行驶。据说后面的路并未硬化,旅途肯定艰苦。可是没办法。叶尔羌便是在西域史上频频登场的往日的莎车国。

过了喀什河来到郊外,车辆行驶在完美的钻天杨林荫路上。卡车往来穿梭。由于是和田至乌鲁木齐的长途公路,汽车当然很多。我们今日要去的叶尔羌与昨日去过的阿图什，全都分布在这条主干道的沿线上。

大约二十分钟后，我们通过疏勒县。喀什汉城，即专门建造的汉族居住区域。街道树由此消失。路穿过大耕地中间伸向远方。两侧的田地里，点点散落着略显寒酸的钻天杨。不时还会有向日葵田出现。只有葵花的黄色很鲜艳。由于阴天，右面本可望见的昆仑山不见了影子。车子不时穿过一些聚落。玉米田，向日葵田，树木全是钻天杨。车子时而超越驮人的毛驴，时而与之擦肩而过。远处是一片牧羊风景。

十二点，车子穿过一处小聚落。仿佛整个村都在搬家一样，路上全是驴拉的排子车。

虽然大耕地仍在延续，却不时夹杂着荒漠。不只荒漠，还有沙丘碎片，另外还夹杂着寸草不生的碱性土壤，不断地飞逝到身后。

十二点二十分，天终于放晴，右面远处浮现出山影，山影逐渐绕向前方。大概是昆仑山脉支脉吧。有人还发现了海市蜃楼。果然，远处平原的尽头的确有一片幻海。

不久，车子进入一片散落着小沙丘的地带。据说，由于这一带的沙丘会移动，沙子一晚上便会将道路埋没。前方的山脉雄壮起来。眼前依然是玉米田与向日葵田，浓绿色混搭着黄色。

十二点三十分，周围变成一望无际的大绿洲地带。不久,车进入一个大聚落——英吉沙县。我们在县里的招待所休息,午餐。这里也是一座亮丽的钻天杨之城。县里的总人口有145万①,县城,即该城市的人口则为1万。80%是维吾尔人。当然这是一个农业县,主要作物为小麦、玉米,从事畜牧业的人很少,工业也是小规模。

城市位于塔里木盆地西南,喀什绿洲的西南端,出这里后,会进入一片真正的戈壁地带。该县尚未进入塔克拉玛干沙漠中。塔克拉玛干沙漠是在200公里之外,才像大海一样开始铺开的。

这座城市被认为是《汉书》所记载的依耐国故地。依耐国是往日西域南道的一个国,是西域三十六国之一。

《汉书》中的依耐国称不上一个大国,书中的记述为"户一百二十五,口六百七十,胜兵三百五十人"。虽说是国的形式,不过,充其量是一处较大的少数民族定居地吧。

英吉沙在清代时被称作"英吉沙尔",在维吾尔语中是"新城"之意,后来被简称,变成了现在的英吉沙。清代以前是何状态并不清楚,只能称之为古代依耐国的故地。当然,依耐国的都城在哪儿也不清楚。

这座城市似乎也从未有日本人来过。我们一进城便有许多人围了上来。我们参观了城里的一家刀具厂。这是一处专门生产少数民族腰间小刀的工厂。这里大多数人基本都是刀

---

①该数据疑似有误,但本书原文如此,因此沿用。

不离手，即使切个瓜也要用这种小刀。工厂很有一种西域南道的城镇作坊的感觉。

我们两点在招待所用午餐，三点出发。出了靓丽的钻天杨之城后，一片荒漠忽然在右面展开，左边则是绿洲。路进入前方泥丘的波浪起伏中。大丘陵地带持续了很久。

我们在路上遇见数名男子抬灵柩的情形。葬礼。一个生活在戈壁中的人去世了。虽不知他生前如何，可他的一生的确是结束了。

不久，左边的绿洲也消失，变成了铺展的大荒漠。一个大水库从右面浮现出来。大概是灌溉用水库吧。地面波浪起伏，左边的起伏宛如大海。右面远处浮现出一条细长的绿色地带。路上依然是来往的毛驴。路切开一座座山丘，不断伸向远方。

三点半，托普鲁克人民公社。四点，克孜勒人民公社。克孜勒完全是克孜勒戈壁上的一个村子。钻天杨长势不好，不时沙尘飞扬。我们在此休息。我顺便在这尘埃的村子里走了走。

离开这里后，克孜勒戈壁之旅开启。巨大的戈壁。四十五分，眼前的戈壁依然不见尽头。右面远处是连绵的低丘。尽管这处戈壁很大，可在南疆却算不上大的，据说横亘在喀什和阿克苏之间的戈壁比这要大得多。

天空中不时有些蓝色地方，可大部分都阴着，戈壁一带云雾朦胧，其中还立着几道龙卷风。

五点四十五分，路两边久违地看到了青色，是钻天杨树苗。虽然现在看上去摇摇摆摆的，可它们最终都会长成一棵棵独立的钻天杨的。我们已进入叶尔羌绿洲。

不久，两侧田地里逐渐溢出绿色。人、驴、聚落、玉米、向日葵——这便是戈壁脚下所经营的生活。

可是，距叶尔羌仍有40公里。我们通过一处两边为沙枣街道树的地方。或许是走在田野中的缘故吧，道路损坏，路面上有许多水洼，行驶十分艰难。

不久，随着棉花田和完美钻天杨行道树的浮现，我们进入一片美丽的农村地带。车子穿过一个个聚落，朝叶尔羌接近。顺着又长又美的钻天杨林荫路，驶进叶尔羌城。这里是一座细沙之城，也是一座毛驴之城。路旁售卖西瓜或甜瓜的店铺林立，人潮涌动。在某些方面与我去年访问过的更东边的和田城有些相似。不久，车子进入今夜的宿舍——叶尔羌县委员会招待所那宽阔的大院中。

晚餐是由买合买提·买买提副县长与徐效成办公室主任等设的宴席。席间听取了有关该地区的各种介绍。

——叶尔羌距喀什196公里。

——叶尔羌河流经县内。土壤肥沃。农作物有谷物、棉花、橡胶。牧畜为牛、羊。羊有58万只。

——县的人口为36万，叶尔羌城则为4.5万。

——民族有维吾尔族、汉族、回族、柯尔克孜族、塔吉克族、乌孜别克族、蒙古族、哈萨克族、俄罗斯族、塔塔尔族、满族——完全是少数民族混居地带。本县由18个人民公社与1个镇构成。

——此城是西汉时期的莎车国。

——养蚕业两千年前就已开始。公元前2世纪传到这里，6世纪时已非常发达。这里的丝织品远销印度、欧洲。

——一般认为，往日莎车国的城市被毁于叶尔羌河洪水，如今已成为30公里外的戈壁干河道。由于没有记录，准确情况无法判断。河道的变迁与洪水，历史上曾发生过许多次。

——18世纪中期，乾隆帝时，曾有过将小城扩建的记录。后来发生变迁，19世纪光绪帝时所建的，便是现在的城市。

晚餐后，我来到街上。傍晚正降临到被围在戈壁海洋中的这座城市。我进入老城。城里人很多，到处充满新疆少数民族城市所特有的喧嚣。尽管如此，在某些方面仍能让人感受到一种平静。

倘若将这里视作西汉时期的莎车国故地，那么这无疑是座古老的历史之城了。尽管历经两千年的历史，可大部分时间我们都不清楚。莎车国的名字在西汉时期消失，虽然被视为莎车国后身的多个国名在后续时期的史书中纷纷登场，可准确情况无人可知。既然被夹在疏勒国（喀什）与于阗国（和田）两个大国之间，它的历史自然也波澜壮阔了。

玄奘三藏的《大唐西域记》中曾记载了一个名叫"乌铩（金铩）国"的国家，记载说，该国南临叶尔羌河。因此，也有观点将此国认定为叶尔羌。

假定该国便是叶尔羌，那么：

——土地肥沃，农业盛大。林树郁苍，花果繁茂。多产各种玉。

——气候温和，风调雨顺。人与人之间少礼仪，性彪悍。

——文字语言与喀什略同。容貌丑恶，衣服乃皮制或毛织。

——但是，明辨信仰，信奉佛法。伽蓝十余所，僧都不足千人。

——数百年来，王族绝迹，无自己君主，隶属揭盘陀国（塔什库尔干）。（选自水谷真成译《大唐西域记》）

以上便是7世纪的玄奘三藏所看到的叶尔羌。塔什库尔干现在已是靠近中国与巴基斯坦国界的帕米尔山中的一大聚落。可即便如此，难道叶尔羌只有依附他国这一条路吗？

暮色一刻不停地在这叶尔羌城加深。即使多少有些其他聚落所没有的静谧笼罩在大街小巷，或许也毫不奇怪。

昆仑的河　帕米尔的河

八月十四日，八点，我在叶尔羌县委员会招待所的一个房间内醒来。早餐后，乘吉普去看叶尔羌河。车穿过钻天杨林荫道，驶向郊外。上午的叶尔羌（莎车镇）城人很少，很平静，格外整洁，不似昨天那个暮色中人潮涌动的城市。

我们在叶尔羌河大桥的桥畔下车。河面有1公里宽，浊流拥抱着几处沙洲，水流很快。上游和下游的水面都很开阔，河道看似分成了数条，不过准确情况并不清楚。只能说是河自天涯来，又向天涯去。不用说，它与和田河一起，都是发源于昆仑山脉的代表性河流。可无论是飘渺无边的河道，还是那黄浊的水流，作为塔克拉玛干沙漠之河，它已然拥有了足够的威严。

河两岸是铺陈的戈壁与田地，可即使在这种地带也有河水泛滥，有些地方看起来俨然河流的一部分。由于上游和下游都能看到这种地方，因此，让人很难弄清究竟哪儿才是河道。不过，八月的现在并非多水期。据说昨夜山里遭遇了一场暴雨，因此，水量才多少增长了一些。水量最多时是六、七月前后，届时水位能涨到桥桁。从桥上望去，只能用恐怖二字来形容。我想，此话大概不假吧。

叶尔羌河也并非一开始就是黄浊的。据说，刚从昆仑流出来时还是清澈的河流，可随着往下流淌，泥沙不断进入，便成了黄浊的水流。所以，倘若舀一杯河水，泥沙就会沉淀在杯底，水就会变清。而且，倘若让维吾尔人来说的话，这水还很甜呢。

我们再次返回城里。仅一会儿的工夫，城市就恢复了身为西域南道的聚落的真面目，变成了一座男女衣着都鼓鼓囊囊的城市、毛驴的城市、两头驴或三头驴的排子车城市，以及完美的钻天杨城市。明明是盛夏时节，却看不到轻装打扮的男女。只是，男人们都戴着白色的乌孜别克夏季帽。

新市区与旧市区彼此相邻。新市区多少有点亮丽的现代化感觉，老城则完全是一座沙尘之城，样子与和田很相似。

参观完艾德莱丝绸厂后回到招待所。招待所院里也蒙着一层白色细沙，一迈步鞋上就会落上一层沙子，变成白色。这一点也跟和田一样。这里距和田320公里。如果紧赶的话，得有一日的行程。昭和五十二年时，我曾由空中进入过和田，不过，要去这处被半戈壁半沙漠包围的聚落，最好是沿南道进入。不过，在这次的旅程中，鉴于日程关系，我只得放弃。

十一点四十五分，我们从叶尔羌城出发，赶奔喀什。即从昨天走的那条路返回喀什。在进入克孜勒戈壁前，叶尔羌绿洲的旅途跟昨日一样舒适。玉米田、向日葵田、棉花田，中间还夹着水田。还有芝麻田。芝麻田里开满了淡紫色小花，美哉。

汽车在昨日未停的沙枣行道树处停下。我将漂亮的沙枣大树用相机拍下来。虽然沙枣树随处可见，可这么大的我还是第一次看到，而且还并排在路两侧。估计能有三四十棵吧。这里离叶尔羌有40公里，是与叶尔羌绿洲告别进入克孜勒戈壁的地方。看看表，十二点半。

从这一带起，昨夜降雨所形成的水洼开始出现，到处是一些大水塘。吉普车到处强渡，艰苦的旅途开始。

十二点五十分，车子进入戈壁，持续四五十分钟的单调旅程开始。不过，今天的路很崎岖，岂止单调。车子有如行驶在搓衣板上。由于昨夜的雨，所有干河道里都流着红色的水，我们要么直接渡河，要么迂回寻找可渡河之处。红色的水流中还陷住一辆卡车，无法动弹。

无数的红色水流出现在眼前。我不禁为戈壁中的干河道之多而惊叹。根据吉普车司机的说法，现在山里的水尚未全部到达，等到傍晚时水量还会增加，红色水流会直接变成红色激流。

途中，我们在戈壁中央休息。大休。往小石滩上一坐，昆仑山随之映入眼帘。昆仑的远景美不胜收。低丘波浪起伏，对面拉着长长山脊线的山脉，看上去也是一层叠着一层。

两点五分，我们进入克孜勒戈壁中一片海岛般的小绿洲。这是克孜勒人民公社用斗争换来的绿洲。我们在此休息。休息地点是克孜勒戈壁中央的一个村子。我们昨日也曾在此休息过。同昨天一样，今天，村中唯一的路上仍沙尘飞扬。十多个孩子凑了过来，远远地围着我们。孩子们个个聪明伶俐，眼睛明亮，不过几乎都赤着脚。这些孩子的身上流的是怎样的血呢？这里的古地名叫查买伦。

出发。我们离开小村，再次进入戈壁中。距英吉沙有20公里，一小时的行程。这一带同样因为新产生的红色水流，路被冲得坑坑洼洼，已完全不像昨天的路，完全是苦难之旅。

四点，我们进入英吉沙城，在县招待所用了迟到的午餐。五点十分，出发。距喀什还有两小时半的路程。

进喀什城的林荫路棒极了。有的地方是双重林荫树，内侧是洋槐，外侧则是钻天杨；也有的地方一侧是洋槐，一侧是钻天杨。车辆便被这长长的林荫道引向喀什城。

进入招待所。八点，晚餐，我食欲全无。饭后，商量明天的日程。明天五点起床，六点向喀什南面100公里外的上盖孜出发，当日往返。上盖孜是去帕米尔高原途中的一处聚落，据说那里有老队商驿站，我们的目的便是去看驿站。

根据古记录，旅行者从喀什到上盖孜徒步需要8日，再从上盖孜到接近巴基斯坦边境的塔什库尔干需要12天。喀什到塔什库尔干280公里，从塔什库尔干到国境150公里。我们明天要走的喀什—上盖孜的路，就在帕米尔山中，与联结中国与巴基斯坦的喀喇昆仑高速公路相连接。

在我们这次的新疆之旅中，上盖孜之行是最重要的行程之一。只是问题是，最近两三天帕米尔遭受暴雨，途中的路十分崎岖，也不知能否到达上盖孜。可是，既然好不容易制订了计划，那我还是选择尝试一下，走到哪里算哪里。为防万一，既要做好在外过夜的准备，也需做好防寒防雨的准备。

撤回房间后，大家都为明天的行程做准备，而我，从此时起，竟连自己在做什么都搞不清了。可总之，我还是打好行李，然后上床。

八月十五日，我被闹钟叫醒。全身酸疼，连床都起不来了。上盖孜之行只得放弃。将情况通知中方人员后，我直接就睡了。睡啊睡，一直睡到傍晚。晚上又接着睡。在此期间，虽然一直在接受着输液或打针治疗，可我几乎没有记忆。因为我早被三十九度以上的高烧烧得神志不清。佐藤纯子与解莉莉二人似乎一直在身边护理，我却一无所知。

八月十六日，一夜过后，我的身体彻底恢复，体温正常，血压脉搏也都正常了。据说，喀什第一人民医院的内科主任与一位女医生昨夜还住了下来，真是过意不去。上盖孜之行因我被取消，十分对不住同行的各位。大概是上个月与这个月连续两次的中国旅行，而且中间也未休息，结果积劳成疾，终于以突然发烧的形式表现了出来。不过我也是因祸得福，竟意外得到了奢侈的休养，精神完全恢复。

八月十七日，休养半日。下午四点半外出，前去参观香妃墓。户外31度。由于已立秋数日，感觉已过了炎热的高峰。尽管时刻是四点半，可太阳尚高。这里与北京差三小时，与乌鲁木齐也差两小时，跟日本则有四小时的时差。因而，日出时刻是七点，天黑则是十点左右。

我在这钻天杨、毛驴与土屋的城市里闲逛。多亏这发烧休养，我才有了如此悠闲的散步。

香妃墓距招待所有5分钟左右的车程。陵墓位于城东端，主体建筑高25米，左右宽36米，全部贴着瓷砖。听说，这些瓷砖有的从北京带来，也有本地的，混在一起没有档次，不过，主体建筑的外观却是富丽堂皇，瓷砖所包的半球形塔也不错。

整座陵墓中葬有香妃一族，5代共72人。其中既有香妃之墓，又有香妃父母的墓。陵墓建筑中还有一座高七八十厘米的平台，上面并排有72人的墓碑。据说，棺材就在墓碑下面，被安放在地板下2米处。我在昏暗中转了一圈，的确是座家族墓。一族人的墓能如此集中一处，倒也颇为壮观。

关于香妃有许多传说，可究竟哪个更接近真实，或者是否完全虚构，实在难以弄清。

总之，香妃是从喀什被召至乾隆帝后宫的一名女性，据说，除了天生的美貌，她的身体还散发着一种芳香。在传说中，她要么被塑造成一位悲剧中的主人公，要么被视作一名幸运的女性，要么是为中原与少数民族的亲善做出了牺牲，总之，围绕香妃产生了许多故事。

这且不论，光是香妃身上所散发的芳香一点便生出了许多说法。按照传说，香妃身上的芳香是沙枣花香。在这次的旅行中，我们对沙枣多少也算是熟悉了，因此也很想支持这种说法，可问题是，对于沙枣香，我们并无发言权。

沙枣会在四五月开出木樨般的小黄花。据说，即使在房间里放上一小串沙枣花，整个房间也会芳香无比。它究竟是一种什么样的香气呢？

我们辞别香妃墓，返回城里。新市区边上有一座艾提尕尔清真寺，寺背后一带则是老城。据说，这座清真寺最初建造于四百四十九年前，一百五十年前被重建，因此并不怎么古老。总之，这是该地区最大的一座使用中的伊斯兰寺院。每早七点半到夜里十一点半会设五次礼拜时间，五六千礼拜者会会聚于此。尽管我在新疆地区也看过几处伊斯兰教寺院，可到喀什后我才觉得，这是我第一次来到正宗的伊斯兰教寺院。

出了艾提尕尔清真寺，进入旁边的市场。我们立刻被一大群人围住，动弹不得，只好连滚带爬地撤了回去。即使集市，我也觉得这里的更地道。没能在集市上转一圈，我略感遗憾。

这座城市的房屋是用土坯垒成，外面涂以红泥巴或是白石灰。由于土原本就是红色的，因此土坯本身也是红的。城中有三条河流过，三条河也都是红色的。

八月十八日，女医生张可真女士通知我已痊愈。因此我决定明天便从空路赴阿克苏。由于滞留喀什的时间延长，在此期间，我也从许多人那里了解到一些有关喀什的情况。为我介绍情况的有医生、护士、翻译、厨师、司机，另外还有地区革命委员会的人们。

——三月到五月期间，这里会刮数次大风。最初，从沙漠吹来的风会在远处刮起一片黄尘，大约两个来小时后，城市也会被黄尘遮天蔽日，连房内都变得黑咕隆咚。

——雨很少。偶尔下雨后，路会变得十分坎坷。冬天会下雪。由于可用雪水灌溉，因此种地并不完全依靠下雨。

——就算是这边不下雨，可帕米尔那边下雨后，洪水便会流过来。因此，路会变得坎坷不平。

——喀什有两条河，都发源于天山西部，一条是吐曼河，一条是克孜勒苏河（别名喀什河）。城市被夹在这两河之间。克孜勒苏河是喀什最大的河，河宽500米，流经从喀什至叶尔羌的区域。

——叶尔羌河与和田河，两河都发源于昆仑，盖孜河与库山河，两河都源自帕米尔。盖孜河是条黄色的河，流经喀什与英吉沙之间，可不知不觉间就会消失。

——天山与帕米尔，以及帕米尔与昆仑都是连在一起的。不过连接处未必会降低，彼此也没什么边界。

——天山西端便是喀什的正西方，当地人中也有人称其为帕米尔。

——从喀什既看不到天山，也看不到昆仑。只能在西端望见帕米尔的雪山。即慕斯塔克峰、公格尔峰。昆仑在去叶尔羌的途中能够看到。

游塔里木河

八月十八日（前章续）下午七点，我利用空路从喀什赴阿克苏。至阿克苏400公里，飞行时间约一小时。

八点抵达阿克苏机场。从机场到城区，一路上全是黍子、玉米、洋葱、青椒等，农田绵延不断。同喀什相比，这里菜地较多。

进入城区，路上尘土飞扬。这座城市给我的最初印象就是一座沙尘之城。我们进入城中的阿克苏第一招待所。招待所很大。我们被带至后面的房间。安静固然好，可是因无其他住客，略显冷清。

晚上是阿克苏行政公署专员托胡提·阿布拉举行的招待宴，同公署的郭坚、依尔瓦苏等人也出席了宴会。

阿克苏行政公署人口有146万，阿克苏县城的人口则为8万8000。阿克苏便是《汉书》中的姑墨国。《汉书》中有如此记述：

——户三千五百，口二万四千五百，胜兵四千五百人，南至于阗（现在的和田），马行十五日。出铜、铁、紫黄

（铁矿的一种）。

这里所谓的赴于阗之路，恐怕是一条沿和田河穿越塔克拉玛干沙漠的路，从前，人们大概就是利用这条横穿沙漠的路将南道和北道给联结起来的吧。

7世纪的玄奘三藏也一样，在赴印度时走的也是阿克苏，在其游记《大唐西域记》中，阿克苏是作为"跋禄迦国"被介绍的。这是一处"伽蓝数十所僧都千余人"的小乘佛教的大聚落。随着时代变迁，唐代时以"拨换城"为名的阿克苏，至13世纪后，作为伊斯兰教的一大据点不断遭受历史洪流的冲击。

这处天山南麓的小绿洲，之所以作为国家或大聚落一直存在，或许就是这里富有天山的矿产资源，以及地理上占据交通要冲的缘故。西域北道直通东西，且如前所述，去于阗之路也是以此为起点。更重要的是，它还是翻越天山的一处要地。

玄奘在阿克苏离开西域北道，取道西北翻越天山，来到伊塞克湖畔进入吉尔吉斯共和国。不止玄奘，有许多人，或许多团体都是由这条路离开西域，或是反之进入西域的。这条路是联结中亚与西域的极少道路中的一条，是重要的东西交流之路，但绝不是一条安易之路。下面请允许我多说几句，借用足立喜六著的《大唐西域记之研究》，介绍一下玄奘的翻越天山之旅究竟是怎么回事。

——国（跋禄迦国，即阿克苏）西北行三百余里，度石碛（戈壁），至凌山（冰山），此则葱岭（帕米尔）北原（源），水多东流矣。山谷积雪，春夏合冻，虽时消泮，寻复结冰。经途险阻，寒风惨烈。多暴龙难，陵犯行人。由此路者，不得赭衣瓠，大声叫唤。微有违犯，灾祸目睹，暴风奋发，飞沙雨石，遇者丧没，难以全生。

——山行四百余里，至大清池（伊塞克湖）。大清池热海，有名咸海。周千余里，东西长，南北狭，四面负山，众流交凑，色带青黑，味兼咸苦。……龙鱼杂处，灵怪间起，所以往来行旅，祷以祈福，水族虽多，莫敢渔捕。

——清池西北五百余里，至素叶水城。城周六七里，商胡杂居也。

玄奘所翻越的冰山为天山山脉的哪座山峰并不清楚。玄奘并未使用天山一词，他使用的是帕米尔北源，即北边的源头。总之，玄奘翻越此地来到伊塞克湖，然后进入吉尔吉斯共和国的楚河盆地，在当时游牧民族的根据地——素叶水城休养。虽不清楚素叶水城具体位于楚河盆地的何处，可一般认为大致位于托克马克附近。

笔者前些年曾造访过楚河盆地，也曾到过托克马克，甚至曾亲身站上过更北面的阿克·贝希姆遗址。那一带的地形，较之盆地，似乎更接近大山坡，天山前山为进入平原而铺垫的一片大山坡。在坡上行驶，颇有一种高原的畅快感。

从伊塞克湖到楚河盆地一带，分布着乌孙的赤谷城、突厥的素叶水城、唐朝的碎叶镇、喀喇汗王朝的八剌沙衮城等各时期的历史碎片，可如今，一切都被埋进了土中，不见踪影。

不过，有一点是明确的，即无论历史兴衰如何变迁，在漫长的历史中，这一地域作为东西交通的干线始终占据着重要位置。有时这里会产生一些具有国际都市性格的大都市，有时沿路一带会因各国的商队繁荣无比。可今天一切俱已消失，只剩了那无边的高原原野。

笔者在楚河盆地旅行时也曾想到伊塞克湖湖畔去站一站，可由于飞机的缘故没能实现。玄奘曾记述称：此湖"龙鱼杂居，时起变异"，不过现代知识却对这种"变异"有了更进一步的认识。这里原本就流传着湖底存在被吞没的大聚落的传说，1958年，苏联科学院考古学研究所进行了湖底调查，发现这些传说并不仅仅是传说，而是一个确切的事实。这一既是传说，又是确切事实的伊塞克湖底的神奇秘密，我在短篇小说《圣者》中也曾用过。

言归正传，从19世纪中叶起，俄罗斯探险家们便开始涉足此地，其中探险家普尔热瓦尔斯基之墓便被建在了伊塞克湖湖畔。他曾数次经伊塞克湖畔的道路进入新疆地区，后来在第五次西藏探险的途中，他在伊塞克湖畔的一座小城病逝。人们遵照遗言将其葬在了湖岸。斯文·赫丁也曾在此湖畔留下足迹，他在著作《彷徨之湖》中就记有他到普尔热瓦尔斯基的墓前祭拜的情形。

在天山地理学研究方面留下不朽业绩的谢苗诺夫·天山斯基大概也多次途经伊塞克湖畔。无论对谢苗诺夫、普尔热瓦尔斯基，还是对赫丁来说，伊塞克湖都是去西域或者说去新疆时无论如何都要必经的一块跳板，是大远征旅行的一处重要基地。并且，有关此地的最初记述者便是7世纪的玄奘。

关于伊塞克湖，日本人最初留下记录的大概是西德二郎。他于明治三年（1870年——译注）离开日本，在圣彼得堡大学学习，后成为外交官，归国后成为外务大臣。而让他的名字不朽的便是他的著作《中央亚细亚纪事》。

他接到祖国的归国命令后，便尝试了一趟中亚之旅，他访问过撒马尔罕、布哈拉，甚至还到过费尔干纳盆地及现在的吉尔吉斯共和国。

西德二郎进入吉尔吉斯共和国是明治十三（1880年——译注）年的事情。虽然他并未亲身到过伊塞克湖湖畔，可关于伊塞克湖，他还是记述了湖底沉着一座大都市的传说。

闲话休说，让我们重新回到这处西域北道的要冲、往日姑墨国的故地——阿克苏的第一夜。托胡提·阿布拉的招待宴结束后，我们就明天后的日程与中方再次进行了最终协商。按照原定日程，明早要乘车赴库车；明后天在库车住两晚，其间参观专为我们开放的克孜勒千佛洞；大后天重返阿克苏；次日飞乌鲁木齐。这是从一开始就确定的日程。

可麻烦的是，我想取消明日的库车之行，想在阿克苏多逗留一天，到125公里外的塔里木河边去站一站。而如此一来，在库车就只能住一晚，而克孜勒千佛洞方面也必须割爱。可是，倘若将克孜勒千佛洞和塔里木河两者放在计量器上衡量一下，我也很难确定哪个更重要。我这念头并非来阿克苏后才有的，而是从在喀什之时起便产生了。我跟中方也多次商量过，也得到了必要时可单独行动的承诺。可明日就要向库车进发了，因此，出发前我必须表明自己的态度。

同行的宫川、圆城寺、樋口等人原本就不存在这问题。在这次的旅程中，看克孜勒千佛洞无疑是最大的目的。只是我的情况特殊些，我曾以该地区为舞台写过数篇小说，当然，即使在必须让塔里木河登场的时候，我也一直在尽量回避。因为我完全想象不出，在塔克拉玛干沙漠下面伏流的塔里木河究竟是种什么样的情形。

因此，明明已来到距塔里木河125公里的阿克苏，却不能让我到塔里木河岸站上一站，这让我始终耿耿于怀。最终我选择放弃克孜勒千佛洞，将人情送给塔里木河。

——好，那就这么定了！

全权负责的社会科学院外事局张国维的一句话让一切都决定了下来。

除我以外所有人均按原计划明早向库车出发，我自己则将库车之行延迟一天，明天去塔里木河边转转。据说我这边将由佐藤纯子与女翻译解莉莉二人陪同。虽然过意不去，不过事情既然至此，那也只能烦劳二位陪同了。

返回房间整理完笔记，一点上床就寝。窗外是无尽的黑夜，一丝声响都没有。玄奘、普尔热瓦尔斯基、赫丁等人睡过的阿克苏之夜，如今我也要睡了。

八月十九日九点，宫川、圆城寺、樋口、横川等人向库车出发。由于还有中方人员同行，因此用了四辆汽车，甚是热闹。就这样，克孜勒千佛洞组与塔里木河组进行了短暂的分别。

送走大家后，担任向导的乌鲁木齐市革命委员会李殿英、佐藤、解女士还有我，我们四人分乘两辆吉普，朝塔里木河岸一处名叫阿拉尔的聚落出发。

——路很差。虽然距离才125公里，可来回需要十小时。

解莉莉将司机的话翻译给我。到底能有多差呢？类似的话我不知已听过多少次，因此并不怎么吃惊。因为我早就做好思想准备了。

车子离开阿克苏的招待所，往东（通往库车的道路）行驶了约二十分钟，然后直角拐向右面（南），进入荒漠地带。不过，在驶过的这二十来公里中，荒漠中小聚落点点，引天山雪水的水渠随处可见，简直都能称得上水乡了。由于是周日，路上遇到一些似乎去阿克苏赶集的农民。他们的交通工具都是挂着铃铛的毛驴。

可是，穿过这种地带后，沙漠、戈壁、碱性不毛之地、波浪起伏的土包地带、黑色不毛之地，白色不毛之地，一波接一波地涌来。那碱性不毛之地像冒盐似的，白茫茫一片，而且还有龟裂，仿佛连泥土一起给翻卷起来。

路在这种地带上笔直延伸，怎么都望不到头。可路面却十分坎坷，有如搓衣板。莫说是笔记本，我连支撑自己身体都很难。虽然道路崎岖，却并非完全没养眼的东西。沙枣林不时闪现，路旁的荒漠中也不时浮现出成片的红柳树。红柳开着略紫的红花。大约一小时后，车辆进入右面的小道，我们在沙枣树荫下吃起自带的西瓜。

骆驼草地带、芦草地带、甘草地带，虽然这些地方都是荒漠，不过倒还好，至于那些波浪起伏永无边际的小土包或小丘，则真的是令人绝望。吉普车停下后，我下了车，往路上站了站，发现路面上全盖着一层细沙，无一处阴凉地方，根本无法休息。我只好站在路上，一面抽烟，一面望着那单调而令人绝望的广袤泥土。

坎坷的旅途永远在延续。远处不时能望见羊群，仿佛陈列的石头。

阿拉尔大道的旅途持续了三个多小时后，车子终于进入一处小绿洲。随着棉花、玉米、大豆、小麦、稻米等耕地的铺展，感觉终于接近了塔里木河。我们进入一片芦草地带。三头骆驼拉的大排子车、沙枣树完美的队列、钻天杨树苗的白色叶背映入眼帘。

可是，路再次进入荒漠。沙尘蒙蒙的坏路仍在继续。只有右面远处可见的绿洲绿色与此前的荒漠不同。不久，小钻天杨开始在路两侧出现，发电站的建筑物也从荒漠中浮现出来。向日葵、沙枣、水牛拉的车子进入视野。怎么还看不到塔里木河呢？我急不可耐，像渴极之人到处找水一样。

又走了一阵子，右面有一条小河，只见有五六名男子正在裸泳。车子右拐，渡过小河。从这一带起绿色多少多了起来。原来我们不觉间已进入绿洲。

在这种地带行驶了三十分钟左右后，在钻天杨行道树的指引下，车子进入阿拉尔的一处聚落。房屋彼此离得很远，间隔处填满了沙子。真是一处闲散的村落。我们通过一些小工厂、邮局、农业试验场等建筑的前面，不久后左转，来到一片海岸般的白沙地区，钻进阿拉尔农场办事处的大门。我们在一处正面建筑前下了吉普车。

这里便是阿拉尔农场办事处的招待所。看看表，两点三十分。离开阿克苏的招待所后花了五个半小时。办事处的负责人黄生出来迎接了我们。

招待所宽阔的大院内有许多钻天杨。办事处的人为我们介绍了钻天杨的种类。叶背发白的是银白杨，普通的是新疆杨，个头格外高的是钻天杨，另外还有一种叫法国杨的，不过由于不适合这里的气候，长势不好，数量也很少。关于钻天杨，我已在很多地方听过介绍，不过，名字的叫法却未必一致。

大家在招待所休息。房间的地板是木质的，走上去很舒服。房间也整洁明亮。由于刚经历了一场艰苦旅途，我甚至都想在这里多待几日。两名女接待员分别是维族人和汉族人，待人很亲切。

短暂休息后我们跟黄生等人一起午餐，久违地吃到了京味的饭菜。饭菜中还使用了猪肉。黄生为我们介绍了农场情况。

——阿拉尔在行政上是属于阿克苏地区的一个村子，阿拉尔农场便是聚落所在地。阿拉尔农场办事处是阿克苏地区革命委员会的一个支部，是阿拉尔农场的行政中心。因而，黄生即阿拉尔的村长。

——黄生是汉族人，1958年作为解放军开垦兵团（生产建设兵团）的一名士兵进入该地，自那以来便一直住在阿拉尔。1949年，中国在解放的同时，还向各地派遣了开垦兵团，进入新疆维吾尔自治区的兵团是以王震副总理为首长的兵团。

——阿拉尔人口约8000，拥有小学、中学、农业试验场、医院、各种小工厂、日用品商店等。据说，黄生1958年来此地时只有3间小屋，连地名都不知道是什么，便问一名放羊的维吾尔人这地方叫什么名字，结果对方回答说"alaer"，于是便取了个名字叫"阿拉尔"。

——从阿克苏到阿拉尔有13个农场，各个都是隶属阿克苏地区的行政单位。13个农场中，塔里木河北岸有9个，南岸有4个。阿拉尔在北岸，是离塔里木河最近的农场。由于有开垦兵团扎根下来，因此阿拉尔的汉族人比较多。

——叶尔羌河、和田河、阿克苏河、喀什河等汇合起来形成了塔里木河，汇合地域在阿拉尔60公里外的上游。

——塔里木河是中国第一内陆河，全长2179公里，河宽约1公里。此河在流至罗布泊地区前有数次伏流。罗布泊位于阿拉尔600公里外的下游。

——塔里木河的水量最大为每秒1800立方米，最小每秒3立方米。水量多时，也不完全在地下伏流。水量少的时候是五月前后。

——支流中最重要的是阿克苏河，该河发源于天山的最高峰汗腾格里峰。和田河夏季水多时可往塔里木河注水，其他季节则被用于农田灌溉，河流变细。叶尔羌河也被用于农田，用于水库，河流也是逐渐变细。

——罗布泊是中国最大的盐水迁移湖。往罗布泊注水最多的是孔雀河、开都河。塔里木河在到达罗布泊之前已经变得很细了。有关塔克拉玛干沙漠的河流情况，实际上并不很清楚。因为多数河流都是反复伏流，谁也无法追溯它们的具体河道。黄生也说自己从未追寻过塔里木的河道。

我们四点离开招待所，前往塔里木河河岸。从招待所乘吉普车有十五分钟的车程，黄生做向导。

从招待所上路，往左驶去，行驶约5分钟后再往右转。结果看到一处小土屋的民房。车子沿民房再往左拐，似乎与塔里木河并行起来。实际上，塔里木河就浮现在右面。

前方有一处摆渡的渡口。似乎有一条来自南岸的船刚刚靠岸，一大群人正往那儿集中。男人、女人，还有孩子，差不多有150人。

我在渡口附近下了吉普车，细细打量着塔里木河。河岸长满芦草，河面大约有2公里宽。水流湍急，上游下游景色飘渺。对岸的绿色望上去像一条细带子。八月的现在天山雪融，正是水量多的时候。

一条专为我们安排的小船驶过来。我们乘上船，在水流中央漂荡了十五分钟左右。流水淙淙，真是一条大河。

从河上眺望岸边的渡口，聚集的人群显得渺小而孤寂。没有任何东西为他们做背景，只有头顶那浩渺的天空。这才是流过沙漠的大河的渡口和码头所该有的感觉，人群也莫名地带着一种寂寥感。他们究竟是从哪里来，又要到哪里去呢？

下船后已是五点。我并未返回招待所，而是就地与黄生等人告别，直接踏上回阿克苏的归途。

乘上吉普后，大人、小孩全朝吉普车围了过来。黄生微笑着疏导人群的身影映入眼帘。

吉普车开动后，孩子们全都庄重地挥手致意。甚至还有几个人追了过来。一场塔里木河畔的告别仪式。

归途中，大荒漠的落日十分壮美。太阳是金色的，周边的白云被渲染成了银色，有如绘画。随着慢慢下沉，太阳逐渐变成一团通红的酸浆。周围的云变成巨大的烛台形状，仿佛在祝福着什么。

九点半，回到阿克苏招待所。往返十一个小时的旅程。衷心感谢司机师傅。撤回房间后，我仰面躺在床上。身体仍像在吉普车上一样摇晃。佐藤与解女士也一定很疲劳吧。可无论如何，我见到了塔里木河！还荡舟塔里木河！就这些，也没什么特别的，可这已足以让我知足了。

龟兹国故地

八月二十日，我们九点离开阿克苏招待所，前往库车。距库车280公里，预计行程四小时。跟昨天的阿拉尔大道不同，这次几乎都是硬化路。只是，昨夜偶尔听新闻说库车方面遭遇一场大雨，因此今日之行未必乐观。雨的恐怖，我在叶尔羌（莎车镇）—喀什噶尔（喀什）的旅途中已领教过。当时所有干河道都被从昆仑、帕米尔流下来的水染成了通红的河流，路到处都遭到破坏。这次的库车之行也不例外，最可怕的便是从天山流下来的水。但愿不要出现这种情况。

阿克苏城从大清早便尘土飞扬。茫茫的沙尘让人看不清前方。这里也是一座土坯之城，一座杂乱的戈壁之城。一些毛驴从微明中不断浮现。毛驴大清早就上班了。不只是毛驴，还浮现出一些女人。她们的围巾与裙子大多为蓝色或红色。

不知不觉间，眼前变成了沙漠性大荒地的荒凉地带，地上只有散落的骆驼草。到处都流淌着黄土的河。一处小聚落从远处浮现出来。

由于昨夜的雨，果然到处都在发洪水。其中既有气势磅礴的大河，也有四处漫延形成的湖沼。当然，它们并没有名字。

车子通过温宿县。这是一处小聚落。我们从一条长桥渡过大河。虽然现在是浊流翻滚，可平常无疑是一条无水的大干河道。

过了温宿县后，一片长满骆驼草的辽阔原野在眼前舒展开，可不久后，原野又变成不毛的大丘陵地带。忽而是平原，忽而是丘陵地带，道路也在上上下下，目之所及全是永远延续的大不毛地带。

不久，我们再次进入一片巨大的绿洲。完美的钻天杨望不到头。这里是一处农场聚落。大约十分钟后车子穿过大绿洲，可绿洲的尽头又现出一条大河，河里竖着几根电线杆。从这一带起，一片大沙漠铺展开来。起初地面还是平坦的，可不久后便剧烈起伏，变为沙漠性的丘陵地带。无数米团山现出来。路便是在这种地带弯弯曲曲，曲曲弯弯。

不久，地面变平坦，同时沙漠也化为戈壁。天山的山峦将长长的山脊线展露在左边。戈壁旅途在永远继续。

左右两边，虽然山丘在近处连绵不断，可从右面的山丘消失时起，骆驼草便开始在戈壁上搭配，不久便形成了一片无尽的骆驼草原。此前我已多次与骆驼草原打过交道，不过如此完美的骆驼草原我还是第一次见。放眼望去，一片骆驼草地毯。如此一来，既壮观，又可怕。

左边一直是连绵的山丘。或是单独的小山重叠，或是山丘连在一起，绵延不断。总之，戈壁滩的旅途在永远继续，不见尽头。阿克苏与库车之间的这处戈壁滩名叫新和戈壁，绵延120公里。但是，据说阿克苏与喀什之间的戈壁滩更大，绵延400公里，是新疆最大的戈壁滩。

虽然不时会有一些干河道出现，可这一带的干河道很洁白。听说天山上有盐，仿佛就是那些盐淌出来了似的。

十一点三十分，尽管骆驼草原依然在延续，不过，这些骆驼草却开始出现在米团形的沙包上。估计是大风地带吧。沙土被风吹到了骆驼草的根部，形成小沙包，骆驼草自然像被顶在了沙包上。其中还有一些沙子形成的小丘，许多骆驼草被顶在了沙丘上。

我们在一处名叫"羊大古斗克"的地方休息。并非因为这里有聚落，而是戈壁中央滚落着两三块巨石。恰巧又是在新和戈壁的正中间，不知不觉间便成了戈壁旅行者的休息地点。说是距离库车还要花三小时。我一面抽烟一面感叹，倘若徒步或骑骆驼到此旅行，那可真是太难了。

可是，这条路是沿天山南麓穿越塔克拉玛干沙漠北边的唯一的路，即西域北道。这完全是一条历史之路。既是文化东渐之路，也是一条各时期不同民族的远征路和败走路。大小无数的人类旅程的碎片，都被埋进了这条带子一样的漫长戈壁中。

出发，单调的戈壁之旅再度开启。骆驼草原、连骆驼草都没有只有小石头的地带、白色碱性地带、大小丘散布的地带、米团草地带……

虽然路基本上具备了硬化主干路的样子，却到处有破损，或硬化剥落的情况。有的地方地面塌陷，有的地方出现裂缝。当然，这些地方都是沙尘蒙蒙。

碱性不毛之地多起来。每一条干河道都很白。白色的带子宽宽窄窄地流向下游，给人一种凄怆的感觉。

戈壁的样子也在不断变化。不变的只有并排在戈壁中的电线杆，显得格外整齐。戈壁中既有泥土地带，也有无尽的沙浪翻滚地带。泥土地带印着风儿描画的各种图案。还有像湖一样的巨大白色地带。

左边不远处不时出现一些小山，山上全是发红的褶皱。奇异之山。不时还有些大山。沙山？岩山？山上全是褶皱，红彤彤的。

十二点三十分，戈壁滩似乎陷入衰弱，冒出了杂草。这种地带延续了一会儿后，车子瞬间进入一片绿洲地带。玉米田、三三两两的农舍，继而是大耕地铺开来。漫长的新和戈壁至此完全结束。天气也逐渐放晴，左边天山山系的山峦十分壮美。距库车还有70公里。

车辆进入一处小聚落——新和县的一个人民公社。背后是美丽的天山，田园中正进行着稻谷脱壳作业，远处羊群点点——这便是秋天。

随着与库车的接近，路旁开始出现大小的水汪。这自然是昨夜大雨的成果。

一点十五分，我们进入新和。这是一处非常大的聚落，聚落中的广场上正在逢集，人头攒动。我们很快穿过了集市。完美的耕地、农田、钻天杨。河很多。路边是成排的银白杨行道树。

一点三十分，车辆通过一座巨大的河桥，再次进入戈壁。以河为界，这边便是库车县。河是从拜城方面流过来的。因昨夜的雨，有多处桥受损，每遇到这种情况，车子都要进入戈壁寻找过河点。沙尘蒙蒙。

不久，右面浮现出一处巨大的水库。左边丘陵连绵不断，路在丘陵斜坡上伸展着。不久，道路爬坡，爬至坡顶后，右面一片绿洲的绿色地带出现在眼前。可是，车却从左边径直通过，进入前方铺陈的一片大戈壁中。路缓缓起伏。这次与新和戈壁不同，是一处明快的戈壁，明快的戈壁旅途。路上到处覆盖着沙子，每次通过都会沙尘飞扬。大概是有风吧，有两名男子正在走路，肩上披的上衣被风吹得呼啦啦响。前方视野也因沙尘模糊不清。

不久，前方远处浮现出一条绿带子。库车。赴库车之旅又持续了很久。车辆被引导着前行，从戈壁向绿洲，再向库车城驶去。

两点二十分，我们进入库车城。库车给人一种开放的田园都市的印象，无形中透着一股悠然。白墙房屋很少，很多房屋直接将淡红色土坯的底色裸露出来。围墙也一样。土坯发红，是这一带土色淡红的缘故。感觉聚落就像被建在了淡红色土地上。城里女人的裙子和围巾几乎都是原色。

同我此前转过的新疆任何一座城市相比，库车都给人一种非少数民族的印象，大概是性格明快的缘故吧。我们通过一处疑似汉代遗址的古城前面。由于是城中的遗迹，形迹已彻底消失，只剩下一堆土块。在漫长的岁月中，居住在这处聚落的人们大概就是利用这遗址的土来制造土坯，并用这些土坯来建房子的吧。

进入招待所，我一直休息到傍晚。

库车是西域史上龟兹国的故地。龟兹国有多种写法，比如屈支、屈茨、邱兹、丘兹等等。从汉代到6世纪前后，龟兹国作为西域北道上的一个代表性国家广为人知，居民属雅利安系，语言也用的是龟兹语，王室则以白为姓氏。依靠天山的矿物资源，龟兹作为一个贸易国家曾十分繁荣，并且，这种繁荣也让它成了西域的学术和文化的中心。龟兹是一个佛教国家，克孜勒石窟的壁画也由该国创造，鸠摩罗什等译经高僧也出自这里。

《汉书·西域传》中有如下记载：

——户六千九百七十，口八万一千三百一十七，胜兵二万一千七十六。……能铸冶，有铅。

即，这里曾是雅利安系龟兹人的大定居地。

7世纪的玄奘在《大唐西域记》中也有如下介绍：

——管弦伎乐特善诸国……僧都五千人，习学小乘教说一切有部，经教律仪取则印度，其习读者，即本文矣。

不过，玄奘的这份报告，可以说，只是描绘了在白姓王室统治下繁荣的古龟兹国的最后的情形。因为，从玄奘过境的前后起，该国便逐渐丧失了作为一个独立国家的体面。它时而受西突厥势力的威胁，时而因唐朝的进攻被迫成为安西都护府的所在地，时而又被暴露在吐蕃的威胁之下。并且到了9世纪后，它又被置于了占据高昌的维吾尔人的统治下，之后便拥有了作为所谓的维吾尔斯坦一翼的历史。并且，在漫长的岁月里，它的居民也被土耳其化，逐渐变成今日所见的维吾尔人的大定居地。

傍晚六点，我们离开招待所，前往北方20公里外的苏巴什故城。据说，在维吾尔语中"苏"是水，"巴什"是头，苏巴什即水源之意。据说，那里至今仍被称为北山龙口，是库车河的水源地。这里有魏晋时期繁荣的龟兹国的大寺院遗址。虽然苏巴什河便是库车河，不过当地人对遗址附近的库车河，却一直用苏巴什河来称呼。

车辆通过一片新开垦的土地，很快来到郊外。如前所述，现在的库车是一座悠然的田园都市，是一座红土坯的城市。

来到郊外后，钻天杨、玉米田、沙枣树映入眼帘。还有茄子、辣椒、豇豆等田地。郊外的土屋也是红色的。北面天山支脉的长山脊线显得恢宏而庞大。不愧是天山，纵是支脉也十分宏伟。

路两侧是水渠，据说渠里的水是从苏巴什古城方向流过来的库车河的水。车辆在白色戈壁中拐来拐去，驶向天山方面。途中土变成了红色，白戈壁不觉间也变成了红戈壁。骆驼草少许。

不久，红戈壁又变成灰戈壁。从此时起天山是灰色的，戈壁也是灰色的，无论将视线投向哪里，四周全是毫无色彩的灰色风景。就在这样的背景中，路曲曲折折地伸向前方山丘的脚下。山丘背后，天山的前山正展现着那巨大的身影。

车辆进入前面的丘与丘之间。我们在一处台地上面下车。这里便是我们的目的地——苏巴什遗址。这是一处以南天山群山为背景的巨大遗址，据说，有东西两座带城墙的寺院夹着苏巴什河，若将两处寺院合并起来，大小难以估计。

尽管对方介绍说东西两处合起来有450亩，不过对此不熟的我仍难以想象其大小。于是，对方再次解释说，倘若除去河流，东西两处遗址的直径能有1700米，这一次，我终于弄清楚：实在是太小了！

在两处遗址中间流淌的苏巴什河，河床十分粗犷，确有一种恢宏大河的粗犷模样。不过，我们被告知说，此河河面原本很窄，只由于河流侵蚀遗址，才形成了如今看到的巨大河面。大概就是这样的吧。总之，苏巴什河在离开这处遗址的地方被改名为库车河，并分成了三条河流，每一条都叫库车河。这些河自古以来便在滋养着库车绿洲，真是不容易。

我在堑壕地带逛了逛。虽说是堑壕地带，不过已被修整得整整齐齐。佛塔、寺院、住房遗迹，我在这些地方逛着。礼拜堂、小会议室、城墙。小会议室里能看到一些木柱遗迹，甚至还残存着部分木材。城由土坯、石层、土砖层、石层四层构成，土砖的底部还垫着干草。

有一处佛龛遗迹。虽然上部残缺，不过当被提醒这是个佛龛时，我仔细一看，果然，的确是个佛龛。我猜，在广场对面的另一面墙上，大概也曾设过佛龛吧。

我们登上佛塔遗迹。上部的墙壁中露出一些木材，木材上稍微残留着壁画。还有一些据称是在最近的发掘中才发现的台阶。我们爬上台阶，到尽头后，能看到下面有处墓室。墓室狭小。究竟是谁在这墓室里长眠过呢？

站在高处俯瞰。这是一处背靠大天山的雄伟遗迹。这处魏晋时期曾十分繁荣的大佛教寺院从唐末前后起开始衰落，至于它究竟是何时又是如何成为废墟的，目前尚不清楚。同这处遗址相比，我们中午路过的龟兹故城更古老。只不过，龟兹故城已没有了任何形迹。苏巴什故城所以能留下，可以说完全是多亏了风沙。这处遗址被风运来的沙子掩埋，反而获得了保护。

七点四十分，我们辞别苏巴什故城，前往据称是西汉时期的一座烽火台。烽火台位于从库车县城去拜城约1.5公里的地方，在库车河河畔，高十七八米，据说已成为自治区的重点文物保护单位。这里也同样背靠南天山。

车子行驶在郊外。郊外的房屋和围墙都是土坯的，上部也都未涂抹，土坯完全裸露在外。

我们朝烽火台一点点爬去。过了库车河的桥后直指天山。再次走在那片土坯的农村地带。天山长长的山峦越发雄壮。从此时起车辆进入广阔的戈壁。

在八点的现在，虽然太阳仍高，不过由于云的缘故天是阴的。从进入巨大戈壁断层地带的时候起，烽火台便从前方浮现了出来。烽火台本身并没什么特别的，不过，它周围的风景却让人吃惊。

站在烽火台前。台阶、警戒人宿舍等早已坍塌，没了痕迹。据说，这处烽火台是用土坯与沙土建造的，与苏巴什故城的建造方式并不相同。外观比甘肃省的要完整。甘肃的烽火台基本上都是上半部坍塌，这边的则基本都保留着原形。我在没有一草一木的烽火台周边逛了逛。实在是太安静了。

踏上归途，来到库车河畔，我将河的周边拍进相机。据说这条河在注入英远河，进入草湖之后便消失在了沙漠里。所谓草湖，指的是胡杨林。

回到招待所，打发掉晚饭后，我早早上了床。从十一点前后起下起雨来。真希望不要下太大。这是我在这次的新疆之旅中获得的经验。一夜的雨便会让昆仑、帕米尔泻下红色河流，让天山泻下白色河流，让我们的旅途变得无比艰难，这一点我多少已领教过。

在阿克苏

八月二十一日，今天沿昨天的原路返回阿克苏。九点三十分，车子从招待所出发。库车是一座海拔1100米的城市，县人口有30万1000。

城市一大早便尘土飞扬。路边是牛、毛驴，以及原色围巾和裙子的女人们。孩子们则在路旁挥着手。一对身穿白上衣和黑长袍的老夫妇骑着驴从人群旁通过。

穿过钻天杨林荫路、红土坯墙壁，车子很快来到长空的郊外。约五分钟后渡过库车河。这条库车河是一分为三的库车河中位置最靠西的。虽然红色的河床上有几条水流，不过水却很少。车子进入一片农村地带。钻天杨的白色树干美得发亮。一辆牛车在路旁悠闲地挪动。

——今天虽是沿昨天的原路返回，不过由于昨夜的雨，大概又变成完全不同的另一条路了。

真让司机给说着了。不只是路，连戈壁和绿洲都跟昨天路过时不一样，完全变成了另一地带。因为被雨一淋，戈壁的颜色和绿洲的颜色完全变了。

九点四十五分，车子忽然进入一片草木不生的戈壁地带。右面开始有低丘连绵不断。只有望不到头的笔直道路看上去像条黑带子。而在这黑带子上，每隔一段距离便会迎来各种事物。两名骑驴的男子、两匹马拉的蔬菜车、驴拉的排子车——人们使用牛、马、驴的方式真是花样繁多。

九点五十分，车子一面与左边远处的绿色地带遥遥相望，一面继续行驶。貌似昨日路过的库车绿洲。可是，绿洲却再次变成一望无际的戈壁。不久，左边远处又浮出一片绿洲。不久绿洲再次变回一无所有的戈壁。

十一点，戈壁地带结束，眼前基本变成了绿色地带。车子通过钻天杨林荫路进入一处聚落。广阔的耕地，土坯的农舍、沙枣。聚落里水渠很多，玉米田和黄色的甘草田里庄稼繁茂，沙枣也排着堂堂的队列。

从渡大河时起人家就在变少，到处都是水汪，因此车辆行驶艰难。我们第二次来到大河河畔。由于桥已损毁，光是找渡河点就花了三十多分钟。我们费了好大的劲才终于过河，而毛驴们，虽然它们拉着车子，背上还驮着人，可无论什么地方都能轻松自如地渡过去。当然，这条大河平常也是条无水干河道，并无名字，是昨晚半夜的雨造出了这条大河。

像这样的戈壁之旅，汽车终究是比不过毛驴的。这种时速5公里的交通工具，在任何地方都能气定神闲，仿佛这便是上天赋予的命运似的，它们只知拉车，驮人，一辈子都走个不停。据说，壮年期的毛驴价格，在该地区能卖到40元（约6000日元），相当于一辆自行车的四分之一。

过了河进入聚落，结果又遇到一条桥毁的河。这一次难度不大，车子从水浅处直接渡了河。

车子通过一处大农村地带。这里也修建了许多引天山水的水渠，水边还有成排的白树干的钻天杨。

绿洲地带持续了很久很久，十一点十五分，绿洲的延续势头终于削弱，树木也减少起来，并逐渐变为不毛之地。十一点二十分，车子完全进入戈壁。长达两小时的新和戈壁旅途开始。尽管天山在右面展示着巨大的山峦，可遗憾的是今天仍是阴天，山容朦胧，看不清楚。

骆驼草地带与米团草地带编织着戈壁。所谓米团草地带是笔者随意取的名字，指的是分布着大小米团形土包的地带，其中既有土包上顶着骆驼草的，也有上面什么都没有只剩土包的。总之，在这种地带，放眼望去，曼延的土包宛如波涛一般。

不久，奇形怪状的山丘开始接连出现在大天山这一侧。可不久后，这些山丘也消失不见，变成了广阔的淡茶色的不毛地。天山的支脉则永远在延续。

十一点四十分，周围变成一片红色戈壁，到处都是水汪。戈壁也因昨夜的雨彻底变了样。在没有一草一木的红戈壁中，有两个孩子正在走路。

绵延的红色戈壁终于走到尽头，红戈壁上开始出现骆驼草，并逐渐变为米团草地带。可是，米团草地带又发生变化，变成了无草的白戈壁。

十二点十五分，车子再次进入骆驼草地带，不久，到达新和戈壁中央的休息地点——羊大古斗克。可是，今天我们并未休息，而是径直通过。不久，车子进入一片米团草地带。小土包上顶的是骆驼草，山丘大小的土包上顶的全是红柳。红柳是一种细枝细叶的植物，八、九月前后会开出浅桃色点心般的花。倘若想象一下米团草地带所有土包上都开满红柳花的情形，美得简直令人喘不过气。关于骆驼草，前些年我在阿富汗南部的沙漠里，曾遇见其盛开的情形。而这边的骆驼草，却是在悄悄开放，花朵之小甚至让人一不留神都发现不了。不过，花儿虽小，仍娇艳可爱。

土包地带结束后，车子进入昨日那片令人惊叹的骆驼草地带。我们在此停车休息。

十二点五十分，出发。骆驼草地带结束后眼前变为白戈壁地带，不久，地面上波浪起伏，白米团形的山丘开始层叠，有如许多倒扣的白碗。右面天山上飘着白云，像白棉花。路上上下下，起伏不断。

一点十五分，一马平川的白戈壁被骆驼草与红柳淹没。

风景虽然单调，倒也不令人生厌。不觉间，左边远处浮出一些山脉。

一点三十分，右面久违地望见了几户人家。感觉离绿洲已近。车子渡过一条大干河道的红色泥泞区后，眼前再次变成戈壁。车辆行驶在骆驼草原野上。左边的山脉稍稍绕至前面，车似乎在绕着山脚走。车子渡过一条大河。当然，大干河道里涨满了水。

一点四十五分，漫长的新和戈壁终于结束，车子进入绿洲，我们在新和聚落休息后，又久违地开启了绿色中的旅程。我们渡过一条无名大河，再渡过一条无名大河。土坯农家、又一条大河、不大的钻天杨行道树。虽是绿洲，却夹着许多荒漠。

距阿克苏还有一小时左右。由于我们已通过昨夜大雨的影响地带，因此我合上笔记本，呆望着接连出现的大干河道。三点，阿克苏绿洲从前方远处浮现出来。

八月二十二日，八点起床。今天是从阿克苏出发，赶往乌鲁木齐的日子。昨夜睡了八个小时，神清气爽。由于夜间感觉多少有点寒意，睡觉时盖了床薄被子，盖得正好。我在招待所院里逛了逛。院里种了许多巨大的杨树和柳树。月亮般的白太阳出来。25度。据说最近的最低气温是16度。乌鲁木齐也基本一样。

早餐，出发。距阿克苏河10公里，预计用时三十分钟。临上车时，一名五六岁的孩子凑了过来，脖子上还挂着两把钥匙，似乎是招待所里的孩子。大概是父母上班去了，他自己带着钥匙看家。刚才看见的白太阳，现在已多少有了些光辉。

从招待所出来，大街上充满了活力。一大早就有许多摆摊儿的。有篮筐摊儿、碗盘摊儿、水果摊儿、蔬菜摊儿，还有食品摊儿。在一些路边摊点上，还有许多人在动着筷子，大概是在吃早餐吧。尘土中，有一群老人正在喝茶。还有个孩子，正用扁担挑着两筐西红柿从人群一旁走过。

这里也是一座钻天杨与土屋的城市。房屋全是用红土坯建的，有的将土坯外面涂白了，有的则直接露着红土坯。库车那边极少有将房子抹白的，这边的白房子与红房子则差不多是各占一半。

我们很快来到郊外。钻天杨街道树消失，大耕地在眼前铺开。车子渡过一条白浊的河。阿克苏似乎便是"白河"之意，怪不得这里的水流都是白色的呢。

玉米田、棉花地、向日葵田不断出现。玉米穗呈黄色，将玉米田染成了黄色。还有玉米苗圃，呈鲜亮的青色。

广阔的水田铺展开来。路由此伸向西南。还有一条路笔直朝西，是去喀什的主干道。不久，车子来到阿克苏河桥畔。我下了车，站在河岸。这是一条从西北流往东南的雄伟大河。上游下游景色浩渺。

　　站在桥上望去。桥长325米，河流中拥抱着许多发黑的沙洲。上游有许多沙洲，下游只是两三处大沙洲。水速很快。尤其是河中央，流水滔滔，深灰色的浊流翻滚着流向下游。上游下游都很开阔，让人很难弄清水流的去向。新疆地区的大河，大多给人一种从天涯来往天涯去的感觉，阿克苏河也不例外。

　　往桥上一站，滔滔不绝的水声传入耳朵。那是波浪在互相撞击的声音。富含着碱的水一团团撞来撞去。

　　大概是阳光的缘故，上游的沙洲看着很灿烂，下游的沙洲则略显黯淡。太阳就在下游的左前方，因而相机拍下游时会逆光。据说，河水多时能没到混凝土桥桁附近。河两岸是耕地。发洪水时，水流大概连耕地也会吞没吧。

　　看够了阿克苏河后，我们前往城中的阿克苏地区第一托儿所。托儿所的参观轻松愉快。孩子们在两棵大杏树下为我们表演了舞蹈"我喜爱的新疆"。这是一种手持小鼓的舞蹈。这里托管的孩子从两岁到六岁的都有，似乎大部分都是汉族人的孩子。

　　辞别托儿所回到招待所。原计划是下午向乌鲁木齐出发，可据说由于和田地区的天气状况不好，和田飞乌鲁木齐的飞机停飞，乌鲁木齐之行只好延迟一天。因此我也沾了些光，得以在市区溜达一下，逛逛百货商店，逛逛书店。城里流行吃冰棍儿，冰棍店前总是挤满了大人和孩子。

晚上过得也很悠闲。九点在院里散步时，即将落山的太阳再次发白起来。据说是沙尘的缘故。听说，我们出发后喀什那边刮了大风，因此，也不知我们是幸运还是不幸。总之，在这次的旅程中，我们似乎总被大风遗弃。据说，喀什风大的日子，甚至能用手指在写字台上写字。可见飘进室内的沙尘何其多。

阿克苏地区秋天天气差，又刮风，又下雨。不过在这次的旅程中，我们只是多少被山里的雨搅了点乱。也许是已立秋的缘故吧。天热的时候是七月，我们这次访问阿克苏已过了炎热的巅峰，因此每夜都睡得很舒服。

八月二十三日，我们十一点三十分离开招待所，赶往机场。城里人很多。冲天的白树干钻天杨、白墙土屋、毛驴、身穿民族服饰的女人们——与它们一一告别后来到郊外。一片荒漠忽然在眼前铺开。车子先是在未硬化的路上行驶一会儿，不久便来到半硬化路上。我们先是沿着红土包般的巨大山丘行驶，中途又爬上山丘。山影全无，目之所及全是曼延的戈壁，戈壁上只有一些据称是农场员工宿舍的建筑群。

车子绕着建筑群在荒漠中前行。市区至机场8公里。眼前并非没有一点农田，依旧点点分布着些许玉米地和向日葵田。

路经过两三次直角转弯后被长长的钻天杨林荫道引向机场。机场上覆盖着一层细沙，还点点地搭配着骆驼草。整座机场上根本没有隔断之类的东西，荒漠一隅即是机场。

阿克苏行政公署的人们为我们送行。十二点四十分，起飞，机型是安–24。

两点四十分，飞机抵达乌鲁木齐机场。乌鲁木齐25度，略感温暖，很爽。

我们进入乌鲁木齐迎宾馆，进入被围在钻天杨树林中的奢华建筑、宽阔的大院。我久违地在完全不同的氛围中获得了休息。无论作为新疆沙漠之旅或戈壁之旅的出发点还是归结点，恐怕再没其他地方能胜过这里了。

下午，我们访问了新疆维吾尔自治区博物馆，受到了李遇春、沙比提两位副馆长的欢迎。由于去年曾两次参观过这里，我对馆内的情况多少了解一些。便选了些新的陈列品参观。

晚上同自治区革命委员会外事局负责人冠东振以及外事局的李殿英等人恳谈，其间还看到了北京大学教授（历史、考古）宿白、新疆社会科学院考古研究所的穆舜英等面孔。

席上，我津津有味地听取了新疆社会科学院副院长谷苞的讲话。谷苞的父亲是湖南人，母亲是蒙古族，夫人的娘家是和田的尉迟家，儿媳妇则是回族人。

——真热闹。

谷苞笑道。虽然不知笑的什么，可我还是感到了某种感动。

八月二十四日，八点三十分，我们在另一栋建筑的食堂里用了西餐。早晨秋意甚浓，被围在钻天杨中的大院格外清爽。

从九点三十分起，大家在迎宾馆的一室内进行了两小时的座谈会。除了谷苞、李遇春、沙比提、穆舜英等人外，阿不都·沙拉木，民族研究所古代史研究室的郭、王二人等也出席。日方这边则有宫川寅雄、圆城寺次郎、樋口隆康、佐藤纯子、横川健等人与我。下面仅将谈话内容列举一二：

——楼兰遗址。赫丁、斯坦因、大谷探险队是从米兰进入的楼兰故地。楼兰遗址在孔雀河南岸。1972年以前，孔雀河的水还很丰富，可由于上游的水库，现在已成为干河，遗址在有水处100公里外。

——古墓群。阿斯塔纳古墓群的发掘从1959年开始，持续进行了十年。结果虽然简单，却已经发表。有关吐鲁番的古墓群，结果尚未发表。吐鲁番地区的古墓群总数不明，所跨地域相当广泛，高昌故城附近的墓比阿斯塔纳还多。另外，还有处古墓群集中在柳中（现在的鲁克沁）。这些古墓群部分是高昌国时期的。高昌城地域的人口，唐代时估计有

5万人，当时的墓就算再多也并不奇怪。

——关于于阗的都城。斯坦因将约特干视为于阗城，可无论从规模来说，还是从出土品埋藏浅这点来说，可能性都不及现在和田南方的遗址什斯比尔。什斯比尔此前只是进行了几次初步调查，未到正式发表阶段。不过，从大小和出土文物来看，很可能是汉代于阗国的西城。

——关于塔克拉玛干沙漠的遗址。汉代或唐代的遗址全都位于现在居住地域更北的地方。沙漠已比当时南移很多，也扩大了很多。因此，汉、魏、晋时期曾十分繁荣的都城全在4世纪后半期被废弃。塔里木河往日水量很丰沛，一直是注入罗布泊的，可现在已无法到达罗布泊。该区域有沙漠，有许多往日的都城被埋进了沙中。

十一点四十五分，我们从迎宾馆出发。终于要跟乌鲁木齐告别了，跟新疆维吾尔自治区告别了。

乌鲁木齐城的特别之处，是从城区任何一个十字路口都能望见淹没城市周边的沙漠碎片。倘若把车停在十字路口，必然会有沙丘碎片从某处映入你的眼帘。

可无论如何，同其他新疆城市相比，乌鲁木齐都更整洁，更具大都市气质。这座城市的土很白，因而土屋也是白的。如果将库车城看作一座红色城市，这里便是一座白色城市。虽然这里的毛驴也很多，不过几乎看不到骑驴之人，也没有我们一路逛来的南疆诸城所拥有的那种杂乱感觉。终于跟长久陪伴的钻天杨也要告别了。在八月下旬的现在，钻天杨已开始发黄。

飞机是伊尔-62，核载168人。一点四十五分，起飞。四点四十分，抵达北京机场。据说北京此时的温度是在20~29度。尽管气温基本相同，却没有空气干燥的新疆地区的那种凉爽。

酒泉之月

昭和五十四年（1979年——译注）八月，我先后访问了喀什、叶尔羌（莎车镇）、阿克苏、库车等地，之后便在写当时的游记，直至现在。可是，在时隔两个月后的十月，我竟又获得了重访敦煌的机会。这次是随NHK与中国组建的丝绸之路联合采访组再赴中国的，而我被赋予的任务则是与敦煌文物研究所长常书鸿进行简短对话。

关于敦煌，正如我前面所记述的那样，昭和五十三年时我曾涉足过一次，却谈不上真正"看"过。因为逗留的时间原本就短，加上又拨出一天去了玉门关和阳关，因此，我不过是在常书鸿夫妇的带领下，走马观花地将56个窟"逛"了一趟而已。一些必看的窟忍痛割爱不说，即使看过的每一个窟，也都是仅凭小手电筒的微光，如同瞎子摸象般扫过一眼而已。

据说，按照这次日中联合采访组的工作安排，几个主要的窟中要安装照明。因此，当NHK与我打招呼时，我二话不说便答应了敦煌之行。

另外还有一个原因，倘若可能的话，我还想借这次机会乘吉普车在河西走廊走上一趟。由于该地区已被采访组拍摄过，因此经过交涉后，对方也同意了我进入该地区的请求。我在小说《敦煌》中曾用凉州、甘州、肃州作为主要舞台，这些往日的大聚落，现在是以武威、张掖、酒泉的名字分布在该地区的。

尽管我已乘列车在河西走廊上跑了两个来回，可是仅从列车的车窗，是看不清河西走廊的真面目的。我依然想乘吉普车再跑一趟，既想在武威住上一住，还想体验一下在张掖的夜晚睡眠的感觉。并且，倘有可能的话，我还想乘吉普车翻越一下祁连山脉的乌鞘岭。当然，这只是我的一厢情愿，至于能否实现，一切等到了当地后再说。

十月五日（昭和五十四年），从北京起飞是下午三点半，抵达兰州机场是七点。我们在机场用过晚餐后赶往市区。机场距市区74公里。天色已黑，只能赶夜路了。据说，最近白天的气温在十五六度到二十度之间，不过早晚已很凉。

一轮满月从云间露出脸，是阴历十月的满月。虽然途中也路过几处小聚落，却只能看到街道树，周围的一切全被漆黑的夜色淹没，连个孩子都看不到。这种漆黑夜色中的旅途，在日本根本难以想象。

车子从一座铁桥渡过黄河，然后进入一片工厂地带，我请求车子在铁桥上停了一会儿,看了看月圆之夜的黄河。上游的水流被石油联合厂的灯火映得发红,下游则被月光照得发蓝。河面大概有200米宽,水流很快。

八点进入兰州迎宾饭店。兰州广电机关的人们在饭店大厅举行了一场赏月宴。宴上还上了月饼。我十一点返回房间,立刻就寝。晚上的气温只有一两度,我半夜一度被冻醒。

十月六日,今日休养一天,明天乘早上的列车去酒泉。下午,我拜访了常书鸿夫妇的公寓,被款待以茶,还参观了书房。从书房窗户可望见在1公里外流淌的黄河。常书鸿的书房很奢华。他在敦煌千佛洞旁的住宅我也造访过,对他能听见第130窟的风铎声的书房很是羡慕。当然,我对这儿的书房也很羡慕。坐在写字台前,可一面抽烟一面望着黄河发呆,这不是奢侈是什么?

辞别常书鸿的宅第,前往白塔山公园。常先生家附近有一座黄河大桥。据说是十月一日才开通的新桥,今天是刚开通第六天。桥上游有一座此前经常上宣传照的铁桥,据说,由于这边新桥的落成,那边的名字也随之改成了黄河古桥。两座桥都在兰州市区内。

除了这两座外,还有一座,即昨夜从机场回来时中途赏月的那座铁桥。该桥叫西固大桥,西固是地域的名字,也就是说，是西固地区的桥了。黄河大桥、黄河古桥、西固大桥——除了上面三座桥之外，据说在30公里外的上游还有一座桥。可以说，兰州完全就是一座黄河之城，与黄河的关系切都切不断。

兰州被北面白塔山余脉与南面五泉山余脉夹在中间，是一座依白塔山麓的黄河而建的极长的城市。

去年访问兰州时爬的是五泉山，因此这次我想爬一爬白塔山。车子穿过黄河大桥，进入对岸的白塔山脚下的一片杂乱地带。据说这里是回民区，果然，有许多男子头戴白帽，一眼就知道是回民。

我下了车，走进白塔山公园。这里虽然也是建在山坡上的公园，坡面却比五泉山公园陡一些，树木也少。穿过走廊，中途是石阶。我只爬到了能俯瞰黄河的地方，放弃了观塔，然后径直返回。

出了公园，站在黄河古桥的桥畔。据说这里是周边一带河面最窄处。河宽有100～150米，水深十五六米。而且，据说由于水很冷，桥附近是禁止游泳的。还说水流很快，冬天都不结冰。

再往市区走走。这是一座光城镇人口就有100万的城市，再加上郊外的工厂地带，人口能有213万。虽然是中国西北地区的一座大工业城市，可城中到处残留着老城的残余。城中的山丘上甚至挤满了残破的白墙土屋。

城市已初步有了些灰色冬之城的感觉，等街道树叶落光后，恐怕就彻底变成冬之城了。城中无形中透着一种宁静感。这种感觉，去年八月时的兰州是感受不到的。据说，五十年前的兰州曾是一座四面被围在城墙中的10万人口的城市。虽说是甘肃省第一城市，可当时肯定也是黄河沿岸的一座宁静的城市，尤其是冬季，甚至都会有点冷清吧。

城里的洋槐、国槐、垂柳等树十分醒目，不过最多的依然是钻天杨。

十月七日，六点起床，七点四十分离开宿舍。计划乘八点十九分出发的列车。车站很大。去年我们是深夜出发的，当时驶往边境地带的列车车站仍比较昏暗，今日却亮堂得很。站台上挤满了乘客，十分热闹。

可是，列车晚点一小时，我们九点十五分才离开兰州站。我打算今天好好看看乌鞘岭。去年虽往返两次，可两次均是在拂晓时分越过的乌鞘岭，无论山岭本身还是岭附近，几乎都未看到。

过了郊外的土屋聚落地带后，树木繁多的大耕地铺展开来，带状的黄河从远处浮现。已被硬化的甘新公路沿着铁路线在延伸。在酒泉至乌鲁木齐段，尽管这条公路离铁路忽远忽近，却始终与铁路线保持着平行。途中既有戈壁，亦有沙漠。看来这条大道也不容易。

离开兰州约三十分钟后，架着左公车的黄河浮现出来。

所谓左公车，是指春秋时期由一个名叫左公的人所制造的水车。水车直径10多米，带有30多个汲水桶。水大时水车的转速会加快，据说，根据旋转速度便可判断出流速和水量来。总之，这是一种两千多年前便被开始使用的水车，主要是为高崖上的耕地送水。据说，以前这一带的黄河上能看到很多，现在由于水渠的修建，已经所剩无几了。

至于发明者左公其人，一说是少数民族。总之，岸边架着巨大水车的这一带的黄河，透着一种说不出的恬然。可遗憾的是，如今的水车已屈指可数。这边一两个，那边一两个，仅此而已。

十点，河口南站。不一会儿，列车渡过黄浊的东流黄河，穿过一片岩山地带，与奔流的黄河渐行渐远。我们就这样与黄河告别。

白草原头望京师，黄河水流无尽时。

这是刊载于《唐诗选》中的一首王昌龄的七言绝句的前半段，我总觉得诗中的意境与眼前的黄河十分吻合。这本是一首替边境官兵抒发心情之诗，因此，就算是探寻这诗中的地点恐怕也是徒劳，可就在此时，我竟忽觉诗中的地点与眼前的黄河十分契合。今后若要继续与黄河打交道，须分道去青海省才行。算了，在此分别也无妨。倘若站在这里遥望京师，黄河之水的确是滔滔不绝流不尽。恐怕任何人都会有此感怀。

与黄河分别后，列车向祁连山脉驶去。左右两边低山连绵，无一草一木。列车行驶在低山所夹的地带上。虽然土地粗犷，但大部分已被耕种。农村地带绵延不断。

不久，右面的山峦消失，左面形成一道巨大的断层，视野大开。从这一带起，列车已爬至坡顶。不毛的土地随即展开，四处点缀着羊群。列车分明正进入祁连山脉，可眼前既有耕地，又有不毛地。十一点四十分，永登站。车站位于高台之上，聚落则在低地中。地面虽高低错落，却仍被开垦成了一片耕地，还点缀着树木。这里是祁连山脉的入口车站，由此越过乌鞘岭后便会进入河西走廊。

大约三十分钟后，两侧的山突然逼来，山谷变窄，列车进入山中。不过，四处仍不时有些小聚落。低屋顶的土屋拥挤在一起，杨树有些发黄。

山谷忽宽忽窄，列车行驶在右面岩山的山脚，穿过岩山后，又钻进另一条山谷，然后再钻进一条山谷。大概要一连穿过好几条山谷才能翻越山脉吧。美丽的小河不时露出脸，河对面还有一片红叶似火的杨树林。

十二点五十分，列车在一个名叫"打柴沟"的车站更换机车。据说，冬天需要挂两台机车，现在一台即可。

不久，一条河浮出来，样子像扎起来的一束线头，似乎是山顶附近的一条河。铁道线旁还能看到一些万里长城的碎片。

有座车站名叫"金强河"。这一带是乌鞘岭山麓，虽说是海拔2000米的高地，可据说有藏族人住在这里，种一些可短期收获的燕麦。还有一条同名的河，河畔的台地上也散落着几处长城碎片。据说，这一地区以前曾被叫做"定羌河"，由于是"平定羌族"之意，解放后便被改成了金强河的名字。

夹在山间的平地一直在延续，河流也很平顺，可不久后道路爬坡，一片雪山立刻浮现出来。一大群牧羊映入眼帘，这种地方居然也有牧场？！

一点五十分，一片落寞的河畔土屋聚落吸引了我的视线。从这一带起，列车不断爬坡，通过乌鞘岭站。钻过隧道后路变为下坡。这一带也是藏族的居住地带，山丘间与山丘脚下点点散落着一些小聚落。每处聚落都是簇拥的低顶房屋，仿佛一夜的雪就能给彻底淹没似的。丘顶或山坡上，到处都是放牧的牛群。无论3800米的乌鞘岭对面，还是眼前，都有人在居住。

不久，铁路拐了个大弯，进入前方浮现的山与山之间。这次的河谷中同样有小聚落，巴掌大的耕地上还能看到小麦或谷子。这便是这里的生活，与餐馆、与剧场、与繁华商业街没有一丝关系。

三点四十分，十八里堡。这是一座河谷中的车站。一条小河从山上淌下来，河边建着一处小聚落。

不久，右面的山逐渐远去，一望无际的原野铺开。原野上耕地点点，并开始有羊群出现。原来我们已完全下了山脉。

古浪、双塔——列车径直驶过两座名字考究的车站后，在黄羊镇站停车。这是一片较大的绿洲，车站远处有一处聚落。由此望去，我们刚刚翻越一条尾巴的祁连山脉的山峦竟转到了左边。

五点三十分，武威站。过武威后，列车一直行驶在半戈壁地带。我想过武威后看一眼祁连山脉的山峰之一焉支山，便跟列车上的几名乘务员打听，结果无一人知道。若是能看见焉支山的话，那应该是在武威与张掖之间，因此，这次只好作罢。从敦煌回去时，倘若能乘吉普车走河西走廊，届时我想再次去看看。

《史记·匈奴列传》中有这样的记述：

——汉，以去病为骠骑将军，将万骑出陇西。过焉支山千余里，击匈奴。

在记述年轻的将军霍去病讨伐匈奴立下赫赫战功之时，这里第一个就提到了焉支山的名字。

还有，因去病的大远征而丧失了长期根据地祁连、焉支二山的匈奴，也用一首歌吟诵了其悲伤心情，借用《国译汉文大成》即为：

——匈奴失祁连、焉支二山，乃歌曰："亡我祁连山，使我六畜不蕃息；失我焉支山，使我妇女无颜色。"其悲惜乃如此。

这首匈奴人所吟唱的歌，倘若以我的方式译过来，则是：

——我们，丧失了祁连山，丢失了重要的牧场。今后该如何养活羊、马、牛和骆驼呢？

——我们丧失了焉支山。女人们再也得不到心爱的胭脂。我心爱的女人啊，今后你该如何化妆呢？

在我眼中，匈奴一直是个剽悍无比的北方游牧民族，而让我忽然看到其鲜活的另一面的，便是这首匈奴的歌。

言归正传，我们进入河西堡站是七点五分。漆黑的夜色已包起整个大原野。祁连被裹进了夜色中，焉支也被融入了夜色。

凌晨两点半，列车到达酒泉。听说很冷，我便穿上了羽绒服，可来到站台一看，却也没那么冷。月亮很美。冰冷的月辉只有在甘肃、新疆，还有边疆地区才能看到。真有缘分，竟然又看到了这种月色。

火车站附近无一户人家。这里距城区14公里，漆黑的路还在继续。街道树不断从车灯下冒出来。路从火车站直伸城区，在即将进城前略微拐了点弯。不久，车子钻过南门，来到一座鼓楼前,再往右一拐,左侧便是地区招待所。虽然也是一座5万人口的城市,可在深更半夜的这种时刻,却是死一般的寂静。进入招待所后,我立刻钻进被窝。时间是三点半。

追寻疏勒河

十月八日,晴朗。我九点醒来,与同行的常书鸿(敦煌文物研究所长)夫妇在招待所的院里散了散步。空气清爽。酒泉是一座5万人口的城市,十一月初初雪,一年能下五六次。现在是十月初,多少有点冷,比较清爽。气温似乎与昨日在列车上经过的武威和张掖基本相同。

下午两点,我们离开招待所,访问夜光杯工厂,之后赴城中的鼓楼。鼓楼距招待所有五分钟的步程,肃穆地坐落于城中心的十字路中央。虽然我去年也来过这座城市,却无暇造访鼓楼。当时只是途经其前面,车并未停下。酒泉城的宣传照中便经常使用鼓楼的照片。这座小巧玲珑的建筑,的确能让酒泉这座河西走廊的故城显得别有韵味。

虽然酒泉城建成于公元346年,不过,这鼓楼却没有那么古老。明代时在30多公里外营建了嘉峪关大工程,而鼓楼的建造似乎是在嘉峪关之后。总之,这座鼓楼大约拥有600多年的历史。据记录,鼓楼是以旧城墙与毁坏的东门为基础修建的。毋庸赘言,从鼓楼这一称呼不难看出,这是一座敲鼓报时的建筑。虽不知鼓具体是在哪一层，总之是被置于了北面正面。

鼓楼高33米，是托载在巨大的方形石门上的一座三层楼阁。石门高五六米，东南西北四面八方的路全部汇于这座鼓楼。石门四面的上部中央，分别嵌有四块的匾额，东面的上书"东迎华岳"，西面的上书"西达伊吾"，南面的是"南望祁连"，北面的为"北通沙漠"。的确。鼓楼东面面对着中华群山，西面直通天山东部南麓的绿洲伊吾（现在的哈密），南面遥望祁连山脉，北面直通所谓的戈壁大沙漠。

石门内侧有段半毁的台阶，我借此登上一层，却产生了一种上了二层的错觉。一层的地板已然用混凝土加固，不过大概是最近才修补的吧。这原本就是一座用土和砖建造的建筑。

我在一层的走廊里转了一圈。这里恐怕是俯瞰酒泉城最好的地方了。并无高大建筑的白土屋之城在秋日的沐浴中静静地铺陈开来，汇集到鼓楼的四条大道各镶着钻天杨绿边，稀稀拉拉地托载着几个人影。我面南而立。城区对面，头顶白雪的祁连山层峦叠嶂，像一面巨大的屏风坐落在那里。前山上是雪，前山后面连绵的大山脉上也是雪。山已然穿上了冬装。

这座戈壁中央的小城，据说往日里曾四面围有城墙，当时该有多好啊。兰州城固然也很宁静，可来到此地后我才发现，最边远城市才更静谧更孤寂。这里的确是"古来征战几人回"的凉州词之城，夜光杯之城。

辞别鼓楼，我决定去造访东郊的酒泉公园。去年五月我曾逛过酒泉公园，当时有种说不出的快乐，因此这次还想瞧瞧它秋天的模样。由于城很小，虽是东郊，也只有五六分钟的车程。去年来时紫丁香盛开，这次则是整个公园尽被红叶点燃。钻天杨大树以及若干种类的杨树全都在燃烧。再在葡萄架下的路上走走，发现连葡萄叶子都红了。

上次感觉有一种野趣，这次的印象也无需更改。路两边的杂草中开着花，变成了天然的花坛，有如日本乡下人的后门的草丛。满是清水的大池塘虽在清扫和修理中，可无论放眼何处，公园里都没有那种矫揉造作感，有的全是悠然自得。骆驼正在运修池用的石材。不只这里，即使在酒泉城里也常见骆驼拉大车的情形。较之毛驴之城，酒泉似乎更像一座骆驼之城。

酒泉是一座骆驼之城、钻天杨之城、鼓楼之城、夜光杯之城，还是一座白墙之城。走在城里，望望胡同，白色的围墙根本望不到头。

十月九日，晴朗。七点四十分，我们离开招待所前往敦煌。距离敦煌450公里。由于是跟NHK的摄制组一起，因此是吉普车四辆、面包车两辆的豪华阵容。

于我来说，这已是从酒泉到敦煌的第二次吉普之旅。去年是中途在一处名为玉门镇的小聚落用的午餐，然后充分休息后赶往安西的，并在安西住了一晚，次日才进的敦煌，这次的行程却没那么悠闲。据说中途还要工作，哪怕是晚上稍晚些，也要一鼓作气进入敦煌。这对我倒也难得。毕竟那单调的戈壁地带已走过一次，一半时间用在晚上我也毫不在意。就算是深夜进敦煌莫高窟的小聚落也不错。

还有，虽然走的是同一地带，可上次忽略的地方很多，这次正好可以着重看看。在这些地方中，最大的看点是疏勒河。上次并未弄清哪是疏勒河，只记得自己稀里糊涂地过了很多河。

这一次，我已将该河的情况基本摸清，据说NHK也会选择疏勒河的一两处地方进行拍摄。机会难得。基本来说，疏勒河是《西域水道记》中记载的一条河西走廊的代表性大河。它发源于祁连山脉，在安西附近消失。自古以来，这一带的旅行者一直循着该河，或是以该河为标记继续着安西之旅。从大小来说，它在河西走廊是仅次于黑河的第二大河。虽然我刚才说它在安西附近消失，其实，它只是在那一带伏流而已，之后便忽而蹿出地面，忽而又钻入地下，一路奔向远方塔克拉玛干沙漠的罗布泊。

出了城，大约5分钟后，甘新公路（联结甘肃省与新疆地区的路）便跨过了这疏勒河。疏勒河宽10米左右，几乎没有水。主流恐怕是在伏流吧。这一带已经是戈壁，雪中的祁连山脉从左边远处浮现出来，永远都在展示着那无尽的山脊线。这些雪中山脉的山顶，被太阳映得很美。虽然山脉的前面有前山，不过从这里是看不到前山上的雪的。

车子钻过甘新铁路（联结甘肃省与新疆地区的铁路）下面，又驶过最初的聚落后，嘉峪关遗址从前方浮现出来。我们并未靠近关址，而是从附近的丘陵地带直接通过。一座黑山充当了嘉峪关的背景。黑山名叫"黑山子"。实际上，这山真是黑色的，据说往日曾是月氏族的驯马场。黑山子山脊粗犷，起伏剧烈，看上去有如马鬃，是所谓马鬃山山系的一座山。

祁连山脉与黑山子之间是真正的戈壁，除电线杆外无任何东西。我们的车辆数次穿越甘新铁路线，可见道路之曲折。

不久，地面因断层而降低，车子进入一片小绿洲。这是一处被包围在黄色钻天杨间的聚落。右面的黑山子变近，前方也有数重同样的岩石丘陵层叠在一起。左边依然是雪中的祁连山脉，绵延不断。

八点四十分，整个戈壁被阳光照亮。不久，地面崎岖起来，小丘陵点点，公路化为一条黑带子在地上舒展。右面路旁有座烽火台遗址。过了一会儿，我们再次进入一片小绿洲。这是一处土屋小聚落，约有二三十户人家。树叶全已变黄。

地面依然坎坷。路旁又见烽火台遗址。左边，一轮白月浮在高处。在这里，我们第一次与骆驼拉的车邂逅。

我们来到疏勒河前。桥已损坏，车子只好驶下大路越过河床。不觉间，戈壁变成原野，新的山从右面浮现。左边依然是祁连山脉。不久，我们又进入一处小聚落。从此时起，一些碱性白色地带或远或近地开始浮现。一列奔驰的列车从左边远处映入眼帘。

九点十分，碱性地带曼延至路两侧，地面像下了一层霜，白茫茫一片。此前原野上还可到处看见骆驼草，不久，骆驼草消失，换成芨芨草地带，然后又逐渐变成土包顶芨芨草的米团草地带。左边，在与祁连山脉之间的原野上卧着几座小岛一样的山丘。路再次进入丘陵地带。

九点三十分，我们三渡疏勒河。虽然河比较宽，但是沙洲多，水量少。左右两岸均是断崖。即，河流完全被夹在了断崖与断崖之间。渡河后，车子继续行驶在半戈壁的小丘陵地带。然后再次越过铁路线。地面依稀变红。

九点五十分，眼前化为真正的戈壁，一片海市蜃楼的湖泊从远处浮出。不久，前方开始搭配起绿洲的带子。原本是绿色的带子，可由于叶子的变化，颜色比较暗淡。我们再渡过一条大干河。貌似疏勒河，但不很清楚。

在被红黄色点燃的大街道树的引导下，车进入一处大聚落。到处搭配着黄色的玉米地。出聚落后，再进戈壁。可时过不久，我们又进入一片黄绿相间的绿洲中。钻天杨叶子在路上飞舞，像飘洒的金粉。

十点十分，疏勒河浮现在左边。河床时窄时宽。然而，路却再次远离疏勒河而去。

戈壁中农村点点，路将其串在一起。戈壁与黄叶的绿洲交替出现。多么奢侈的旅程。一座黄色的岛散落在戈壁中。原来，整个小丘都被淹没在黄叶中，有如黄色之岛。

我们在这样的戈壁中央休息。

——苏苏、红柳、芨芨草，这三样叫沙漠三宝。苏苏指的是骆驼草。骆驼草是俗称，真正名字叫苏苏。红柳是Tamarix。这三种草虽是沙漠之草，却都为人类做着贡献。苏苏是药草，芨芨草焚烧后将草灰掺到面条里，面条会更筋道。寄生在这根上的植物便是红柳，也是一种珍贵药草。

说着，常书鸿从脚下拔出一棵沙漠草，为我们做着说明。

十一点十分，桥湾城浮现在左边远处。这便是那座谁都不曾住过的清代奇妙之城。我们停下车，等待后面的车子，并借此休息一下。我总觉得疏勒河就在城址背后，决定看个究竟。果然，城背后被掘得很深，已形成一条河谷，疏勒河正流过那里。河湾很大，因此，与之前所见的疏勒河不同，这里水量很充沛。

我走下台地,站在岸边。只觉得河谷里蓄满浑浊的水,有如一个水库。

十二点,我们从桥湾城出发。一片雅丹(白龙堆)地带立刻在左边铺展开。车子过雅丹地带时,由于洪水,有段道路已被水淹没。大家商议了一下,直接冲了过去。而我却在想,这水究竟是从哪儿淌过来的呢?或许嫌疑人便是疏勒河吧。由于四处只能看到疏勒河的碎片,所以还真有这种可能。

路沿着左边连绵低丘穿梭。山丘消失后,戈壁再次铺开,车辆驶入其中。疏勒河的细长带子再次浮现在左边远处。

雅丹地带再次在左边铺开。我们停下车,走进雅丹地带。脚底的沙子凝固得像石头。不,也许更像混凝土。用力掀掀这些混凝土板块,竟能一块块剥下来。

望望四周,仿佛陈列着无数大小混凝土作品。

其中既有"思考者",又有弓背的狮子。既有鳄鱼,又有鲨鱼。既有烽火台,又有城墙碎片。既有疑似的寺院基座,又有巨大的椅子。

由于去年并未涉足该地带,因此这是我第一次在这神奇的大博物馆散步。毋庸说,这些艺术作品的创作者是风,是岁月。沙土的波涛,是大风长年雕琢的结果,因此,这里完全就是"由风蚀形成的坚硬黏土的波涛地带"。

疏勒河应该就在这雅丹地带的附近流淌，因此，先导车前去打探。在打探回来前，我们先在这处大自然的博物馆里好好休息了一下。路上不时沙土飞扬。不过并非龙卷，只是沙子在猛飞上天而已。

——那叫沙龙。

常书鸿介绍道。不错，"沙龙"之名取得好。沙之龙飞天而去。

不久，打探疏勒河的吉普车返回，在其引导下，我们越过雅丹地带戈壁一隅。没有路，车身晃得厉害。不久，我们来至疏勒河岸的断崖上。一条巨大的水流从下面浮现出来，上面还架着一座桥。

这次见到的疏勒河是一条大河。我走下断崖来到桥上，朝上游望去。左岸是巨大断崖，右岸是广阔原野，被夹其间的200多米的大河床十分开阔，河床上有两三处大沙洲，大约20米宽的水流将这些沙洲串在了一起。接着，我又朝下游望去。这一次，左岸变成了原野，右侧却被大断崖镶了边。这边也有几处大沙洲，沙洲周围已被白浊的水流淹没。其中，有片沙洲上还有一群羊，大约有30多只，随牧童的鞭子移动。羊群正欲横渡浅滩，去另一处沙洲。

刚才在桥湾城背后所见的疏勒河水很清澈，这边的却很白浊。真是一条神奇的河。一般来说，沙漠或戈壁中的河都很神奇，疏勒河似乎便是代表。它们都貌似拥有许多支流，却让人从来都弄不清究竟哪条是干流，哪条是支流。并且还会冷不丁就出现在你意想不到的地方。水流或停滞或流动，河面或宽或窄——这样的河，大概只有令人头疼的份儿吧。那么，它们为什么会有疏勒河之类的名字呢？疏勒是现在喀什的古代名字，即使在塔里木盆地中，它也是最靠西的往日西域的国名。从地域范围来看，这处都邑与这条河隔得很远。

四点半，我们告别疏勒河，出发。由此至安西（瓜州）60公里。戈壁之旅一直在持续。戈壁中有三头骆驼在并排着走，可周围到处都望不到人影。到底是什么样的骆驼呢？

左边远处浮出一片海市蜃楼之湖，在祁连山脉山脚一带。右面也能望见一片水面，不过这边的却是货真价实的水库。骆驼再度出现，这次是一大群。戈壁仍没有尽头。

五点，左边是连绵不断的低矮岩山。前山与后山叠成两重，展示着长长的山脊线。

五点二十分，我们来到一处干河道，桥已被冲毁。恐怕是被祁连山脉的洪水给冲坏的吧，但罪魁祸首依然是疏勒河。一些寒酸的街道树开始出现，似乎是钻天杨。感觉离安西已近。按计划，我们应该在安西好好休息一下，然后再赶往敦煌的，不过，过了安西后估计都是夜路了吧。

飞天与千佛

十月九日（前章续），早晨七点四十分，我们从酒泉招待所出发，在半沙漠、半戈壁地带经过280公里的跋涉，抵达安西时已是下午六点。大家在安西好好休息了一下，七点二十分再从安西出发，踏上去敦煌的最后140公里的路程。

在安西这个闲散的聚落里，灯火已三三两两地点亮。出聚落后，戈壁立刻铺开。天空仍被夕阳余晖染得通红。可不久后，大地逐渐变暗，只有天空仍有微明，又过了一会儿，连这晚霞辉映的天空也消失了，夜幕开始裹挟起整个戈壁。看看表，八点。

大概是吉普车灯捣乱的缘故，从此时起，路上像下了雪一样，白茫茫一片。并且路两侧的戈壁也像蒙上了薄薄一层雪。这"雪"中的旅途一直在延续。

我在路旁看见一处距敦煌60公里的标识。有两名男子正在"雪"路上走路。还有野兔横穿雪路。真是一个神奇的旅途。虽不时有沙尘扬起，不过我对此已毫无感觉，任由这静谧的雪原之旅继续。

在距敦煌16公里的标识处，雪突然消失。虽不知为何消失，不过，大概是路两侧变成原野之故吧。

在距离敦煌还剩10公里处，有一头纯白的毛驴站在路旁。颜色发白大概是灯光的缘故。车辆并未进敦煌城，而是径直驶向城外25公里的敦煌莫高窟。至敦煌文物研究所的招待所时已是九点三十五分。

下了车，大家齐望夜空。天空中挂满冰冷的星星。由于去年（昭和五十三年）五月我曾造访过这里，因此，可谓时隔一年零五个月的敦煌重游。

分配房间时，我分得了最靠里一处房间。在去年五天的逗留中，我每天往返于敦煌城中的招待所与莫高窟之间，这次则是直接睡在了莫高窟千佛洞的脚下。真是太奢侈了。

我们在招待所宽敞的客厅里用了迟来的晚餐。无论从房间去客厅时，还是吃完饭回房间时，大家都不约而同地到中庭仰望夜空。欲坠的星星在眨眼，真是"星斗阑干"。这是河西走廊西端的星，是敦煌之星，上游沙州之星。夜气很冷。这里的秋天即将结束，冬天正悄然而至。

我躺在房间的床上，眼前闪烁着"秋风·慈眼·星阑干"的文字，闭上眼。这便是三千慈眼守护下的敦煌之眠，奢华无比。

十月十日，八点起床，晴天，我在千佛洞脚下的路上散步。时隔一年，我再次仰望起人称"鬼柏掌（鬼拍掌？——译注）"的大树。据说这种树风一吹便会发出鬼拍手般的声音，因而得名。虽然只是钻天杨的一种，却将这千佛洞前的路装扮得很别致。

九点用餐，然后立刻出了招待所。今天的计划是，上午由NHK·中方摄制组双方在莫高窟入口拍摄我们受到敦煌文物研究所长常书鸿及夫人迎接的情形，尽管我事先有点紧张，不过拍摄过程很简单，三十来分钟就结束了。

之后，我让常先生领我到大泉河河滩，观看了有许多石窟尚未整理的莫高窟北区。从前，大泉河一直是冲刷着千佛洞所在的鸣沙山断崖山脚的，不过现在，河的位置有些偏离，已绕开山脚。莫高窟与河流之间有一片平地，一些敦煌文物研究所相关的建筑及田地便被在这平地上，四周还围着树丛。长达1000米的莫高窟南区的许多石窟，也囊括在这一地带。

不过，大泉河并非就此远离了鸣沙山断崖，而是在不久后在莫高窟北区又朝断崖靠拢过来。因此，莫高窟北区600米区域内的石窟，都朝大泉河广阔的河滩开着黑洞洞的眼窝。

我在河滩上走了走，虽有些寒意，秋日却很爽。河滩上石头很少，大部分是沙子，极细的沙子，上面还点点散落着一些枯草。河滩上到处都往外冒碱，形成了一片白色地带。

河流宽处大概有200米。水流很少,几乎是干河。河畔的钻天杨树林,叶已变黄,很美。

不久,莫高窟北区出现在河岸上。断崖上雕着许多石窟。我们斜穿河滩,朝断崖走去。光是河滩沿岸这头的岩面上,石窟数量就有30个左右。不过,后续的岩面却完全被削掉了。

——20年前的时候,这处岩面上还有5个石窟。可不知什么时候,岩面连同岩壁全掉了下来。也不知是何时脱落的。

常书鸿说道。被削掉的岩面不止这儿。据说稍远的地方也有一处,原本有十多个石窟,也在不知不觉间消失了。

我们一面望着左边莫高窟北区的岸壁,一面在河滩上走。现在残留的窟有150个左右。都未经整理,未经发掘,大部分为空洞,有的窟入口处还记有维吾尔文字或满族文字。

我们架上梯子,爬进其中一个小空洞,探寻洞内。洞内虽被沙子掩埋,不过,面积仍有3米见方,洞底至洞顶高度有2米左右。虽然房间狭小,但暖炉、烟囱、床等设施的痕迹仍依稀可辨。这些洞,或许曾是僧侣的宿坊,抑或是画家或工匠们的宿舍,再或是工作间也未可知。现在已被整理的石窟,整个莫高窟共有492个(1978年调查结果),其中容纳的塑像共有3000件。据说,若将绘满壁画的所有壁面连起来，长度可达45公里。这是自4世纪至14世纪，历经千年被开凿和装饰的成果，在每一个历史时期，应该都会有众多雕刻家和画家来到这里，他们要么在敦煌城构筑工作室或画室，要么在这莫高窟直接建作坊。古记述中说这里曾有一千个石窟，倘若将画家和工匠们的宿坊和作坊也算上，一千的数字未必夸张。

下午，我悠闲地参观了北魏的几个老窟。因为我想在时隔一年后，再看看那只有北魏石窟才有的交脚弥勒。第275、259、254、257窟便是交脚弥勒佛的住处。

首先是第275窟。石窟正面是巨大的交脚弥勒像，左右率领着滑稽的小狮子，悠然地朝着正面。这便是众多介绍敦煌的书籍中常用作插图的交脚佛。倘在敦煌的交脚弥勒中选出一件，我恐怕要选这一尊。它从容庄重的样子令人百看不厌。这尊北魏弥勒佛相当时尚，上半身赤裸，胸前还装饰着两条项链。虽然两臂损伤得厉害，不过我对此毫不在意。

另外，此窟深处南北两壁的龛上，各置有两尊交脚像。四尊交脚像虽均无完整双臂，不过都还不错。虽然面容体态很富态，极富亲和力，不过都很纯洁宁静。这第275窟完全便是交脚弥勒佛的住处。去年时便百看不厌，这次逗留期间，我恐怕仍会每日造访一次，甚至数次。

第259窟。南北两壁的上段龛上，各摆放两尊小交脚佛。大小30厘米左右。尽管面容发黑略有损伤，不过完整时一定是整齐利落，姿态优美吧。

第254窟。靠近入口的左右两边的上部龛上，对放着两尊交脚像。大眼睛，细长面孔被涂成白色。头发被高高绾起，似乎还戴着盔或是冠。真是古样古式的交脚佛。

第257窟。中央龛的右壁上有一尊大约75厘米的小交脚佛像。准确说，应该是"中心龛柱北向龛有交脚像一尊"。由于坐在高处的龛中，须从下面仰视，不过面容极好。尽管跟第254窟的交脚像是同样的古样古式，也戴着盔，不过这边的弥勒像更端丽，真想仰视一辈子。

北魏的窟还有6个，也许里面还有数尊交脚弥勒像，不过，在这次的敦煌访问中，我想就此结束与交脚像的相会。毕竟与主要交脚像基本上都畅叙离衷了。

十月十一日，晴朗。多少有点寒意。今天我只想看千佛与飞天，便让常书鸿列几个代表性千佛与飞天的窟。应我的要求，常先生在笔记本上一会儿记几个窟，一会儿添添减减。看来是被我的问题难住了，抑或是我的要求很愚蠢。

千佛——第16、57、248、254、257、263、272、321、329、335、361窟，共11个窟。

飞天——第57、305、321、320、285、290、257、172、275窟，共9个窟。

可如此一来就累了。不过，我还是想上午看千佛，下午看飞天，用一天时间把千佛和飞天给看完。

一般来说，千佛这东西，大部分窟里都绘有，也不是说哪个好哪个就不好，只是，人若往密密麻麻仿佛印满小佛的壁面前一站，或是仰望画满小佛的窟顶，便会由衷感受到一种堪称近代化的美。总之，将窟内的壁面或窟顶空闲处用千佛密密麻麻地填满，这种创意实在精彩。窟内因一个个千佛所拥有的色彩和底色显得或严肃，或华丽，或暗淡。简直就是一张绣满精致小佛图案的地毯。

尽管千佛的大小因时代不同，因窟而异，不过，在同一窟内却被统一，大小如一形状如一。小的千佛大小甚至只有12厘米。一般说来，隋唐时期的千佛都是小个头。

去年访问敦煌时，我觉得使用金箔的第427窟（隋）、321窟（初唐）等尤其美。

首先是第257窟。这里是中心龛柱北向龛置有华美小交脚像的石窟，由于昨日看交脚佛时已进过，因此这是再次访问。再进一看，果然，围绕中央佛龛的三面壁画上，大部分都被密密麻麻的千佛填满。粗略估算一下，光一个壁面就绘着240个千佛。三个壁面便是720，再加上窟顶及其他千佛，估计得有800个左右。小交脚弥勒之所以魅力无限，与淹没了整个窟内的千佛群所营造的氛围也绝非毫无关系。

其次是第57窟。此窟左右壁面以及窟顶全被千佛填满。

左右壁面正中央各空出一片方形区域,上绘说法图,说法图周围也嵌满了千佛。这一室的千佛,粗略估算有3000左右。无比壮观。

第329窟(初唐)。此窟窟顶填满千佛。除藻井外,整个顶部全被千佛填满,十分美丽。

我一一参观着常书鸿推荐的千佛之窟。千佛本身因窟千差万别,难说哪个更好。千佛大群所拥有的气势、肃穆和威慑感,也随窟化为各种形式摄人心魄。

下午探访飞天之窟。千佛就像是印刷的图案,全无动感,飞天则完全是飞舞的天女。既有静流般的飞翔,也有矫健的飞翔。既有在窟顶飞舞者,亦有在壁面与窟顶间轻盈的舞者,还有在佛坛后的壁上游泳者。

一般认为,飞天都以璎珞装饰裸身,天衣翩翩,一面裙裳飘飘在天空飞行,一面弹奏天乐,我却怎么都听不到乐声,反觉飞行节奏或舞动节律更好。飞天的魅力便在于飞行,在于飞翔姿态之美。那是一种群体的飞行和飞翔之美。

去年访问敦煌时让我过目不忘的有第248(北魏)、305(隋)、419(隋)、329(初唐)、390(隋)等窟,这一次,常书鸿举荐的10窟中却只有第305这一个窟让我记住。不过,这毫不奇怪。因为,我那几个只是从去年所看的70多个窟中筛选出来的,而常书鸿推荐的,乃是他历经40年岁月从492个窟中精挑细选的。

基本上，每个窟里都绘着飞天，数量庞大。也许是一千，也许是一千五百。绘法也因时而异，北魏的飞天形体绘法简单，全是粗犷的动态美。至隋唐时期，则采用了精密绘法，气韵生动，身体透着一种流动感，色彩也丰满而艳丽，第285窟的飞天堪称代表。而在第172窟中，描绘的则是从水中不断飞升的跃动飞天。

第272窟虽是小窟，可左右壁面全填满飞天与千佛，很美。飞天与千佛的配合在各种洞窟均能看到。第321窟（盛唐）也填满了飞天与千佛。第320窟也一样，走进窟内，左侧壁面上绘的是飞天，顶部则绘着千佛。

第305窟（隋）。这里的飞天极美。窟顶的飞天，动态极美，几欲听到其飞动之声了。这里的窟，除了里面的佛龛与中央佛坛外，三个壁面全嵌满了千佛，可遗憾的是，这里的颜色有点奇怪。

第285窟（西魏）。窟顶的大飞天很美，令人流连忘返。

就这样，我一个个逛着飞天之窟，至于心得我就不再一一报告了。去年敦煌访问回来时，我曾就千佛与飞天创作过一篇诗：

——二十多年前，我曾梦到过一次飞天。那是在一个深夜。几百个天女衣袖翩翩飞向天空一角。远处微微传来风铎和驼铃的声音,直至最后一个天女消失。

在莫高窟疏林中住了三十多年的敦煌文物研究所的X讲述道。接着,X继续说道:

——我也曾梦到过千佛。那是差不多六年前的一个严冬的黎明。所有千佛都出了石窟,一半并排在沙漠上,一半并排在三危山脚下。几万的千佛。很静。

我很惊愕。天女的飞翔与千佛的出动。在我漫长人生所经历的事情中,竟不知还有如此厚重且严肃的例子。

飞天访问结束后,我们来到第112窟,只为与跳胡旋舞的胡族舞女畅叙离衷。胡旋舞这种异民族舞蹈,其他窟中并非没有描绘,不过,其他窟的不是壁面破损,便是颜料脱落,很难清晰地看到图案。要看胡旋舞最好还是到第112窟。倘若再加上一个,恐怕便是第220窟了。尽管这里也是整体色彩剥落,可舞蹈本身的强烈律动还是能让人从画面中感受到的。第112窟的胡旋舞,舞女背着琴,边两手弹奏边旋转。

关于胡旋舞我也写了两篇诗,一篇已在去年的敦煌纪行中发表,另一篇如下:

中国人对古书中所见的胡族舞蹈——胡旋舞的赞誉实在骇人。"心应弦，手应鼓""左旋右转不知疲""回雪飘飘转蓬舞""奔车伦缓旋风迟"，若至这种程度尚可接受，可"逐飞星掣流电""回风乱舞当空散"的形容则分明已超出赞誉的范畴。这些翻越天山而来的胡族舞女，她们悲惨无常的命运旋转，如锥子般扎着长安人的心。人往敦煌千佛洞胡旋舞壁画前一站，很容易感受到这点。她们只能尖脚独立，否则是无法支撑藏在体内的哀切无比的旋转的。

在唐代长安，这种胡人的胡旋舞似乎极受欢迎，即使从白乐天、元稹等人的诗中也能窥豹一斑。可实际上，这究竟是怎样的一种舞蹈呢，要想具体了解详细资料，似乎只能借助被描绘在敦煌石窟中的这些壁画。从这种意义上说，第112窟、220窟的胡旋舞壁画绝对是一种珍贵的唐代风俗资料。

弥勒大佛

十月十二日，八点起床。昨夜睡了近十个小时，神清气爽。自五日从北京出发以来，我一直处于睡眠不足的状态，这次竟一下补了回来。

据说，今天的安排是上午由常书鸿做有关第130窟窟前广场发掘情况的特别报告。第130窟是一个巨大的窟，窟内容纳着一尊26米高的倚座弥勒大佛。敦煌的雕刻全是塑像，唯有此佛是削石而作的唯一石像。据说，造像时，先是削岩造胎，然后涂黏泥塑形而成。整尊佛像眼形细长，厚唇紧闭，面容丰润，一副审视悠悠历史的神情。眼睛是闭着的。无论那严肃的神情，抑或恬静的巨躯，皆堪称盛唐盛世的代表性杰作。此像为开元年间（713—741年）所造。据说，现在敦煌正在整理的石窟中，光是塑像便多达3000件，可是，倘要在所有雕刻中选出一件，我想非这尊弥勒大佛巨像莫属。

去年访问敦煌时，我曾数次站在这尊石像前。毕竟佛像巨大，光是容纳它的窟就高达三层。进入第一层时感觉很特别。我从路上下了三四级台阶，站在昏暗的窟内，将脖子几乎折成直角，仰望正上方的大佛面容。只感觉有点头晕，仿佛一个渺小的东西仰望一个庄严的巨型存在。我来到窟外，耀眼的阳光让我再次感到头晕。第130窟便是这样一个窟。可是今年，由于窟前广场被发掘，正在施工，无法进入第130窟内，甚是遗憾。常书鸿要做的特别报告便是有关这处广场的发掘报告。我如约而至。发掘现场已被收拾干净。一片15米见方的区域已被挖了有3米深。

我与常书鸿走到下面，站在现场。

——这次发掘耗时两个月有余。现在对发掘结果进行汇报。今天是第一次发布。

不知何时，常先生跟我已进入中国·NHK双方摄制组的镜头。常先生做讲述者，我做听众。即，常先生的发布会是通过电视的形式进行的。

——唐代时期，这里曾建有一些观楼（瞻仰大佛的建筑物）或者寺院，可经过发掘，我们先是发现了清代的瓦，然后是宋代的瓦，最后才是唐代的瓦。也就是说，这里最初建的是唐代建筑，唐代建筑毁坏后又建了宋代的，再毁坏后又建了清代的。我们甚至还发掘出了基石。

我看了看脚底。果然，我俩所站的发掘现场有十二块基石，三块一列共四列，等距离排列。

——入口两侧原本有仁王像，贴窟而立。像高6米，是很大的仁王像。这些像就在观楼或寺院建筑的屋顶下面。我们连仁王脚踩的动物都给挖了出来。

果然，在发掘现场一角，的确堆着些来历不明的未烧尽的动物残骸。

接着，在常先生的催促下，我们移至第130窟入口。由于发掘现场直通窟内，因此我们无需再像去年之前那样下窟。窟的入口已足够开阔足够敞亮，不用进去也能从入口仰望大佛。如同唐代人仰望一样，我也再度观瞻起大佛。

离开发掘现场，与常书鸿分别后，我在附近疏林中又溜达了一会儿。树缝里漏下来的阳光美，钻天杨的落叶也很美。莫高窟（第130窟）前的疏林之美十分别致。

今天由常书鸿介绍的第130窟的窟前广场的发掘，似乎不单是这一窟的问题。唐代人所走的莫高窟前的路，路面整体上要比现在低三米，倘若这种设想成立，莫高窟的整体结构会庞大得多。现在石窟有三层，倘若将路面整体下沉三米，感觉还能出来一层。不过，这些只能待专家今后去发掘和调查，现在无非是想象。

只是，倘允许我将这种想象继续发挥下去，我又联想起唐代史书中一篇叫《前流长河波映重阁》的文章，于是乎，眼前正在散步的周围情景也随之一变，华美无比。与现在不同，充盈的大泉河水流过莫高窟脚下，水流滔滔。莫高窟众多石窟与建筑层层叠叠，将影子投在河面上。随着这壮观情景浮上眼前，我只觉连第130窟的弥勒大佛都有些异样。那涂满金箔的颜容体躯愈发巨大愈发矫健，愈发壮丽无比。

下午又去去年印象深刻的几个窟逛了逛。这次我并未做笔记，从容地与美丽的菩萨像一一再会。去年时没怎么注意，这次终于将盛唐的第45窟好好看了看。窟的正面开有一巨大佛龛，中央是说法印的释迦，左右是阿难和迦叶，继而是菩萨、四天王，整个格局采取的是所谓七尊形式。七尊像中每一尊都不错。两旁服侍的菩萨将圆润的面庞朝向内侧，低头朝着释迦，腰部微屈，样子简直都有些性感了。他们眉毛修长，眼睛细长清秀，且半闭半睁，很美。左右两尊四天王像俱是少数民族的表情与服饰。

南壁上绘的是观音经变相，北壁则是观无量寿经变相。其中南壁尤为有趣。绘在中央的则是只要诵观音经任何愿望都会满足的观音，观音周围则是以图解方式阐释的信奉观音的好处。这些图一个个生动有趣。有的遭遇海难也能获救；有的无论遇到强盗还是鬼自身都不会受到伤害；有的即使手被锁住也能立刻获得自由，还能从牢狱中逃脱；还有的，就连刑场上即将被处决的罪犯都能获救，行刑官吏挥刀时刀已破败不堪无法使用；还有的神经病竟忽然痊愈，聪明起来。的确是任何愿望都会满足的观音。也就是说，只要信奉观音，即使这丝绸之路之旅，任你走陆路还是空路，也都能消灾解难，获得安全。

我也站在这观音的面前。立于华盖下的这尊观音，鼻下淡淡地蓄着一点胡须，面容多少有点少数民族面孔的感觉，服装也是少数民族风格的。总之，善人也罢恶人也罢，任何愿望他都能满足。即，倘若得不到观音的加持护佑，人肯定无法进入绵延至西方的塔克拉玛干沙漠中。

北壁中央描绘的是乐团，乐团中央则是跳舞的舞女，跳得十分陶醉。由于乐团使用了众多乐器，因此对关心音乐者来说，这或许是个有趣的壁面。

接下来是第57窟。我昨天已进此窟看了千佛，今日则是专为与壁画上无与伦比的美丽菩萨再次相会而来。窟的左右壁面以及窟顶全部嵌满千佛，粗略估算能有3000个。南壁中央的方形区域描绘着说法图，图中央是正在菩提树下说法的释迦。一个美丽的菩萨作为右侍站立一旁。该菩萨低头弯腰，头戴豪华宝冠，胸佩金璎珞，脸颊与嘴唇抹了胭脂口红，甚是漂亮。不仅漂亮，还透着一种说不出的温柔和娇艳。或许，与法隆寺金堂第六号壁"阿弥陀净土变"中的侍像菩萨（火灾前）有相通之处吧。并且，围着菩萨的一群圣众也不错。尤其是美少女般的阿难等，简直美极了。

我在第57窟结束了与美丽菩萨们的再会后，再次进入昨天已进过的第329窟。只为目睹那美丽的窟顶以及围绕窟顶的千佛。这里便是北壁《西方净土变》中被剥落了两供养女人的那个窟。窟中后壁龛的一群塑像也被后世修补得完全变样。从这一点来说，真是一个不幸之窟。不过，窟顶被密密麻麻的小佛填满，像围着宝石箱的美丽藻井，令人百看不厌。另外，龛顶描绘的佛传图也不错。想必，营造之初，纵使在整个莫高窟中此窟也是屈指可数的佳窟。

晚上，整理好笔记后我喝了点白兰地，十点左右就寝。我已多年没有如此单独平静地过夜了。户外是漆黑的夜色。白天面对面看到的那些美丽菩萨，如今想必也在各窟的夜色中，换上更自在的姿势闭眼休息了吧。想象一下深夜窟内的情形，不由有种异样的感觉。在这里，无论莫高窟周边的夜色有多深都毫不奇怪。毕竟是将三千塑像群以及长达45公里的壁画绘卷全部包围并淹没的夜色。

半夜被NHK的人叫起来，通知我说NHK与中国摄制组的两个照明灯已装进了第130窟。该不该让电视的强照明灯进窟是个大问题，想必，这是他们反复讨论后所达成的结果吧。总之，照明灯进驻了第130窟这持续了上千年的黑夜中。

我穿上羽绒服，戴上帽子，拿着手电筒出了宿舍。天空中撒满星星，地上的夜色却很浓。我用手电照着脚底，一步一步在莫高窟脚下的路上走去。这是一条散步用的路，路边排列着鬼柏掌、钻天杨、榆树、白杨、核桃等大树。没有风，寂静得可怕。

曾几何时我似乎也走过类似的夜路，但已记不起是何时之事。那一夜无疑也是个特别的夜晚，可今晚又何尝不是呢。我白天曾到发掘现场下面，站在第130窟的入口，从下面仰望巨大的弥勒菩萨像，而如今，照明灯已然进驻那巨大的窟。虽说照明灯已进入，可具体情况如何现在尚无法估计。

走近第130窟，我感到黑暗中有人的动静。同白天时一样，我摸索着下脚处来到发掘现场。有人用手电筒亮光将我引向窟的入口方向。

起初窟内很昏暗，可不久后，窟内几个照明灯一齐亮起来，将窟内各个角落全暴露在强光下。想必这照明灯已进过数次吧，总之，大佛庞大的体躯在煌煌灯光下一览无余地浮现出来。

被打上灯光时，弥勒大佛那严肃的面孔会如何变化呢，尽管我多少有些不安，可结果不过是杞人忧天。面对着强光，大佛依旧岿然不动，壮硕而威严。光线从大佛的面孔和体躯上被反射回来，那面容依然严肃，伟岸的体躯依然肃穆。我摸索着下脚处爬上窟的二层，又爬上三层，从正面瞻仰大佛面容。这的确是我一生都难得一见的特别一夜。从三层往下窥望，我看到了站在大佛脚下不动的常书鸿的身影。照明被数次关掉又数次被打开，当不知是第几次熄灭时，我来到外面。常书鸿正站在黑暗的夜色中。即使对于三十多年一直致力于石窟研究的他来说，今夜无疑也是一个特别的夜晚。

——挺冷的吧，小心感冒。

他提醒着我。

——多美的星星啊。

我说。然后，我们俩便仰望天空，之后又简短地寒暄了几句，我便与他分了手。我觉得，我得给他一个独处的时间。

十月十三日，晴朗。上午登上鸣沙山。虽然莫高窟被凿建在鸣沙山长达1600米的断崖上，断崖上面的情形却不得而知。我去年便想到鸣沙山上面去看看，可是没能空出时间。

莫高窟南区外围有条山坡小路通向鸣沙山顶，是一条旧道。从前——虽然具体到从前何时我不清楚，可总之，这是一条联结敦煌与莫高窟的古道。

我从那小路爬上山去。路上盖着厚厚的细沙，深得没过脚。登山口有个门叫北大门。虽然名字叫"北大门"，门本身却很小，徒有其名。钻过门回头看看，门上挂着一块"北大门"的匾额。意思大概是说，由此往前便是莫高窟吧。实际也正如此。莫高窟北端已浮现眼前。

大约十分钟后，我来到鸣沙山上。周围基本上没有山，纵目远眺，巨大的台地望不到边。南面是波浪起伏连绵不断的低沙丘，西面及北面则是一马平川的荒漠。既有沙子地带，也有布满小石头的地带。即，四周全是沙漠碎片与戈壁碎片交织的荒地，虽然四下也能看到些发青的地带，可那是被撒落的骆驼草与甘草。莫高窟即被营造在这片巨大台地的断崖上，并且脚下流淌着大泉河。

在刚登上台地处与稍远位置残留着两样东西，分不清是古砖塔碎片还是部分土台，据说，两样都是元代的东西。这些砖塔是沿已彻底消失的古道而建的吗？古道从莫高窟经北大门至登山口这一段还能有迹可循，可到了台地上面后，就彻底分不清道儿在哪儿了。可无论如何，确有一条道路穿越了这片广阔的台地。据说台地东西长达35公里，因此这是一条颇长的路。人们便是骑在驼背上，出敦煌城，爬上鸣沙山台地，然后穿过广阔台地，再由这断崖上的小路下到莫高窟的。

不用说，现在使用的路是围着鸣沙山绕了个大弯，然后来到莫高窟西侧，再从桥上渡大泉河后，才到达莫高窟正面入口——牌楼的。虽不知现在这条路产生于何时，但可以想象，同样迂回绕过鸣沙山的路无疑是古来有之，并且还跟钻过北大门的古道一起一直被使用。

尽管如此，有风的日子，覆盖台地的沙子一齐飞扬，情景一定是很惊人吧。据说，每到冬天，沙子便会像瀑布一样泻到莫高窟上，我想这是真的。可在漫长的岁月中，莫高窟居然未被掩埋！我们只能认为，这是在视莫高窟为圣地的人们的守护下，才让它坚持到了现在。登上这处台地后，我才初次切实感受并理解了这一点。我站在台地一端。脚底的沙土上画着风纹。眼下是绿色树丛，树丛中掩映着大泉河河滩。顺着断崖放眼望去，远处莫高窟的南端也从树间露出脸来。

　　隔着大泉河所在的低地朝对面三危山的山峦望去。只见三危山被围在绿色之中，的确，山如其名。不过，山脚一带却跟这边一样，同样是广阔的台地波浪起伏，绵延不断。起风了，我决定下山。我从刚才上来的断崖小路下山，钻过北大门，来到莫高窟南区的边上。在下山的路上有一个窟，藏经洞便在此窟内。换言之，那条登鸣沙山台地的古道便途经藏经洞所在的窟。

　　由于下午还要跟常书鸿在这藏经洞所在的窟拍摄，因此我并未进窟，而是径直来到大泉河的河滩。我想一面晒晒日光浴，一面打发一下上午的时间。

　　来到河滩，我在一处水流较细处坐下来。大泉河流过鸣沙山台地的西侧，再绕台地大半圈后注入党河。党河流经敦煌城西侧，去年发洪水将敦煌城都给淹了。多亏这洪水——尽管我的说法有点奇怪，可事实上我的确要感谢这洪水，否则我们怎会住进莫高窟的招待所呢。

闲话休提,我前面说过,从敦煌去莫高窟的路有两条,一条是穿过台地的鸣沙山古道,另一条则是绕鸣沙山台地之路。而这另一条大概便是沿着党河河岸,然后在大泉河与党河交汇处又沿大泉河逆流而上,最终到达莫高窟的。我在小说《敦煌》中,在小说最后的部分,便让这条路登场亮相过。并且,我让将经卷和古书运进藏经洞的骆驼群走的,也是这条沿河的夜路。

藏经洞之谜

十月十三日（前章续），按计划，下午要跟常书鸿一起在第17窟藏经洞接受中国·NHK双方摄制组的拍摄，大概是未做好准备，拍摄比原定的两点迟了许多。

等我收到现场通知离开宿舍时已经是将近四点。我从莫高窟脚下的路沿莫高窟往北走去。今天上午去鸣沙山顶时便走过这条路，因此，这是我第二次走这条宁静而奢华的路了。

不久，一幢三层的楼阁出现在眼前。这便是我的目的地——第17窟藏经洞所藏身的楼阁。有关窟外覆盖楼阁的情形，除此之外便只有第96窟的北大佛殿了，因此，第17窟藏经洞的所在地，即使在远处也能一眼便知。

站在楼阁前。石窟从内部被掘为上中下三层，最上层是第366窟，中层是第365窟，最下层则是第16窟。第16窟内部有个耳洞，耳洞里便藏过那些古文献和经典等，即现在所谓的第17窟藏经洞。现在的窟号是解放后由敦煌文物研究所编制的，此前还有佩利奥编制的佩利奥号与张大千编制的张大千号。现在的敦煌，每个窟的入口都标有窟号，同时还标有佩利奥号与张大千号。

我站在三层楼最底层的第16窟前面。通向北大门的旧道便是从这处楼阁旁边爬上斜坡的，至北大门大约有150米的距离。因此，钻进北大门从旧道下来后第一个遇上的，便是这莫高窟北端第16窟。选择这最初之窟的一个耳洞来埋藏经卷，其中必有缘由。

虽是一幢三层的楼阁，可为了方便爬上中上层，建筑物外面专门设了一道楼梯。由于第16窟是在最下层，从正面入口便可直接进入。进入入口后是一个前室，前室门脸宽10米，纵深约3米。前室正面设有一条宽约3米的甬道。从甬道摸索前行约5米，便会被引至第16窟。这是一个10米见方的大窟。当然，窟内应该很暗，不过现在甬道上已设置了摄制组的照明灯，因此正面的须弥坛、坛上的本尊大塑像以及淹没了室内壁面的千佛群可尽收眼底。这里的千佛是大个头的，难言精美。

我们的目的当然并非这第16窟内部，而是为进窟而钻的甬道。这条口宽3米深5米的通路，如今已被灯光照得亮堂堂。两侧壁面上能看到西夏的菩萨壁画。这些壁画虽魅力非凡，却剥落得厉害。北侧石壁被削掉一半左右，开着一个巨大的洞口。瞧瞧洞内，黑漆漆的。不用说，这处空洞便是曾收藏四万件古文献与经卷的第17窟藏经洞了。空洞的一侧挂有第17窟的标识。

不久,灯光进入该窟。去年是用小手电照着窥探内部,今天已无需手电。在白昼般的光线照射下,整个窟内从入口便一览无余。窟内部有3米见方,无非是在通往第16窟这一大窟的通路上开的一个小窟而已,充其量是个"耳洞"。朝正面的壁面望去。那持杖的美侍女与手拿大扇的比丘,二人在树下相对而立。至于树,有人说是菩提树,也有人说是沙漠之树——胡杨的一种。正面壁画前置一僧像,是近些年被研究所移至此处的洪䛒像(塑像)。

这时,常书鸿正巧进来,为我解释道:

——我来这里的时候,这尊像是被放在第16窟的角落里的。大家猜测它原本是在第17窟里的,因此,近年就给移到了第17窟。也就是说,是给移回了原处。刻有洪䛒经历的石碑也在第16窟,所以就跟像一起移回了这儿。

果然,那石碑也被嵌在了左侧的壁面。那么,这洪䛒究竟是何方神圣呢?

本来,敦煌作为西域经营的大据点第一次登上历史是在汉武帝时期,之后,经历了北魏、西魏、北周、隋、唐,当时代变迁至唐代时,敦煌作为东西文化交流或东西贸易的一大中转站,展现出了史无前例的繁荣。可是,即使这又大又盛的敦煌也没能避开唐末安史之乱的影响,不得不走向衰退，汉威全无。8世纪时陇右、河西一带被纳入由南入侵的吐蕃的统治下。而让这种形势完全改变，将统治权从吐蕃手中夺回的则是张仪潮。由于这巨大战功，张仪潮被唐朝任命为归义军节度使。第156窟南壁的"张仪潮出行图"展示的，便是做节度使时期的张仪潮的军容与阵势。张仪潮深受唐朝如此厚遇，其实背后也离不开洪䏁的帮助。洪䏁虽是敦煌的一名高僧，可是受张仪潮之托，洪䏁派数名弟子远赴长安，将胜利捷报上奏长安。尽管所派使者中有数人中途死去，可悟真等人最终完成使命，从长安返回。

——鉴于此，为了表示对洪䏁的感谢，张仪潮很可能自己出资，为洪䏁凿了一个窟，便是这第17窟。如此想来，这里就算有洪䏁像，就算有刻着其经历的石碑也毫不奇怪。

由于张仪潮收复敦煌（从吐蕃手中夺回统治权）是大中二年（848年）之事，因此，此窟的凿建自然是在此之后。自那至今，此窟与窟的主人洪䏁像便一起度过了千余年的宁静而漫长的时光，可到了11世纪时，这里却发生了突然被运进大量古文献经卷的事件，并且，当这些古文献和经卷填满此窟时，窟的入口也被封了起来。

就这样，随着近千年的漫长岁月的流逝，到了1900年代初的时候，此窟突然间被打开。打开者是一个名叫王圆箓的道士。后来，1907年被斯坦因，1908年又被佩利奥，就这样大部分古文献和经卷都被从这里运走了。尽管发生了这么多事，可直到又过去许多年后人们才明白，那些填满洞窟的经卷的价值，不仅能大大改变历来的东洋学，还能改变世界文化史上所有领域的研究。

不知不觉间，我与常书鸿又沐浴在了摄制组的照明灯光中。

——问题是，那些古文献和经卷类是何时被封存进这窟中的。关于这个问题有两种观点。一种是历来的观点，认为是在西夏进攻敦煌时由汉人埋入的；另一种则是最近的观点，认为是统治该地区的西夏为防备伊斯兰教徒入侵而封存到这里的。对于后一种观点，还需要今后作进一步的研究和探讨。

常书鸿说道。先前的观点是佩利奥、斯坦因等人的观点，我的小说《敦煌》也是根据这种观点写成的。

——后一种观点，作为一种推理也很有意思。可总之，由于这是一个无法实证的事件，任何推理都是可能的。

我回答道。事实上任何推理都是可能的。可是，由于所发现的书画、经卷中并无11世纪以后的题记，这一点已成为支持第一种观点的重要证据，使其无法撼动。可无论如何，关于这第17窟之谜，正因为没有实证资料才会衍生出各种推理，令人兴趣无限。比如，关于洪䛒像何时被移出窟中之事。究竟是填塞古文献时被移出的，还是到了19世纪后由王道士第一次从窟中移出的。倘是后者，在此前的漫长岁月里，像应该一直被埋在古文献中才对。即，古文献被塞入时，像并未被取出，即，这种填埋作业是在匆忙中进行的。而这一点为解开第17窟之谜又添了一个资料。

拍摄结束后，我又去了第16窟对面的王道士的寺。我从南面正门进入，中庭对面的路尽头确有一座寺。进去一瞧，根本不像个寺的样子，与普通人家几无区别。对于王道士其人，人们多数情况下还是持否定态度的，而事实上他似乎也的确是这样一个人物。不过，在让敦煌名扬世界方面，倒不得不说他还是起了极重要作用。虽然在一些重要时刻，历史总会让这种人物登场，而王道士也确实幽默滑稽地出任了这一角色，且完美地完成了历史任务。

晚上与中国·NHK双方摄制组的人会餐。常书鸿夫妇也同席。因为明天常书鸿夫妇与我要离开敦煌，因此这次会餐也兼有送别之意。由于寒意渐浓，两摄制组各位工作人员今后在这里的生活会很辛苦。大家让我发言，我便简单说了句：

——这是一场让人多少有些难舍难离的别离。

我说道。这是我的真实感受。尽管《唐诗选》中的凉州诗系列中经常会上演边境离别的场面，可在十月过半的现在，我们在敦煌莫高窟的别离也多少有些类似。

十月十四日，七点起床，天气寒冷。八点用餐，然后是日中双方摄制组工作人员拍摄纪念照。九点出发，同行至北京的中国中央电视台的郭宝祥、NHK的和崎信哉二人与我同乘吉普车，常书鸿夫妇与中方工作人员则乘坐巴士。十多个人，阵容豪华。

这次旅行我们尚未进敦煌城，因此，我请求只让我们的车辆途经城市。虽然多少会绕些路，这却能让我与去年逗留数日的城市畅叙离衷。

车子行驶在令人怀念的路上。街道树的红叶很美。进入城市。由于传说中的洪水，这里已完全变成另一个城市。洪水携来的泥沙让城中到处是尘土。人从沙尘中冒出来，毛驴也是从沙尘中冒出来。驴拉的排子车依然多，中间还夹杂着骆驼拉的车子。尽管这是一座沙尘飞扬的城市，可在沙尘中集市照开，人潮照样涌动。

我在去年曾打扰过的招待所门前下车，走进里面。在门口遇见三名厨师，似曾相识的面孔。我们笑着彼此走近，握手作别。

招待所内部的建筑已消失近半。我刚往院内进了一点，立刻又返了回来。门口传达室的墙上留着洪水痕迹。水痕高过人肩膀。洪水果然凶猛。不过，路的对面仍残留着土屋，由此看来，虽说是洪水，可当时很可能是洪流般涌来，只将挡在路中央的东西给吞没了。

出了城，返回刚才的路。美丽的田园风景沁入刚看过灰尘城市的眼睛。郊外免遭洪灾，田园之美未受丝毫损失。

车子来到通往莫高窟的拐角，却未拐弯，而是采取了直行。驶过拐角后，戈壁立刻在眼前铺开。我们一路直奔酒泉。敦煌至酒泉450公里。算上这次，同一条路我已走过三次。可我还是决定大致记记笔记。因为每次印象都会不同，每次都会有新发现。敦煌莫高窟海拔1300米，酒泉1600米，因而路途多少会有点上坡。

戈壁永无尽头。路大致与右面三危山的山脊长线平行。虽然有时也会指向三危山，不过大体上还是呈平行走向的。

十点三十分，我们的旅途依旧未有改变。这次旅行，去莫高窟时是在夜间，什么都没得看。三危山将右侧挡得严严实实，其前端则缓缓绕到了前方。山又长又黑，绵延不断。左边路旁浮出一座烽火台遗址。

可不久后，三危山前端逐渐降低，化为山丘。凹凸连绵的岩丘，已难以称得上山。岩丘逐渐靠近，不久来到我们右侧。山脊线像锯齿。我们离开敦煌已一个小时，三危山的尾巴依然如影随形。

这完全是戈壁不毛地之旅。三危山、车道、戈壁，眼前只有这些，其他一无所有。右边远处又浮出一个烽火台遗址。

十一点，左边远处第一次浮出绿洲，拖着一条绿色长带子，安西绿洲。绿洲南端还能望见瓜州城遗址又白又小的城墙。右面则依然是三危山的延续——连绵不断的山丘。

十一点十五分，路绕个大弯，伸向安西城方向。车子奔驰在美丽的杨树林荫路中。可是，我们并未进安西城，而是从安敦大道进入甘新公路，一路驶向酒泉。

穿过安西绿洲后，戈壁再次铺开。不觉间三危山已结束，取而代之的是祁连山脉前山那些低矮的山峦。左边戈壁尽头浮出一个海市蜃楼之湖，一个巨大的湖。

右面祁连山脉的前山逐渐接近。一望无际的戈壁旅途仍在继续。到处是点点的骆驼草与甘草。

十二点，地面逐渐崎岖。我们从安西已走了大约60公里，不久该进入雅丹地带了。

十二点二十分，车子穿过铁路线道口，越过一片水汪，进入雅丹地带，即大家熟悉的那种黄色大小土包如大海般铺开的荒凉地带。当地人称之为"布隆吉"。"布隆吉"是藏语。过了雅丹地带后，我们再次进入骆驼草点点的戈壁。一片片沙土打着卷从路上飞上天，是沙龙。沙龙一名取得巧妙，的确是沙子之龙。一条沙龙，又一条沙龙。十二点四十分，我们离开漫长的不毛戈壁，忽而进入绿洲，忽而又离开绿洲，反反复复。每处绿洲都是人民公社的农场。树上挂满红叶，耕地几乎都是玉米田。

一点十分，车子进入玉门镇招待所。我去年曾从房间里搬出椅子晒过太阳，这次依然在同一房间休息。两点四十分，出发。出招待所进入主干道后，祁连山脉长长的山脊线从左边远处映入眼帘。祁连山脉本来从安西一带便能看见，可是今天阴天，只得等到现在。接着，眼前立刻又换成了戈壁滩，放眼望去什么都没有。车行驶在错落的戈壁丘陵地带。

三点，一片丘陵群出现在前方去路。路逐渐绕向丘陵右侧。右面是顶着雪的祁连山，雄伟壮丽。眼前这边低山和低丘重叠在一起。也许，对面遥望的祁连山脉是最美的。

三点十分，车子进入一片丘陵地带。路在丘陵的波涛中纵横驰骋。不久，路穿过丘陵地带，缓缓落到平原上。穿过一处小聚落后，红色的荒地再次铺展。可是，祁连山脉的远景依然令人称绝。不久，一片小山脉出现在前方。路再次绕向小山脉右方。

三点四十五分，车子再次进入丘陵地带。右面是祁连山脉，左边则是重重叠叠的黑山。因为马鬃山山系开始出现。左边有一处烽火台遗址。

错落的丘陵地带一直在延续。土，发红。文殊山浮现在前方，山势舒缓。黑山的尾巴延续不断，实在奇异，有如成百上千的黑土块碰撞在一起。

车子进入一处聚落。聚落已被钻天杨黄叶燃成黄色，美得扎眼。转眼又是戈壁。文殊山靠过来。雪中的祁连山脉不觉间已绕到背后远处。

四点十分,一望无际的戈壁。文殊山也拖着长尾巴。黑色的山绕到了背后。嘉峪关遗址从左边浮现出来。两座望楼与城墙略显红色。距酒泉还有30公里。

出嘉峪关后,街道树很快出现,一些自行车也进入了视野。车子穿过一处聚落后,再次进入戈壁。文殊山在右面舒展着长长的山脊线,山高1400米。不觉间祁连山脉被放到了文殊山背后。这祁连山脉,在今后的河西走廊旅程中应该会每日都打照面。祁连山海拔5000米,最高峰5960米。

不久,车子被长长的黄色钻天杨行道树引向酒泉城。一个数目惊人的大羊群横穿马路。车子渡过疏勒河(北大河),朝酒泉城驶去。

觫得故城的静寂

十月十五日,我在酒泉招待所三楼的房间内醒来,只觉神清气爽。从窗户里望去,灰色的天空和裸树都给人一种冬晨的感觉。我穿上防寒衣出去散步。果然很冷,像日本的严冬。招待所前的广场上有几株巨大垂柳,只有这些柳树是青色的。

自今日起,以张掖、武威为目标的河西走廊之旅正式开始。虽然我已乘列车三过河西走廊,可这一次是利用吉普车翻越。尽管从列车车窗能大致明白是何种地带,可散落其中的聚落模样就全然不知了。这一次我将乘吉普车将这些聚落一个个串起来。不仅能亲自涉足张掖、武威等历史之城,还能躺在那里的夜色中。张掖作为甘州,武威作为凉州,两城都是我在小说《敦煌》中写过的地方。虽说眼见为实,可我总有一种故地重游的感觉。

八点三十分,出发。我们先是顺便去了趟夜光杯工厂。九点十五分,再从夜光杯工厂出发,一路直奔张掖。距张掖220公里。车子走的是甘新公路。气温10度。天气预报说,下午会刮大风。

白墙之城、衣服鼓鼓囊囊的男人之城、毛驴之城、鼓楼之城——平时的酒泉一贯给人这样一种印象，可今早的酒泉却被灰色天空裹得严严实实，变成了一座边境的冬之城。广场旁的蔬菜市场也十分安静，街道树钻天杨也只有树顶长着些叶子。

车子从黄色与赭色的鼓楼，朝鼓楼匾额所记的"南望祁连"——中的祁连山方向驶去。车子很快来到郊外。城中的钻天杨略显寒酸，郊外的却很壮硕。不久，我们进入一片耕地和不毛地斑驳混杂的戈壁。车子串连着土屋小聚落。从此时起太阳照了过来，略添了些暖意。道路虽宽，施工地段却多，每处施工地段都沙尘蒙蒙。

青青的小麦田、茶色的玉米田、不毛之地、小小村落的树丛、黄色钻天杨行道树——与昨天前的旅途不同，这里基本上都是绿洲地带，铺满细沙的宽阔道路贯穿其中。羊群。不久，车子渡过一条巨大的干河道。据司机师傅说，这一带是上坝人民公社地界，当地人都把这条河叫"野猪沟"。

九点五十分，我们进入一片巨大的不毛地带。可不久后再次进入绿洲。正赞叹黄色钻天杨行道树之美时，车子转瞬又进入不毛之地。总之，我们通过的是大不毛地带中的一个小聚落。路边骆驼草点点，还有羊群。

车子交替串连着绿洲与不毛之地。我们进入一片绿洲，眼前是树叶变黄的钻天杨林荫路，又长又美。偶尔也有只单侧是林荫树的情况。有时候，这边是绿洲，另一边却是不毛之地。总之，不毛之地已曼延至路右侧。连绵不断的不毛地对面本该能望见祁连山脉，可今日不凑巧，云雾朦胧，无法目睹那雪中大山脉的雄姿。路边不时还能看到骆驼运木材的情形。

十点，左右两侧都成了绵延的不毛之地。这一带已是彻头彻尾的戈壁，很长很长，漫无边际。到处都看不到一丝绿洲的绿色，是酒泉——张掖间的大戈壁。车子不时越过一些干河道。

路在戈壁中缓缓地绕着大弯。几乎没有车辆来往。远处有一大片羊群。一条干河道，又一条干河道。想必，徒步穿越这大戈壁一定会很艰难。这里可是往日多次成为战场的地方。

又行驶约二十分钟后，我们进入一处小绿洲。一块从戈壁手中拼命夺来的艰苦绿洲。不过，随着耕地逐渐铺开，小绿洲变成了大绿洲。土屋农舍四处可见。不久我们进入一处闲散的聚落——清水人民公社。我忽然想起列车站中便有一个"清水站"。我们停下车，等待后续的车辆。

十点三十分出发。车子行驶在农舍稀疏的地带。农田里是小麦与玉米。耕地、不毛地、干河道依然斑驳交织。"清水"是建在不毛地中的一个大聚落。

车子越过一处铁路道口，不久穿过聚落进入大戈壁中。一列列车正在左边远处奔驰。列车这边有两三个大羊群。

不久，一条长长的断层出现在前方。走近一看，一条大干河道沿断层横在眼前。路变下坡，伸至干河道的碎石滩，穿过河滩后又爬到对岸断层上。河宽1公里，断崖高3米。据说爬上断崖后是马营村，可我们并未进村，而是从右边直接进入戈壁中。马营村自古便以养马闻名，刚才所过的干河道叫马营河。

十一点，戈壁旅途仍在继续。云雾朦胧，山影不见。据说若在晴天，左边可见元山，右边也能望见祁连山脉。虽是在戈壁中央，可我还是发现了一块标识，上写：由此进入张掖地区。

这次的戈壁也不啻刚才的大戈壁。远处有一户农舍，背靠几棵树。如此艰苦的地方都有人住！路旁左边有个大羊群。这一带的戈壁全被甘草淹没，被涂成了淡红或淡黄色。

十一点十分，车子进入一片小绿洲——元山人民公社。可转瞬间我们便穿过了此处，再次进入戈壁。一片连绵的低山出现在左边至前方一带，是元山。路从元山一角翻越后进入丘陵地带。元山层峦叠嶂，越过元山后我们再次进入戈壁。

祁连山脉从右面浮出。元山则长长地延伸至右侧，伸向祁连山脉，最后变成祁连的前山。

戈壁之旅永无尽头。如此看来，这绝对是个比刚才还要大的戈壁。前山层叠的祁连山脉出现在右边。这一带的戈壁也被甘草染红。车子越过一处铁路道口。路曲曲折折，地面接连出现细微的起伏。羊群浮现出来，两群，三群。

十一点三十分，漫长的戈壁终于结束，路进入高台县的绿洲。这是一块完全被包围在戈壁中的绿洲。车子通过一处名叫南货人民公社的聚落。聚落很大，街道树钻天杨也很美。在耕地的对面，一道龙卷风进入眼帘。

十一点四十分，车子再次进入不毛地带。广阔的戈壁中点点分布着白色碱性地带。只有路两侧植有一些瘦弱的钻天杨。在稍稍偏左的地方，一片小绿洲露出脸来。

停车。不觉间戈壁变成沙漠，四面撒满细沙。原来北方大沙漠的前沿已侵入这里。远处是连绵的小沙丘。冷风已加大，摇动着路旁贫弱的钻天杨。果如天气预报所说的那样。

十二点，出发。不久车子离开沙漠地带驶入绿洲，进入临泽县。农民的土屋虽少，可耕地却十分广阔。

路缓缓地转着弯，曲曲折折地伸向远方。一片醒目的黄叶钻天杨树林映入眼帘。这是一处巨大的绿洲地带。路再次越过铁路道口，之后便穿行在农村地带，不过，四处仍有些不毛地。

十二点十五分，我们进入临泽城。大街上到处是午休的人们。虽然只是一座夹道之城，徒有其表，却给人一种久违的大聚落的感觉。

出城后戈壁曼延开来，不久化为耕地。车子进入聚落，然后又进入戈壁。虽然耕地地带拥抱着不毛地，却依然连绵不断。这是一片长带状的绿洲。钻天杨的黄叶是明黄色，车子似乎也要被染成黄色了。

车子渡过数条小干河。羊群。牛群。风又大了，黄色的钻天杨随风披靡。漫长的农村地带驶到尽头，车子进入张掖城。

张掖完全是一座田园城市。即使进了城，也仍有许多农田。白墙土屋之城中人流如织，有的乘坐在三匹马拉的排子车上，有的骑在驴背上。我们路过一处蔬菜市场旁。土豆、白菜、辣椒、大蒜、苹果——所有商品都摆在露天摊位上售卖。虽是白墙土屋，可门扉和窗框却被涂成了红色或蓝色。尽管街道树也很气派，却没有城市的感觉，完全就是一处尘土飞扬的河西走廊大聚落。城区的人口有8万。

十二点五十分，我们进入张掖地区招待所。招待所为白砖结构，单层建筑，屋顶是红褐色的。

用过午餐并休息后，我们前往觻得故城。觻得故城既是汉代张掖郡的郡城遗址，又是觻得县县城遗址。据说，遗址便被埋在张掖城18公里外的沙漠中。

车子穿过城市来到郊外，沿来时原路向朝酒泉方向驶去。虽然两三小时前刚刚通过，我却有种初来之感。车辆行驶在尘土飞扬的路上。小麦田，玉米地。所有钻天杨一齐被刮向北侧。路从大绿洲地带拐了个大弯，一面转弯一面伸向前方。完全是丰美田园风景中的旅程。原野中不时浮出一些钻天杨树林。

不久，车子跨过一座桥。路绕着大弯，又过了一座桥。田地、不毛地带、干河道。干河道格外多。

不久，土屋点点，眼前化为农村地带，车子行驶在完美的钻天杨林荫路上。穿过林荫路后，沙漠又在路两侧铺展开来。

吉普车由此偏离道路，进入左边的沙漠中。沙漠中有座小沙丘，车辆驶过沙丘旁。由于风大，沙尘飞扬。有些地方还种植着一些柔嫩的钻天杨。或许是在造防风林。

不久，一片貌似城墙的东西浮现在前方，我们朝其靠近。穿过一片沙枣林后，车子来到城墙一旁。我们在路边1~2公里处下车。城墙上有城门，我们由门而入。我用脚量了量，城门处的城墙厚度是11步，大概有三四米厚吧。

进入内部，遗址规模之大令人吃惊。大小的断壁残垣在沙漠中勾勒出一片方形区域，很难估计周长有几公里。据为我们做向导的地区革命委员会的人说，方形的一边长500米，周长是2公里。不过，依我看来似乎更大。

城墙包围的内部铺陈着瓦砾与沙子，十分难行。城墙脚下堆积的沙子形成一条斜坡。尽管鞋被沙子淹没了大半，可我还是努力爬上去，站到城墙上。现在残留的城墙，最高处约有3米。城墙当然是由土坯筑成，土坯与土坯之间甚至嵌着芦草般的植物。西南一隅似乎还残留着疑似城楼的遗迹。

从城墙上放眼望去，遗址完全被包围在沙漠中。包围遗址的沙漠里，四处营造着钻天杨树林。城墙外侧则是沙枣点点，不过，这些沙枣是野生的。

我在城墙上坐下来，抽支烟。这是河西走廊上残留的唯一一座汉代城址，两千年前的城址。虽然未经发掘结果很难预料，可我依然感觉这里埋着一座过往的城市。尽管如此，城墙却只留下了这么点，令人难以置信。

此城究竟是何时灭亡的呢？由汉族与少数民族织成的河西走廊的历史极其复杂。由于汉朝的进入，该地区第一次设置了郡县，时间是在公元前111年。此后，尽管汉朝的勉强经营了西域约300年，可在此期间，龣得城作为河西走廊的重镇发挥了巨大作用，作为城市也十分繁荣。可到了始于3世纪末的五胡十六国时代后，这里便成了五个凉王国的兴亡舞台。至8世纪初，虽然中原势力再次影响该地区，可自唐末起又发生了吐蕃的进犯。之后，先是由张仪潮暂时收复河西，继而甘州（张掖）又被维吾尔（回纥）占据，然后历史舞台便进入了长达200年的西夏时期，13世纪初西夏又被蒙古灭亡，时代的变迁令人眼花缭乱。

在千变万化的历史大潮中，觻得城已看不到自己的命运与前途。在5世纪的动乱期，法显在赴印度途中曾涉足该地区。当时张掖已十分混乱，道路不通，因此接受了北凉国王的庇护——当时的情形被法显记在了游记《法显传》里。不过，当时北凉都城是否是觻得城尚不得而知。或许，当时觻得城已成为废墟，抑或是换了主人后作为北凉的都城继续存在。

可是，让觻得城化为废墟的不单是历史的力量，河西走廊的第一大河——黑河那洪流的力量也无法忽视。据说，黑河从前的位置比现在靠西很多，而觻得城便位于其西侧。也就是说，黑河曾流经我们造访的觻得故城东侧。据说，现在从黑河到遗址的距离，沿路走有12公里，直线距离则有5公里。

遗址沉默不语。十月中旬某中午的故城，笼罩故城的只有宁静。

从遗址回来，我在貌似黑河干流的一处地方叫停车子，将河流拍入照片。黑河又名弱水、黑水、张掖水、居延水等，总之有多个名字。此河发源于祁连山脉，在张掖附近与山丹河、梨园河汇合，然后在酒泉附近北上，直奔远方的居延海，最后消失在居延海附近的沙漠中。黑河全长800公里，是河西走廊第一大河。第二大河则是疏勒河。

从张掖城去遗址的途中我们过了许多的干河道，问问司机，说是每条都是黑河。的确，每条河都是黑河。一条黑河在张掖附近分成了若干条，然后再汇成一条。即，是路穿过了它的分流地带，因此我们才渡过了许多黑河。

而在如此众多的黑河中，我在貌似干流上的一处最大桥的桥畔叫停车子。虽然桥所在处的河宽100米左右，可在大桥远处的上下游，河宽都增加了数倍。在上游不远处，水流分成了两大支流。

尽管历史曾数次涂改河西走廊的地图，不过，从另一个角度来看，可以说，黑河也曾数度涂改过这一地带的地图。因为黑河每次改变河道，城市就要被废弃，人们就只得将居住地迁移他处。

返回张掖城，回招待所前，我先造访了一下因卧佛闻名的大佛寺。这是与招待所相邻的一座寺。

寺与卧佛都建于1098年的西夏时期，尽管目前正在大修，可对方还是让我进入了寺内。虽然起初是作为佛教寺院被建造的，可后世却被改为了道教寺院。因此，除了精美的卧佛，这里还有清代道教的壁画等。

此处的卧佛是中国西北地区唯一的卧佛。释迦牟尼身缠朱色布衣横卧在那里的样子十分壮观。卧佛长34.5米，肩宽

8米，体量惊人。由于是叠足横卧，因此十根脚趾也叠在一起的。光是一根脚趾就有半米多厚，卧佛塑像的庞大可想而知。

13世纪，即元朝时期，据曾进入该城的马可波罗记述称，甘州（张掖）是一座宏伟的城市，城里除了佛教徒还住有基督教徒与伊斯兰教徒。游记对佛教寺院的卧佛像也有提及。恐怕，他也曾造访过这座寺院吧。

除了该寺，张掖城几乎未留下古物。至多有些明清时期的断壁残垣而已。城中也有鼓楼，不过是明代的。我今日造访的是汉代的觻得故城，那么唐代的张掖城又在哪里呢？

我们赶奔招待所。傍晚的人潮让城市格外热闹。大概都在各自回村吧。毛驴排子车来往穿梭。路旁的集市也在匆匆收摊。六点十五分。人多，自行车也多。尽管大饭馆和百货店也给人一种城市的样子，不过较之城市，大村落的感觉似乎更浓一些。

晚上，我早早便上了床。的确累了。在小说《敦煌》中，西夏军从甘州至肃州，即从张掖到酒泉的行军时间，我给安排了十天。为防马蹄陷进沙中人们给马蹄穿上了木履，甚至给骆驼蹄子包上了牦牛皮。可今天，我们用吉普车四小时便走完了他们十天的路。或许，多少疲劳点也是值得的。

从张掖到武威

十月十六日,晴朗。八点三十分,我们从张掖招待所出发,前往武威。至武威240公里。

今后恐再无机会访问此地了吧,我恋恋不舍地望着张掖城。那些拉车的毛驴,一般是两头、四头,有时则是五头。五头驴拉的排子车,我在这座城市是第一次看到。白墙土屋的窗框和木门被涂成红色或蓝色的情形,我也是在这座城里第一次见到。

我们被完美的钻天杨行道树送往郊外。车子行驶在小麦田与玉米田的农村地带。耕地肥沃。山影浮现在左边至前方一带,大概是合黎山山系。与之对望的祁连山脉则是云遮雾罩无法看清。

车子不时钻入完美的钻天杨行道树以及沙枣林,将小聚落一个个串起来。合黎山山系完全变到了左边。雄伟的山峦。原野上四处是羊群、马群,还有钻天杨行道树。

车子一直行走在田园地带。青青的菜地美,鲜黄的钻天杨黄叶也美。惬意的旅程。

三十五分，荒地开始渐渐地夹杂着出现，不久，车子进入不毛地带。荒凉的戈壁中点缀着羊群。合黎山山系依然长长地在左边延伸，戈壁则一直曼延至山系脚下。被瘦弱的钻天杨镶了边的路不断地绕着缓弯。不过路好歹硬化处理过，车辆很少颠簸。原野中有些烽火台碎片，右面一座，左面一座。祁连山依然不见影子。

九点十五分，长城碎片开始如土墙般从左边浮现。这一带公路与铁路平行，长城碎片则在铁路对面断断续续延伸。可不久后，那些长城碎片一会儿绕到铁路这边，一会儿又绕到长城那边，碎片与碎片之间还露着戈壁。有时，有些碎片还会伸得很长，已很难称得上是碎片。碎片间还夹杂着一些巨大的烽火台碎片。

祁连山虽看不见，合黎山却时高时低，绵延不绝，山这边还不时出现一些低丘。

九点三十分，车子穿过一段崎岖地带，进入山丹地区。合黎山的余脉逐渐绕到了前方，山也叠成了数重。

进入山丹绿洲。虽然有耕地在戈壁中逐渐出现，可四周依然是广阔的不毛地。车子不时越过铁路道口。

九点三十五分，我们进入山丹郊外一处聚落。祁连山脉的前山开始浮现。一度告别的长城碎片又出现在了路旁。

不久，我们进入山丹城。这是一座拥有长城碎片的城。不过，我们并未进入城中心，而是穿过城边来到郊外。这一地区自汉代起便以出产良马——山丹马而闻名。汉代的年轻将军霍去病叱咤风云的地方,大概也是这一地区吧。

车子行驶在戈壁中央一处小绿洲上。我们数次越过铁路道口。戈壁与耕地轮番上场。合黎山山系时近时远。朝戈壁望去,远处总会有几块长城碎片进入视野。

九点四十五分,我们被黄叶钻天杨林荫路再次送入不毛之地。右面的长城碎片长长地连在一起,在原野中形成一段数公里的长城墙壁。另外还能望见搭配的烽火台。一个大羊群正悠然在长城脚下移动。

车子在路与长城遗构的交叉口停下。听司机说,这一带是所剩长城中的最好的地方。果然,田野中笔直地排列着一些长城碎片,望不到头。虽然远看只是一面大土墙,可靠近后才发现是大城墙。虽不知这些长城曾发挥过何种作用,可在它完整时,若在此布下兵,照样是可御敌入侵的坚固城墙。只是,若回想一下汉民族与少数民族错杂交织的河西走廊的历史,你就会发现,这一带的长城不只是汉民族用过,在不同历史时期也肯定被各个民族使用过,被迫发挥历史作用。

出发。路很快进入丘陵地带,完全是不毛之地。头顶白雪的祁连山脉从右侧正面浮出一部分,在前山背后露出脸来。丘陵地带很快结束,不毛的大原野却再次铺开。左面的低山脉与右面祁连的前山各自往前伸着前端，不久便重叠起来。路仿佛穿入两山脉之间，一面绕着大弯，一面伸向前方。

十点五十分，车子通过一条由南北两侧山脉相互抵近形成的狭长地带。南侧山脉重重叠叠，祁连主峰上盖着雪，看着很美。这一带或许是河西走廊最狭窄的地带。虽是不毛之地，却长着一片小草，像一片芒草原。停下车子，四处转转。没想到，几乎全铺着戈壁的河西走廊竟也有这样的地方。南侧山脉的脚下点点浮出一些长城碎片，北侧山脉这边则有两三处低丘，展露着柔和的曲线。

出发。从离开芒草原之时起，此前一直相对的两道山脉便不约而同地逐渐变小，最后变成了铺陈的山丘。与此同时，新的大山脉却在背后露出脸来。视野随之大开，新的两山脉之间铺着一望无际的戈壁。南侧山脉自是祁连的主峰，山势雄伟。戈壁中四处点缀着羊群。

十一点二十分，我们久违地来到一处土屋聚落。过了山丹后便未看见一点人烟，没想到竟在这里嗅到了人类的气息。可我们很快便穿过了那小聚落，再次进入丘波起伏的大原野。尽管大戈壁之旅仍在继续，可处处都有人民公社的小绿洲，处处都能看见人们劳动的场景。

十一点五十分，进入永昌县的绿洲。我们通过一处土屋聚落，聚落里还有钟楼。看到土屋和土墙，起初还以为是长城碎片呢。可我们立刻就穿越了这处聚落，被黄叶的钻天杨再次送入戈壁。长城碎片再次在左边浮现，多么执着的现身方式。

车子行驶在戈壁与耕地斑驳交错的地带，不久便进入真正的戈壁。路旁四处都是钻天杨人工林。树能否长大，完全取决于同戈壁的斗争。祁连山脉继续展示着长长的山脊线。北面则化为连绵的低丘，而且很远。

我们通过一处小聚落，一大群白与黑的羊群阻塞了道路。我们停下车，外面风冷。

十二点十分，眼前依然是戈壁，车子通过一处土屋小聚落，有如戈壁中的岛屿。一名女子朝我们挥挥手，我们也回以挥手。这是戈壁之岛的礼仪。车子渡过一条大干河道。尽管祁连山脉在继续，可北面已是山影全无。干河道不断出现。

十二点二十分，完美的戈壁，除了小石头一无所有，只有低丘横亘在前方远处。

十二点三十分，车子通过丰乐人民公社。这是一处小小的土屋聚落。戈壁与耕地相互搭配。我们再渡过一条大干河道。

不久，车子通过一条两边被戈壁包围的路，进入我们的目的地——武威绿洲。气派的钻天杨行道树被燃烧成了黄色。不久，永丰人民公社。穿过该聚落后，又是戈壁。我们在铁路道口停车。但见羊群溢满了道路。

又过一处铁路道口。半戈壁半耕地地带的漫长旅程结束后,我们被完美的钻天杨行道树引向武威城。不愧是一处大绿洲。

一点十五分,我们进入武威城。这是一座比酒泉、张掖大的城市。城中人流如织。这完全是一座土屋之城,土屋的屋顶呈扁平状,像罩着板子。

虽然沙尘厉害,城里却洋溢着鲜活的气息,颇有一种河西走廊之城之感。比张掖、酒泉、敦煌中的任一地都更有一种丝绸之路之城的气氛。从这一点看,它堪比喀什、和田。

胡同又细又长。搭眼一瞧,狭窄的胡同只能容一两个人通过,且一眼望不到头。

到处都是蔬菜市场,聚集着衣服鼓鼓囊囊的人们。这里是河西走廊最大的物资集散地。有句话叫"金张掖,银武威",不过照现在来看,武威简直都可以代替张掖了。

我们进入宿舍——地区招待所,休息。四点离开招待所,前往钟楼与博物馆。车子钻进一条城中胡同。胡同妙不可言,可眨眼间便围过来一群人,让我们动弹不得。

博物馆的前身为孔子庙,后来将其中的几栋建筑改成了陈列室。在这里,我见到了著名的人称"马踏飞燕"的汉代青铜制奔马像模型。虽然真品我在兰州的甘肃省博物馆看到过，在日本举行的"中华人民共和国·古代青铜器展"中也看到过，不过据说，这尊奔马塑像的出土地点，便是武威郊外一处名叫雷台的地方，像是从雷台某寺内的东汉墓中出土的。说是出土，其实是在地沟施工或其他施工时，偶然间让其重见天日的。时间是1969年。

当然，当时出土的并非只有"马踏飞燕"像，还有一批青铜铸造的骑兵和马车大部队被同时发现。就这样，14辆车、17骑骑士俑、39匹马等230余件文物被打破两千年的长眠，重见天日。

其中，被视为最高逸品的便是这尊踏着飞燕在天空驰骋的奔马像。像高34.5厘米，长45厘米，被认为制作于2世纪。或许也可以说，雷台与它的东汉墓也都因这尊小小的奔马像而扬名天下。马用一条腿踏着飞天的燕子，其他三条则在天空驰骋。这是一件完美捕捉了马匹疾走瞬间姿态的杰作。即使在日本，这尊奔马像也博得了最高赞誉，曾数次被杂志或报纸介绍。

我让人领我去雷台。在郊外恬然的农村地带走了约1公里后我们进入一处小聚落，然后爬上那座清代寺院所在的山丘。出土奔马像的汉墓就在该寺内。据说有一条地下道可直通墓室，可不巧的是正在维修，无法进入。尽管我很想看看让"马踏飞燕"像沉睡两千年的地方究竟是何所在，可无奈之下只好放弃初衷，从寺内俯瞰山下的聚落。胡同里土屋林立，很美。胡同里有大人也有小孩，聚集了很多人。这处小村落有的只是悠然，并无奔马像透出的那种奔放。

从雷台回武威城。我让车子放缓速度，欲好好领略一下这破败的土屋之城。这是一座人潮涌动却又十分宁静的城市，好得很。倘若能在此逗留两三天该有多好，可这是不可能的。我连一晚的空闲都没有。今夜晚饭后，我就要乘九点三分的列车去兰州。

借着晚饭前这段时间，我在招待所一面喝着白兰地，一面听了地区委员会之人的介绍。汉代、唐代的凉州在哪里，由于尚未发掘，目前并不清楚，不过据说，城外15公里处与3公里处都埋有遗址。武威是汉代武威的郡治之地，是唐代凉州、元代西凉州、明代凉州卫、清代凉州府的治所所在地。尽管中国在各个时期都在努力确保这处要冲，结果依然屡遭游牧民族的入侵。五胡十六国时期曾有五个凉国王均以此为都城。这里早已不啻张掖，甚至经受了更猛烈的历史变迁的波涛。单从"马踏飞燕"那完美的跃动感中，便能完全感受到这座往日大都城的盛况。

不过，今日驶经的张掖—武威间的这段旅程，我在小说《敦煌》中也写过。在小说《敦煌》中，与我今日的行程恰恰相反，小说中的出场人物是由武威赶往张掖的。

——从凉州（武威）至甘州（张掖）有五百里路程，其间有数十条源自祁连山的河流流入干燥地带，营造着绿洲。部队第一日在江坝河畔露营，第二日在炭山河畔露营，第三日则在一片离山很近的无名河滩上露营。……第四日早上行至水磨河畔，第五日进入一条南北两山夹成的山谷。……由此往前至甘州，已基本上是平地。部队采用战斗队形再度进发，在未有一木的沙漠中行军。

我继续着这种记述。直指甘州的是西夏第一线部队，而占据甘州欲迎击西夏部队的则是回鹘部队。这里所记述的江坝河、炭山河、水磨河等河流，我在今日的旅程中应该都走过，不过具体哪是哪我无法确认。小说《敦煌》中所用的都是以前的名字，现在河的名字也变了，河流位置也发生了改变。不仅如此，其中很可能既有一些水已干涸变成干河道的，也有一些反倒是新诞生的。正如发源于天山、昆仑的河并非只有一条，源自祁连山的河想必也是一样的。

正如我们无法知道小说《敦煌》中的凉州（武威）、甘州（张掖）这两座11世纪的城市现在埋在哪里一样，想必流经两地间的河流、河流所形成的绿洲，以及联结绿洲与绿洲的道路，大概也全埋进了沙里吧。

晚饭后，我们乘上九点三分出发的列车。我与和崎两人独占一室。我从食堂买来白兰地，喝完后便睡了。

十月十七日五点三十分，抵达兰州，非常寒冷。我在酒店洗了个澡。有热水就是好。由于此前并未在兰州洗澡，因此这是我离北京13天后第一次洗澡。早餐是久违的面包加咖啡。

今早是这次旅程中最冷的一个早晨。洗了热水澡后我终于缓过气来。十二三天前刚来时，我还担心后面会怎样呢，没想到最冷的竟是兰州。而且这里的房间还很大，更是增添了寒冷的感觉。

这天一整天，我都在酒店整理笔记。

十月十八日，五点从酒店出发。距机场74公里，用时1小时。夜路漆黑。路上来往的只有那些此刻已开始工作的毛驴。上次五日路过这里时还是满月，如今黎明的月亮已像镰刀一样锐利。

抵达兰州机场。一架不知来自哪里的航班刚好抵达，衣服鼓鼓的乘客正从飞机上下来，一个个像蒙着被子。

虽然今早在酒店没大感到冷，可来到户外后才发现冷得厉害，终于让这次带来的防寒服派上了用场。

七点三十分，起飞。太阳从跑道的对面升起。机舱内也很冷，有如冰箱中一样。起飞后，飞机很快来到无数丘波的上面。奇异的风景。兰州终究还是地处偏远，条件艰苦，我想。

八点三十五分,飞机抵达西安。这里不太冷。九点三十分,再次起飞。

十一点三十分,抵达北京机场。在北京一点都感觉不到冷。天空碧蓝,秋高气爽。

沙枣香

去年昭和五十五年（1980年）五月，我造访了新疆维吾尔自治区塔克拉玛干沙漠南面的几座城市。这些都是自赫丁、斯坦因以来外国人再无涉足的地区，原本并不是轻易就能进入的，可是，中国与NHK的丝绸之路联合采访，却让我搭上这一划时代好事的顺风车，将这种幸运再次据为己有。

四月三十日我从东京启程。十点五十分从成田机场起飞，三点半抵达北京机场。天气晴朗，爽风，三十二三度，比东京热多了。宿舍是民族饭店。由于是五一前一天，晚上，天安门附近的灯饰很美。

五月一日，我在琉璃厂打发了一整天。在旧书店里发现了许多此前未见的书籍。

五月二日，黎明时下起雷雨。我六点起床，七点从酒店出发。在机场用了早餐。天很冷。飞机是三叉戟，核载100人。九点四十分起飞。起飞时天气响晴。飞机直奔乌鲁木齐，航程2700公里，预计用时3小时。

十一点十分，飞机抵达甘肃省的沙漠上空，十二点，至酒泉上空。一片雪山浮现出来，大概是祁连山脉西端的尾巴。一点，飞机飞过天山山脉无数雪棱上面。五月初的天山全被雪覆盖。大概还未到流雪水流的时期。不久，博格达峰浮现出来。雪的棱角像波浪般涌到一起，营造出一座白色堡垒。

一点，我们如期抵达乌鲁木齐机场。听迎接的人说，乌鲁木齐的雪下到上月中旬。今天是五月二日，也就是说，雪一直下到半个月前的四月中旬了。中国的这里居然还是初春，感觉像日本早春季节，令人心旷神怡。不过，钻天杨已经发芽。

乌鲁木齐已是我第三次访问。前年九月中旬和去年八月初我都来过。可在时隔8个月后，我竟再次住进了迎宾馆（宾馆饭店）。宽敞的大院内散落着几栋宿舍楼，我这次入住的是尽头的第6栋楼。

进入二楼的房间，我立刻换上了冬衫。洗澡，散步。不必说几栋建筑物之间，这里所有空地都种植着钻天杨。既有钻天杨树林，也有钻天杨行道树。树中间，宽阔的路四处舒展。在东京时我从未像样地散过步，可来到这乌鲁木齐的酒店后，我竟总在逼自己散步。虽然转悠了约三十分钟，却只遇见了一名貌似酒店员工的女性。我一面晒着日光浴一面踱着步。白色的天山就浮现在远处。

晚餐是八点，去另一栋楼的食堂用餐。这里与北京有两小时的时差，仍是艳阳高照。

十点十五分，日本报社的北京分社给我打来电话。我们原本约好，倘若珠穆朗玛峰登山队成功登顶，那就由我说几句祝词，结果收到的却是并非登顶成功，而是因雪折返的消息。

晚饭后，我在房间与中方人士杂谈。据说乌鲁木齐冬天到夏天很快，春天很短。并且，夏天到冬天也很快，秋天也很短。雪一般都是从十一月下到三月，今年直到四月中旬雪都未融尽，则完全属于例外。

晚上，NHK组为我配发了羽绒服。

五月三日，六点起床。天气晴朗，散步三十分钟。钻天杨绿色尚浅。九点早餐。

十点三十分，离开酒店去博物馆。从旧市区进入新市区。来到城里，到处都是尘土。这座城市汉族与维吾尔族基本上各占一半，因而从车窗望去，城市的表情既称不上是汉族的城市，也称不上是维吾尔的城市。

城中依然在拆除土屋。去年和前年也都在拆，这次又看到了同样的光景。原本就是座只有土屋的城市，因此怎么拆恐怕也拆不完。任何时候来都是尘土飞扬，便是这种城建的缘故。

新建筑不约而同全被涂成了黄色。大概此城之人都以黄色为美吧。老城尘土飞扬，新城太过整洁。总之，这是一座早春的城市。大街正面有座山丘，丘上能望见一座塔，名叫红山塔。由于我一直惦记这座塔，便决定下午爬上塔所在的山丘看看。

车子在城中一处集市旁停下。路边小店在售卖山羊肉、大葱、蔬菜等，还有烤羊肉串。

我在博物馆做了约一小时的笔记。由于这里已来过数次，东西基本上都是老相识。

下午在酒店休息。四点半去红山塔参观。山丘看似在城中央，可问问司机，原来是位于城外的西北部。

我乘车爬上那座山丘顶。从丘顶望去，乌鲁木齐城杂乱无章。郊外工厂多。也许，此城也要变成像兰州一样的工业城市吧。而我所入住的宾馆饭店则位于城市东南端。

塔是九层的砖塔，建在岩石裸露的山丘悬崖边上。由于不好搭脚，靠近塔并非易事。

晚上，在今后沙漠之旅中将要同行的乌鲁木齐的医院的医生前来打招呼，顺便给我问诊了一下。我们杂谈了约三十分钟。虽然医生本人长年生活在乌鲁木齐，不过据说，翻越天山进沙漠还是头一次。

五月四日，八点起床。散步三十分钟。十点半去书店与百货店。由于是周日，人潮如织，混乱不堪。路旁的集市上也聚集着很多人。

我在百货店买了一件毛衣一条毛裤。两件共50元（日元6500元）。同日本相比，十分便宜。另外我还买了茶与蜂王浆。每一样都是今后沙漠之旅的必备品。尽管我在东京也做了些应对寒冷的准备，可来到乌鲁木齐后，才感觉与预想的差距很大。据已经抵达塔克拉玛干沙漠南侧，即西域南道地区的中国摄制组打给乌鲁木齐的NHK摄制组的电话说，和田地区白天的气温是40度，可进入沙漠后，夜里会降至零下。40度高温该如何应对，零下的低温又该如何对付，我心里也没有谱。

晚上，今后的日程安排被公布出来。根据安排，明天收拾行李，后天五月六日开始行动，飞往南道的和田。在和田只住一晚，次日乘吉普车去尼雅（民丰）。然后以尼雅为大本营，次日立刻进尼雅遗址所在的沙漠。

——真是闪电行动啊。

我说。

——是啊，根据当地的报告，沙漠一天比一天炎热，过不多久人就没法进了。

NHK组的田川纯三说道。

——不过，你没问题吧？

这里所说的没问题，似乎是指我的健康。

——大概，没事吧。

我笑了笑，只能如此回答。实际上这也只是我大致的感觉。就这样，难以意料的沙漠之旅即将开启。

五月五日，七点起床，散步三十分钟。钻天杨的萌芽如往常一样美。开着类似梅花小花的灌木也很惹眼。

明天终于要出发了，因此下午抓紧收拾行李。从东京一路穿来的鞋和另一双备用鞋我决定先放在这里。重新打包很辛苦。NHK摄制组那边发来很多信息和建议，每次收到信息都要重新打包。

晚上是NHK举行的晚宴，宴请对我们照顾有加的中方人员，兼作NHK的吉川研和我的生日贺宴。吉川的生日是五月五日，我的则是六日。可是，飞到南道后哪还有空搞生日宴，于是我便提前一天，一起给过了。我二人面前放着写有"寿"字的生日蛋糕。宴后，我与吉川谈论西域，一直聊到两点半。

五月六日，晴朗。八点半从宾馆出发。飞机是安东诺夫机型，核载24人，包机。据说NHK摄制组的主要行李昨日已装上卡车，由陆路向和田进发了。据说至和田有2000公里，要花5天时间。倘若时间充裕，我也真想搭乘那些卡车，可目前只能是奢望。

十点起飞。飞机飞向万里无云的碧空。同行的NHK各位在机舱内向我表达了祝贺。今天是我第73个生日。最近连续三年，我都是在中国过的生日。去年是在苏州，前年是在兰州，今年则是在往日于阗的故地——和田过的。

飞机很快来到美丽的耕地上方。地上散落着茶色与蓝色的长条诗笺，其中还不时点缀着一些土屋聚落。由于聚落与周围的土色相同，倘不仔细分辨，是很难区别哪是聚落哪是原野的。

于我来说，这已是第五次乘机翻越天山。大天山的山脊线全部覆盖着雪。起飞十分钟后，我们来到雪中山脉的上方。有的雪山甚至触手可及。

飞机翻越无数雪山波涛，十点四十分来到掺有耕地的大沙漠上方。不久又来到库尔勒上空。然后望着右面顶雪的天山飞行。一片白褐相间的大碱性地带铺陈在眼前，上有无数裂缝。倘若能在该地带作画的话倒真想作上一幅。白褐相间的均匀色调，其中还有抽象画的蜿蜒的黑色河流。地面波浪起伏，似乎没有平坦的地方。

十一点二十分，库车上空。我努力寻找着库车通往阿克苏的路，却怎么也寻不见。那是去年乘吉普车所走过的一条路。一条长长的绿洲带从库车伸出，青绿的耕地与聚落浮现出来。可不久后，一片荒漠在眼前展开。从飞机上看像沙漠，实际上应该是戈壁。

根据机舱内的广播，阿克苏现在是21度。我在荒漠中寻找着曾走过的道路。不久，一条道路浮现出来。那是沿天山前山纵横驰骋的唯一一条路，是乌鲁木齐—和田间的主干道。装载着NHK采访组行李的卡车也是走这条路。

十一点五十分，抵达阿克苏。十二点十五分再次起飞。雾气加深，虽然能看到一条疑似塔里木河的河流，不过准确情况无法判断。距和田有1小时15分钟的航程，飞机在浓厚的雾气中飞行。

一点三十分，飞机抵达和田机场。听迎接的人说，和田白天的气温是二十七八度，夜晚则是七八度。和田绿洲是在沙漠中造的一块绿洲，周围包裹着浩瀚的沙漠。昼夜有20度的温差，便是因为这种地形的缘故。

我们从机场赶往城市。每处土屋都围有高高的土墙，只露出一点土屋屋顶。土墙是用来防风的。这里的钻天杨与乌鲁木齐的不同，叶子已十分繁茂。

钻进大门进入城市，不久进入一条巨大的、多少有点妖怪化的钻天杨林荫道。再不久，车子来到一段古城墙的断壁前，然后绕向右侧，于是，今夜投宿的地区革命委员会第一招待所出现在眼前。非常气派的招待所。

无论这和田城还是这招待所，我都已是第二次造访。昭和五十二年（1977年）八月我曾造访这里。当时一行有中岛健藏夫妇、宫川寅雄、东山魁夷、司马辽太郎、藤堂明保、团伊玖磨、日中文化交流协会的白土吾夫、佐藤纯子、横川健等各位，还有我本人。接待人员几乎都是新疆面孔。当时的纪行我已收在前卷。

尽管是同一家招待所，不过跟上次不同，现在都气派得不敢认了。既有自来水，还有浴池。事后一问才知道，原来是为接待这次的摄制组而专门改造的。

午餐后去看黑玉河（墨玉河）。上次我曾亲自站上白玉河岸，黑玉河则没能看，因此，这次我决定去看黑玉河。按计划，我们在和田只能住一晚上，明日就要赶往尼雅，因此这是我参观黑玉河的唯一机会。听当地人说，今年没下雪，水很少。

车子沿乌鲁木齐-和田大道向西驶去，即喀什方向。至河岸有20公里。出了城，绿色的耕地立刻铺开。三匹马的马车，青青的春播小麦，真是丰美的农村地带之旅。路旁有条水渠，水很少。虽然也能看到一些钻天杨人造林，不过树都很瘦弱。

我们通过一处土屋聚落中的小集市。大约十五分钟后路周围变成了荒漠，浮现出沙丘。可转瞬间又变成了耕地，路旁还有沙枣林。耕地铺展，却全无人家。硬化路不时中断，每次中断都是沙尘蒙蒙。车子驶过卫星人民公社地区。这里有许多大核桃树。

不久,我们来到黑玉河岸边。一河隔两县,这一侧是和田县,对侧则是墨玉县。河宽约200米。水少,沙洲多。虽然名叫黑玉河,河里却完全没有黑石头。据说河里既不会有洪水,也看不到石头。

我站在桥上。无论上游还是下游,桥外二三十米处的河宽都增加到了三倍左右,不过中间却横着一片巨大沙洲,让人分不清究竟哪儿才是主河道。飘渺的河尽头,已与天空融为一体。

桥是石质结构,长120米。据说以前曾是木桥,可每次都被会洪水冲毁,于是换成了石桥。同白玉河相比,这边的水量要多得多。据说发洪水时水面能没到桥桁。听说上游有发电站,再上游则落满了石头,不过石头中黑玉多,白玉少。

这条黑玉河,在和田120公里外的沙漠中与白玉河汇合后,改名"和田河",流向阿克苏,然后最终被并入塔里木河。据说从前时的确是流入塔里木河的,可现在,水被中途截留用于灌溉,因此,究竟能否流到那里不得而知。虽说只需去汇合处一查,结果自会水落石出,可由于塔克拉玛干沙漠的河都具有"伏流"这种恼人的个性,因此未必会在地上汇合。倘在地下合流,那就无法确定了。

还有,据说白玉河、黑玉河的汇合点被叫做红白峡。据古地理书记述说:"有红白二山,红白二水在此合流。"我觉得这里所说的红白二山很可能是沙丘，结果维吾尔向导却说：

——似乎是比沙丘略黏一些的山。

究竟是什么样的山我猜不透。据说，要去阿克苏，当地人至今仍使用毛驴、骆驼沿河前进，至阿克苏有15日的行程。

回去的路上，向导为我折了根黑玉河畔的沙枣小树枝，放进了车里。树枝上开着小黄花，小花直径约1.5厘米。沙枣叶长则有两三厘米。果然是香气甜润。车中立刻充满了香气。据说，这种花还可用作中药，有止咳功效。

踏上归途。这一带所有耕地全是从荒漠中开垦出来的。我们进入暮色中的和田城。和田是座钻天杨与沙枣之城。钻天杨有大的也有小的。大的样子有点像妖怪。和田城的新建筑也被涂成了黄色。窗框不是赭色就是蓝色。土屋则全都十分简陋，罩着扁平屋顶。

回到宿舍，我将沙枣树枝放在房间的写字台上。果然，甜润的香气甚至飘到了房间前面的走廊里。

我在招待所的院里闲逛。后墙根并排着十来株巨大的沙枣树。因此后院也充满了甜润的香气。都说香妃的体香便是这沙枣的香气，多亏我在五月份便来到了该地区，得以弄清沙枣香究竟是怎么回事。

看看表，九点。外面尚明。

尼雅——精绝国的故地

五月七日，八点五十分，出发。今天要经由克里雅（于田）去尼雅（民丰）。从和田到克里雅180公里，再从克里雅到尼雅是130公里，合起来便是310公里。

我乘上第一辆车，后有四辆吉普跟随。车子从沙枣行道树下钻出，离开招待所，然后穿行在美丽钻天杨街道树的沙尘城市中。虽然是早晨，街上行人却很多。男人戴着各式的帽子，女人则头缠各自喜欢的头布。路边的店铺已然开张。路上有一群男人，一块布片从帽子上垂到后背，就像顶着块大包袱。还有三名并排过马路的姑娘，用三种漂亮的布片包着头。

车子转眼穿过城市，驶向郊外。土屋聚落连续不断。完全是土房子，几乎都没有窗户，屋顶扁平。土屋与土屋之间还露着小麦田。

离开招待所约十分钟后，车子在白玉河桥畔停下。白玉河宽500米，河床完全是小石滩，几乎没有水流。昨天去过的黑玉河河床填满了沙子，这边则布满了小石头。关于这白玉河的上游部分，我在昭和五十二年（1977年）八月访问什斯比尔遗址时曾领略过。

过桥不久，我们通过玉龙喀什人民公社。据说附近流有一条同名的河，不过由于有数条干河道横在眼前，让人弄不清哪条才是玉龙喀什河。

小麦田、桑田、菜地绵延不断。桑田里桑树尚小，菜地里黄花儿很美。

不久，钻天杨街道树消失。未硬化的沙子路直伸远方，不时沙尘飞舞。这条沙子大道是最近才修的，绕经南道，至库尔勒1200公里。虽是南道上的一条重要道路，不过据说途中有些路段已毁坏或消失。从和田往西有一条主干道，经叶尔羌（莎车镇）、喀什噶尔（喀什），以及北道的阿克苏、库车，一直延伸到乌鲁木齐，不过，从和田往东却不行。不过，也多亏修了这条路，我们才得以涉足该地带。

我们要去的和田以东地带，居民几乎都是维吾尔族，因而农村的氛围也多少有些不同。土屋农舍前面都不约而同地站着些孩子，全都赤着脚。估计他们在成年后才会穿鞋子吧。

道路平坦，笔直地伸向远方。由于阴天，完全看不见昆仑山脉。

车子行驶在大耕地地带。每次与卡车擦肩时，沙尘都很厉害。远处不时浮现出一片片羊群、马群。

九点三十分，路直角右拐，进入洛浦县一处聚落。土屋点点。到处是水渠或水汪。右面可见洛浦县的水泥厂，此外再无一处像样建筑。

不久，一直绵延的耕地消失，眼前逐渐变成荒漠。据说由此至下一个聚落——策勒县还有76公里，而在到达之前这荒漠将一直持续。一马平川的不毛地，没有一草一木。地面黑黢黢的，连块小石头都没有。

不久，车子进入一片略微荒凉的地带。大约有20个采沙工人正在劳动。尽管太阳高照，却有点阴翳，并不太热。太阳在右前方。虽然不时混着一些散落着小石头的戈壁状地方，可眼前基本上还是草木不生的平坦不毛地。昆仑山脉依然不见身影。

坦荡的西域南道之旅永远在继续。这是洛浦县与策勒县之间的大不毛地之旅。车子不时越过一些宽一两间（1间约为1.818米——译注）的干河道。只要山区一下雨，这里瞬间就会变为河流。有些地方偶尔还会滚落着小石头，仿佛从天上落下的一样。且不去管它。

十点五分，地面有些波浪起伏，小石头开始覆盖。可总体上还是平坦的。没有一棵草。车子不时越过一些干河道。一片海市蜃楼之海从前方远处浮现出来。

十点十五分，路旁左边的荒漠中有处废屋，有两名维吾尔男子正在附近吃便当。旁边有一口井，一人正在打水。旁边还有两头骆驼。

我们停车小憩。我下了车，朝两个维吾尔人所在的地方走去。虽然是有个貌似水井的东西，他们也的确正从那里打水，不过那既非真正的水井，也不是泉，而是一个据说是两三年前道路施工时所造的蓄水池。虽不知是什么人在给它补水，总之这池子里储存着水，为用骆驼或马匹往来于此的人们提供便利。尽管这荒漠之旅已持续太久，不过据说，至克里雅这才刚走了不到一半的路程。

休息十分钟后出发。不久，右面出现山丘，似长堤般绵延不断。可这些丘消失后，左边又开始出现巨大的连绵山丘。山丘对面总感觉像一片海，其实并不是海，而是浩瀚的塔克拉玛干沙漠。

左边前方浮出一道绿线。驶近一看，才发现那里有一条相当大的河，沿河形成了一条绿色的带子。通过这里后，荒漠立刻铺开。荒漠的远处也点缀着一些绿块，有如小岛。大概是刚才那条河的沿河地带吧。

远处有一群放牧的山羊。不久，左边远处又浮出一条巨大的绿带子。绿带逐渐变成绿块，展露出绿洲的样子。果然是策勒县。

十点五十分，我们进入悠长的带子中。久违的耕地地带开启。核桃树很多，不只是路旁，田地中也到处是。泥造的农舍点点。土坯外面大概又抹了一层泥，看上去就像用泥巴捏成的一样。

车子进入农村地带。耕地的青色沁入眼帘。这里也有些多少貌似城镇的地方，不过我们并未进入，而是径直从农村地带一穿而过。田间夹着荒漠。从和田至此有100公里。

耕地逐渐化为原野。杂草覆盖的原野波浪起伏。虽然令人类无奈，但毕竟也是绿洲，这点毋庸置疑。只见一名骑驴的女人，只身从对面过来。不一会儿，又有老人过来，也是骑着驴，也是只身一人。

十一点五分，原野变为耕地，不久进入农村地带，是策勒县的一个人民公社。简陋土屋点点。单从农舍构造来看，这里似乎比新疆任何地方都要贫穷。不过，耕地却整理得很好。

十一点二十分，漫长的耕地地带化为荒凉的不毛地带。完全是小丘陵起伏的原野。继刚才长达70公里的草木不生的不毛地带后，四周又变成耕地与不毛原野的交织。

荒凉的大小丘撒向远方，一望无际。地面是白色黏土，干裂得似要反卷。丘与丘之间散落着无数土包，每个土包都头顶一堆杂草。完全是土馒头地带。用中国的方言说便是"土包子地带"——沙土被吹到杂草根部堆积下来，便凝成了头顶杂草的饭团形状。土包子既有小的，也有大的。变大之后，就会头顶很多杂草或灌木形成沙丘。真是奇异的荒凉风景。

十一点三十分，土包子地带终于结束，眼前铺开一片原野，一群牧马浮现在远处。不久耕地现了出来，可转瞬又变回了原野。放眼望去，覆盖着黄色杂草的原野上，处处放牧着牛群。近路地带有很多水汪，大概是湿地地带吧。突然，眼前又变成了耕地，车子一时行驶在农村地带。粗陋的农舍点点，不久又化为原野，杂草之原无限延伸。羊群随处可见。眼前又变成耕地，再变成原野。耕地与原野轮番登场。

阳光渐强。车子进入农村地带，钻天杨叶子在阳光下熠熠生辉，美。农舍一旁不时有些用草围成的方形箱状物。听司机师傅说，里面饲养着山羊。农舍也是方形土屋，屋前或站着头戴红布的姑娘，或聚集着赤脚的孩子们。

这一带的原野，无一例外都覆盖着高大的杂草，低丘或隐或现。不久，一片巨大的牧羊场从右面远处浮出来，前方则是巨大绿洲的绿带子。路不知第几次钻入农村地带。羊群、牛群、绿色耕地、无窗土屋，还有被芦草彻底淹没的土屋。大部分房子都围有土墙。大概是强风地带吧。

十二点五分，一马平川的美丽绿色牧场铺陈在左右两边，四处搭配着羊群、马群。可是，不毛地带依然会出现，耕地与不毛地交织在一起。其间不时现出一些农舍或羊群，飞逝到身后。

路，缓缓下沉，然后爬升。我们同驴拉排子车的交会也频繁起来。还有骑驴的女人迎面而来。女人全是盛装打扮。无论男人还是女人，衣服全都鼓鼓的。

土，变白，路，也变白。不久，路钻入克里雅（于田）县的绿洲中。巨大的钻天杨行道树、宽阔道路、白墙商店。一处久违的像样的聚落。不久，我们进入城市的招待所。十二点四十分。

虽然此前的地带也夹杂着耕地与不毛地，不过据说，这些地方都不缺水，地下水基本上还是丰富的，那些点点搭配的小绿洲的绿带子便是由白杨树、桃树、沙枣、钻天杨等塑造出来的。

听招待所的人说，以前到尼雅，骑马要用四五天，到和田，骑马要用六七天。虽然路上每40公里会设一处驿亭，可前后两个驿亭是不能编在一天行程中的。当然，这里所说的并非我们今天走的路。据说，由于以前的路会不时出现在车道旁，倘仔细留意，还能遇见骆驼或毛驴走过的往日道路的碎片呢。

我们在招待所用过午餐，然后好好休息了一下。在此期间，招待所的入口早被大人和孩子们挤满。虽然他们都想看外国人，不过场面也实在太乱了，警察则正忙着阻止人们涌入内部。

四点，出发。车子穿过等了两个多小时的人群，钻出招待所的大门。路上也很难走。孩子们从四处跑过来。车子在城中心停下，我匆忙地按着相机的快门。

不久，车子穿过城市，进入耕地。在克里雅河桥畔，我再次请求停车。这次是为了给河拍照。流水虽少，河却很宽，颇有一副大河的气势。这便是制造出克里雅绿洲的河。过了克里雅河，不毛的丘陵地带立刻铺过来。

一道龙卷立在车前。丘陵与丘陵之间流着水。左边丘波起伏的地方变成了放牛的大牧场。

路弯弯曲曲，曲曲弯弯。刚才在克里雅招待所听说的旧道不时出现在路附近。虽然只是条约2米宽的窄路，不过，即使现在大概也仍作为驴道或骆驼道在使用吧。

又一道龙卷。有两个女人，各骑毛驴从对面过来。依然是鼓鼓的衣服。

真正的沙漠在左右两边铺开。这是此次旅程中第一次与沙漠邂逅。路附近是胡桐地带。胡桐，名字虽然威风，却只是类似骆驼草的一种草。左边浮出一道大龙卷。继而右面也出现了龙卷。大概是龙卷地带吧。

不久，胡桐消失。眼前依然是大沙漠之海。我们通过生有沙枣的一片区域，不久便什么都没有了。漫长的沙漠之旅在继续，不过，路旁却逐渐变成戈壁。远处是沙漠，近处是戈壁，左边远处浮出一条绿带子。

突然，右边出现一处小绿洲。两三户农舍，一点点耕地。连这么艰苦的地方都有人住！

左边绿洲的绿带子逐渐靠近。不久我们便钻入其中，是沙枣林。虽然右面也被不毛地包围，不过却有一片耕地现了出来。是苜蓿地，叶色浓绿。

车子行驶在绿洲的带子中。桑树很多。绿带的外侧铺着沙漠，沙漠里沙尘茫茫。农舍点点，有人站在路旁，是沙漠之岛上的居民。可不久后，就连这条绿洲的带子也被沙漠吞没了。

四点三十分，眼前变成大戈壁。既无骆驼草，又无胡桐。戈壁中有二三十头骆驼正从小河边浮出来。大概是靠着小河的河道吧，戈壁中有些只有两三棵树的小绿洲，像小岛一样点缀在那里。

不久，四下里开始搭配骆驼草。尽管如此，眼前仍是布满小石头的荒凉戈壁，比刚才长达70公里的戈壁还要荒凉。绿色的岛已消失，视野内只剩下无边的戈壁。龙卷，又一道龙卷，横穿着道路。我们停下车子，让龙卷先行。

车子驶过一座大干河道上的桥。左边出现一片巨大的沙枣地带。或许那里某个地方有泉水。

四点四十五分，戈壁完全变成沙漠。右面现出一条大断层。真是大沙漠之旅。大概是沙尘飞舞的缘故，能见度很低，前方一片模糊。

我们与一辆满载的巴士擦身而过。据说那是从尼雅跑和田的巴士,一天只跑一趟。不久,车子路过一处"988公里"的标识。据说,上面显示的是距离这条沙子路的终点库尔勒的距离。接着,我们又与一辆卡车擦肩而过。不久,车越过一条荒凉的大干河道。

五点,沙漠旅程依然在继续。右边望见一条小路,是旧道的碎片。我们停车,在沙漠中休息。我下了车,躺在沙子上。巨大的天空盖着浩瀚的沙海。远处立着一道龙卷。据说,龙卷多是去年雪少的缘故。

五点十分,出发。车子路过一处"981公里"的标识。一棵树孤立在左边很远的地方。那种孤独,恐怕连人类都受不了吧。莫非只有那儿有水?

不久,沙漠逐渐变成戈壁,干枯的红柳原开始铺展。落满小石头的滩上散落着无数的红柳尸骸,放眼望去,一片茶色的荒滩。完全是死之戈壁。河畔的红柳能长成很大的灌木,可沙漠或戈壁中的红柳只有骆驼草那么大。一眼望去,全是干枯红柳之原,此情此景只能用壮观来形容了。

五点二十分,枯红柳株减少,布满小石头的戈壁露出了肌肤。青青的骆驼草也开始四处露头。旧道的碎片从左手边浮出。四道龙卷与我们的车子并驾齐驱。

五点二十五分,眼前由戈壁变成沙漠。一览无余的沙海。沙漠中有处进入尼雅（民丰）县的标识。车子不时越过一些干河道。干河道中布满大小石头。昆仑山一场大雨，这里所有干河道就都会化为浊流，然后才将这些大小石头搬运至此的吧。当时该是多么骇人的光景啊。附近的沙漠沙子似乎埋得很深，虽有小草，却均已干枯。地面下沉，通过一条大干河道后，再次爬升。

五点三十五分，沙漠之旅仍在继续。地面多少有些波浪起伏。不时还会有些撒满小石头的地带。黑色、红色、茶色、白色，小石头各色各样。路缓缓地上升或下降。畅快的沙漠。塔克拉玛干沙漠都渗透到了南道这一带，有如大沙漠边。

五点四十五分，沙漠变成戈壁，红柳的死亡之原再次开启。土包子地带，土饭团般的土包上顶着红柳株。

车子时速80公里。尽管如此，我们仍好久未看到绿洲地带了。从克里雅出发后，一直都是戈壁与沙漠轮流登场。天空虽无一丝云，却没有伊朗天空那样的碧蓝。毕竟连昆仑山脉都未露一次面，可见到处都沙尘蒙蒙。

从克里雅出发已两小时，一路上总跟戈壁与沙漠打交道，未看到一处像样的聚落。

突然，车子来到尼雅河桥畔。停车。河宽五六百米，河滩彻底掩埋了河床，蓝色的水流化为细带，横在河滩一角。

河两岸是断层，和田一侧是约一丈的低崖，对岸的尼雅一侧，桥的上下游均被大断崖镶了边。

尼雅河是这一带首屈一指的历史之河，是一条大河，可我们在这里看到的，只是大干河道中的一条细流。恐怕它的干流早已钻到地下，如无特殊情况，恐怕是不会在这儿现身了。

从尼雅河的桥到尼雅有15公里。出发。终于来到最后一程。戈壁之旅依然在继续。一条绿洲的绿带子在左边远处浮现。可不久后，另一条绿色长带出现在前方，是尼雅绿洲。

可是，我们无论如何都无法接近绿洲。但是，绿带子却在一点点加深。久违的耕地碎片、核桃田。核桃田旁立着一道龙卷。路旁是开花的红柳，桃色的花儿依然美丽。见过枯死的红柳原之后，只觉这红柳花分外可爱。

六点二十分，我们终于进入尼雅绿洲的绿色中。戈壁之旅彻底结束，车子忽然间被绿色包围。两侧的树木有核桃、沙枣、杏、钻天杨。麦田也映入了眼帘。土屋、身缠靓丽原色服装的姑娘们。连缠在头上的围巾的颜色都那么鲜艳。穿过农村地带后，我们终于进入了真正的尼雅城。车子在城入口驶入了我们住宿的县府招待所。

准确说，尼雅是新疆维吾尔自治区和田地区尼雅县。

据说，这是尼雅第三次迎来外国人。1950年代是苏联农业专家，1976年是瑞典中国友好协会副会长，然后我们这次是第三次。

和田地区有7个县，尼雅县最小。现在，该县人口有2万4000，其中约4000人是汉族，其他是维吾尔族。解放前汉族极少，据说只有几百人。

总之，这是一处名副其实的偏远之地。最近——今天我们一路走来的路已修好，路况倒还不错，可在此之前，则只有那些今日数次看到的小路在沙漠和戈壁中艰难穿梭。就连去相邻的克里雅都不容易，更不要说到和田了。

即使现在，不便的现实依然没有改变。据说，人民日报要晚到半个月，就连和田的报纸也要迟到三四天。中国的广播信号难以收到，而俄罗斯的对中国广播却能收到。无论世界上发生什么事，只要是待在这里，似乎都与你没关系。

在五月的现在，白天的气温有三十五六度，傍晚则是十五六度。由于温差剧烈，傍晚降温后，感觉上会非常冷。最热的时候是七月中旬，白天气温38~40度，夜晚20度，或者更低。最冷的时候则是一二月，基本上在零下十五六度。据说有时还会冷到零下20度。

降雨，可以说几乎没有。一年的降雨量只有29毫米。因此下雪或下雨时，当地人会非常兴奋。今年一次雪都没下过，雨也只是四月份下了一点点。不过，由于山区会有降雨，因此也能得到水。这里物资严重匮乏，蔬菜也少。可是据说，今年已开始温室栽培，所生产的蔬菜已上了招待所的饭桌。

正如所有的南道城市一样，尼雅也是一座沙之城。只要往招待所的院子迈出一步，鞋立刻会被沙土染白。招待所的宽阔大院里盖了厚厚一层沙子，城中的所有的路也一样。

尼雅是汉代精绝国的故地，遗址位于北方120公里外的沙漠中，曾被斯坦因发掘，作为尼雅遗址十分有名。

往日的精绝国第一次被介绍，是在《汉书·西域传》中，书中如此记述道：

——王治精绝城，户四百八十，口三千三百六十，胜兵五百人。

总之，既然这里曾有这么一个国家，那就意味着这里曾是一处绿洲，而营造出这处绿洲的无疑只能是尼雅河。

可是，因为某种原因，尼雅河的水再也无法流到那里，精绝城便被废弃在了沙漠中。根据由此发现的木简上的铭文，一般认为，精绝城大致存续至3世纪。

7世纪的玄奘在《大唐西域记》中则有如下记述：

——尼雅城，周三四里，在大泽中。难以履涉，芦草荒茂，无复途径。

恐怕，这里所说的尼雅城，是在汉代的精绝城被废弃后，在稍南的地方又重建的一座城。当然，这只是我个人推测，没有任何科学根据。可是，倘若我的推断成立，那么此地的情况会恰恰相反，反倒一直在为湿地而烦恼。因为在大泽中是无法造城的，因此，实际情况很可能是，城造好以后尼雅河才伏流而来，结果制造出了一片大泽。而如此一来，人们便不得不再次放弃这里，移居至其他更宜居的地方。可是，他们又无法彻底离开尼雅河，因此，只能依然在该流域寻找候补地。

虽不知现在的尼雅城曾搬迁过多少次，不过我想，它依然是往日精绝国在两千年后所呈现的样子。一般认为，现在的尼雅城大致已拥有约700年的历史。此城郊外有处水井，人称"蒙古井"，这说明，当13世纪的蒙古军团通过这里的时候，这处聚落无疑已经落成。据说，700年一说便来自这种推定。这一推论有些粗略，不知结论是否正确。不过，在来到塔克拉玛干沙漠南面的边城后，我倒产生了一种信不信已不重要的心情。

关于这些古代的事情，既然没留下一行记述，那么一切便都是空白的。如果说有什么东西可以讲述那些历史往事，它们无疑也全被埋进了沙漠或戈壁中。即使在今天路过的策勒县北方沙漠中，也很可能埋有在《汉书·西域传》中被记述为扜弥国、在玄奘的《大唐西域记》中被记述为媲摩城的遗址，不过，我却没大心情想去确认。

大马扎

五月九日，晴朗。由于昨天休养了一天，和田—尼雅（民丰）的旅途疲劳已彻底解除，神清气爽。今天是NHK与中国的两个采访组朝北方120公里外的沙漠中的尼雅遗址开始行动的日子。

距离尼雅遗址120公里，中途约90公里的地方有处聚落叫"大马扎"，即大马扎生产大队所在地。据说，我们先是用吉普和卡车到大马扎，剩下的30公里则需另建一支60头骆驼的驼队。

总之，今天的任务是走完至大马扎的90公里行程。基本上，到大马扎的这90公里，可以看作是伸进塔克拉玛干沙漠的一个细长半岛。这是尼雅河自古流淌的地带，尼雅河在该流域冲积出一片细长的绿洲，像一个半岛伸入沙漠。我们今天的计划，便是利用吉普和卡车赶到半岛另一端的聚落——大马扎，并在那里宿营。

由大马扎再往前便是塔克拉玛干沙漠的沙海，因此，大马扎已是活人在这一地带的最后居住地。不过，大马扎的名字却多少有点奇特。因为大马扎是大麻乍尔，即巨大墓地之意。

而实际上，该地区的确是一处被视为巨大墓地的地方。它的准确叫法是"伊玛目贾法尔·萨迪格的大麻乍尔"。"伊玛目"是伊斯兰教阿訇的最高称号，"贾法尔"是人名，"萨迪格"是对宗教虔诚的形容词。因而"伊玛目贾法尔·萨迪格的大麻乍尔"便是"伊斯兰教圣者贾法尔的巨大墓地"之意。实际上，即使现在，该地区也仍被人如此称呼，只是生产大队所在的聚落将其简化，只用"麻乍尔"的名字而已。

1900年代初，造访此地的斯坦因也用了诸如"伊玛目贾法尔·萨迪格的远离村落的灵地"或者"从伊玛目贾法尔·萨迪格出发"等措辞，对于该灵地，他还进一步做了简要说明：

——所谓"伊玛目贾法尔·萨迪格的麻乍尔"，指的是一处著名朝圣地，根据一般传说，这里便是这位伊斯兰教领导者同异教徒战斗并与几百名信徒共同死去的地点（斯坦因《中亚勘查记》泽崎顺之助译）。

不过，在将此地视为灵地的这点上，当时与现在均未改变。大马扎聚落的附近便有圣者与妻子之墓。每年八月，为了祭祀祖先灵魂，众多信徒都会带上装馕的袋子与装水的葫芦，徒步踏上这朝圣之旅。据说，男信徒一定要到圣者的墓前朝拜，女信徒则要到圣者妻子的墓前朝拜。

可是，根据调查尼雅古代文物者的说法，他们最近从各方面对这种传承进行了调查，结果并未得出传说中的圣者战死的结论。基本上说，这位圣者贾法尔是阿拉伯非常著名的人物，在伊斯兰历史上，他并未来过新疆地区，而是与其父亲一起被葬在了彼地。因而，实际情况很可能是，崇拜他的教徒们在这里，在伸向塔克拉玛干沙漠的半岛一端建造了以他的名字冠名的圣地。

八点三十分，出发。七辆吉普，两辆卡车。除摄制组外还有早稻田大学的长泽和俊教授与我。剑指沙漠的旅程终于开启。问司机到大马扎要用几小时，结果司机说说不准。原来司机也是第一次去大马扎。

出了招待所，车子在闲散的早晨的大街上行驶了一会儿。路边是钻天杨与沙枣混杂的街道树，树下修着水渠。

穿过城市后，一片大原野立刻在眼前铺开。我们向东驶去。昆仑山脉今天仍看不见。羊群点点，水汪处处。七八分钟后，道路指向北方。

左右两边是连绵的低丘，路从右面山丘的末端穿行而过。牧场在左右两面铺开，处处都是羊群、马群。前方再次浮出连绵的山丘。路虽然朝其靠近，却并未冲上去，而是在左边绕了个大弯，沿山丘而行。左边是一望无际的牧场，碧草青青的大原野。羊群依然四处浮现。水汪也很多。

右面山丘逐渐消失，化为一望无际的大原野，远处的羊群看上去有如米粒。据说一群羊能有300只，不过我觉得似乎还要多。

八点五十五分，车子离开一路驶来的干道，直角拐向北方。道路变窄，并突然崎岖起来。路两侧还是连续的水汪地带。不觉间，路朝向了西边。大概还要在某处右转一次吧。

不久，路钻入了一处牧场中央。虽说是牧场，却没有草，只是散布着一片灌木。车子在该地带行驶了约五分钟，然后直角右拐，真正指向了北方。周围已经是尼雅河流域地带，也就是说，我们应该已进入了那个伸向塔克拉玛干沙漠的细长绿洲——半岛，因此后面的行程自然是一路向北了。一望无际的枯草原铺过来，土是白色的。右面远处是连绵山丘。原野中央有一户人家。房前站着两个人，一个女人，一个孩子。

不久，枯草原化为泥土地带。白色的泥土无边无际，处处打着卷。并且，头顶小灌木的泥土包也开始出现。有大的，也有小的。大的有二三尺高，小的也有一尺左右。即所谓的土包子地带。土包子上的灌木叶子是青绿色的。

不久，土包子地带收缩，大小山丘随之出现，草开始覆盖地面，不过，这种光景并未持续很久，不久后，茶褐色的枯芦地带铺伸过来。放眼望去，四面全被枯芦淹没。所有芦草都已干枯。完美的死之风景。

不久，死之风景的四处开始现出高大树木的影子，以沙漠之树著称的胡杨。一根根粗树头戴一顶巨大的浓绿树冠。不过，那些树冠的样子却太随意，有的横，有的斜，有的直冲天。它们看上去或精悍，或自暴自弃，或稳如泰山。作为沙漠之树它们是最强悍的，不过生活方式似乎各有千秋。

胡杨大量涌现，前边、左边、右边，全是胡杨树，不知有几百棵。并且，胡杨与胡杨之间还填充着枯芦。

可不久后，红柳取代枯芦登场，红柳地带随之开启。填充在胡杨之间的枯芦也全变成了红柳。与枯芦不同，这些红柳都是活的。叶是浅绿色，还开着桃色的花。有的已完全变成桃色，有的正变成桃色。叶美，花也美。美不胜收。

大概是形成群落了吧，这些胡杨一经出现，便总会以集体的方式出现，然后集体消失。虽然也有些胡杨被排挤到了群外，零散孤立在四处，不过这些胡杨都没有强壮的身躯，反倒带着一身孤愁，有如寂寞的妖怪。

不觉间，路不像样起来。路上有拖拉机辙，我们便沿着车辙走。可路面上到处是坑，车子颠来颠去。

我们进入一处胡杨群落中，树干能有一抱粗。穿过群落，枯芦地带再次铺开。这一次，枯芦中撒了些红柳。芦草是干枯的，红柳却是活的，还开着花。

九点二十五分，离路稍远的地方浮出一处山羊养殖场。

圆木围成四方羊圈，里面养着山羊。虽不见人影，却有一只凶悍的看门狗在附近巡逻。

枯草、红柳、胡杨的大原野在依然继续。不觉间，远处的山丘也消失了。我们第一次与驴背上的一家三口擦肩而过。父亲在前，女儿在中间，母亲在后。女孩在朝我们微笑。

尽管路沿着尼雅河左岸在往前伸展，却看不到河流。虽然原野已被红柳淹没，可这一带的红柳尚未开花。不过，叶子却是浅绿色的，光这样就很美了。不觉间路完全化为沙漠，车子在沙土上扭扭捏捏地行驶。

九点三十五分，路旁出现一条水渠，渠里大概是尼雅河水。周围是一望无垠的枯草地带，一旦着火，后果一定会很严重。

胡杨群再次出现，简直是妖怪的登场。一般来说，风景本身便带有一种妖怪色彩。干燥的白色风景永无尽头。枯草、枯红柳、活红柳、无数的胡杨。莫非，我们就这样进入沙漠么？可不久后，枯芦开始长出绿叶，干枯的红柳株中也泛出了青色。

九点五十分，左右远处都出现了连绵低丘，每一侧的山丘都拖着长长的脊线。大土包子地带持续了一阵子。胡杨完全消失，大大小小的泥丘上顶着干枯或活的红柳。

十点，左边的山丘靠过来。山丘是活的，外面点点覆盖着一些青黑色东西。突然，一条水沟出现在路左边。沟宽约2间，水满当当的。大概是部分尼雅河水造成的吧。接着，水沟忽宽忽窄，变来变去。

前车的司机过来告诉说是尼雅河。于是，我们停车，摄影。发源于昆仑山脉，流淌了12公里后进入地下的尼雅河，却在这一带将自己的身影肆意展示在地面上。阳光爽，空气也很爽，一点都不觉得热。我在附近转了转。原野、河畔、地面，到处都在冒白碱。

十点三十分，出发。车沿尼雅河而行。放牧的羊群浮现在河畔。眼前依然是芦草与红柳地带。尽管都是干枯的，不过有的正欲发芽，有的已经发芽。死之原野在拼命地活着，尼雅河是它的支持者。

路离开河畔，进入原野。红柳和芦草，无论枯的还是活的，全都蒙着白花花的沙子。

大原野之旅仍在继续。前面的吉普车扬起茫茫沙尘。路在原野中蜿蜒曲折，曲折蜿蜒。左边虽有低丘出现，可它们已完全是沙丘。

十点四十五分，路再次沿尼雅河而行。河宽了数倍，拥抱着多处黑黢黢的沙洲，水流则被这众多的沙洲撕成了数条。

河畔上牧羊点点。胡杨再次浮现。车子行驶在尼雅河绿洲的细带子上，仿佛在面粉上兜风。沙尘与车体的剧烈摇晃令人无语。

　　河时宽时窄。河畔的红柳变成巨大的灌木，每株都盛开着浅桃色的花。车子永远都在沿河行驶。河两岸是铺陈的大原野，沙丘在左岸展露着身影。

　　十一点，此前的死之原野逐渐化为生机勃勃的青青草原。红柳中枯株消失，全变成了青绿色。不久，路钻入一片巨大的胡杨林。忽然，我发现许多骆驼正在林中移动。于是停车，拍照。

　　十一点三十分，出发。起风了，沙尘很凶。整片红柳全都迎风飘摆。这一带的红柳株有3米以上，属大红柳。摄制组拍摄了沙尘情况。

　　我们再次出发。前面的吉普车忽然不动了，原来是陷进了沙中。于是拴上绳索，用卡车拖拽出来，结果耗时三十分钟。

　　在此期间，我在附近走了走。原野上既有骆驼草，也有牧草。牧草虽大部干枯，不过有些已发嫩芽，还有些完全返青。

　　十二点四十分，出发。车行驶在骆驼草、牧草和芦草的草原上。风拂着地面，不经意间卷起阵阵沙尘。天地间乌蒙蒙的。红柳、芦草、骆驼草、甘草，全都随风飘摇。

车子渡过一条3米多宽的水渠。第一次渡渠时失败了,第二次才顺利爬上对岸。又往前走了点,忽然来到一处广场。迎面走来10多头骆驼,横穿广场。车辆让过骆驼,钻入广场对面的大聚落。虽然未必是大聚落,却偏偏给人这种感觉。这里是离尼雅65公里的阿克墩生产大队所在地。一大群男女迎接了我们。他们都是沙生沙长,并在沙中劳作的人。聚落建在尼雅河造就的这处小绿洲中,红柳枝覆盖的土屋夹道相望,彼此间保留着足够的距离。聚落大概有三四十户人家。我在附近转了转。这是一处完全被包进胡杨群落的聚落,待久了有种寂寥感。只有风,其他什么声音都听不见。

一点出发。车子出了广场,过了小河,沿长长的沙枣林荫道行驶,然后在一处防风田圃停下,大休。车子停放在路上,我们则走进防风墙内侧用午餐。午餐是馕与罐头。

在这里,我们将舍弃一直乘用的吉普车,换乘待命的解放军大卡车。因为据说前面的路吉普车无法走。究竟是什么样的路,我猜不透。

两点三十分,我们从休息地出发。司机换成了一名士兵。我获准坐在士兵司机一旁的副驾上。大休之后,我们的旅途完全变成红柳与胡杨的死之原野。红柳与胡杨彻底变成了茶褐色。就连刚才还头顶一头浓绿的胡杨也彻底变成了茶色。想必，不久后叶子便会落光，只剩粗壮的树干。完全是死之风景。但是，即使在这凄惨的死之风景中也仍有战斗在继续。偶尔有些胡杨，虽然下半部已干枯，可上半部却未枯尽，仍挂着少许绿叶。这些胡杨，枯枝像藤蔓一样缠绕着下半部，样子十分骇人。完全是生与死的拼死之争，可怕的风景！

在这死之风景中，偶尔也能看到一些沙枣树开小黄花的情形。听说沙枣是沙漠中最顽强的，果然名不虚传。只有这种树能活，还开着花。

就在这样的风景中，一条白色的沙子路蜿蜒曲折，曲折蜿蜒，忽升忽降地伸向远方。我紧紧抓住前面的把手，不得不放弃笔记。白色的窄路不时变宽，每次变宽时总会出现几道裂缝，让我们的旅途愈发艰难。真的是千辛万苦。

三点三十分，尼雅河突然从红柳树丛对面浮出来。路向河流靠近，并沿河而行。两岸完全是红柳的密林。

尼雅河曲曲折折，路也沿河舒展，还不时来到岸上，车子则行驶在岸边。两岸的原野依然被红柳淹没，不时还能看见胡杨群。

车行驶在红柳所夹的路上。这一带的红柳很大，甚至有两三抱粗，生机盎然，与刚才死之原野的红柳迥然不同。虽然已绽放出浅桃色的花，不过据说，盛开要在十来天之后。士兵说道。

尽管我也很想说，车是在路上行驶的，可事实上，我们却一直行驶在大马扎生产大队的拖拉机留下的车辙上。水箱的水100度，为降水温需时时停车。每次停车，耳边都会传来风鸣呼啸。

我们进入一片胡杨群落地带。河对面被胡杨林淹没，这边则是红柳地带，且繁花盛开。进入此地带后，连胡杨也都很强壮。

突然，有些挂满白布条的树枝状东西树立在河边，据说是符木，是圣地巡礼的信徒们的参拜标志。当然这也是士兵告诉我的。多少有点令人恐怖。巡礼者究竟要用多少天才能来到这里呢？

红柳株格外大。我们与一队驮着重负的骆驼擦身而过。卡车已不知是第几次停车。我从车上下来，风中摇曳的胡杨的小树叶很美，很惹眼。

不久，进入沙漠。一片繁花盛开的红柳群落呈现眼前。胡杨减少，沙枣点点。干枯的牧草地带、土包子地带、小红柳地带、枯红柳地带——沙漠的样子在不断变化。突然，绿色耕地地带在眼前铺开，一片胡杨群落出现在路前方。

五点三十分，右面出现一条水渠。沙尘很凶。虽然我们走在红柳地带，可红柳株间多少拉开了些空隙，空隙中露着沙漠。

五点五十分，一条巨大的水渠横于眼前，浊流滔滔。我们进入水中，却中途折返，又试了一次后才渡河成功。后面的卡车已在水流中无法动弹。于是，大家又用绳索给拖拽出来。

六点三十五分，车进入一片大耕地地带。一望无际的田地，田里有男人、犬、山羊、孩子，还有巡礼的男女们。巡礼的女人都用白布蒙着脸。

可不久后，地面荒凉起来，不毛地交替出现。有两名男子在骑着驴。不久，前方有人家浮出，是大马扎聚落。我们的汽车驶入。进聚落后道路变宽，红柳枝下，一样的方形房屋隔路相望，整齐地排在路旁。真是一处表情奇特的塔克拉玛干沙漠入口的聚落。房子间隔得很宽，悠然自在。不过，与其说宁静，倒不如说是孤寂。家家户户的门口都站着孩子。

路右边有一条水沟，部分路段被水沟里溢出来的水淹没，形成了几处水汪。

车子蹚过几处水汪，穿越长长的聚落。右面是红柳原野，左面是青青的农田。穿越这些地方后，路再次进入一片不毛的丘陵地带。除红柳外一切都是枯的，茶褐色的枯草覆盖着整个原野。

七点半，我们到达不毛地带中的一处幕营地。全程90公里，历经11个小时的艰苦旅程即将结束。营地里支着几顶白色的幕舍。幕舍周围是红柳与白斯拉（ベスリアーク，音译）的原野。据说，白斯拉是一种牧草，除了用作骆驼饲料外，还可以当肥料。白斯拉已枯成茶色，红柳却还是青绿色。不过，这里的红柳很小。

正在幕舍休息时，新疆人民医院内科主任吴宗舜来为我问诊。血压值今早是130～80，现在则是138～80，基本上没变。

我叼着烟走出幕舍，在红柳与白斯拉的原野上闲逛，这时，两摄制组的负责人中国中央电视台的郭宝祥走了过来，说：

——有点事想跟您商量一下。

——不会是让我就此打道回府吧。

我笑着答道。郭先生也笑了，说道：

——我们找个地方坐坐吧。

我们俩在红柳株旁挨着坐下来。

——这是大家共同协商的结果，NHK的人也参加了商量。

他先是铺垫了一下，然后问我可否不去尼雅遗址，补偿条件则是返程任我单独行动，可绕经南道，走且末、若羌、米兰返回。若跟摄制组一起，必定会受拖累，想去的地方也去不成。他还说毕竟已进入这人迹罕至之处，最好是充分利用这次机会，一个人好好转转。当然他本人也会陪我一起行动，NHK那边也会有一个人陪我。

这是一个让我做梦都不会想到的提议。若说感激，其实再也没有更让人感激的安排了。可是，毕竟我好不容易来到了这里，对于只剩下30公里的尼雅遗址不可能没有留恋。自1902年以来，因斯坦因的前后三次发掘与调查而闻名于世的古代精绝国遗址，我真想亲自去站上一站。那可是出土了700多件佉卢文木简的地方。

——尼雅遗址之行要作罢吗？

——不放弃尼雅遗址，剩下的行程将很难实施。怎么样？

二选一。

——既然这样，那我只能遗憾地放弃尼雅遗址了。

我说道。由于事情太过唐突，我自然有些不理解。也许是在出发之际忽然收到了北京的电报，让尽量中止井上的沙漠之行吧。七十三岁，这已是一个发生任何事情都不足为奇的年龄。可是，作为执行方来说，事到如今已很难开口，于是经过反复协商后，才做出了一个对我十分有利的提案。当然，这只是我的个人臆测。

这时，田川纯三（NHK制片主任）也走了过来，问：

——出什么事了？

——很遗憾，尼雅遗址放弃了，明早送走你们骆驼队后就回去。

——可是，这是不可能的。军队的卡车似乎一小时后就要返回。既然要回去，那最好是搭他们便车。不过，那也很痛苦呢。

若直接返回，的确是很痛苦。可是，一切都已在瞬间确定。这是在众人的成全下，才让旅程作出的如此改变。我决定休息一小时，其间吃饭，然后再向尼雅出发。虽然多少会有些疲劳，不过，白天的行程用夜间来赶或许也不错。没部队跟着一切都没戏。

我再次在红柳和白斯拉原野上逛了逛。暮色渐近。这里是塔克拉玛干沙漠的边缘，人类可居住的地带由此结束。今天一直陪伴左右的尼雅河也在这一带消失。虽不清楚是以何种方式消失的，不过，大概是分成若干条钻入地下了吧。

NHK的吉川研带来一名当地老人。老人白胡子，黑脸膛，年龄92岁，名叫穆罕默德·尼阿兹。据说，此人曾在1906年18岁时为斯坦因做过向导，参与过尼雅遗址的发掘。由于我们已临近出发，没能与他好好聊聊，甚是遗憾。

大家在帐篷中吃饭。一场匆匆的离别宴。我在这里与NHK的各位告别，与长泽和俊告别。

——这是一场在伊玛目贾法尔·萨迪格的大麻乍尔的告别。

听我如此一说，有人应道：

——究竟是谁给谁送行，谁被谁送行啊，真把我给搞晕了。

的确如此。大家用威士忌匆匆干杯后站起身来。

十点,我们受到了众人的送行,郭宝祥、李一锡(新疆维吾尔自治区外事办公室)、NHK的吉川研,外加一个我,我们四人乘两辆卡车。吉川与我乘先行的卡车,我坐在副驾上。

虽然白天花了11个小时,可晚上是连夜赶路,因此预计花费7小时。不过,由于是夜路,路又不像样,结果谁都无法预料。

我们穿过大马扎的聚落。十点半。可是,天仍未彻底黑,依然泛着一些微明。大人和孩子们从家家户户跑出来,在房前向我们挥手。大概是汽车的声音让他们跑出来的。仅仅是过一辆卡车,在这聚落都会成为轰动性事件。特别是对孩子们来说,能看到卡车无疑比看不到更快乐。我还看到,有人正在红柳枝裹挟下的方形房屋后面烧火。有好几家都在烧火。这不禁令我感慨,聚落的生活是多么的纯粹和孤独。

从穿过这处名叫"伊玛目贾法尔·萨迪格的大麻乍尔"的聚落时起,夜色便突然降临。由于与北京有两小时时差,这里的十点半只是北京的八点半,可是此刻,夜色已降临塔克拉玛干沙漠入口的这处村落。

天黑后才发现前车灯不亮。虽然有后面的卡车从一旁辅助照明，可基本上还是不管用。有些地方根本分不清哪里是路，年轻的士兵全凭感觉驾驶。路上上下坡很多，靠近河岸处也多，有些地方还在悬崖边上。由于早已定好要在阿克墩生产大队的聚落换乘待命的吉普，因此，虽然只是到阿克墩的一小段路程，结果仍令人心情有些不爽。吉川则在一旁左边右边地不断给司机做提示。

艰苦的旅程持续了约两小时，总算平安抵达阿克墩生产大队，换乘上吉普车。先行的车上是小李，后面的吉普上是吉川、郭宝祥和我。两辆卡车殿后。这次我仍在副驾上紧盯前方。由于吉普车颠簸得厉害，必须用两手抓住某处才行。路两边虽被红柳淹没，可在吉普灯光的照射下已失去绿色，看着像一块块白疙瘩。这些白疙瘩的形状看上去都很奇怪。有的像人偶，有的像五百罗汉，还有的像四天王、阿修罗、傀儡戏的偶人头，有时则是好几个凑在一起，有如走在冥界的路上。无数的鬼，无数的精灵。恐怖的旅程漫无尽头。

车不时会减速徐行。定睛一看，只见一些被车灯吓坏的山羊群正在眼前匆匆穿过。山羊的眼睛全闪着蓝光。无数小蓝光！样子也十分恐怖。

当冥界之旅持续了约一小时时，我们吉普车的轮胎陷入了泥土中，动弹不得。于是拴上绳索用卡车拖拽，好歹从泥土中拉了出来，可是在拖拽的过程中，救援的卡车却又趴了窝。于是再用另一辆卡车救援，结果另一辆也趴了窝。再也没有比趴窝大卡车更令人头疼的东西了。于是，尽管能力有限，被救出来的吉普车也去参与救援，结果也抛锚了。四周黑暗，我们接连遭难。而另一辆吉普车早已在前面走远，自然不知道身后已出事。

　　无奈之下，我来到车外。进退两难。陷在泥土中的两辆卡车上都乘坐着很多维吾尔人。男的、女的还有几名孩子。看来是从阿克墩生产大队上来的。他们大概也是免费搭乘，可如此一来，他们也意外遭了难。大家都从卡车上下来，呆立在漆黑的河畔。天很冷。

　　——这事多少有点异常。

　　我说。

　　——是啊，真让人吃惊呢。岂止是多少有点，简直就是非常非常奇怪。

　　吉川也笑着说。郭先生则默默地抽着烟。所有人都站着，不敢乱动，否则，一不小心也会陷入泥中。既然我们已用卡车和吉普车糟蹋了这大麻乍尔的圣地，受这点难或许也是情理中事。

　　约一小时后，正悲凉时，先行的吉普返了回来。大家一起帮忙，用先行的吉普车拖我们的吉普，终于成功。然后大家商量了一下，决定让我们的吉普先行离开，赶往尼雅。由于还要营救两辆趴窝的卡车，另一辆吉普车只好留下来。

两辆大卡车、一辆吉普连同许多人都被留了下来，只有我们这辆吉普走了起来。我有点心酸，却又无奈。只剩下一辆车了，驾驶更要慎之又慎。因为一旦出事，便再没有救援车了。

漆黑夜色中的旅程仍在继续。胡杨林和红柳原野全被包裹在了夜色中。

四点左右时，我们迷失了道路。毕竟原本就没有路，找不到路也并不奇怪。车子转了约三十分钟，结果仍在原地打转。后来来到一处貌似农场的地方，将值班小屋的人叫起来问路。可即使问过路后，不安之旅仍在继续。

——奇怪啊。真是怪事一桩。

郭先生连连称奇，则是在发现车子又进入同一农场之时。虽不知为何会发生这种事，但我们的确又回到了刚才问路的农场。这多少有点像风雪中的轮状徘徊（ring wandering）。

尽管如此，我们还是设法来到记忆中白天走过的地方，终于舒了口气。奇妙是不假，可所有人都疲劳极了。

抵达招待所时，已是凌晨五点半，北京时间则是深夜。一名维吾尔姑娘跟一名汉族姑娘出来迎接。看到我们三人回来，二人很是吃惊。连续走了二十多个小时，身体彻底累垮。一闭眼就睡着了。十一点半醒来，午餐，接着又睡了过去。四点半醒来后，洗了个热水澡。大脑是清醒了，可全身没有一处地方不疼。

尼雅的姑娘们

五月十一日，晴朗。昨天一整天几乎都是在床上过的，因此今天已完全休息过来。前天的大马扎之行，恍如梦中。昨天傍晚收到NHK摄制组发来的电报，电报说"在距尼雅遗址三个半小时的地点野营"。看来，那60头骆驼的驼队今天上午便能到达目标所指的遗址了。

我们这边——中国中央电视台的郭宝祥、NHK的吉川研和我，虽然只是个三人团，可也是紧锣密鼓，我们决定，先在这边逗留三天左右，等接到沙漠中的摄制组进展顺利的报告后，不等他们回来便于十四日前后动身，赶往东方315公里外的古聚落——汉代且末国的故地且末。

下午与吉川在城里散步。气温三十五六度。傍晚则会降到十五六度，感觉颇冷，不过午间却很舒服。由于空气干燥爽快，并不怎么热。当地人无论中午还是傍晚都穿得鼓鼓的。看来还是这种穿法好。天热时的确想穿得单薄些，可如此一来又容易感冒。

我们从招待所前的大街往城中心走去。尼雅（民丰）县的人口有2万3000（1980年调查），其中4000人是汉族，其余全部是维吾尔族。当然，这些人口中还包含着散布在从沙漠到昆仑山脉脚下的几个聚落（人民公社），因此，若只论城中居民，大概能占一半左右。

招待所附近行人稀少，十分闲散，我们走了约十分钟后来到一处十字路口。从这一带起周围才多少热闹起来，有了些城市的样子。我们继续前行。

路旁有十来名男女正在摆摊。他们在路上各铺一块小地毯，将商品摆放在上面。商品数量并不多，多为种子、玻璃颈饰、帽子、点心。真是一处可爱的集市。我将这些地摊一一转了个遍，结果没5分钟就逛完了。虽然偶尔也会有人凑到摊点上，不过商品却很少会动。或许，他们一天连一件都卖不掉吧。

不过，摊主们似乎并不在意，他们盘腿坐在路上，有的闲聊，有的拉胡琴，还有的在思考。悠悠岁月从他们身边流逝。

我们踏上归途。蓦然回首时，我才发觉情况不妙。原来有一大群男人、女人，还有孩子早已挤满宽阔马路，尾随在我俩身后。虽不知是何时出现的，可如此一来，刚才集市一带就空无一人了。不过，他们的移动却秩序井然，决不会抢到我们前面。只是紧紧地跟在身后。偶尔有个别孩子想抢到前面时，总会被为我们护卫的大个男子给赶回去。

女人们大都怀抱着孩子，另外还要再领上一两个。听说中国政府并不限制少数民族生育，也不知是否是这个缘故，总之，年轻的女人们总会带着一大群孩子。吉川向一位年轻的母亲询问年龄，结果对方才18岁。这是一位美丽的母亲，她16岁便结婚，现在已有两个孩子。不光是这位母亲，我们在城中遇见的年轻女人全都容貌艳丽，打扮时尚。她们的包头巾、上衣、毛衣、裙子，分别是用红、蓝、白等颜色做成，还戴着耳饰。所带的幼儿也打扮得很漂亮。

可是，等超过五六岁以后，无论男孩还是女孩，就几乎都赤脚了。赤脚踩在盖着细沙的路上，带起阵阵沙尘。少女们还说得过去，男孩则是半裸，汗衫脏得不能再脏，裤子也一样，有的甚至已破成碎片。可是，孩子们全不在乎，倘若正眼瞧他们一眼，跟到天涯海角似乎都乐意。

基本上说，这座城市的维吾尔人都很热情。只要瞧他们一眼，他们立刻就会露出笑脸；倘若架起相机，女人们甚至还会重新系一下头巾。从宽广的大街望望胡同，泥造的土屋整齐地列在窄道两旁。

回到招待所。工作人员都不错。个个亲切、热情，有奉献精神。食堂里有两名姑娘，一个是汉族，十八岁，另一个是维吾尔族，十九岁。其中维族姑娘爱用头巾绑着头发，要么就是将头巾缠在脖子上。可今天早上，她居然哪里都没缠头巾，真是难得一见。我询问缘由，结果她回答说今天太热了，是个特例。她还说，若在家这么做，是要挨父母责骂的。

另一名汉族姑娘却坚决不用头巾，说是自己若往身上缠头巾，就变成维族姑娘了。

这两名负责食堂的姑娘都来自同一所高中。据说汉族人的高中维吾尔人没关系是进不去的，看来这名维族姑娘的家庭背景有些特殊。

来食堂的只有吉川跟我两个人。毕竟一年的降水量只有29毫米，可以说几乎没雨。这里既是全世界离海洋最远的地带之一，也是降雨最少的地带之一。可是，毕竟山区会下雨，可以通过这种方式得到水，因此人类才得以生存。

因而，这里物资匮乏，蔬菜也很少，餐桌上甚至有罐头蔬菜。就是在这样的条件下，食堂负责伙食的人仍为我们东奔西走，用珍贵的食材努力为我们做好吃的。心里真过意不去。

可是，这些饭菜无论蔬菜还是肉类，全部是撒了砂糖的甜食，让人很难全部吃完。吉川前去交涉，要他们不要再撒砂糖，可就算交涉仍无济于事。盘子里的饭菜不见少，两名姑娘就会神情悲伤，因此我只有逼自己多吃点。可除了馕以外，其他的实在是难以入口。

早餐中上了好几种撒满砂糖的点心，饭菜的大半也都是点心。莫非这里的人们喜欢甜食？否则就是需要甜食吧。客房里的小桌上也放着盛满方糖的盘子，还有满盘的糖果和葡萄干。真是让他们费心了，可这些我也不敢碰。

由于不下雨，人们完全没有防雨观念。因此，即使盖房子也全是扁平屋顶，将芦草编起来，上面糊上泥巴即可。倘若遇到稍大点的雨，恐怕连一会儿也撑不住。说是叫造房子，其实极简单。首先用干枯红柳搭一个方形箱子，柱子用木头，其他全用红柳。然后用泥巴从内侧加固一下红柳箱，用此法来造墙。墙很厚，不用土坯。据说，因为造土坯要使用水，因此这里不造土坯。

傍晚，沙漠的摄制组发来电报："在沙漠里转了一天，未能发现遗址。在不知名处野营。目前正派小分队寻找遗址中。"沙漠果然不是寻常地方。明明距大马扎才30公里，可花了整整两天仍未到达。晚饭后，我与郭先生、吉川二人心里怀有一丝担忧，在招待所宽阔的大院里散步。

五月十二日，晴朗。今天想沿尼雅河上溯50公里，到尼雅河上游去看看。方向与前些天去的大马扎正相反。虽然这次的旅程中一直没遇见昆仑山脉，可今天，就算多少有点沙尘蒙蒙，大概也能从尼雅河上游地区亲眼望见昆仑山脉吧。这次是两辆吉普车，由三名当地人为我们做向导。

九点三十分，出发。我们很快来到郊外。土屋农舍点点。

五分钟后车进入戈壁滩。目之所及全是一无所有的大戈壁。今天,我们是从前几天进尼雅城时的路逆向往西的,即前往和田方向。路上一辆汽车都未遇见。放眼望去,原野上只是点点散落着貌似骆驼草的野草。这种草叫麻黄。听维吾尔向导说,骆驼草在沙漠里能活,在戈壁中不活。

车子与一匹驮被子的骆驼擦身而过。路转着大弯缓缓下沉。不经意间,我们忽然来到尼雅河的桥边。由于尼雅河东岸被巨大的断层镶了边,所以,我们一路走来的戈壁滩比尼雅河以西的戈壁滩要高一层。这里距尼雅城有5.3公里。

过了桥,我们在说不清是河岸还是河畔的地带行驶了一阵子,不久往南,朝昆仑山脉方向拐去。戈壁上布满了大石头。

取道向南后,车子又拐了两三次,之后便笔直驶向昆仑山脉方向。一条水渠浮出来。我们沿着水渠,若即若离,一路向南。

戈壁之旅在继续。路不时上坡下坡。不久,容纳尼雅河流的断崖从左边远处或近处露出来。断崖脚下浮出蓝色的水流。对侧的断崖便是从刚才桥那边延伸过来的断层,可不觉间这边也形成了断崖。水很少,但很蓝。

戈壁上依然布满了大石头,戈壁滩一直延伸到昆仑山脉山脚一带。石头大概全是从昆仑山上冲下来的。昆仑在沙尘中朦朦胧胧，仍不见真身。不觉间，尼雅河的河道也远去了。我们不时越过一些干河道。这处戈壁里也没有一个行人。

十点四十分，即离开尼雅的招待所约一小时后，虽然多少有些朦胧，可昆仑山脉的影子还是第一次出现在了前方。左边有一座雪山清晰地浮出来。大概是座6000米级的山。山顶附近全盖着雪。这座雪山虽无名字，可据说维吾尔人都称其为切克尔峰。

"切克尔"在维吾尔语中是高峰之意。的确，在这一带所能望见的昆仑山脉中，这座雪山显得格外高大挺拔。即使是在同一条南道上，尽管从叶尔羌（莎车镇）附近能清晰地看到昆仑，从这边却看不到。除非挨近这儿，否则是见不到昆仑的。

我下了吉普车，从容眺望昆仑山脉。前山重重，呈波状曼延开来，形成一派雄壮的景观。在无数前山波涛的对面，昆仑山脉则展示着长长的山脊线，威严地矗立在那里。

据说，我所站立的戈壁一带海拔有2400米，尼雅的海拔则是1000米，因此，我们不知不觉间已爬得很高。

再次乘上吉普车，继续这戈壁之旅。然后在离桥36公里处大休，用午餐。地点是戈壁滩中央。跟预想中差不多，这里能亲眼看到昆仑山脉。虽然感觉上终于到了昆仑脚下，可据说，由此到真正的昆仑山脚，徒步或骑马仍需一天的行程。并且,在此过程中还要经过几处游牧民的小聚落。

——去吗?

郭先生问道。

——好啊。要去就骑马去。再在游牧民的聚落里住上一晚。

我半开玩笑半认真地说道。

——又高又冷,不行的。

维吾尔向导当了真,一本正经地连说"不行,不行"。

休息地附近的戈壁上也布满了拳头大的石头。我找了块想做足底按摩石。因为这里能带回去的就只有石头了。

午餐结束后去看不远处的尼雅河河谷。站在断崖上窥望崖下。尼雅河的蓝色水流就在前山裂隙的谷底。至于断崖的高度,根据最近的调查,对岸与这边都是128米。即,尼雅河的滔滔河水就在128米的下面流淌。这里所能看到的尼雅河是伏流前的尼雅河,因此河水滔滔,水光有如宝石般美丽。

这些断崖并非岩石,而是戈壁层,即戈壁泥土的堆积。不过,据说下部依然是石质的。对面台地的斜坡上点点分布着一些小穴,是采砂金的洞穴。

朝河谷上游望去,远处浮现的是尼雅河片段与引水渠片段。那里地势比我们站的地方高许多,因此只能望见那两处水流的片段。引水渠在那边被纳入了暗渠,尼雅河则从河谷中倾斜下来,在距离源头12公里处——即在距离我们所站地点数公里的下游钻入了地下。据说,当它再次钻出地面时已经是大马扎附近了。如此说来,前几天去大马扎的时候,尼雅河的河流就曾忽然出现过,当时我还觉得那种出现方式太突然,现在才明白,那是因为尼雅河是在那一带停止了漫长的伏流,忽然现身地上的缘故。

因而,此前路过的桥畔的尼雅河,其实只是河流的一小部分,大部分都在地下流淌呢。不过,发洪水时,由于水无法全部钻入地下,部分河水也会在地上流淌的。这宽阔的河床,估计就是为容纳这些多余的水而备下的吧。

归途中,我看到了来水渠喝水的黄羊在戈壁滩奔驰的场面。据说黄羊是山羊的一种,这一带野生黄羊很多。

回到招待所后,来自沙漠摄制组的电报早已送达:正午抵达遗址,祝一路平安。

虽说摄制组抵达遗址的时间也比原计划晚了一天,不过悬在心中的一块石头总算落了地。电文简洁明了。"祝一路平安"则是对我们三人旅途的问候。傍晚入浴,神清气爽。

夜晚,我一面喝着白兰地,一面记录着白天在尼雅河上游从维吾尔人那儿听来的伏流传说:

——从前,昆仑山区曾久旱无雨,因此尼雅河也干了,尼雅城里一滴水都没有了。城里的人全都干渴难耐。一名男青年便晃晃悠悠地去昆仑山找水。正在四处找水时，他忽然在山里遇到一个拄杖的仙人。仙人说：既然你想要水，那我就把这拐杖送给你吧。你拄着拐杖下山。但是你记住，无论发生任何事你都不要回头。只要你能做到这一点，你和城里的人就都不会再受干渴之苦。说完，仙人就把拐杖送给了年轻人。年轻人依仙人所说，拄杖下山。他从山上下来，滴水全无的尼雅河滩干巴巴地横在眼前。年轻人拄着杖，沿着河滩往下走。突然，身后传来一阵阵猛兽的咆哮声。可是年轻人并未回头。他拄着杖，沿依然干涸的河滩继续往下走。过了一会儿，身后又传来一阵滔滔的水流声。水！年轻人不禁回头一看。结果，已流到身后的尼雅河水顿时消失，伏流到了地下。

也就是说，尼雅河就是这样伏流的。真是一个极具当地特色、可悲又残酷的传说。

五月十三日，七点起床。我似乎逐渐适应了这里的气候，已不再感冒。最近这段时间，中午的温度有30度左右，可由于气候干燥，日子还是较容易过的。为防感冒，此前我整天都穿得很厚，可昨天竟第一次换上了夏装。晚上则是长袖衬衫，毛线衣加外套。

今天白天散步时，我第一次尝试着换了件半袖衬衫。乌鲁木齐的户外和室内都很冷，容易感冒。而来到这边后，由于无法适应白天的炎热和夜间的寒冷，感冒反反复复，时好时坏。无论汉族人还是维吾尔族人，大家都穿得很厚，没有人露胳膊。等到七八月份的时候，在那些温度有时会接近40度的地方，你若不在那儿住住，是无法知道当地人如何应对天气状况的。

尽管我也知道这里物资匮乏，但无法掌握确切情况。今天早晨，郭先生跟负责伙食的师傅交涉，让他为即将归来的摄制组每人准备一个鸡蛋，结果却碰了一鼻子灰。师傅说就算把全城搜个遍，也凑不齐60个鸡蛋。听他这么一说，我这才切身感受到物质的匮乏。

午刻时，摄制组的第四份电报传来：酷热五十度，今天半夜逃离。

根据这份电报，我们决定推迟明早向且末出发的行动。尽管电文很短，却让人感到一种殊死的决心。我忽然不安起来。若说不安，令人不安的因素也着实太多。因为尼雅遗址所在地原本就不是寻常地方。玄奘在《大唐西域记》中曾记述说：

——从此（尼雅城）东行入大流沙，沙则流漫，聚散随风，人行无迹，遂多迷路，四远茫茫，莫知所指，是以往来聚遗骸以记之。乏水草，多热风，风起则人畜惛迷，因以成病。时闻歌啸，或闻号哭，视听之间，恍然不知所至，是以屡有丧亡。

下午在招待所的院子里散步。一踏入院子，鞋上立刻沾满了沙土。和田也是座沙城，可这边似乎尤甚。院落很大，整个院子都铺了厚厚一层沙子。每次去院角的厕所，鞋和裤脚都会被弄得白花花的。准确说来，不是铺了一层沙，而全部都是沙子。沙子堆得很厚，挖多少尺都挖不到底。所以，无论招待所的院子还是城里的路，上面全撒满了碎石子，虽然多少会有些抑尘作用，可一旦刮风就完全失去了效果。

据称，这里最好的季节是十月，水果多，昆仑山也能望得见。当地人把十月称为"黄金季节"。我这次要造访的且末也一样，气候基本一样，只有春风不同，据说且末的春风会更大些。

等摄制组电报等到傍晚，结果未接到任何消息。上一封电报说今天半夜逃离遗址，因此顺利的话明天中午就能到达大马扎。由于返程时间比原计划提前，因此，估计大马扎那边也未做好任何迎接准备。并且也难保没有疲劳人员和病号。

郭先生顿时忙碌起来，又是跟地区委员会的人商量，又是外出，又是打电话，经过一番忙碌后，最终由两辆卡车、四辆吉普、11人编成一队，定于明早四点向大马扎出发。

——咱们跟大马扎还真有缘分哪。

郭先生笑着说。是挺有缘分的。

——可千万不要再在同一个地方打转转了。

——这次肯定没事了。到那边时天已经亮了。

——希望不要再陷进去了。

——千万别。

——一起去吧。

——你饶了我吧！

经过一番对话后，大家商定留下吉川跟我在这儿待命。

五月十四日，四点起床，送走赴大马扎的郭先生一行后，我再次钻进被窝。然后七点醒来。今天阴天。其实并非阴天，而是沙尘迷蒙。虽然有负责房间的姑娘打扫走廊，可走廊里依然堆了许多沙子。先前不知道，原来细沙一直在不断地落。

从房间的窗户里望去，高大的钻天杨被风吹得摇来晃去。虽然在房间里听不到，可只要迈出房间一步，风刮钻天杨树叶的声音便会传入耳朵。飒飒的声音，听着有种说不出的爽。

每次我将衬衫往房间一放，姑娘就立刻帮我洗了。洗过的衣物一般只需一两小时便干了，可由于会沾上沙尘，也不好说是不是真变干净了。

上午和下午都在院子里散步。后门的杏树下总有个五六岁的男孩与一个三四岁的女孩在玩耍。男孩赤着脚，半裸着身子，头上歪戴一顶鸭舌帽。二人不时抬头望望树上结的杏子。就算是得不到，只是抬头望望便露出一副满足的样子，十分可爱。

下午，我午睡了一小时。睁眼时，听到了鸡叫和布谷鸟的叫声。

我下了床，再次在院子里散步。院里除了散步似乎再无其他消遣方式。招待所正面入口旁开垦了一大块地，可全是沙地，也未浇水。听说那里种了些蔬菜黄瓜之类，不过乍一看完全就是块不毛之地。在缺水这点上，钻天杨也不例外，可钻天杨却亭亭玉立，茁壮生长，纵然无水也不在乎。沙枣、杏树也一样，生在沙中却枝繁叶茂。

今天是来尼雅后第七天，我的手很粗糙，彻底没了油味。也不知是干燥所致还是沙尘所致，反正总想洗手。

傍晚，在院子一角，我用吉川的相机，跟两名食堂的姑娘和两名负责房间的姑娘各合了张影。据说，这四名姑娘都在县文化局上班，这次是专为接待我们才被调到了这边。原来如此。听她们一说，还真是这样。姑娘们都十分热情。似乎总在某处守望着我们。每当我拿着洗脸盆来到外面，便总会有人跑过来。真的是无微不至。还有一点，因为我们是她们生平第一次见到的日本人。她们对日本的知识，只是从偶尔过来的日本电影中获得的。不过，仍几乎一无所知。她们对日本的确切了解，估计也只有东京是世界性大城市之类吧。

今天一整天我都在等待摄制组或郭宝祥的电报，结果任何消息都未等到。这边的邮局随时都能接收信号，他们说并未收到任何信息。

有可能在今天半夜或明早回来，因此，入夜后我早早睡下。

五月十五日，六点起床。今天一大早就很冷，风很大。到处让沙尘搅得灰蒙蒙的。昨天凌晨四点赶赴大马扎的郭先生一行11人，由于只带了一天的伙食，大家决定再派辆吉普去接济他们一下。这一次是由吉川来安排的，可把他忙坏了。

十一点，摄制组与郭先生的吉普以及卡车都开进了招待所的大门。招待所顿时大变样，瞬间挤满了人。虽然大家很疲劳，却都很健康。据说从大马扎至此的90公里用了整整17个小时。吉普车跟卡车中途又陷了进去，全都趴了窝。

晚上，大家迎来了久违的聚餐。晚餐很热闹。中方摄制组也参加了。郭先生、吉川还有我，明天我们三人终于可以向且末出发了。我觉得郭先生肯定很累，延迟一天也可以，结果郭先生却说：

——要是这样的话，说不定这边又会出麻烦，动不了身呢。我的事情您就不用担心了。明天吉普和卡车说不定还会在某地方趴窝呢。一旦趴窝我就现场休息。

　　由于往大马扎往返了两个来回，郭先生像变了个人一样，多了种彪悍。不过，他说得没错，倘若连这点思想准备都没有，这样的旅行肯定行不通。总之，连结且末、若羌、米兰的南道之旅，明日即将开启。

　　为了明天的启程，最好是早点入睡，可明知如此，我最终还是把田川纯三请到了房间，询问尼雅遗址的情况，一直谈到深夜。后来，田川回去时，说了句"那就祝你一路平安"。祝我们旅途平安，这是继发电报后的第二次。

褐色的死之原

五月十六日，晴朗。我们十点从尼雅招待所出发，前往且末。出发时受到了NHK·中国两摄制组众位的送行。一行有中国中央电视台的郭宝祥、NHK的吉川研，还有我，一共三人。吉普车一辆，司机是一名北京青年，不过在这次丝绸之路拍摄过程中，他从去年起便跑遍了新疆地区。若是沙漠、戈壁之旅，据说，就目前来看，再没有比他更好的司机了。不过为防万一，会有另一辆卡车跟在后面。

在一个星期的逗留中，每天照顾我们的两位食堂的姑娘、负责房间的两位姑娘，还有在招待所上班的许多人，无论汉族人还是维吾尔族人，大家全混在一起，向我们挥手致意。姑娘们的手则一直举到了最后。在这大风的沙尘之城，这些姑娘们会拥有怎样的人生呢？离愁别绪，也算是一种"尼雅之别"吧。

出了招待所，车子从我散过两三次步的大街驶往与中心地区十字路口相反的方向。两边是钻天杨行道树，路上并无行人。今天的沙尘最严重，能见度只有500米。

我们瞬间来到郊外。羊群、马群。车子很快进入荒漠。一望无际的枯草原，中间夹杂着一些湿地带。渺无人烟的大原野之旅开启。去年的河西走廊之行就请郭宝祥先生同行过，算上这次已是第二次。老让人陪我进行这种野蛮旅行，我心里实在过意不去，不过，说不定这也是一种缘分呢。

十点十五分，湿地地带依然很多，左右两边铺陈出一片土包子地带。路在这种地方蜿蜒曲折，曲折蜿蜒。原野荒凉起来。不久，一片胡杨群落从沙尘中浮出，有如从雾中冒出来一般。胡杨构成了一片群落，过了这种地带后，胡杨便消失了。消失得干脆利落。

十点二十分，车子行驶在一成不变的风景中。枯芦、红柳、胡杨轮番登场。没有人家，也遇不到人。湿地地带依旧多，四处分散着一些水汪。碱性的白色地带很多，土包子地带也很多。土包子都头顶着红柳株。

胡杨群从沙尘中朦胧现身的情形有些恐怖。树木只有胡杨。去大马扎时，一路的胡杨最后都让人看烦了，看今天这阵势，这胡杨又要陪伴我们一整天了。胡杨是在沙漠边或沙漠入口等处亮相的一种树，有如妖怪。有胡杨的地方是硝土地带，地面荒凉，要么荡漾着土包子波浪，要么枯芦连地平线都给淹没。有时则是茶褐色的红柳株代替枯芦，将一望无际的原野淹没。

总之，胡杨群就是在这种地带现身的。胡杨是一种很粗的树,树干大都会从根部分成两股叉,姿势丑陋。虽然偶尔也有挺立的,可大多没有直冲天的,它们不是斜着生长,就是弯弯曲曲形状奇怪。爬山虎般的枯枝缠满了树干下半部,树叶繁茂部分不是上半部就是树顶,叶色浓绿。那些树冠,比起绿叶丛,看着更像是绿块。

就是这种妖怪般的树木,构成一个个大群落登场而来。偶尔也有些独株孤立在那儿,像受到同伴排斥的孤独头领,像一头孤猿。胡杨都是以群落的方式生存,绝不会有两株挨着生长的情形。它们彼此的间距都很完美,大概是因为从地下吸取的水分都有配额吧。大家都彼此遵守着井水不犯河水的群落规矩。

十点三十分,车子行驶在一片大胡杨群中。放眼望去,左右两边都是胡杨树群。途中,我们还与一位骑驴老人擦肩而过。

十点四十分,四面突然变成了完全的沙漠。左边不远的地带似乎已掺入了曼延至此的塔克拉玛干沙漠的沙子。路在小沙丘波浪起伏的地方缓缓地折着弯。不过,沙漠地带并未持续很久,很快便被硝土地带取代。地面起伏起来,四面全是白土,到处都打着卷,土包子从四处浮出来。

十点五十分,在离开尼雅(民丰)40公里后,左边出现一片大湖。据说是一个淡水湖,名叫"鱼湖",里面养着鱼。到底是谁在那里养鱼呢?周围既无人家,也无人影。只是在荒凉的风景中投下一个湖而已。大概是鱼可以在湖中栖息，因而得名吧。

十一点，车辆通过牙通古斯河的大桥。河宽50米，浊水滔滔。由于沙尘蒙蒙，上游和下游能见度都不佳，河两岸尽被芦苇淹没。由于河水的恩泽，这里的芦苇一派生机盎然。

过桥后，沙漠立刻铺开，沙子流过车辆行驶的路面，流速很快。较之"流"字，似乎"跑"字更准确。沙漠上覆盖着一片枯芦。枯芦沙漠地带持续了30分钟左右。尽管尼雅—且末之间处处夹杂着沙漠，可据说，这一带的沙漠则是最大的。

漫长的沙漠之旅结束，不久，眼前又变成了土包子地带，地面崎岖，所有土包子都顶着一撮枯芦或红柳，一片荒凉的风景。尽管如此，从尼雅出发后，连一户农舍都没看到。除了在离尼雅不远处看到的那位骑驴老人外，一个人都未碰到。

十一点三十分，无边的红柳的原野铺开，一片胡杨大群落占据了眼前。骇人的风景。这种地带在一直持续。不过，这骇人的风景并未持续很久。地面时而崎岖，时而平坦，反复交替，淹没地面的红柳则见缝插针地与枯芦交换着地盘。胡杨也不甘落后，不时以大军团的方式登场而来，退场而去。大家似乎各拥有自己的地盘，严守着阵地。

十二点，我们第一次与一辆卡车擦肩而过。

十二点二十分，休息。我下了车，在红柳、胡杨、土包子，以及沙尘飞扬的荒凉风景中抽烟。呼啸的风声传来。风景被沙尘搅得灰蒙蒙的。

我四处溜达。目之所及全是硝土地带，地面处处硬得像石头。土包子头顶着红柳，其中也有同时顶有芦草和红柳的。

十二点三十分，出发。搓衣板般的路面越发崎岖。车辆的速度是时速20公里。由于前些天去大马扎时是时速10公里，因此比那时多少快一点，不过摇晃得厉害，上下颠簸，我只得暂时放弃记笔记。

一点，大土包子地带，巨大的土包子上顶着几株巨大的红柳。

一点二十分，我们在大土包子地带中再次休息。耳边依然传来风声。

休息十分钟后，出发。虽然大土包子地带依然继续，不过中间却零散地夹杂着红柳地带和胡杨地带。即使在这里，大家似乎依然彼此遵守着约定，井水不犯河水。白色的风景。可不久后，无尽的白沙中开始塞进干枯的麻黄。不久，红柳和芦草都跑到了土包子上避难，平地部分则彻底被麻黄占领。

一点三十分，周围变成了沼泽地，远处浮现出大片的羊群和骆驼群。我们与第二辆卡车擦肩而过。不久是第三辆、第四辆。卡车也都是几辆车抱团行驶。过沼泽地后，此前看腻的风景就像走马灯似的，又缓缓地重新登上舞台。枯芦地带、白色硝土地带、崎岖土包子地带、沙漠地带、红柳地带、大胡杨地带。让人产生一种从早晨起便在原地打转的错觉。只不过，从此时起，在枯芦淹没的褐色原野中，第一次浮现出点点的嫩芦绿色。

一点四十分，我们在一处名叫且末牧场的地方停车。路边远处有处木材堆放处，几个人正在干活。这里四面是戈壁的海洋，纵目远眺，也没看见一处貌似的牧场。莫非，今后要在这里建一处牧场？

我们在此受到了且末人的欢迎。据说他们是早晨八点由且末出发，专程来这儿接我们的。真是过意不去。据说由此到且末有150公里，5小时的行程。身后保驾护航的尼雅的卡车就此返回，由且末的吉普车接替任务。

我们立即出发。白色硝土地带之旅在继续。白色的地面到处打着卷，放眼望去，一片土包子海洋。并且，所有土包子都顶着巨大的红柳株。

我们在一处红柳大群落地带的中央停车。我在车上吃过午饭，然后来到车外。沙尘迷茫，无法用相机拍照。我站在路旁瞭望四周，仿佛暴风雨后的海滩一样，到处散落着红柳的枯枝与断枝。

两点二十分，出发。不久，第一次有聚落进入视野。路边两三百米处，有十来户农舍紧靠在一起。或许是与刚才牧场有关的聚落。我从未见过人类力量显得如此渺小，如此无力。

不一会儿，屹立的干枯胡杨突然开始出现。无论望向哪里，胡杨都是以站立的方式死去。这里距且末还有140公里。一望无际的胡杨大群落，全是死树。这种景象只能称之为壮烈。去大马扎时也曾路过胡杨枯死的地带，但没有这里规模大。这些胡杨大兵团弹尽粮绝一兵未剩，最后只剩下树干，屹立着死去。若是夜里，再配以月光，必会营造出一派凄惨的风景。

这种地带结束后，干枯的麻黄原又随之登场。所有麻黄都已枯死，尸体淹没了大原野。一片褐色的死之原野。

三点十五分，一片大盐湖从右面远处浮现。盐湖在身后消失后，几户农舍零星点缀在红柳与枯芦的原野中。一群赤脚的孩子从最近的农舍跑过来。

突然，伴随着一次剧烈的弹跳，车子忽然不动了。司机钻到车底查看，说是断了两根弹簧。后续车辆的司机也下了车，一起钻进车底。花了约二十分钟的时间后，终于让车子动了起来。

三点五十分，红柳、芦草与土包子地带依然在继续。这里同样到处是干枯的胡杨。自尼雅出发以来已过6小时，却未见一点耕地。生死交织的原野之旅一直在继续。

四点三十分，远处出现一片大盐泽，附近则处处是小盐泽。

四点四十分，司机通知说距离且末还剩80公里。大概是受了车辆故障的影响吧，他本人似乎对距离格外在意。

五点，持续已久的白泥地带变成了干沙地带。土包子消失，平坦的枯芦原野铺开。路上散落着一些红柳与芦草的枯枝。风景为之一变，左右两边全是枯芦的世界，虽然多少有点波浪起伏，可依然是一片褐色大平原。嫩芦已开始点点地镶嵌绿色。一片胡杨群落从左边远处浮出来，不久连这也消失了。

又过不久，枯芦中开始出现无数大红柳株，从此时起，眼前再次化为原先的硝土地带。忽而变成红柳原，忽而化为芦草原，两者整天都在轮番上场。胡杨也登场而来。有活的，也有枯的。枯的与新现代雕刻作品很相似。

五点五十分，车行驶在枯芦的平坦大原野中。在一望无际的枯芦原野中，兀立着唯一一株头顶绿色的活胡杨。真想为它喊一声加油。

六点，眼前不知第几次变成沙漠地带。塔克拉玛干沙漠的沙子已渗透进来。这一地带持续了很久。司机再次通知，还剩60公里。

一辆载着沙子的修路卡车停在路旁无法动弹。车轮被深深地埋进了沙子。两名男子正坐在车旁，无计可施。干枯的麻黄与红柳的原野将眼前一幕包围起来。茶褐色植株将天地完全淹没，没有一丝绿色。令人绝望的光景。这完全是一幅值得拍照的构图，可我还是回避了。

沙漠地带再次渐渐变成泥土地带，化为土包子起伏的荒凉风景。胡杨群再次登场，而且还是大军团。

六点四十分，眼前再次化为沙子地带，枯芦淹没了四周。

六点五十分，眼前瞬间化为硝土地带，枯芦覆盖着崎岖大地。我们在此等待后续吉普。可左等不来右等不来，只能是出故障了。

今天是第一次行驶在塔克拉玛干沙漠边的路上，我眼界大开，原来所谓"南道"便是这样一种地方。崎岖的硝土地带与沙子地带相互登场，红柳、芦草、麻黄，还有胡杨在眼前形成大群落，拼命地生存。交织成一块生之风景与死之风景所形成的300公里的大地毯。我们与五辆卡车擦肩而过，其中一辆已无法动弹。这里几乎是渺无人烟。枯芦原中只发现两个只有十来户人家的小聚落。终日未看到昆仑。

大约三十分钟后，后续的吉普终于跟了上来，说是他们陷进了泥泞的硝土中。

七点半,出发。还有20公里,三十分钟的最后一段行程。白色硝土地带不久变成湿地地带,水汪变得格外多。虽然枯芦地带仍在继续,可钻天杨已开始出现,小聚落也浮现出来。车子越过一条干河道。路旁久违地出现了青草,感觉正逐渐进入人类生活的地带。

尽管大原野之旅依然继续,可水汪仍格外多,水汪周边覆盖着白色硝土。由于沙尘迷茫,根本看不见前进方向上的绿洲绿色。

褐色的原野一点点变为绿色。沙枣行道树浮现在左边。不久,右面也出现了沙枣行道树。之后便一泻千里,进入到人类生活的气息中。路两侧接连出现钻天杨,耕地、小麦田,葡萄田不断进入视野,车子驶入聚落中。不过,沙尘仍到处飞扬。可无论如何,我们已进入且末绿洲。农舍全部是泥造的,四周围着泥墙,看不到砖坯。

出了聚落(人民公社),麦田的青色沁入眼帘。车辆行驶在钻天杨道路上。美丽的葡萄园。不久,路再次进入大原野中。水汪多多。可跟刚才的大原野不同,枯芦地带中也开辟了耕地,还散布着钻天杨树,原野逐渐变为青绿色。绿色地带铺陈在路前方。

车子再次进入钻天杨林荫路。我们与一名骑马的少女擦肩而过。车进入聚落又离开聚落。左右两边铺的是绿色的耕地。

车子又一次进入钻天杨林荫路。这次是直指且末城。车行驶在大道上。虽然是沙之城、沙尘之城，人却格外多！

刚进城车便没油了。司机将车停在大道上，到解放军驻地要汽油。许多大人小孩围了上来。孩子们全都赤脚，女孩则穿着漂亮的衣服。另有三个女人，身穿只露眼睛的白色罩袍，从人群对面一直在注视着这边。她们究竟怀着怎样的心情在注视这边呢，唯有这一点我捉摸不透。

八点二十分，进入县招待所。经历了一整天的艰苦旅程后，我们终于进入了绿洲中的城市。我用热水擦了擦身，之后在床上躺了会儿。

九点去食堂。餐桌上摆了十来个小碟子，每个碟中盛着少量的菜。上菜方式很时尚，饭菜也比尼雅那边的合口。

半夜醒来一次，耳边传来风的声音。315公里的艰苦旅程让我浑身酸疼。但我明白，这种情况恐怕在南道旅行期间会一直持续。一闭眼，那些彻底枯死的胡杨群落就会浮现在眼前。无论如何，这也算今日旅途中最大的风景了。它们拥有一种大军团全体牺牲的震撼力。

五月十七日，我并未吃早餐，一直睡到十一点。午餐后，我一会儿在宽阔的招待所大院里散步，一会儿在房间整理笔记。吉川发烧了。从翻译到与当地人交涉，所有事情都由他一人来扛，看来是积劳成疾了。

直至傍晚，我才逐渐产生一种来到《汉书·西域传》中且末国故地的切实感觉。

——户二百三十，口千六百一十，有葡萄诸果，西通精绝国（尼雅遗址）二千里。

书中以简短的记述介绍了公元1世纪前后的且末国。

然后过了五百多年，北魏的宋云又给且末留下如此记述：

——从鄯善西行一千六百四十里，至左末（且末）城。城中居民可有百家，土地无雨，决水种麦。

进而到了7世纪，玄奘三藏也在此地留下足迹，他在游记《大唐西域记》中记述说：

——至折摩驮那故国，即且末地也。城郭岿然，人烟断绝。

那无人的城郭大概一半已被埋进入沙子了吧。

再到13世纪时，马可波罗在游记中以此地最大聚落的方式介绍了此城。书中写道：此地被沙漠包围，境内有几条河流，河中出产优质碧玉，商人以此获利。若有外敌入侵，居民则带家畜至沙漠避难。

上面所介绍的几个"且末"，恐怕并非一个且末。汉代的且末无疑已被埋进沙漠，因此很难判断是否为玄奘所见的那"人烟断绝"的且末。13世纪的马可波罗所看到的且末，分明是往日且末国的搬迁地，至于是第几次搬迁那就无案可考了，更何况现在的且末城。往日且末国故地的说法的确能成立，可究竟是第几次搬迁后的地点呢？现在，城西南与东北角有两处遗址，人们都说，其中一处便是汉代且末国的遗址，可事实如何仍无法判断。

准确说，现在的且末是新疆维吾尔自治区巴音郭楞盟蒙古族自治州且末县。"盟"是地域之意。虽然包含在蒙古族自治州之内，可该城的居民几乎都是维吾尔人。

且末县人口有3万5700人（1980年调查），不过，由于县的地域很大，因此，我所在的且末城人口顶多1万人。现在住在这里的维吾尔老人们都说，如今的且末城顶多只有两三百年历史。甚至还有人说，也就五六十年的历史。往日的且末国是伊朗系民族的定居地，大约在9世纪后土耳其系民族取代了他们，直至今日。

不用说，造出这处绿洲的自是源于昆仑山脉的车尔臣河。可以认为，由于河道的变迁，且末这一定居地一直在不断转移。或许有一些地方确因民族与民族之争变成了废墟，而定居地的迁移，我想车尔臣河应该要负大部分责任。

车尔臣河流经城东30公里处，若由此去若羌，则须渡此河。正如尼雅河制造了尼雅遗址等数个废墟一样，车尔臣河也将汉代且末国遗址等各时期的数个定居地给埋进了沙中。

    我来到傍晚的大街上,在招待所大门附近散步。这是一座沙尘之城。路上也积着沙子。虽然行人稀稀落落,可姑娘们的原色围巾、长裤、裙子等却很养眼。中年妇女则用白色围巾包着脸,只露出眼睛。这里是伊斯兰教徒的定居地。即使在沙尘之中,虔诚的女人也努力不让自己的脸暴露在人前。

    随着夜色的逼近,我心中涌起一股莫名的孤独。虽然说不清是何孤独,可大致是一种旅愁吧。

    我返回招待所,在宽阔的院里散步。一面散步一面自语:这里是且末,这里是车尔臣。将"且末"二字写进地图还是在我的读书时代,而来已有四十年的岁月。

    晚上,郭宝祥前来,商量明天的行程。据说昆仑山脉3000米处有一处游牧场,我们决定去那儿住一晚。聚落位于城西南100公里外昆仑山中,名叫"阿羌"。据说到那儿还能吃到雪鸡。据说这种鸟生活在海拔3000～4000米的高地,以雪莲为食。我也想借此机会尝尝那雪鸡的滋味。

昆仑山中一晚

五月十八日,由于吉田昨日发烧,今天便在翻译缺席的情况下去了趟阿羌。郭宝祥与且末县党委的三人随行。阿羌是且末城西南100公里外昆仑山中的一处聚落。

九点二十分,出发。出城后,耕地立刻在两侧铺开。路旁是流淌的水渠,渠里水很多。车子一时穿行在农村地带。这一带的耕地大多被橄榄树包围着。大概是为了防风吧。感觉且末郊外收拾得整齐利落。

沿路有些略带红色的农舍土屋,各自围着同样的土墙,掩映在两列或三列的钻天杨中,感觉很不错。房前的水渠掩映在四五列钻天杨中。这里几乎看不到白墙的农舍。农村地带水塘多。

九点三十分,我们很快来到不毛的硝土地带。一望无际的不毛地,路是沙子路,路旁排列着小钻天杨。可渐渐地,四周变成了戈壁。不久,车子越过一条从昆仑引出的水渠,黄色浊流滔滔不绝。左边远处的低矮山脉连绵不断,望不到头。

九点四十分，我们驶离一路走来的路，进入戈壁。戈壁里没有路，只是多少有些车辙。我们随行在先导车后面。前方有一道断层，爬上断层后是同样的戈壁，车辆在戈壁中驶去。就这样，多少有三辆车在稀稀落落地行驶起来。戈壁中有几条同向的车辙，虽说选哪一条完全随意，却多少有些听天由命的感觉。要想避开坏路，全凭司机的感觉。没有一草一木的戈壁之行就这样在继续。

十点十分，我们来到一条干河道。其他两辆车直接冲过干河道，我乘的吉普则在河道中向上游驶去。河道自然是弯曲的，不过摇晃反倒少，竟行驶得很快。约五分钟后车子离开干河道，爬上断层。上面又是同样的戈壁。不久再次爬上前方一处断层。就这样，地面逐渐抬升下去。

我们又爬上一道断层。这一次，戈壁呈现出了沙漠的样子。无数的沙丘波浪起伏。先导车忽然被埋进了沙子。三辆吉普车历尽艰难。终于逃离这一地带后，前头却全是沙子与小石子，没有一草一木。地面不断起伏，有时是剧烈起伏，有时是微微起伏。

十点三十分，车驶下一道大坡，感觉就像下河。下到坡底一看，周围是一片泛白的硝土地面。车子开始在硬固硝土的白色干河道上行驶起来。干河道虽然曲曲折折，蜿蜒盘旋，却像时尚的高速公路。这里是戈壁与沙漠的混杂地带，左右两边都有沙丘出现，沙丘地带与沙丘地带之间则是戈壁。车子结束了干河道之行,开始在这戈壁中行驶。真是一场豪迈的旅行。车辙已然消失,走哪儿都行。眼前到处横着碱性的干河道。我们的吉普沿其中的大干河道行驶。时而往右越过干河道,时而往左越过干河道,时而又在干河道中行驶。

沙丘不觉间发黑起来。我们再次走在干河道上。三辆吉普车各走各的路。我的吉普车司机,是在这次的丝绸之旅中随中国摄制组从北京一路至此的一名青年,虽然脾气有点粗暴,驾车感觉却不错,技术也牢靠。据说他曾由敦煌去过楼兰,也行驶过白龙堆,经历十分出色。可尽管如此,翻车的险象仍屡屡上演。虽然有时颠簸得厉害,或者车体严重倾斜,可他每次都能涉险过关,每次过关他都会发出一种奇异的声音。我很想激励他一下,无奈语言不通。我只想说一句"辛苦啦"。虽然无须担心撞车,但翻车的隐忧却常伴左右。

十点五十分,视野大开,一片巨大的戈壁在眼前铺开。地面逐渐崎岖,沙包子波浪起伏。在这样的地带中,干河道依然到处在展露着白色的肚子。

不久,戈壁上开始出现无数麻黄,像浓绿的疙瘩。有大的,也有小的。麻黄是类似骆驼草一种草,像扫帚,笔挺地伸着细长的绿叶。一眼望去,全是麻黄之原。

十一点,沙包子上开始顶戴起麻黄。也就是说,这里是大风地带，风将沙子吹到麻黄根部，逐渐固化成米团形状，形成一种头顶麻黄的效果。土包子便是土米团，沙包子便是沙米团。

十一点三十分，车子不知第几次爬上断层面。一望无际的麻黄地带。麻黄覆盖了整个地面。所有沙包子上都顶着麻黄，沙包子之间的地面也是麻黄，堪称完美。连天边都是麻黄。这样的麻黄地带持续了约三十分钟。不过，麻黄地带中也点缀着一些发白的地方，是水流的痕迹。水路的痕迹很多。可以想象，当数条水流流过这片麻黄原野时，景象何其壮观。两三天前的尼雅—且末间的红柳呈群落状态，胡杨也是群落状态，而这里的麻黄也形成了群落。

十二点，我们逐渐脱离麻黄地带。麻黄消失后，巨石涌来，枯黄的骆驼草开始淹没原野，却没有青色的骆驼草。我们又爬上一道断层，来到一片巨石地带，巨石与巨石之间填充着骆驼草。可是，却没有刚才淹没大地的麻黄那种恐怖的气势。

我们再次爬上一道断层。一望无垠的骆驼草原铺开来。骆驼草与土一个颜色，几乎无法分辨。路总是剧烈起伏，每次起伏车体都会高高弹起。

不久，车子驶下一道大坡，进入一条大干河道。骆驼草将这里全部吞没。这令我看到了生物对生存的执着——即使在这样高的地方也拼命活着。可理所当然地，它们的植株也在逐渐变小。

十二点三十分,眼前依然是小骆驼草与小石头地带。车辆忽然爆了胎,只好原地休息,我趁机在四处溜达起来。除了骆驼草之外,这里还生长着一种芳香的草,名叫野高士,不过数量很少。

一点十分,出发。地面崎岖起来,地上滚落着大小的石头,其中还散落着沙包子。爆胎、翻车,发生任何事情都不奇怪。巨石、沙包子、断层、干河道,这种地带的旅程仍在继续。不久,骆驼草身影彻底消失,眼前化为全是白沙与石头的白色风景。前方有小丘依稀浮现。我想,冥河的河滩大概也就这样子吧。

一点二十五分,车子越过前方小丘一端,忽然驶进一条无比崎岖的大干河道。到处布满大小的石头,一派荒凉的河滩风景。车子越过大干河道,沿车辙爬上对岸的断层,来到一处台地上。于是,耕地瞬间进入了视野。眼前既有路,有钻天杨行道树,还散落着土屋。真是别有洞天。原来我们已进入阿羌的聚落。离开且末的招待所后已过4小时。我们进入聚落的招待所。招待所拥有宽敞的前院,四面围着土垒般的高大土墙,有如城塞遗址一般。

阿羌海拔2900米,是一处昆仑山脚下的聚落。我们从且末出发,像爬楼梯一样越过一道道断层,终于来到昆仑山麓或是昆仑的前山中。这一带的昆仑海拔4000米，挡在聚落旁边的大概是昆仑山脉的前山之一。

据说，"阿羌"是蒙古语，是"物资集中"之意。现在，这里正以聚落为中心经营着一处国营牧场，主要饲养山羊，另外还放牧牛马。据说且末人消费的肉食全都是这里供应的。聚落人口4000，户数900，是维吾尔人在昆仑山脚最大的定居地。

我进入招待所房间休息。被褥早已从且末招待所运来，甚至连羽绒被都已准备停当。虽然夜间会很冷，可昆仑山脚下情况如何，我还真有点猜不透。

我在聚落的大街上走了走。虽然路两边并排着土屋，不过仿佛无人居住似的，周围只有静谧，让人甚至产生出一种有如徜徉在布景城市中的感觉。虽说人口有4000人——当然，他们大部分都散布在昆仑山脚一带的牧场上，这阿羌恐怕也只是个留守部队的聚落。

四点，我们去27公里外的哈拉米兰河畔看引水洞。据说这是牧场水渠的引水口，凿有一条很长的隧道。由于参观这种地方需进昆仑山，自然很有吸引力。基本上需要爬五六百米才到，因此引水洞附近的海拔能有3500米。

阿羌完全就是一个土屋聚落。通向招待所大门的沙枣路大概便是主路。刚才还是个幽静孤寂的布景村，可转眼间，招待所门前已是人山人海。门都有些损坏，十分混乱。原来，大人孩子都想看看这破天荒的外国人。可遗憾的是，我什么都没带，无法满足他们的期待。我的面孔并不算出奇，既不是秃头和尚，也不是侏儒小人。

我设法摸到吉普车所在处，钻进吉普。吉普行驶起来。我们先是在聚落中遇上约10头骆驼，接着又遇上了10多头骆驼。

车子通过主路，拐向右侧，在耕地地带中略微行驶了一会儿，然后进入昆仑山脉前山形成的河谷中。这是一条泥土河谷。白色的土、白色的河滩，完全是白色的风景。磊磊的石头河滩，这里也不啻冥界风景。

车子行驶在河谷沿岸的窄路上。路很窄，勉强能容一辆吉普通过。到处都是栈道。河谷的斜坡上处处是羊群，由于与周围的土色完全相同，从远处根本分辨不出来。有时，眼前还会冷不丁出现一片缓坡，坡上放牧着大片的羊群。谷底则放牧着马。

途中我看到一名中年妇女，叫喊着从崖边路上奔去。她究竟出了什么事？又过了十分钟左右，我们与一名骑马老人擦肩而过。老人大概住在昆仑脚下河谷的某处吧。崖边有些开紫花的马兰花。除这些花外就只有枯成茶褐色的芨芨草了。马兰花的小紫花很可爱。我让司机停下车，让人采了朵马兰花。花甚美，这是昆仑之花。

不久，路变成无比崎岖的山谷地带，并在反反复复的起伏中，绕着不断出现的山的半腰远去。车从崖边的窄路上时而下至河谷，时而又爬上来，简直是玩命之旅。断崖之旅持续了很久。盛开的马兰花，枯萎的芨芨草。

不久，无数土包子涌现出来，我们的行程变成了荒凉地带或荒凉河谷之旅。就这样，一成不变的旅途持续了约两小时。最后，终于抵达哈拉米兰聚落。

虽然这也是一条将哈拉米兰河夹在中间的昆仑山中的河谷，可河的左岸多少开阔一些，建着十多间引水洞工程工人的房子。女人们从所有房子里跑了出来。还有孩子，以及被抱在母亲怀抱的婴儿。大家全从窝棚般的房子里出来，带着一种难以形容的眷恋的表情凑了上来。的确是眷恋的表情。我一面正视着这些女人的脸，一面在想：这昆仑山中的日常生活究竟是一种什么样子呢？

我将流过小聚落旁的哈拉米兰河拍进照片，然后沿河滩向引水洞走去。一大群人，大人小孩全跟了过来。我在哈拉米兰河的取水口朝昏暗的隧道内窥望。有人建议我进去看看，我谢绝了。据说，水通过700米长的隧道后流向山的对侧，然后变成几条水渠，被引向牧场。

据说，哈拉米兰河本该流往尼雅与且末之间，却在途中潜入了地下，到不了那儿。这是一条在昆仑山脉中出生，流过大河谷，然后潜入地下并消失的一条河。

我们在河滩上休息了约三十分钟,然后立刻踏上了归途。到阿羌要用两个半小时。来回的时间一样。

晚上,牧场的人们在接待所为我们举行了一场欢迎宴,还请我们吃了雪鸡。宴会结束不久,电灯便熄灭了。虽然后来为我带来了油灯,可我实在没什么消遣方式,便很快熄灭油灯上了床。户外是深沉的夜色。

风鸣的废墟

五月十九日，八点起床。我想在聚落中走走，可门前一大早就聚集了很多人，只好作罢。九点二十分，我们从阿羌出发，继续大戈壁的沙滩地带旅程。一点进入且末招待所，一直休息到傍晚。

现在的且末聚落附近有两处故城遗址。一处是城西南6公里外的山地城址，另一处是北方60公里外的沙漠中的城址。要去沙漠中的遗址，需要先乘吉普去塔提让人民公社，然后从那里进入10公里深的沙漠中。该遗址有城墙，也有人认为，这里很可能便是玄奘三藏所记述的"城郭岿然，人烟断绝"的7世纪的且末城址。可若要进入沙漠中10公里深处，必须组建驼队才行，很遗憾，目前只能放弃。至于沙漠深处10公里的旅程如何，探访过尼雅遗址的日中摄制组早已体验过。

因此，我们决定傍晚去西南6公里外的山地城址去看看。风很大，招待所高大的红柳随风摇摆。连小沙枣都在摇晃。

来到城里，车子行驶在树干还细的红柳和胡杨的林荫路上。路是沙尘之路。人潮涌动。女人们原色的头巾和裙子随风飘摆。裙子很长，很肥。有戴着民族帽的少女骑在马背上。一辆驴拉的排子车从茫茫沙尘中走过来，车上载着一名少女和一只黑犬。

不久，我们穿过城市来到耕地地带。美丽的绿色耕地在左右两边铺开，还有许多水渠。路两侧也延伸着水渠，水很满。可是，吉普行驶的完全是沙子路，沙尘蒙蒙。不只道路，左右两侧无论哪边，所有耕地全都是沙尘蒙蒙。不愧是大风地带。吉普车时而右拐，时而左转，辗转在这种地方。不久，眼前变成了沙漠之旅。水渠依然很多，巨大的水渠像水池。

进入聚落，眼前依然沙尘蒙蒙，能见度10米。沙尘中不断冒出水池、钻天杨行道树以及孩子们、姑娘们、白布包脸的女人、骑驴老人、戴民族帽的少女等，总之，各色事物轮流登场。

不久，车子沿一口大水池右拐，驶入一片美丽的麦田地带。一片更高的台地忽然出现在前方正面，吉普来到台地前，沿一段10米左右的坡路往台地上爬去。爬到坡顶后，一望无际的戈壁意外地展现在眼前，令人不禁叫绝。车子驶入戈壁中。由于没有路，三辆吉普任意行驶。我们渡过一条小河，河边排着沙枣树。不久，戈壁不知不觉间变成沙漠，车子行驶在沙丘波浪起伏的地带，翻越了几座沙丘。放眼望去，前后左右全是无尽的沙海。

经过漫长的沙漠之旅后，我们终于到达故城遗址所在地。据说从停车处起，整个地势较低的低地一带都是遗址。只见大沙漠中央，一块长七八公里，宽3公里左右的区域像被挖掉一样凹陷下去，形成了一片低地。当然，这里自然也被沙子淹没，只是沙漠的一部分。这里没有任何貌似遗址的东西，大概一切都被埋进了沙中吧。风的波浪不断侵袭着这处低地。这是一片荒凉的白色区域，白色废墟。人们认为且末河曾经流过这处低地，这里还曾有一座城市，真是难以置信。或许，当时这一带是被绿色包围的山地吧。然后不知从何时起竟变成了如今所看到的沙漠。

据说，现在吞没了这处遗址的沙漠与塔克拉玛干沙漠是相连的。换言之，塔克拉玛干沙漠已经入侵到了这里。

我俯视着遗址，在这沙漠的一角站了一会儿。风声呼啸。遗址所处的低地大概整天都在风鸣。当然，具体是什么时代的且末城遗址，我无法判断。要想确定只能依靠发掘，用锄头挖是不行的。可我却觉得，往日且末人的声音仿佛正从风声中传来：挖啊，快来挖啊——

五月二十日，七点起床。晴朗。今天是离别逗留了五天的且末，赶赴东方360公里外的若羌的日子。预计九小时乃至十小时的行程。据说，截止到解放初期，即1950年代初时，光是骑驴就要用七天时间，再加上途中一天的休息就是八天。一个人得需要两头毛驴。一头驮饮用水跟驴自身的草料，另一头驮本人的粮食和行李，十分艰难。

今天的若羌之行是吉普车两辆。一辆将我们送到中途，与若羌那边来迎的吉普对接。因为就算是吉普，只一辆是很危险的。

九点二十分，出发。前一辆车上是吉川研跟我，后一辆则是郭宝祥与送行之人。街上没有人群，此时的且末城很清闲。出了城，绿色耕地和众多水渠立刻跃入眼帘。车子行驶在农村地带。柳树成行，钻天杨成行，林荫树则形成了两重，三重。

七分钟后，眼前完全化为戈壁滩。同此前的戈壁相比，这里呈现出一派真正戈壁的样子。水洼依然多，水渠也多。我们在戈壁中驶向东南方。白色的干河道也纷纷登场。不久，麻黄点点，路改变方向，指向东方。眼前忽然变成一望无际的麻黄原。

虽然道路简单，只是将土固化了一下，不过目前还算可以，车的摇晃也少。风从右边吹向左边，沙子也在路面上流淌。

不久，麻黄也消失，眼前变成一马平川的大戈壁沙滩。

这是我见过的戈壁中最大的一个。草木皆无，一马平川。微微发黑的戈壁一马平川。

我们在离且末30公里处越过且末河的桥。且末河宽约1500米，河床大部分被河滩占领，水流则被挤到了靠近对岸的地方，即靠近若羌一侧的岸边。水声滔滔。灰色的浊流拥抱着众多沙洲。上游的河面宽至数倍，中间沙洲点点。若羌一侧的河岸由河堤镶边，且末一侧的河岸则由断层镶边。浩浩荡荡的大河。这里的历史便是由这条河所创造的。

刚过且末河，此前的戈壁就变成了沙漠。路面完全是沙子的堆积物。沙漠的沙子已吞没了道路，并从路的右边不断流向左边。流沙。有沙子流淌的地方不止路面，在浩瀚的沙漠中，任何地方都像眼前的情形一样，都会有沙子在流动。

路旁有一辆卡车，轮胎陷进了沙子，动弹不得。我们去大马扎时，车轮胎就曾陷进泥土无法动弹，这次则换成了沙子。一片低矮的沙丘如波浪般从左边涌出来。沙丘群的对面，塔克拉玛干沙漠则像大海一样浩瀚无边。

十点二十分，我们依然在沙漠中行驶。沙漠表面有黄色的地方，也有浅灰色的地方。

十点二十五分，我们已行驶了60公里的路程。从且末城到且末河是30公里，因此随后的沙漠行程达到了30公里。无边的沙海中，只是稀稀落落地点缀着些麻黄。

十点三十分，起伏的沙丘不知第几次出现在左边远处。

太阳正在前方。麻黄地带时而浮现时而消失,若说单调,恐怕再没有比这更单调的了,可这种单调大概还要持续一整天。不久,左侧波浪起伏的沙丘连在了一起。仿佛在遥相呼应似的,前方也出现了连绵的沙丘。不觉间路变成了搓衣板,车子在搓衣板路上以80公里的时速行驶,一旦降速,车体就会剧烈摇晃。

十点四十五分,路切割着沙丘地带,眼前变成了一片麻黄原。不久,车辆左拐,越过一条大干河道。这里的沙丘地带,地面的高低起伏尤其剧烈,路不断上坡下坡。越过沙丘地带后,周围的样子为之一变,麻黄和红柳开始吞没起整个沙漠。一片褐色的原野。就在这样的环境中,路时而右转,时而左转。地面起伏的区域,红柳有很多。

十一点,眼前化为平坦的褐色沙漠,小麻黄淹没了周围。

十一点十分,此前的沙漠为之一变,变成了磊磊的小石头滩,地面上撒满了小石头,十分崎岖。我们越过几条干河道。每次跨越车辆都会上下颠簸,十分剧烈。

十一点十五分,我们在小石头滩的中间短暂休息。至此,我们已经行驶了100公里。一路上全是错落交织的戈壁与沙漠,大概是戈壁沙滩的代表性地域吧。

十一点二十分,出发。石头滩越发恐怖。磊磊的石头河滩，有如地狱里的风景。地上滚落着大小石头，还有好几条干河道。山区一旦发生暴雨，这里所有的干河道恐怕都会变成奔腾的激流。届时一定是可怕的景象。淹没了这一带的大小石头全是激流从昆仑山脉和阿尔金山脉搬运来的。

约十五分钟后，石头减少，周围逐渐变成麻黄原。突然，车一下跳了起来，放在背后行李架上装水的坛子被打碎。不久，无数的麻黄开始出现在无数的沙包子头顶。

十一点四十分，同样的小石头与麻黄之原仍在继续。只是，到了这一带后，白色的水流痕迹开始四处出现。那是碱性的水留下的痕迹。尽管车在不断向若羌行驶，可所走的路估计还不到总程的三分之一。

十一点五十分，我们进入一片巨大的碱性地带。放眼望去，平坦的石滩上到处是白色的地带。也不知是否是这个缘故，戈壁多少变得雅致了些。一望无际的小石头滩上，点点地散落着小麻黄。车子以80公里的时速在搓衣板般的路面上疾驶。这种搓衣板状的路面也是风造就的，就像用直尺画出来的一样，等间隔地由高刻向低处，俨然一件精心打造的工艺品。

十一点五十五分，麻黄消失，眼前变成一片白色的戈壁，约十分钟后，麻黄重整旗鼓，再次占领戈壁。可最终，麻黄还是被从戈壁流放，真的彻底消失了。尽管是三十二三度的温度，可身上根本不出汗，也不觉得热。据说我们要去的地方已是夏天，不可能就这么点温度，不过目前来看还是很舒适的。从吉普的车窗眺望着外面，我不禁在想：其实一无所有的戈壁倒也不错。既无麻黄，也无小石头的戈壁沙滩的单调风景，如今倒也显出一种无比的美。

路切割着山丘急速下降，越过一条约20米宽的河。浊流奔涌。根据河畔的标识，至若羌还有202公里。渡河后我们再次迎来麻黄与小石头的地带。车子爬上断层。相同地带的旅程永远在继续。

十二点十分，自且末出发以来，我们既未遇见一辆车，也未看见一个人。当然也未看到一户人家。一路上，我们一直都在跟石头、麻黄、沙子、干河道、白色碱性地带打交道。

最近这阵子道路状况基本良好，虽然吉普车以80公里的速度在石子路上疾驶，却没有了搓衣板上的那种剧烈摇晃，感觉基本很舒适。只是，由于不知道何时会猛跳起来，因此，必须时刻做着提防。

突然，路旁出现几棵树，树旁还冒出个小水池。美得令人惊诧。右面开始依稀浮出山脉。阿尔金山？抑或是它的前山？

十二点二十分，麻黄跟小石头同时消失，一片平坦的沙原在眼前铺开。我们第一次超越了两辆吉普。吉普车上挤满劳务人员。左右两边都没有视线遮挡。只有右面远处有山脉。

不久，眼前再次化为白色碱性地带，零星点缀着些麻黄，可这些麻黄转瞬即逝，又剩下只有沙子的荒原。

十二点三十分，眼前不知第几次变成麻黄地带。这次的麻黄植株很大。车子爬上一道小断层。眼前又是一片只有沙子的荒原。前方出现一片海市蜃楼之湖。一个细长的湖。沙原是浅褐色的。一无所有的浅褐色戈壁永远在继续。

吉川说在远处看见一排树。我朝他所说的方向望去，望见的却是建筑物。看来都是幻觉。不一会儿，树木和建筑物都消失，我们俩也都困了。人，如果没了可看的东西，就容易打盹。

十二点四十分，我们与三辆卡车擦肩而过。似乎全都是施工的卡车。这一次，连绵的沙丘出现在从左边到前方的方位。这次不是幻觉，是真的。右面也出现了低矮的连绵沙丘，左边的沙丘也逐渐逼近。

不久，路边浮出几顶修路人的帐篷，我们从帐篷前通过。附近出现了少量的麻黄，借此机会，麻黄群再次开始出现，不过很快又消失，周围逐渐沙漠化。司机说到若羌估计得六点多。看来还要走很大一阵子，不过也没办法。就这样，车子朝着我二十年前在小说《楼兰》中所写的聚落前进。

围绕罗布沙漠的兴亡

五月二十日（前章续），一点，我们在距若羌还有137公里的地方休息。出发，沙漠之旅再次开启。吉普车在铺着石子的基本可称之为路的地方行驶着。左右是无边的大沙漠。沙漠中到处是白色的碱性地带。过了不久，大沙包子出现。沙包子全部头顶麻黄或红柳。还有些沙包子连在一起，形成了沙丘。

不久，右面出现一片胡杨群落。这是一天中胡杨第一次登场。从早晨起，四个多小时的行程中第一次看见胡杨。除胡杨外，芦草和骆驼草也开始出现。这也是今天的第一次。虽然是沙包子地带，芦草和骆驼草的绿色却星星点点，胡杨也头顶着绿团。我们久违地进入了绿色地带。时间是一点二十五分。地面因碱而变得发白。

大沙包子地带的旅程仍在继续。无论将视线投向何方，都是点点的沙包子连成的沙丘。每座沙丘都头顶红柳与芦草，可渐渐地，芦草中开始夹杂起枯芦。

大约十分钟后，沙包子头顶的红柳和芦草也全部枯萎，绿色完全消失。头顶枯红柳和枯芦的大沙包子群不断涌来。既有丘状的，也有塔状的，还有只能称得上是回廊状的。大沙包子像波浪一样涌来。沙包子与沙包子之间是翘曲的白色碱性地带。到了晚上，倘若有月光照在上面，景象一定会凄怆无比。说不定，还会产生一种在往日大塔院内部游荡的感觉呢。

不久，一条绿带子从前方浮出来。车子穿过大沙包子地带，往沙漠的岛中驶去。青草、胡杨、红柳、沙枣。大概是有水地带吧。这次的岛很大。左边一带是胡杨大群落，连远处都给淹没了。可是，路附近的芦草、麻黄、红柳、骆驼草却全都干枯了。这里无疑是绿洲地带，可一旦水够不到，就全都会枯死。

渐渐地，左边远处的绿带子绕到了身后，车子驶入小沙包子的海中。白色的小土疙瘩，土疙瘩中褐色的枯株点点，这里又呈现出一派奇异的风景。红柳、芦草全部战死，有如大决战之后的战场，凄惨之极。

两点，车子行驶在一片枯芦的原野上。地面是白色的，很崎岖。白色的碱性土壤上有裂痕，也有挖坑，还挺立着枯芦，一直延伸到地平线。

不久，一条长长的胡杨绿带子从左边远处和前面浮现出来。吉普车最终从前方的胡杨群中穿过。除胡杨外一切都是干枯的，胡杨中也夹杂着些干枯的。胡杨消失后，绿色的红柳株出现。红柳竟也是一种无比强大的树木。尽管如此，胡杨、芦草、红柳、麻黄、骆驼草的登场和退场，似乎都处于某种严格的管制之下。它们在有条不紊的自然法则下出场、退场，进行着荣枯交替。

前方又出现一条浓绿的带子。这次是瓦石峡人民公社绿洲。不多久，我们进入到真正的绿洲中。绿色的耕地在左右两边铺展开，鲜亮的绿色。水田里蓄满了水，小麦、沙枣，路两边是双层的红柳，吉普车就这样驶了进去。

停车。路边停着两辆吉普车，是若羌县前来迎接的车辆。一路送行的且末县吉普由此打道回府。我与送行的人们握手告别。

旅程再次开启。这一次是由来迎的若羌的吉普做先导。耕地地带的漫长旅程结束后，我们越过一条半干的河流，进入一处聚落。整齐的土屋农舍出现在眼前。

不久，我们进入聚落深处的人民公社招待所。在这里午餐并休息。距若羌还有80公里。

这里是若羌县瓦石峡人民公社。据说，这是1958年设立的一个人民公社，人口3800，主营小麦、玉米、水稻等农作物，不过现在才刚开始插秧。居民是汉族与维吾尔族各占一半。这是我们离开且末后第一次遇到的聚落，由此到若羌，中间已再无聚落。

这里海拔900米。现在，中午的温度是30度左右，夏季最热时40度。据说夜间基本上是20度的温差。此处是由发源于阿尔金山脉的瓦石峡河造就的一块绿洲，瓦石峡河是该地区最大的河流。人民公社产生以前，瓦石峡河是在流下山30公里的地点开始伏流，并最终消失在沙漠中的，现在，人们不仅将河水引入水渠用于农业，还利用治水工程让河流来到了这处聚落。当然，河的下游则消失在了聚落20公里外大海般的塔克拉玛干沙漠。

据说，这一地区往日就曾有过巨大聚落，附近沙漠中还残留着遗址。据说十年前曾发掘过一部分，还出土了唐代至宋代的古钱、玻璃、陶器等，不过具体情况不得而知。

四点四十分，出发。出了聚落，眼前立刻变成了红柳地带。可不久后，我们便穿过这里，进入到草木不生的戈壁。一片沙包子地带从左边远处浮现出来。

五点，一马平川的戈壁之旅仍在继续，左边远处的沙包子地带也在继续，红柳的绿色也未脱离视野。浩瀚的戈壁。从人民公社出发以来，同样的戈壁一直在持续。

五点五分，沙包子开始渐渐出现，碱性的白土铺过来，可瞬间又变成了戈壁，沙包子也消失了身影，周围又变成铺着白土的白色戈壁。

路因为去年的洪水处处受损。每次来到毁坏路段时，先导车总会驶离道路，在戈壁的白土上转一圈后，再返回原路。如此反复。

大约五分钟后，车子来到了真正的沙包子地带。绿色的是红柳，黄色的是骆驼草。五点十五分，眼前再次化为大戈壁。左面远处是沙包子地带，右面远处是众多的沙丘。沙丘地带上仿佛坐落着无数金字塔。如今，吉普车正行驶在被夹在这沙包子地带和沙丘地带间的辽阔戈壁带中。

五点二十分，眼前暂时变成沙漠，左右两边都是沙丘，可这种地带转瞬即逝，眼前再次回归大戈壁。

五点四十分，大戈壁之旅依然继续。左右两边，无论眼望何处，都是无尽的戈壁。没有一草一木。可以说，自从离开瓦石峡人们公社的绿洲后，戈壁便一直在延续。

六点，前方远处出现了一条浅绿的带子。距离若羌还有17公里。车子朝绿带猛冲过去。由于去年的洪水，道路损毁严重，支离破碎。车子数次驶下道路，在戈壁中的碱性白土地带绕行。有时需要绕行很久才能重回原路。的确，在没有先导车的情况下，在这种地带行驶是很难的。

六点十分，路绕起大弯，开始绕到大绿洲的左侧。不久，一片绿色突然包围过来。四周是红柳之原。可是，这里的道路也四处损毁，吉普车每次都要下道驶入沙包子地带，然后再返回原路。久违的绿色原野之旅！

不久，路再次大大右转，伸向最终绕至前方的大绿洲的绿色。一道龙卷立在前方去路上。不久后，四周变成泥土地带，车子穿行在淹没四周的红柳和芦草中。穿过该地带后，周围逐渐呈现出绿洲生机勃勃的样子。

六点二十分，耕地出现。原野上有几匹马，田中干农活的男人女人，牛。我们久违地嗅到了人类生活的气息。车子逐渐进入农村地带。土屋林立，房子像抹了泥。小麦田、水田。一群少年少女扛着锄头或铁锹从对面走来。大概是帮大人干农活吧。不久，一片葡萄园映入眼帘。

左边望见一处貌似烽火台遗址的东西。只剩下土质的地基。车子越过一条大干河道，若羌河。不久，道路右转，进入若羌城。女人衣服的原色沁入眼帘。车辆穿行在胡杨路上。用胡杨做行道树我还是第一次见到。虽然也有钻天杨行道树，不过树很小，十分寒酸，不过叶背是白色的。走路的女人都穿得很厚。这里与且末相似，也是一座宁静的城市。看不到人群。

我们进入城市入口的招待所——地区革命委员会及县的招待所。六点二十五分。从且末出发后已过了九小时。

招待所分配的房间很大。三张简陋矮床各靠三面墙摆放。地面当然是土地面，入口放着水桶和洗脸盆，里面打好了洗脸的热水。

招待所的院落很宽敞，有很多人院里闲逛。他们貌似跟招待所有关，正在那里转来转去。我在各地住过的招待所并不少，唯独这里的气氛不同。由于地处南道东端，因此，这里的招待所似乎多少带有一些驿站的感觉。

实际上，如今，来自西宁（青海省）、敦煌、库尔勒的三条路便在这里交会。据说，西宁方面的卡车一个月会进城三四十辆。这里还有直通敦煌的路，由于要绕经青海省，路程有400公里。从这个意义上说，这里是南道的入口，交通要道。

若羌县面积20万平方公里，虽然是中国最大的县，不过大部分是戈壁和沙漠。县人口有2万5000，其中，除去第36农场后则剩1万5000。在面积相当于大半个日本的广大地域只是零散地住着1万5000人，自然是清静无比，很难碰上人了。居民为维吾尔族、汉族，比例是六比四。农业县，主营小麦和玉米。

不用说，这处绿洲也是由源自阿尔金山脉的河流造就的。若羌河本身的水已被水渠引走，如今只剩下干河道。该地区大风季节是三月到六月，炎热季节是七月和八月，温度在40～50度。降雨量即使在南道中也是最少的，年降雨量不足20毫米，不过蒸发量却在3000毫米以上，可以说毫无降雨。居民长年为缺水苦恼。

招待所的人们很热情。因为我是进入该地区的最初的外国人，因此服务无微不至。

晚饭后散步。风停了，惬意的傍晚。听说招待所前面的大街是政府机关大街，可除了招待所外，只有一座貌似政府大楼的建筑。但是，这里的确是中心街。据说，聚落中并没有商业街。这条中心街直接与农村地带相连。

因而，这中心街上也没有人群。只有十来个外出纳凉的男女站在路旁或林荫树下。这里跟喀什、和田、阿克苏、库车等其他少数民族的城市完全不同。终归还是人太少吧。

由于聚落的入口有胡杨林荫树，我便朝附近走去，结果竟无一人跟来。人们只是远远地观望。平静的沙漠之城的黄昏。路两边种着沙枣、杨树、小钻天杨等。

尽管已九点半，户外仍很亮堂。在一处丁字路口，有十来名男女正凑在一起，站着闲谈。沙尘蒙蒙的一天结束了，炎热的一天结束了。对他们来说，现在大概是一天中最好的休息时间吧。女人们全都抱着孩子。

不久，我总觉得人们似乎正朝散步的我围过来，不过，我的担心是多余的，他们决没有靠上来。

返回招待所后，我早早上了床。我躺在三张床中最靠近入口的一张上。今夜的睡眠不错。房角的天棚上开着一个土炕烟囱的洞，洞口的盖子被风吹得整晚都在吧嗒响。风一直在往里吹。不过在这次的南道之旅中，这是睡眠最好的一次。

深夜，我望望窗外，钻天杨、胡杨、沙枣全在呼啸的风中一齐摇摆。返回床上，想起小时候夜间狂风大作的声音，于是幼时睡觉的那种感觉涌上来。风在吹。想着想着我便睡着了，带着一种不可思议的安心感，睡着了。据说这风会从三月吹到六月，现在正好是风的季节。

今天白天的温度是三十五六度，夜间大概有十五六度。20度的温差，容易感冒。

黎明时分，我走出房间，在招待所前的街上站了站。跟昨天傍晚散步时简直像换了个地方。沙尘飞扬，什么都看不见。我在大门前站了约五分钟。沙尘中浮出一头毛驴和一头骆驼。驼背上骑着一名老人。不一会儿，又出来两名男孩。二人都穿着破烂的衬衫，赤脚走着，不知去往哪里，还不时将无法形容的甜美笑容朝向这边。我再次返回房间睡觉。

若羌这处聚落位于西域南道东端，再往前便是罗布沙漠的海洋。所谓罗布沙漠，是对塔克拉玛干沙漠东部的一种特殊称谓，意即"罗布泊周边的沙漠"。并且这罗布沙漠中还有被赫丁和斯坦因发掘过的楼兰遗址和米兰遗址。若羌东北85公里外是米兰遗址，再往东北走170公里则是楼兰遗址，两者全被埋进了沙里。

在这次的南道之旅中，我的计划是先在若羌住一晚，然后立刻去访问米兰遗址。至于楼兰遗址，很遗憾，外国人是不能进的。不仅是不让进，基本上就没法进。因为必须要组建一支很大的骆驼队，且要预定好天数才行。就目前来看，能进米兰我就该心满意足了。这已经是继赫丁、斯坦因之后最初的外国访问者了。

罗布沙漠一带的历史很复杂。有关这一地带的最初介绍是在《汉书·西域传》中，书中对从公元前便很繁荣的绿洲商业都市楼兰做了说明，并对其后身——鄯善国也做了介绍。不过，一般认为，罗布泊北边的楼兰与南边鄯善国的中心都邑地处同一文化圈，两者都在同一时期兴起，并且由于沙漠的干燥化，二者又同在4世纪化为了废墟。总之，鄯善国在汉朝势力波及这里的时期里，一直被作为汉代的市场及前线基地使用，并因此繁荣。

据《汉书》记载，鄯善国的都城是扜泥城，汉朝的屯田地则是伊循城，人们一般认为，扜泥城便是米兰，伊循城便是若羌。不过，也有观点将扜泥城视作若羌，将伊循城视作米兰。还有一种观点认为，都城扜泥城在米兰，米兰在4世纪被废弃后，鄯善的都城又被迁到了若羌。可毕竟是古代的事情，而且又是在塔克拉玛干沙漠中，准确情况无人可知。

楼兰在4世纪变成废墟后，便直接被丢弃在了沙中，可米兰却再度复活，还一度作为吐蕃的屯城被使用过，这一点已被斯坦因的发掘所证明。并且，在所发掘出的西藏文献中，米兰被称为"小瑙布"，若羌被称为"大瑙布"。另外，在唐代的记录中，米兰被记述为"小鄯善"，若羌被记述为"大鄯善"。由此推测，当时鄯善是被叫做"瑠布"的。

5世纪时，法显曾离开敦煌，进入这片所谓的"上无飞鸟下无走兽"的地带。他一面遭受恶鬼和热风的折磨，一面以死人的枯骨为标识，涉流沙，最终进入这若羌绿洲地带。他在游记《法显传》中记述说：

——行十七日计可千五百里。得至鄯善国。其地崎岖剥瘠。俗人衣服粗与汉地同。但以毡褐为异。其国王奉法。可有四千余僧悉小乘学。

然后，法显由此北上去了焉耆国。当时，楼兰和米兰都已被埋进了沙漠的沙中。

时光流转，至7世纪后，玄奘从印度返回时，也涉足过此地。他是从尼雅城东行进入大流沙的。他对这一带的记述可谓《大唐西域记》中的压卷之笔。这里借用一下足立喜六《大唐西域记研究》的译文：

——从此东行入大流沙。沙则流漫聚散随风。人行无迹遂多迷路。四远茫茫莫知所指。是以往来聚遗骸以记之。乏水草多热风。风起则人畜惛迷。因以成病。时闻歌啸或闻号哭。视听之间恍然不知所至。由此屡有丧亡。盖鬼魅之所致也。行四百余里至睹逻故国。国久空旷城皆荒芜。从此东行六百余里至折摩驮那故国。即涅末地也。城郭岿然人烟断绝。复此东北行千余里至纳缚波故国。即楼兰地也。

这便是《大唐西域记》的最后部分，玄奘长长的大游记至此结束。玄奘所记述的"纳缚波国"恐怕便是罗布国，所谓"楼兰地"大概就是若羌绿洲。

时光荏苒，13世纪路过此地的马可波罗在《东方见闻录》中将若羌绿洲称之为"罗普市"：

——罗普市是罗布沙漠边缘的一座大都市……横渡大沙漠的人们需要在此城逗留一星期，以让自己和家畜养精蓄锐。休养期结束后，他们才带上一个月的人畜粮草，向沙漠中进发。

这里记述的便是人们花费一个月时间，穿越这片神奇和精灵的地带，到达中国领沙州的情形。"罗普"很可能是"璐布"的讹传。若羌绿洲的大都邑"大璐布"此时很可能是被叫做"罗普市"的。

之后，有关此地的记述，在赫丁、斯坦因到此之前无任何记录。然后，若羌这一聚落才在二人的游记中第一次登场亮相。赫丁将其记述为"约100户的小聚落"，斯坦因在1906年12月调查楼兰遗址时，将这处聚落当作了基地，他记述说：

——若羌，虽说是县城，实际上不过是一个几近沙漠的村落，因此，用这里极有限的资源做准备是一件极难之事。（《中亚调查记》泽崎顺之助译）

尽管赫丁、斯坦因之后又过了八十多年，可现在的若羌仍无多大变化。虽说是城市，却没有商业街，不过是一处清静的小聚落。

如上所述，被建在若羌绿洲的鄯善国的中心都邑，其古代的名字是鄯善国或者纳缚波国，中世则叫罗普市、大璐布、大鄯善等，总之有诸多称呼，而到了赫丁、斯坦因的时代，若羌这处小聚落便成了县城所在地，即现在的若羌。基本上，人们认为该城产生于19世纪，可它究竟是此前根本不存在的一处全新的聚落，还是一直存在的一处老聚落被冠以了新名，这一点无法判断。

塔克拉玛干沙漠的城邑，多数都因河川的变动被迫不断迁移，鄯善国的都城恐怕也无法幸免。它无疑也在若羌河造就的若羌绿洲中不断迁移。并且在赫丁、斯坦因之后，现在的若羌聚落仍一直保持着在若羌绿洲的中心都邑地位。

"卡克里克（若羌的维吾尔语名为"卡克里克"——译注）"在汉语中被叫做"若羌"，这并非一个全新的称呼。在《汉书·西域传》中，最先被介绍的便是一个名叫"婼羌国"的国家。这一古国的名字，作为若羌绿洲中心都邑的名字一直被沿用下来。

——出阳关，自近者始，曰若羌。辟在西南，不当孔道。户四百五十，口千百五十。随畜逐水草，不田作，有弓、矛、剑、甲。

《汉书·西域传》中大致上是如此记述的。虽位于西域一隅，却未被编入当时的三十六国，受到了特殊对待。虽不知这往日的婼羌国具体位于哪里，不过婼羌的"婼"是不顺之意，"羌"则是对中原西方游牧民族的称呼，泛指藏系民族。即使从字义上看，这也很难称得上是个好名字。由于名字中带有一个"羌"字，因此，人们一般认为，往日的若羌聚落很可能是在阿尔金山脉中。

今天，若羌被用"若羌"来表示。这分明是将往日"婼羌"中的"婼"字改成了"若"。通过将"婼"改成"若"，"婼羌"这一名称中所含有的消极意思便消失了。这很可能是中国解放后的一种举措。

总之，我们不妨视为，现在的若羌与往日的婼羌国毫无关系，只是继承了其古名而已。只是，该地带从前有可能是藏系民族的居住地。若果真如此，倒也多少有点意义了。

另外，我们无法断定今日的若羌聚落便是往日鄯善国的都城。如前所述，有可能是，也有可能不是。稳妥点的说法，即往日鄯善国的故地。

米兰遗址

五月二十一日，虽然今天想休息一天，可我最终还是决定按计划前往东北85公里外的米兰遗址。

风停时，我在招待所宽阔的大院里走了走。院角堆着些干枯的胡杨，都是燃料。还堆着些红柳树根。令人吃惊的是，有的树根竟有一抱粗，有如赤松树干。这些好像也是做燃料用的。

招待所后面还搭了一处晾衣架，所用的木材也是胡杨。院内的几根电线杆也全是胡杨木的。这些胡杨木全都有点弯曲，没有一根是笔直的。

大概是空气干燥的缘故，我的手掌皮肤越发干燥。无法洗澡的情况在南道的所有城市都一样，因此，皮肤干燥并非这个原因，而是空气异常干燥的缘故。

九点出发，吉普车两辆。招待所前面的大路跟黎明时一样，依然沙尘蒙蒙。我们穿过榆树与胡杨树下，很快进入耕地地带。若羌所在的聚落本身就是农村。

不久，戈壁揳入到耕地地带。戈壁上也是沙尘蒙蒙。我们穿过数个十字路口，每处路口都是沙尘飞扬。路的左右两边基本上是绿色的耕地，路旁并排着泥土造的土屋。一名老婆婆与一名幼儿，还有两个姑娘，在各自的房前望着吉普车。他们都是在风中生活的人。在他们的周围，所有的草木都在摇动。

十分钟后，聚落的行道树终结，绿洲彻底结束，车子进入白色戈壁的不毛之地。我们超越一群拉车的毛驴。毛驴大清早就在干活了。一望无际的碱性地带点点分布着小沙包子，还有红柳。我们的旅程就在这样的地方继续着，不久，一片无一草一木的戈壁铺开来。九点十五分。

我们在壮阔的戈壁中连续行驶了约十分钟后，沙包子再次点点出现。每一处沙包子上都顶着红柳。四周是碱性的白土地带。

可是，我们很快便脱离了这种地带，一会儿是一无所有的戈壁登场，一会儿是沙包子地带登场，循环反复。地面一马平川，即使是沙包子地带，沙包子与沙包子间也不太密集，仿佛戈壁的装饰一样，彼此保持着适当的距离，并没有密集沙包子地带的那种震撼感觉。

不过，密集沙包子地带似乎一直在左边远处延续着，浓绿像一条带子铺在地上。沙子在路上奔跑。透过吉普的前车玻璃看得很清楚。

三十五分，一路朝东的路往左拐了大弯，向刚才便进入视野的左边远处的沙包子地带靠近，不久便钻入其中。红柳大多已干枯。远处发绿的似乎是麻黄的植株。

离开沙包子地带后，车子再度进入戈壁中。车体剧烈摇晃，不断颠簸。手若不抓住某处，头就会碰到车顶上。沙子不断在路上跑，从右边跑向左边。

不觉间，沙包子地带从左边远处浮现，并逐渐靠拢。对侧右边则是沙漠，沙子被风吹得漫天飞扬。九点四十五分。

不久，左右两边再度变成戈壁，这一次，沙包子地带的浮出地点换成了右面。不过，那些沙包子很快就转到了背后，左右两边都变成一无所有的大戈壁。大戈壁之旅永远在继续。进入戈壁后，沙子在路上奔跑的现象消失。

十点，戈壁中的小石头多了起来。左右两侧没有了视线遮挡，吉普车在大戈壁中以50公里的时速持续行驶。

十点二十分，沙子在路面上飞舞起来。戈壁上也沙尘蒙蒙。漫长的戈壁之旅依然在继续。吉普车在渺茫的戈壁上疾驶。一个貌似钻塔的东西从左边远处浮出来。

十点三十分，巨石开始出现在四处的戈壁。

十点四十分，支在左边路上的几顶施工工人的帐篷映入眼帘。一条绿洲的绿带子开始出现在前方去路，从此时起，戈壁上开始处处露出麻黄。不久，吉普进入前面的绿洲中。据说，那是若羌县唯一一个大农场绿洲，我们的目标米兰遗址则在农场5公里外的地方。一处美丽的聚落浮出来。四处开始出现建筑物，完美的钻天杨行道树望不到头。这是一处巨大的农场。大路上有一辆四头毛驴的排子车，还有卡车，还有人。

我们进入农场的招待所，休息。农场的名字格外长，叫新疆维吾尔自治区巴音郭楞盟蒙古族自治州农垦局三十六团。人口8000，农地23万5000亩。该农场于1965年设立，在此之前，这里只是个区区几十户人家的小聚落，名叫米兰。虽然现在已成为大农场，可据说在当地人中，现在依然有人将这儿称作米兰。"米兰"是维吾尔语，是水草丰茂之意。总之，在曾经名叫米兰的这个小聚落上，如今建了一个整洁明亮的大聚落。我们在这儿用了午餐。

在农场5公里外的地方，有一座米兰遗址。该遗址因斯坦因的发现以及有翼天使像的出土世界闻名。我今天的目的便是访问这儿，不过在此之前要先听农场干部们的介绍：

——据我们所知有三个米兰。你们现在要去的米兰是古代的米兰。这个农场是新米兰，这里只有五六十年，顶多八十来年的历史。有位一百二十岁的老人一直活到了最近，据这位老人说，他小时候曾住在另一个米兰，可由于河道变迁和洪水的缘故，居民便放弃了那里，分散到了各处。不过，有几分之一的人迁移到了现在的这个米兰。——因洪水被放弃的那个米兰在35公里外的塔里木河下游。它的遗迹至今仍能从沙包子群中看到，那里仍点点地残留着一些土坯建的不太高的土屋和土墙碎片。从位于塔里木河岸的这点来看，以前居民并非依靠农业，而很可能一直以放牧为生。我们将这个米兰叫做第二米兰，将现在住的这个米兰称之为新米兰。

——第二米兰拥有多少年的历史并不清楚，不过据传说，那里从前曾住着非常多的人，由于流行天然痘，大家就放弃了那里，朝和田方向和伊犁地区迁移，因此居民减少。这么一个不幸的聚落，到了80多年前的时候，塔里木河又没水了，结果就连一个人都住不下去了。

——也许，古米兰与第二米兰之间还有几个米兰。可目前来看，一切不明。

出了农场，我们赶奔米兰遗址，即斯坦因所发现的被当地人称之为古米兰的那处遗址。特别是从此处的佛寺废墟中发现的有翼天使像，作为一种展示东方希腊文化的极品，让该遗址蜚声中外。差路5公里，几乎就没有像样的路，吉普车在沙堆或沙包子地带摇摇摆摆地前行。完全是沙尘之旅。车子第二次涉水过河，溅起一片水花。

不久，我们终于进入戈壁滩中的遗址。由于没有像样的隔断，吉普不觉间便来到了遗址中。遗址长8公里、宽5公里，是处较大的都城遗址，比我先前造访过的和田地区什斯比尔遗址要大。地上残留着大大小小的土块。弄不清是什么遗迹。既有小山般的土块,也有塔一般的碎片。

遗址的中心有处较高的地方。似乎是瞭望台或望楼之类。我试着爬上去。由于风大,帽子几次被刮飞。四面的景色很壮观。这处都城遗址坐落在一望无际的戈壁滩中,右边和左边远处点点排列一些土块,貌似建筑遗迹。发现有翼天使像壁画的佛教寺院遗址应该就在某处,可总之,一切都被埋进了沙中,无法判断。

大沙包子地带涌来,仿佛要与遗址地带做邻居似的。从远处望去,遗址的碎片与沙包子没有区别。

据说,天气好的时候,从遗址能望见美丽的阿尔金山脉,可今天到处都沙尘蒙蒙,我只得放弃。阿尔金山似乎是一座没有一草一木的岩山,不过,我却一次也没见过它的山容。我从脚底捧起一捧沙子。白色的沙子熠熠生辉,因为里面有石英。

放眼北方。东北方170公里外应该坐落着楼兰遗址。楼兰在罗布湖北面,这边则在罗布湖南面,虽然无法确定两个都城是什么关系,不过有一点可以确认的,即两者都是同样西域文化所绽开的花朵。

放眼东方。虽是一望无际的戈壁滩,可不久后这戈壁滩也该变成流沙地带了。即法显在离开敦煌赴鄯善国途中所记述的"上无飞鸟下无走兽……唯以死人枯骨为标示耳"的地带。

根据斯坦因的发掘，这处米兰的都城在5—6世纪时曾被短暂放弃，之后作为吐蕃的基地复活，后来不知何时再次被埋进了沙中。这座城址真是命运多舛。

我再次返回农场的招待所休息。跟农场的人们谈起刚刚看过的米兰遗址。

——一般认为，登上历史舞台的鄯善国的都城扜泥城便是米兰遗址，那里既发现了烽火台也发现了谷仓，还在遗址周边发现了巨大的屯田痕迹。从遗址的发掘情况来看，可以推定这里曾住过2万人。可是，由于在瓦石峡农场（昨日用午餐的那个若羌西边的农场）15公里外又发现了一处巨大遗址，因此也有人将此视作鄯善国的都城。鄯善国的都城究竟在哪边，目前有两种说法，经常发生争论。

正在这时，来到这里的新疆日报记者李箫连女士出现，她讲述了自己的观点：

——我个人认为，米兰遗址并非当时的鄯善国国都。从遗址规模判断，城郭并不算大，作为都城实在太小，反倒被视作驻屯地伊循比较合适。都城应该推定为在若羌一带。《沙洲图经》一书中曾有文章记述说：鄯善东北百八十里有屯城，即汉之伊循。从这篇文章推断，现在的若羌便是都城，而今日所见的米兰遗址则是屯城。另外，许多古书中也都有"从敦煌赴鄯善途中必经密兰"的记述。这里的密兰很可能便是米兰遗址。并且，米兰遗址的周边还有屯所的遗迹。我认为这便是米兰遗址即伊循城的有力证据。还有，鄯善国的都城无论在若羌也好，在其他地方也好，都必须根据考古学的发掘。当时的鄯善国规模有8000户，4万人。鄯善国从公元前78年一直繁荣到5世纪中叶，后来才被一个名叫丁零的民族灭掉。"丁零"是个什么样的民族目前不明。后来，至唐朝末期，回鹘来到此地，新疆地区便逐渐维吾尔化，而在此期间的情况，史书上并无记载。

此外，农场的两三个人也作了发言，对于这几人的观点，我在此割爱。往日鄯善国的都城在哪里，这个问题固然重要，不过我更想问的却是当时鄯善人的情况如何，他们有无子孙等。不过，就算问也没用，因为没人能知道。

我返回若羌的招待所，晚上将"米兰遗址"的诗稿抄在笔记本上。直到此时，我才回忆起米兰遗址曾经的辉煌来。一般来说，遗址都会带着某种幽暗感觉，而在这一点上，米兰却是个例外。那座城址中必定埋着许多干尸，可这并未给人带来一种特别的感慨。在那处遗址中，所谓无常观之类似乎一点都不成立。

米兰究竟是往日鄯善国的都城，还是它的屯田地伊循城，人们似乎持各种观点，可实际情况无人可知。这且不说，这里还出土了佉卢文字与婆罗米文字的文献，佛寺的残骸中还发现了描绘犍陀罗式塑像与有翼天使的壁画。这说明，当时拥有高级文化的时尚居民，他们至少居住到了4世纪。

五月二十二日，九点三十分出发。今天回且末。由于只是沿前天的原路返回，我便谢绝了送行的吉普，决定只用一辆吉普返程。让若羌这边送到中途，再让且末那边到中途迎接，实际上并不是件容易事，因此谢绝了他们的好意。郭先生、吉川、我，我们三人同乘一辆吉普车。

出了招待所，我们受到了招待所众人的送行。尽管我嘴上连说着再会，心里却未抱希望。我恋恋不舍地与大家握手。对于多次帮我打洗脸水的维吾尔姑娘们，我更是由衷地说了句"再会"。

大概是早晨的缘故，大街上行人略微有点多。驴拉的排子车、少女们原色的衣服。汉族女孩是连衣裙加长裤，维吾尔少女则多是裙子。自行车很少，大家全是步行。风一吹，沙子在中心街流窜。路边并排着两三辆驴拉的排子车，上面摆着蔬菜，原来是个小集市。

出了城，我们很快来到若羌河。这是一条大干河。望望上游，虽然朦胧，可还是能看见阿尔金山的山容，还很近。在且末应该也能望见阿尔金山脉。在民丰望见的则是昆仑山脉。

戈壁旅途开始。阿尔金山脉重重叠叠。山前低丘连绵，望不到头。

一点三十分，吉普车在沙漠中被埋进了沙里。幸好对面来了一辆卡车，拴上链子让其帮忙拽了出来。

一点五十分，我们在若羌150公里外的地点进入大戈壁。左右两边是无尽的戈壁。忽然，吉普车动不了了。弹簧折断了。这辆吉普此前也发生过弹簧折断的情况，不过仍能行驶，因此我觉得问题并不大。

不久，听钻进车底的司机师傅说没润滑油了。对汽车知识一无所知的我根本搞不懂这意味着什么。

两点，后面来了一辆道路施工的卡车，是新疆公路局的车，说是要去且末，郭先生便托对方带信。可是，这儿到且末还有200公里以上，卡车到且末还得5小时，对方来迎再需要5小时，因而，即使乐观估计，救援队赶来也至少要10小时，届时已经是半夜了。我做好打算。一会儿在吉普中睡会儿，一会儿在戈壁中走走。

大约两小时后，且末那边来了两辆卡车。我们委托其中一辆给若羌县带封信，信中让若羌方面跟且末方面联系一下，让且末那边派车救援。

忽然发现从早晨起我一直未小便。估计水分全通过皮肤蒸发掉了吧。

五点，每次眺望大戈壁时，都能在某处望见龙卷。多少有些恐怖。不久，风猛烈起来，沙子飞舞起来。陷入困境已三小时。可除了等待救援无计可施。我这才后悔出发时拒绝吉普车送行一事，可一切悔之晚矣。假如步行回去，一天走50公里，到若羌要3天，到且末需4天。在这次的南道之旅中，今天是第一次一辆吉普出行，结果这么快就遭了难。看来，在这种地带走路，一辆车是万万不行的。

司机师傅在车底钻进钻出，一个人忙个不停，结果还是无能为力。车体多处损坏，趴窝似乎并非一个原因造成的。

五点四十分，一辆道路施工的卡车过来。司机跟几个年轻人下来，帮我们修理。车体多处损坏，螺丝似乎也松动了。我想肯定会这样的。大家卸下轮胎进行大修，可我多少有点担心。这样会不会把车给搞坏了？

八点二十分，仍有太阳。我早早吃了晚餐。我一个人就吃掉了一个菠萝大罐头。晚餐是面包加羊白脂，十分美味。我无法想象半夜大风吹来时会是什么状况，唯有填饱肚子这点必须提前做好准备。

饭后，我在戈壁中走来走去，捡着各色的小石头。每块石头表面都溜光圆滑，很美。最终，年轻人们放弃了病入膏肓的卡车，全部返回自己的车辆，嘴里在喊着什么，挥着手，出发而去。

我在戈壁中走着走着，感觉四面冷了起来。九点十分，日落。我一面望着美丽的落日，一面坐在戈壁滩上，喝着白兰地。

九点二十分，白天委托带信的那辆公路局的卡车驶了过来。这辆车最终并未去且末，说是他们从中途的道路施工办公室给且末县办公室打电话，结果怎么也打不通。

卡车上的男人们还带来了信号接收机，说是可以在这里直接接上电话，让我们自己去说。还有一人甚至爬上了戈壁的电线杆。可最终还是未成功。虽然用的是部队的电话，结果也打不通。我远远地望着他们的作业。奇怪的是，眼前的一幕有如一幅虚幻的风景。总之，白天两点发生的事故至今仍未通知到且末那边，我觉得有点不可思议。给若羌方面的书信也委托给卡车了，看来这边也不靠谱。事故原本就是这样的。看来，我们今晚要在戈壁熬上一夜了。大戈壁的夜晚是何样子，我倒并非毫无兴趣。

十点，一辆开着车灯的吉普车从且末方向赶来，是且末县的吉普。说是他们在且末80公里外的地方等着接我们，结果左等不来右等不来，等得不耐烦了，便过来查看情况。他们跟公路局的人一起，经过反复商量，最终决定先将趴窝的吉普和司机交给公路局，郭先生、吉川和我则换乘到迎接的吉普上，直接赶奔且末。

时隔8小时后，我们终于又在戈壁中行驶起来。车辆加速赶路,十一点四十五分在戈壁中休息。北斗七星很美,白色的半月也很美。至且末还有100公里。我听到一种虫鸣般的声音,便跟某个人交流,那人却说,类似这样的声音,应该是听不到的,哪有什么虫鸣。听他这么一说,我想或许是真的吧。

十二点三十分,这次才是且末那边真正救援的车辆,途中正好碰上。他们是从若羌的电话中得知出事后,急忙赶来救援的。救援人员是中方摄制组的三名年轻人。车上还装载着防寒用具、水和食物。

我们再次在戈壁休息。我喝着啤酒,仰望月亮。月亮上挂着月晕,因此,据说明天有大风。我们换乘到新吉普上。据说新吉普的车况更好。我们再次出发。

一点三十分,我们再次在沙漠中陷入困境,轮胎埋进了沙中。我以为又不行了,可最终,吉普车还是凭一己之力,勉强从沙中爬了上来。

半夜,寒意加剧,脚底发冷。我让司机打开暖风。这便是日本车的难得之处。倘若在戈壁中的那辆故障车上过夜,一定会挨冻吧。我在剧烈摇晃的车中睡了过去。

两点十五分,我们进入且末招待所。为了等我,NHK的田川、和崎都没睡。我洗了把脸,喝着白兰地,与二人聊到四点。真是充实的一天。

柳絮飞舞旅途的结束

五月二十三日，七点起床，由于昨夜与NHK的田川纯三、吉川研二人闲聊到四点，因此只睡了三小时，可不可思议的是，我竟没有疲劳感。我在招待所的院子里散着步。晴朗，无风。尽管昨夜在戈壁看到了月晕，可今天竟出奇的无风。在日本，人们都说月亮出现月晕时会下雨，可在沙漠地带则会刮风。

今天要乘十一点的航班去乌鲁木齐。十点早餐，之后与招待所全体人员合影。若羌的招待所有种客栈的感觉，许多貌似旅行者都在院内闲逛，而且末的招待所却是整洁利落，住宿者只有我们。最终我们在此前后住了五晚。每天早晨都能喝到足够的牛奶。

快十一点时，我们离开招待所，受到众人欢送。这是一场与边境生活者的别离，是真正的别离。我祝大家一生幸福，这是我的真心话。因为我们已很难再次相聚。

机场离招待所只有三分钟车程。与聚落相连的耕地一角便是小小的飞机搭乘点。广场上停着一架飞机，吉普车在前面停下。众多大人孩子成群地围着飞机。大家都望着飞机新鲜。这是上个月在且末—库尔勒间刚开通的一条航线，一周两趟航班，我们这次是外国人第一次搭乘。按计划，剩下的NHK摄制组人员须乘吉普车前往库尔勒，因此，当前能利用这飞机的外国人恐怕只有我们了。

搭乘点旁有一座建筑，名叫"且末航站"。大概是候机室兼办公室吧。我们无需进入。下吉普后，直接上飞机的舷梯即可。

由于田川与中方人员前来送行，我在舷梯上挥手致意。成群的大人小孩也用招手回应。愉快的分别。

这里到库尔勒400公里，至乌鲁木齐750公里。飞机是伊尔-14，核载30人，是三十多年前那种老机型。就这样，我们终于跟逗留了两星期的西域南道告别。

起飞，飞机瞬间升空。高度大概有3000米。舱内满员。起初多少有些摇晃。许多乘客略感不适。郭先生和吉川也感到不适。

十一点四十五分，飞机抵达库尔勒。五十分，休息。"库尔勒"在维吾尔语中是"绿地"之意。大概是一处具有数百年历史的聚落吧。天空碧蓝，太阳光辉也是盛夏之光，很热。机场宽阔无比，钻天杨包围着大片区域。东边远处可望见低矮山脉，北面能望见巨大的山脉，恐怕是天山支脉。总之，这是一处多少有点散漫感觉的沙漠机场。

两点三十分，起飞。距乌鲁木齐350公里，预计用时1小时5分。飞机很快来到沙漠上方。大河与大池浮现出来。飞机直指天山。不久越过小前山的山背，来到平地上方。耕地、荒漠，接着大耕地地带再次铺开。飞机一直在绿洲地带的上方飞行。前面出现一道天山的支脉。天山是一道宽达400公里的山脉束。山脊线勾勒出的几个山顶上，顶盖着少量的雪。飞机一点点向其靠近。

不久，飞机晃动加剧，突然下降，由于没有安全带，我紧紧抓住座椅。飞机再次下落，直坠的感觉。乘客们脸上没了血色。可后来，飞机却径直飞向天山，来到天山中顶着雪的山脊群上方。山梁。山梁上的白雪与蓝天映入眼帘，可飞机却总在低处徘徊，令人不快。眼前丛山群的所有棱角全盖着雪，上面飘着云。

三点，飞机越过一支山脉。顶盖着雪的山脊逐渐远去，无雪的丛山群在下面铺开。云在飘动。飞机再次下降，来到一片新出现的大丛山群上方。所有山脊全裹在雪中，十分壮观。

三点三十五分，飞机飞过雪山头顶，感觉像在雪中的丛山群中悠闲地散步。如此飞大概是为了躲避气流吧。

四十分，飞机终于彻底翻越天山山脉，来到盆地上空。既然已翻越天山，就该一口气直奔乌鲁木齐机场，可这一次，飞机进乌鲁木齐机场的方式却与往常不同。只见飞机时而来到天山左边，时而来到天山右边，一直在盆地上方飞行。五十分，飞机仍在耕地上方飞行，仿佛我们是从西边很远地方翻越的天山一样。

四点，飞机终于抵达乌鲁木齐机场，晚点三十分钟。乘客们全都舒了一口气。郭宝祥说，飞机降落时，他的头甚至撞到了舱顶。

我久违地进入乌鲁木齐招待所。晚餐后，我立刻躺到床上。毕竟是南道之旅，疲劳就不用说了，加之夜间寒冷，我一夜都没睡好。

五月二十四日，八点起床。醒来的一瞬，我立刻觉出这里不是南道。打开窗户，天空晴朗，既不刮风，也无沙尘飞舞。我与吉川在宽阔的大院内散步。钻天杨林荫树很美。大榆树的种子像下雨一样落下来，即使落到地面，也仍在沙沙地奔跑。无论走到哪里，都有榆树种子在飞舞。这招待所的钻天杨已不必说，榆树的数量也很惊人。紫丁香开着淡紫的花儿。虽然已过盛花期，依然芬芳扑鼻。

下午，我进城买蜂王浆。顶着雪的博格达峰从十字路口露出脸来。上次去的天池就在博格达山脚下，因此，如今那里一定变成了雪山环抱的水池了吧。进入市中心后，我又望见了那座山丘上的砖塔。塔虽小，却加深了乌鲁木齐的感觉——没错，这里便是乌鲁木齐。

返回招待所，晒晒太阳。中午很热，夜间却冷。我便找招待所的人交涉，让其将今晚床上的毛毯加了一床。

夜间整理日记。这里跟夜间风大的若羌不同，清静得很。我将诗稿抄在笔记上。

五月二十五日，六点起床，入浴。早餐前与吉川在宽阔的大院里散了个步。今天要乘两点五十分发车的乌鲁木齐至北京的列车。这是一趟四天三晚的列车之旅。先由新疆地区进入甘肃省，然后经陕西、河南、河北三省，到达北京，全程3774公里，共经车站74座，需时76小时17分钟。票价302元，比480元的飞机票便宜很多。

艰苦的西域之旅后，再来一趟四天三晚的列车之旅，疲劳定会加剧，可我还是毅然选择了列车之旅，因为我想亲眼领略一下从西安经天水入兰州的这条往日大道。列车驶过的河谷，应该便是往日丝绸之路的所经过之处。我打定主意，哪怕只从车窗里望上一眼，也要目睹一下那些地方。如此，持续多年的丝绸之路之旅也能完美地画上句号。尽管有些任性，可我还是邀请郭先生和吉川二人作陪。

我们两点从招待所出发，赶往火车站。车站建在高台上，正面能望见博格达峰，位置绝佳。宽敞的候车室和站台上有许多乘客，比较混乱。有维吾尔族、汉族，还混杂着其他少数民族。

我们乘上列车。列车很新,车厢也很整洁。吉川与我占领了一个四张卧铺的单间,郭先生则在邻间。

准时发车。大约一小时后,我忽然发现,列车正奔驰在顶着雪的天山右边。由于天山正处在左边,因此列车肯定是不知不觉间由乌鲁木齐盆地来到了天山南侧。

过了第一个停车站盐湖站不久,一片盐湖便出现在右边。一个很大的湖。

四点三十分,左边是天山,右面是连绵的岩山。岩山很近,山脚是优良的游牧场,上面撒满了羊群。这一带胡杨很多,每株胡杨样子都很吓人,还有的形状像蝾螈。

不久,两侧全成了岩山,列车开始行驶在岩山与岩山间的山谷中。谷底有条小河。隧道很多,有的还很长。不久,山谷稍微开阔了些,两侧的岩山远去,列车开始驶上高原风貌的戈壁。

五点,天山站。这是继盐湖站后第二个停车站。列车内28度。据说晚餐时间是六点。此前的晚餐时间不是八点就是九点,看来我要将就一下这种变化了。由于时差的原因,在到明天之前,晚餐时间都要改在天色很亮的时刻了。

大概接近下一个停车站吐鲁番了吧,感觉格外热。列车切割着大丘陵地带,不久来到一片大戈壁滩。

六点,吐鲁番站。车站在城市40公里外,因此看不到火焰山。站周围彻底被戈壁包围。由此到库尔勒有一条南疆铁路，但尚未正式开通。

从吐鲁番站开出后的约一小时内，左侧，即天山一侧一直是重叠的山峦，高处则分别顶着白雪。右侧的山很远，也很低。两山系之间被大戈壁淹没，列车一个劲地行驶在戈壁中央。在列车的食堂里，我切实感受到了列车之旅的奢华和难得。

七点十分，七泉湖站。八点二十分，鄯善站。鄯善站很大，站内挤满了城市的人们。大概这里已成为城里人的夜间聚集场所吧。在站台闲逛的城市姑娘们时尚靓丽，有的还烫了发，穿着高跟鞋。

鄯善是位于吐鲁番东140公里外的一处大聚落，被誉为"火焰山下的珍珠"，又有水果之乡的美称，名不虚传。作为小麦、白高粱、哈密瓜等的产地也很出名。钻天杨林荫树很多，果园也多。

当然，鄯善之名被取自清代，跟《汉书》中登场的往日鄯善国毫无关系。不过在被命名为鄯善以前，并不清楚该聚落被唤作什么名字。估计是近百年期间形成的一处维吾尔族大定居地吧。

从鄯善一带起，天山山脉逐渐远去，逐渐走低。东西绵延2000公里的大天山，到这里后也只剩下东端的尾巴了。

不过，这条尾巴仍蜿蜒不绝。

不久，日落。列车依然奔驰在大戈壁中。八点左右，我整理好床铺躺下，很快进入了梦乡。

五月二十六日，七点半醒来。昨夜睡得很死，一次也未醒。列车依然行驶在戈壁中。不过，我对列车深夜三点八分经过哈密站一事竟毫无所知，甚是遗憾。既然是深夜，我自然无法获悉聚落的样子，但至少可以在站内转上一转的。

八点，柳园站。前年五月，我第一次访问敦煌回来时，就是从该站换乘去兰州的列车的。

九点四十分，通过布隆吉站。布隆吉是酒泉—安西间一处有名的强风地带，我曾乘吉普车走过四次，因此，完全是故地重游。不光是这里，从这一带起的整个地带，我去年十月和前年五月也都往返过两次。这一次，我要好好从车窗里领略一下。顶雪的祁连山脉开始完美呈现。

十点十分，列车进入绿洲。前山背后那顶着雪的祁连，令人百看不厌。

十点二十五分，疏勒河站。我想起去年到处追赶那神出鬼没的疏勒河的情形来。离站约一公里后列车驶过一座铁桥。

十二点三十分，顶雪的祁连山脉，山峦很美。过了玉门镇，接近嘉峪关时，一直延续的祁连山脉愈发美丽，祁连山的对侧，马鬃山山系那黑色妖怪般的岩山浮现出来。

两点，嘉峪关。两点三十分，酒泉。过酒泉后，便是去年跟常书鸿以及NHK的和崎信哉等人乘吉普车经张掖到武威的路段了。

三点四十分，清水站。祁连山脉近在咫尺。列车依然继续行驶在戈壁中央，不过，由于淹没河西走廊的是黄土，因此这一带的戈壁基本上呈淡黄色。中国人把河西走廊的戈壁叫做假戈壁，他们认为，真正的戈壁不进新疆是看不到的。的确，塔克拉玛干沙漠周边的戈壁土壤并非泥土，而是沙子。尽管如此，这河西走廊的假戈壁中竟然长了如此多的小麻黄！全是麻黄！红柳、芦草、胡杨等几乎看不到。

顶雪的祁连依然延续。不觉间，祁连的下半部被藏进了前山中，大概整座山都覆盖着积雪吧。

四点四十分，高台站。右面的祁连山脉被巨大的黑色前山完全挡住，左边，一条绿洲的绿带隔着戈壁远远浮出来。绿带中还藏着高台聚落，大概，我去年走过的路也藏在里边吧。

五点十分，持续已久的黑色前山的山脊线逐渐降低，雪之祁连山脉的身影再次从对面显露出来。祁连山依然被雪覆盖，白雪皑皑。前山远去，祁连也远去。

五点十五分，临泽站。车站附近是个大绿洲，绿洲中坐落着一个土屋大聚落，沙枣树很多。我去年也曾路过这儿。

五点四十分，平原堡站。这里没有聚落，只有车站。车站的钻天杨随风披靡。至张掖还有二十分钟。祁连远去，对侧马鬃山山系的山峦逼近。水田很多。水田消失后是一片小麦田。一眼就知道是片肥沃地带。张掖大绿洲。这里所望见的马鬃山山系，完全是美丽的岩山山峦。爬满褶皱的岩山在阳光的映照下呈淡紫色。一望无际的绿色原野，到处都是桑树。

六点，张掖站。我在站台上逛了逛。许多女站员正用大刷子清洗着列车车体和窗玻璃。在漫长的沙漠、戈壁旅途中，整个车体全落上了沙尘。车站附近多少散落着一些农舍，我去年待过一夜的张掖城与此站相隔5.5公里。

六点四十分，西屯车站。马鬃山山系很近，近在咫尺，山顶上有少量的雪。祁连虽远，祁连这边却铺陈着绿洲，而马鬃山一侧却是不毛地。

过张掖后，长城碎片在马鬃山山系的衬托下不断涌现。我从车窗中探寻着去年乘吉普车走过的林荫道。祁连虽远，可依然是雪之山脉。雪面映着夕阳，熠熠生辉，美。

七点二十分，山丹站。这是座小车站。在这里，我用相机将一座据称是往日匈奴根据地的孤山——焉支山，拍进了照片里。

至武威是十一点半。不觉间我打起盹来，虽然也知道列车到达武威站，可我还是径直睡了下去。

五月二十七日，五点醒来。列车已进入天水站。这里依然是甘肃省，不过已是甘肃的最后一站，此后列车便会进入陕西省。原来，就在我睡眠期间列车已过了兰州。

虽然天水现在完全是山中的一个聚落，可它自古以来便是东西交通的要地，作为中原防卫的要冲受到历代王朝的重视。

出城不久，气势磅礴的渭水河沁入眼帘。两岸没有树，拥抱着巨大沙洲的红色河流展示着大河的堂堂威严。河宽约30米，感觉比西安郊外所见的渭水大很多。这条被称为渭水的河流发源于甘肃省东南部山区，向东流入陕西省，经西安北面后在潼关汇入黄河，全长860公里。自古便作为联结长安（今西安）和潼关的运河屡被使用。

自天水站起，列车的机车变成了两台。大概是要翻山了吧。果然，隧道多了起来，列车时而钻入隧道，时而钻出隧道。

天水之后是一座小站。土屋小聚落对侧是渭水的黄色水流。放眼望去，土屋林立的聚落很好，渭水也不错。土屋和渭水都是同一颜色，简直都无法区别了。

每次看到渭水时都是蜿蜒曲折的，从未笔直地流淌过。因为渭水总是流淌在蜿蜒曲折曲折蜿蜒的河谷里。

接着是伯阳车站。这里也是一处被夹在山中的山谷聚落。车站在山崖下，能够俯视从车站绵延至渭水河岸的聚落。河流对侧的山坡上开垦着梯田，若是早春时节，这里必定是个无比恬静的美好聚落。可是，设若想象一下聚落的夜晚，由于只是峡谷中的小聚落，她的夜晚无疑会无比孤寂。这里的渭水比天水的渭水窄了不少。

可是，离开聚落后，渭水却再次拥有了巨大的体量。沙洲的河滩增至河流的数倍，水流依然在从容地蜿蜒曲折，曲折蜿蜒。河的宽度大概有30米。不过，大部分已成沙洲，水流只有其几分之一。

不只是这里，这一带所有聚落的土屋都略微发红，上面是黑色的瓦屋顶。具有瓦屋顶，也就是说这里大概是多雨地带了。总之，土屋拥有瓦屋顶的现象便是从这一带开始的。

被夹在红土大秃山间的山谷在延续，渭水仍在谷底流淌。因而，取山土而建的土屋是红色的，流经这种土壤的渭水河也是红色的。渭水变成了毫无蓝色的淡红色河流，蜿蜒地流向西安。

并且，这一带山谷中的车站，站内都堆着白石头和细木材，确有一种山谷小站的感觉。河滩的聚落沿渭水不断涌现，每个聚落看上去都有被洪水冲走的危险。隧道，还是隧道，出了隧道就会看到渭水，看到渭水就会再次钻入隧道。

从七点左右起，尽管同为山谷，红色的山上却逐渐生出树木，逐渐化为青山。铁路从左边山脚向下游伸展，渭水不断冲洗着对侧的岩山山脚。并且，渭水宽阔的河滩上还建着聚落。从未见过聚落如此多的河滩。每一个聚落都带着河滩聚落的特有表情。渭水也用带子一样的红色水流拥抱着这些聚落。

七点二十分，渭水依然在红色岩山的山谷中蜿蜒流淌。无论何时望去，渭水都是蜿蜒曲折的。如此曲折的河流真不多见。聚落之所以都坐落在河滩上，大概是无其他地方可建吧。看来，缺了这渭水的河水还真是不行。只是，发洪水时情况会如何呢？

宝鸡站。这是个大城市。这一站下了很多旅客，车厢几乎都下空了。

从这一带起，身体燥热起来。我停止笔记，在卧铺上躺下。睡意不断袭来，是在西域南道累积的疲劳。这种状态今天一整天都在持续。

五月二十八日，乘上列车后已是第四日。西安应该是昨天半夜经过的，洛阳则应是今早通过的，可我完全陷入沉睡，什么都不知道。九点，列车奔驰在大沃野上。一望无际的大绿洲，没有任何视线的遮挡。九点二十五分，列车进入郑州站。一座巨大的车站。列车从郑州站向相反的方向行驶了一阵子，不久便通过黄河南岸站，并很快越过一座大黄河上的铁桥。河道很宽，猜不出有几公里。我举起相机，从南岸不断拍照，可区区几张照片是拍不尽的。河里大部分变成了浅红的沙洲，到处能看见蓝色的河流。两岸也很热闹，铺陈着开阔的大沃野。

在乘务员的请求下，我在笔记本上写下了如下简短文字：

——从乌鲁木齐至北京，这四天三晚的列车之旅，恐怕是我一生中最快乐的回忆了。雪之天山、雪之祁连山、河西走廊的大戈壁滩、渭水上游的河谷，还有古都西安、洛阳。郑州附近那一望无际的沃野、流淌在沃野上的大黄河——不用说，快乐的旅途离不开各位列车员的热情服务。车厢很整洁，洗手间也始终很干净。食堂的饭菜也很美味。所有方面都是满分。谢谢。谢谢。

这未必是恭维。我便是在经过了这样的一番列车之旅后，进入第四天的最后旅程的。列车于十二点多点经河南省安阳进入河北省。邯郸，一点十六分。列车在河北平原上一路北上。一望无际的麦田，左右全无山影。沿线有许多钻天杨，垂柳也多。土屋聚落点点，树木的绿色与土的红色相映成辉。

京汉公路与铁道平行，是纵贯河北省的一条大道。从车窗朝大道上望去，总能看到一些拉车的马、驴，还有骆驼。不愧是一条繁华大道。多数路段都是沥青路，在绿色的田地中化为一条黑色的带子。小学生、女学生、排子车、红色巴士、骆驼、邮政汽车、自行车……人来人往，车水马龙。

三点四十五分，石家庄站。这是一座只有七十年历史的新兴城市。在石家庄城的这边，铁路离开一直并行的京汉公路，绕了个大弯。原来是为进站做迂回。进站后，列车与发往太原、济南的列车并排停下。过站不久，列车再次与刚才的大道平行起来。

来到北面后，河北平原的杨柳也多了起来。不愧是广大的沃野，令人百看不厌。点点搭配的村庄的树丛很美。

大道上到处都能看到骆驼，我突发奇想，从郑州到北京，这些骆驼究竟要走多少天呢？

河北平原上到处都能看到抽地下水的方形建筑，大概是泵站。由于几乎看不到像样的河，灌溉只能依靠地下水。平原基本上是发红的黄土。

定县，四点五十三分。下车的旅客很多。这是一座大城市，远处城市方面能望见貌似佛塔的高大建筑。

保定，五点四十一分。良乡，七点三十六分。丰台，八点——这一整天我都在跟富饶的河北平原打交道。晚上八点半抵达北京，至此，四天三晚的漫长的列车之旅宣告结束。

五月二十八日，我久违地在北京的民族饭店洗浴。这是在此次旅程中第一次像样的休养。二十九、三十、三十一日，这三天虽然每晚都被招待宴会占据，不过白天我并不外出，而是专心整理笔记。我一面辨认着在剧烈摇晃的吉普中所做的笔记，一面誊写到其他笔记本上。

六月一日，我从北京出发，回国，结束了正好一个月的旅行。深夜，在东京的自家书房，我一面喝着白兰地一面在想，自昭和五十二年起每年都在继续的中国西域之旅该结束了。玉门关、阳关旧址已亲自去过，河西走廊也乘吉普车走过了。敦煌也已访问了两次。新疆地区已去过三次，天山也乘飞机飞越了六次。塔里木河也荡舟游览过，这次还造访了埋于西域南道的流沙中的诸多古城。

该心满意足了。年轻时的梦想已基本实现了。这些梦想的实现，全都离不开中国方面的深情厚谊。想来，无论日方还是中方，我不知给多少人添了麻烦。心里着实过意不去。若再不罢手恐怕都要遭报应了。

该满意了！我一面回忆着若羌整夜呼啸的风声，一面在静谧的东京之夜的书房里，浮想联翩。

译后记

2020年是无比艰难的一个年头,这一年,世界上暴发了新冠肺炎疫情,给全球带来空前灾难。各国损失惨重,中国也颇受打击。一年里,各国都在忙着同疫情做殊死搏斗,同时还要努力复工复产,维系经济,中国也不例外,不,甚至,中国是其中做得最好的一个。一年来,译者所见的一幕幕感人抗疫画面,我想大家也都耳濡目染,在此无需赘述。疫情打乱了人们原有的生活节奏,让每一个人十分紧张,译者也不例外,甚至,我所承受的压力还要大些——因为,我的父亲遭遇严重车祸,基本变成了植物人。因此,在严峻的疫情环境下,教书的同时,我还要强忍悲痛,接连往返于青岛与老家之间,伺候病榻上的父亲。父亲刚做完手术时,医生就说过,鉴于父亲年龄较大,能否醒来不好说,因此让我们不要太乐观,而事实也确如医生所说,父亲在经过了两个月的住院治疗后,仍未醒来。院方委婉建议我们放弃治疗,让父亲出了院。尽管如此,我仍怀着一丝希望,一天天坚持在病床前伺候,幻想着有朝一日父亲能忽然醒来。可日子一天天过去，父亲的眼睛是睁开了，却失去了意识。望着病榻上佝偻着身子连家人都已认不出的父亲，我凄苦，我彷徨，我后悔。生活中，有些事情总是发生得太过突然，在你尚未做好思想准备的时候便已发生，让你措手不及。你所能做的，便只有用时间去舔尝和适应这种悲伤。父亲遭遇变故亦是如此，在我毫无思想准备的情况下忽然就躺倒了。彩云易散，霁月难逢，世上的东西还是平凡者多，当你拥有它的时候，你根本就意识不到它的存在，比如我们的家人，身边的朋友，每天从我们身边偷偷溜走的平静时光……可当一旦失去的时候，你才蓦然发现，原来它们竟是那么的珍贵，那么的美好，甚至连我们与亲人在一起的那些平凡而平静的日子都那么的美好。因为我没有珍惜，如今只能沦为舔舐这痛苦和悲哀的命运。我在病床前一幕幕地回忆着父亲康健时的样子，回忆着父亲曾经的一举一动，一言一笑。以前每次回老家时，不善言辞的父亲总会冲着我默默地笑笑，然后继续忙起手头的活计。啊，那个忠厚淳朴，一生勤劳的老农民，他就这样躺在了病榻上，恐怕再也无法醒来。我遗憾，我后悔，后悔没能好好孝敬父亲，没能让他享一天清福，虽然也曾载着父亲游玩过省内多处风景名胜，可这丝毫不能慰藉我心底的遗憾。平静是美好的，平凡是美好的，与父亲待在一起的日子是美好的。是这次的疫情和变故，让我重新意识到了这些美好，意识到了这种平凡之美的珍贵。

井上靖先生的《西域纪行》的翻译工作，便是在这种凄苦和彷徨中进行的。我一面舔舐着内心的悲怆，一面与先生进行着心灵上的交流。先生自青年时代起便对中国的西域文化产生了浓厚兴趣。亲自到中国，尤其是亲身到西域看看是他毕生的愿望，不，于他来说甚至是一种奢望。因为他一直都不敢想象自己有朝一日能亲自踏上让他魂牵梦绕的西域。而当他步入晚年，时过几十年后才第一次获得访问中国的机会时，他毅然选择了去实现自己的夙愿——去西域，亲眼看看让自己魂牵梦绕的西域。他是如此珍惜这种机会。在他的眼里，西域的一草一木，一沙一土，甚至都像自己的故土那样亲切。尽管年迈，可他不畏艰辛，忍着颠簸，前后去了数次，并且每一次他都坚持做详细的笔记，做记录。一个老人，一个对中国文化无比痴迷的老人，一旦获得去中国的机会时，他总是那么的兴奋，那么珍惜。光是敦煌莫高窟他就去了两次，却仍意犹未尽。身为一个外国人，对窟中的雕像竟怀有那么深厚的感情，如数家珍，视若珍宝，他对中国文化的这种痴迷甚至让身为中国人的译者都倍感汗颜——说到石窟，译者在前些年倒也去过一次，不过并非莫高窟，而是大同的云冈石窟。而当时的译者，却也只是走马观花，并未留下深刻印象，如今想来甚是汗颜。

日本茶道中有句话叫"一期一会"，讲的便是珍惜机缘，珍惜相遇。人与人的邂逅，人与人的相遇，看似有很多很多，总给人一种可无限拥有的错觉，可事实上，人与人，人与事物的每一次相遇都是唯一的，都是不同而不可重复的。而我们与生活的相遇，与时代的邂逅亦是如此，乍一看似乎可往复循环，可无限拥有，而实际上却一生只会遇到一次。孔子说"逝者如斯夫，不舍昼夜"，不错，我们与所有一切的相遇都是缘分，都是唯一而不可重复的，因而我们每一个人都应该学会珍惜。珍惜机会，珍惜当下，珍惜与家人与亲朋好友的相聚，珍惜我们不曾察觉的时光。

春去秋来，世事沧桑。武汉年初时的突发疫情曾让许多国家都看衰中国，可令他们万万没想到的是，中国在短短几个月的时间里便成功控制了疫情，经济强劲复苏。看着世界上那么多国家仍在疫情中挣扎，再回头看看我们国内的和平与安定，真觉得生活在中国是一种无上的幸福。这种幸福不是天上掉下来的，而是千千万万的中国人同舟共济，不惜牺牲换来的，是共同奋斗的珍贵成果。当看似平静而平凡的时光再次回到身边时，我们一定不要再漠视它，要珍惜它。

希望就在前方，我们不能放弃。让我们跟着井上靖先生，珍惜缘分，珍惜机会，背上希望的行囊去远方。

王维幸

2021年元旦于青岛

附录　井上靖年谱

1907年（明治四十年）
5月6日,出生于北海道上川郡旭川町,父亲井上隼雄,母亲八重,井上靖为二人的长子。
祖父井上洁。井上家是伊豆汤岛的医生世家。母亲八重是家中的长女。父亲隼雄为井上家赘婿。

1908年（明治四十一年）　1岁
父亲井上隼雄出征前往朝鲜,井上靖同母亲搬至伊豆汤岛。

1909年（明治四十二年）　2岁
因父亲调动工作,迁居至静冈市。

1910年（明治四十三年）　3岁
9月,妹妹出生,和母亲一起搬至汤岛。

1912年（明治四十五年） 5岁
父母离开汤岛,将井上靖交由其户籍上的祖母加乃抚养。加乃是已故的祖父井上洁的小妾,此时已入籍井上家,在法律上是井上靖的祖母,平时独居于仓库中。井上靖与加乃的感情十分深厚。

1914年（大正三年） 7岁
4月,入读汤岛寻常高等小学。

1915年（大正四年） 8岁
9月,曾祖母阿弘去世。

1920年（大正九年） 13岁
1月,祖母加乃去世。2月,来到父亲的任地滨松,和父母一起生活。转学至滨松寻常高等小学。4月,入读滨松师范附属小学高等科。

1921年（大正十年） 14岁
4月,以第一名的成绩考入静冈县立滨松中学,担任班长。同年,父亲前往中国东北工作。

1922年（大正十一年） 15岁
3月,因为父亲被内定为台湾卫成医院院长,所以寄居于三岛町的姨妈家中。4月,转学至静冈县立沼津中学。

1924年（大正十三年） 17岁
4月,因家人全都去了台湾的父亲身边,所以被托付给三岛的亲戚照顾。夏天,旅行去台北看望父母亲。此时,受老师和友人的影响,开始对诗歌、小说等产生兴趣。

1925年(大正十四年) 18岁
学校发生了学生闹事事件,被认为是带头闹事者之一,被强制搬入了附近的农家,处于老师的监视之下。

1926年(大正十五年·昭和元年) 19岁
2月,在沼津中学《学友会会报》上发表短歌《湿衣》九首。3月,从沼津中学毕业。前往台北的家人身边,但因父亲调任,又搬家至金泽,为高中入学考试做准备。

1927年(昭和二年) 20岁
4月,入读金泽第四高中理科甲类。加入柔道部。同年,征兵检查甲种合格。

1928年(昭和三年) 21岁
5月,应召加入静冈第三四联队,但因为在柔道活动中肋骨骨折,退伍回家。7月,参加在京都举行的柔道高中校际比赛,进入半决赛。8月,拜访住在京都的远亲足立文太郎,初见其长女足立文。从这一时期开始创作诗歌。

1929年(昭和四年) 22岁
2月,在诗歌杂志《日本海诗人》上发表《冬天来临之日》。此后,到1930年年底为止,一直在该杂志上发表诗歌。4月,担任柔道部的队长,但不久便退出了柔道部。5月,加入由福田正夫主办的诗歌杂志《焰》,到1933年5月左右为止,一直在该杂志上发表诗歌。同时还活跃于《高冈新报》、《宣言》(内野健儿主办的无产阶级诗歌杂志)、《北冠》等刊物上。

1930年（昭和五年） 23岁
3月,从四高毕业。4月,入读九州帝国大学法文学部英文科,搬至福冈,但是不久就对大学生活失去了兴趣,前往东京,醉心于文学。从9月开始,放弃使用笔名井上泰,改为自己的本名。10月,从九州帝国大学退学。12月,在弘前,与白户郁之助等人一起创刊同人杂志《文学abc》。

1931年（昭和六年） 24岁
3月,父亲在军医监(少将)的职位上退休,在金泽住了一段时间之后,退隐于伊豆汤岛。

1932年（昭和七年） 25岁
1月,杂志《新青年》上征集平林初之辅的未完遗作——侦探小说《谜一般的女人》的续集,以冬木荒之介的笔名参加征集并入选。此后,不断参加《侦探趣味》《SUNDAY每日》等主办的有奖小说征集活动并入选。2月,应召入伍,半个月后退伍。4月,入读京都帝国大学文学部哲学科,但是基本不去听课。从同年夏天开始,诗风发生改变,从分行诗转向散文诗。

1933年（昭和八年） 26岁
9月,以泽木信乃为笔名,小说《三原山晴夫》参加《SUNDAY每日》的"大众文艺"征集活动,被选为优秀作品。11月,《三原山晴夫》被大阪的剧团"享乐列车"改编成剧目并上演。

1934年（昭和九年） 27岁
3月，以泽木信乃为笔名，参与《SUNDAY每日》的"大众文艺"征集活动，小说《初恋物语》当选。4月，以大学在读的身份加入新成立的电影社脚本部，往返于京都和东京之间。

1935年（昭和十年） 28岁
6月，在《新剧坛》创刊号上发表首部戏曲创作《明治之月》。8月，与友人创刊诗歌杂志《圣餐》。10月，以本名参加《SUNDAY每日》的"大众文艺"征集活动，侦探小说《红庄的恶魔们》当选。《明治之月》在新桥舞剧场上演。11月，与足立文结婚。

1936年（昭和十一年） 29岁
3月，从京都帝国大学文学部哲学科毕业。7月，参加《SUNDAY每日》的"长篇大众文艺"征集活动，《流转》当选为历史小说第一名，并获第一届千叶龟雄奖。以此获奖为契机，8月就职于每日新闻大阪总部。在《SUNDAY每日》编辑部工作。10月，长女几世出生。

1937年（昭和十二年） 30岁
6月，成为学艺部直属职员。9月，应召为中日战争候补人员。《流转》被松竹公司拍成电影。被编入名古屋第三师团派往中国北部，11月，患上脚气病，被送进野战预备医院。

1938年（昭和十三年） 31岁
3月，因病提前退伍。4月，回到每日新闻大阪总部学艺部工作。负责宗教栏目。10月，次女加代出生，但不久就夭折了。

1939年（昭和十四年） 32岁
除宗教栏目外，开始同时负责美术栏目。专注于对佛典、佛教美术等相关内容的取材。

1940年（昭和十五年） 33岁
与安西东卫、竹中郁、小野十三郎、伊东静雄、杉山平一等诗人交往。9月，因职务调整，转至文化部工作。12月，长子修一出生。

1942年（昭和十七年） 35岁
在出版社工作的同时，还在京都帝国大学研究生院进行研究活动。

1943年（昭和十八年） 36岁
1月，《大阪每日新闻》与《东京日日新闻》合并，成立《每日新闻》。4月，与浦上五六合著的《现代先觉者传》发行，所用笔名为浦井靖六。10月，次子卓也出生。

1945年（昭和二十年） 38岁
1月，成为每日新闻社参事。因为学艺栏被裁掉，4月，调动到社会部工作。岳父足立文太郎去世。5月，三女佳子出生。6月，家人被疏散到鸟取县。每天从大阪茨木出发去上班。8月15日，撰写终战文章《听完玉音广播之后》。12月，将家人托付给妻子娘家足立家照顾。

1946年（昭和二十一年） 39岁
1月，就任大阪总社文化部副部长。再次开始诗歌创作。

1947年（昭和二十二年） 40岁
以井上承也为笔名,参加《人间》第一届新人小说征集活动,9月,小说《斗牛》在当选作品空缺的情况下,入选优秀作品。4月,兼任大阪总社评论员。8月,家人迁居至汤岛。

1948年（昭和二十三年） 41岁
1月,完成小说《猎枪》的创作,参加了《人间》第二届新人小说征集活动,但没有入选。2月,协助竹中郁等人创刊诗歌童话杂志《麒麟》,负责挑选诗歌。4月,任东京总社出版局书籍部副部长,独自一人前往东京,暂居于葛饰区奥户新町妙法寺。

1949年（昭和二十四年） 42岁
10月、12月,接连在《文学界》上发表《猎枪》《斗牛》。

1950年（昭和二十五年） 43岁
2月,《斗牛》获第22届芥川文学奖。3月,就任东京总社出版局代理负责人,专注于创作。4月,在《新潮》上发表短篇小说《漆胡樽》。5月开始在《夕刊新大阪》上连载第一部报刊小说《那个人的名字无法说出》。7月,长篇小说《黯潮》开始在《文艺春秋》上连载。8月,《井上靖诗抄》发表于《日本未来派》。

1951年（昭和二十六年） 44岁
1月,开始在《新潮》上连载长篇小说《白牙》(至5月)。5月,从每日新闻社辞职,成为社友。专心从事文学创作。8月,开始在《SUNDAY每日》上连载《战国无赖》,在《文艺春秋》上发表《玉碗记》。10月,在《新潮》上发表《某伪作家的一生》。

1952年（昭和二十七年） 45岁
1月，开始在《妇人画报》上连载《青衣人》(至同年12月)。7月，开始在《新潮》上连载《黑暗平原》。

1953年（昭和二十八年） 46岁
1月，开始在《ALL读物》上连载《罗汉柏物语》。5月，开始在《周刊朝日》上连载《昨天和明天之间》。7月，在《群像》上发表《异域之人》。10月，开始在《小说新潮》上连载《风林火山》。12月，在《别册文艺春秋》上发表《古道尔先生的手套》。

1954年（昭和二十九年） 47岁
3月，开始在《朝日新闻》上连载《明日将至之人》，在《群像》上发表《信松尼记》，在《中央公论》上发表《僧行贺之泪》。

1955年（昭和三十年） 48岁
1月，在《文艺春秋》上发表《弃媪》。从昭和二十九年度下半期（第32届）开始担任芥川文学奖的选考委员。8月，开始在《别册文艺春秋》上连载《淀殿日记》(后改名为《淀君日记》)，开始在《小说新潮》上连载《真田军记》。9月，开始在《每日新闻》上连载《涨潮》。10月，由新潮社出版新著长篇小说《黑蝶》。

1956年（昭和三十一年） 49岁
1月，开始在《新潮》上连载长篇小说《射程》。11月，开始在《朝日新闻》上连载《冰壁》。

1957年（昭和三十二年） 50岁
3月，开始在《中央公论》上连载《天平之甍》。10月，开始在《周刊读卖》上连载《海峡》。正在连载的《冰壁》引起了社会热议,成为畅销书。10月末,开始了首次中国之旅,为期近一个月时间。

1958年 （昭和三十三年） 51岁
2月,凭借《天平之甍》获艺术选奖文部大臣奖。3月,在《中央公论》上发表《满月》。5月,在《世界》上发表《幽鬼》。7月,在《文艺春秋》上发表《楼兰》。10月,在《群像》上发表《平蜘蛛釜》。

1959年（昭和三十四年） 52岁
1月,开始在《群像》上连载《敦煌》。2月,凭借《冰壁》等作品获日本艺术院奖。5月,父亲井上隼雄去世。7月,在《声》上发表《洪水》。10月,开始在《文艺春秋》上连载《苍狼》,在《朝日新闻》上连载《漩涡》。

1960年（昭和三十五年） 53岁
1月,开始在《主妇之友》上连载《雪虫》。7月,受每日新闻社派遣前往罗马奥运会采风,周游欧美各国,11月末回国。《敦煌》《楼兰》获每日艺术大奖。

1961年 （昭和三十六年） 54岁
1月,与大冈升平就《苍狼》产生论争。在《东京新闻》晚报等连载《悬崖》。6月末开始进行为期约半个月的访华。10月开始在《周刊朝日》上连载《忧愁平野》。12月,《淀君日记》获野间文艺奖。

1962年（昭和三十七年） 55岁
7月,开始在《每日新闻》上连载《城砦》。

1963年（昭和三十八年） 56岁

2月,开始在《妇人公论》上连载《杨贵妃传》,在《ALL读物》上发表《明妃曲》。4月,为创作《风涛》,前往韩国进行为期约一周的采风。6月,在《文艺》上发表《宦者中行说》。8月,开始在《群像》上连载《风涛》。9月末开始,进行为期约一个月的访华。

1964年（昭和三十九年） 57岁

1月,成为日本艺术院会员。2月,《风涛》获读卖文学奖。5月,为创作《海神》,前往美国进行为期约两个月的旅行采风。9月,开始在《产经新闻》上连载《夏草冬涛》。10月,开始在《展望》上连载《后白河院》。

1965年（昭和四十年） 58岁

5月,在苏联境内的中亚地区进行了为期约一个月的旅行。11月,开始在《朝日新闻》上连载《化石》。

1966年（昭和四十一年） 59岁

1月,分别开始在《文艺春秋》上连载《俄罗斯国醉梦谭》,在《世界》上连载《海神(第一部)》,在《太阳》上连载《西域之旅》。

1967年（昭和四十二年） 60岁

6月,开始在《每日新闻》晚报上连载《夜之声》。夏,受夏威夷大学邀请担任夏季研究班讲师,前往夏威夷旅行。诗集《运河》刊行。

1968年（昭和四十三年） 61岁

1月,开始在《SUNDAY每日》上连载《额田女王》。5月,前往苏联进行为期约一个半月的旅行,为《俄罗斯国醉梦谭》采风。10月,《西域物语》开始在《朝日新闻》周日版连载。12月,《北之海》开始在《东京新闻》等刊物连载。

1969年（昭和四十四年） 62岁
1月,分别开始在《世界》上连载《海神(第二部)》,在《太阳》上连载《西域纪行》。4月,就任日本文艺家协会理事长。《俄罗斯国醉梦谭》获新潮日本文学大奖。7月,在《海》上发表《圣者》。8月,在《群像》上发表《月之光》。

1970年（昭和四十五年） 63岁
1月,开始在《日本经济新闻》上连载《榉木》。9月,开始在《读卖新闻》上连载《方形船》。

1971年（昭和四十六年） 64岁
1月,开始在《文艺春秋》上连载美术游记《与美丽邂逅》。3月,前往美国进行约两周的旅行,为《海神》采风。5月,开始在《朝日新闻》上连载《星与祭》。诗集《季节》刊行。

1972年（昭和四十七年） 65岁
9月,开始在《每日新闻》晚报上连载《年幼时光》。由每日新闻社主办的"井上靖文学展"举行。10月,开始在《世界》上连载《海神（第三部）》。新潮社版《井上靖小说全集》(共32卷)开始出版发行。

1973年（昭和四十八年） 66岁
5月,前往阿富汗、伊朗等地进行为期约一个月的旅行。11月,母亲八重去世。沼津骏河平开设井上文学馆。

1974年（昭和四十九年） 67岁
1月，开始在《文艺春秋》上连载游记《亚历山大之道》。开始在《每日新闻》周日版上连载随笔《一期一会》。9月末开始为期约两周的访华。

1975年（昭和五十年） 68岁
5月，作为访华作家代表团团长，在中国进行了为期约20天的旅行。

1976年（昭和五十一年） 69岁
2月，前往欧洲进行为期约一周的旅行。6月，前往韩国进行为期约10天的旅行。11月，获文化勋章。进行为期约两周的访华。诗集《远征路》刊行。

1977年（昭和五十二年） 70岁
3月，用约10天的时间历访埃及、伊拉克等地。8月，进行为期约20天的访华，前往新疆维吾尔自治区。11月，开始在《每日新闻》上连载《流沙》。

1978年（昭和五十三年） 71岁
1月，开始在《文艺春秋》上连载《我的西域纪行》。5月至6月间访华，首次到访敦煌。

1979年（昭和五十四年） 72岁
3月，每日新闻社主办的"敦煌——壁画艺术与井上靖的诗情展"在大丸东京店等地举行。从夏到秋，跟随电影《天平之甍》摄影